奇幻基地出版

【A Cosmere Novel】

侑美與夢魘繪師

Yumi & the Nightmare Painter

布蘭登・山德森 著
傅弘哲 譯

Brandon Sanderson

BEST 嚴選

緣起

在繁花似錦的奇幻文學花園裡，你或許還在門外徘徊，不知該如何抉擇進入的途徑；也或許你已經置身其中，卻因種類繁多，或曾經讀過不合口味的作品，而卻步、遲疑。

BEST嚴選，正如其名，我們期許能透過奇幻基地對奇幻文學的了解，以及對讀者的理解，站在出版者與讀者的雙重角度，為您精選好作家與好作品。

他們是名家，您不可不讀：幻想文學裡的巨擘，領域裡的耀眼新星。

它們最暢銷，您怎可錯過：銷售量驚人的大作，排行榜上的常勝軍。

這些是經典，您務必一讀：百聞不如一見的作品，極具代表的佳作。

奇幻嚴選，嚴選奇幻。請相信我們的眼光，跟隨我們的腳步，文學的盛宴、幻想世界的冒險，就要展開。

excellent bestseller classic

同樣獻給愛蜜莉，
基於神奇的原因，她將愛獻給了我。

目錄

致謝

首先，讓我們先感謝愛蜜莉——這本書是獻給她的——她是我的靈感來源，同時也是我在龍鋼公司的共同總裁。如果你們知道她在幕後做了多少事，肯定會大爲驚奇。她值得所有讚賞與稱譽，還有感謝她願意把專屬於她的書（就是這本）分享給所有人。

創意發展部門在我們公司內負責書中的美術、概念圖，還有其他相關的酷東西。在這個部門中，我要感謝艾薩克·史都華（Isaac Stewart）——他是部門ＶＰ，以及我長期以來的犯罪夥伴——的辛勤工作，他負責安排了所有祕密計畫裡的美術。

說到這點，艾莉雅·陳（Aliya Chen）是這本書的藝術家，她的成果非常傑出。對於這幾本書，我的目標都是讓藝術家擁有更多自由，能以自己想要的方式替故事創作，而與艾莉雅共事非常愉快。我希望你們當中聽有聲書的人也能抽空觀賞她爲這個專案所創作的美麗畫作。

這個部門的其他成員包含了Rachael Lynn Buchanan（是因爲她，我們才注意到艾莉雅的畫作）、Jennifer Neal、Ben McSweeney、Hayley Lazo、Priscilla Spencer以及Anna Earley。

我們也想要感謝那些不屬於龍鋼，但也對這個專案提供協助的人，其中包含了Kickstarter的Oriana Leckert以及BackerKit的Anna Gallagher與Palmer Johnson。另外，也要向我們印刷代理Bill Wearne獻上特別感謝，他爲了讓這些書能準時印刷完成，簡直是創造了奇蹟。

我們的編輯部門由安裝完成的彼得·阿斯托姆（Peter Ahlstrom）ＶＰ所領導。他的團隊付出了極大努力，準時完成了額外四本書，值得大大的鼓勵！團隊成員有Karen Ahlstrom、Kristy S. Gilbert（她負責了排版）、Betsey Ahlstrom、Jennie Stevens以及Emily Shaw-Higham。Deanna Hoak是這本書的版權編輯。

我們的執行部門ＶＰ是Matt「你今年要出版幾本書？」Hatch，他加入我們公司的時間正好搭上這項大專案。執行部門的成員還有Emma Tan-Stoker、Jane Horne、Kathleen Dorsey Sanderson、Makena Saluone、Hazel Cummings以及Becky Wilson。謝謝大夥兒把一切都保持在軌道上！

公關與行銷部門ＶＰ是Adam Horne。就是他所領導的這些人幫我完成了祕密計畫那些宣傳影片，在我宣布這條大新聞時提供了不可或缺的協助！他的團隊包含了Jeremy Palmer、Taylor D. Hatch以及Octavia Escamilla。幹得好！

最後但也同樣重要的是我們的商品與活動部門，Kara Stewart是領導ＶＰ。在四本祕密計畫專案中，這個部門的負擔非常大，因爲要把所有東西分類、包裝，再運送給你們，這是件巨大的工程。他們也擔負著把數位商品提供給所有人的任務，還負責客服，所以不論你購買的是哪個版本的書籍，都是這些好傢伙親手交給你的！讓我們對他們的辛勞表達大大的感謝。

團隊成員包含：Christi Jacobsen、Lex Willhite以及Kellyn Neumann。

Mem Grange、Michael Bateman、Joy Allen、Katy Ives、Richard Rubert、Brett Moore、Ally Reep、Daniel Phipps以及Dallin Holden。

Alex Lyon、Jacob Chrisman、Matt Hampton、Camilla Cutler、Quinton Martin、Kitty Allen、Esther Grange、Amanda Butterfield、Laura Loveridge、Gwen Hickman、Donald Mustard III、Zoe Hatch、Logan Reep、Rachel Jacobsen以及Sydney Wilson。

這本書的閱讀小組成員包含了Emily Sanderson、Kathleen Dorsey Sanderson、Peter Ahlstrom、Karen Ahlstrom、Darci Stone、Eric James Stone、Alan Layton、Ethan Skarstedt以及Ben Olseeeen。

第一次試讀人員有Jessie Farr、Oliver Sanderson、Rachael Lynn Buchanan、Jennifer Neal、Christi Jacobson、Kellyn Neumann、Lex Willhite、 Joy Allen以及Emma Tan-Stoker。

第二次試讀者包含 Joshua Harkey、Tim Challener、Lingting "Botanica" Xu、Ross Newberry、Becca Reppert、Jessica Ashcraft、Alyx Hoge、Liliana Klein、Rahul Pantula、Gary Singer、Alexis Horizon、Lyndsey Luther、Nikki Ramsay、Suzanne Musin、Marnie Peterson以及Kendra Wilson。

第三次試讀者包括了多數第二次試讀者，再外加上：Brian T. Hill、Evgeni "Argent" Kirilov、Rosemary Williams、Shannon Nelson、Brandon Cole、Glen Vogelaar、Rob West、Ted Herman、Drew McCaffrey、Jessie Lake、Chris McGrath、Bob Kluttz、Sam Baskin、Kendra Alexander、Lauren McCaffrey、Billy Todd、Chana Oshira Block以及Jayden King。

最後，當然要對Kickstarter的所有集資者獻上最大的感謝，是你們讓這個計畫變為可能！你們的熱情把這項專案推上了平流層的高度。非常非常感謝你們。

布蘭登・山德森

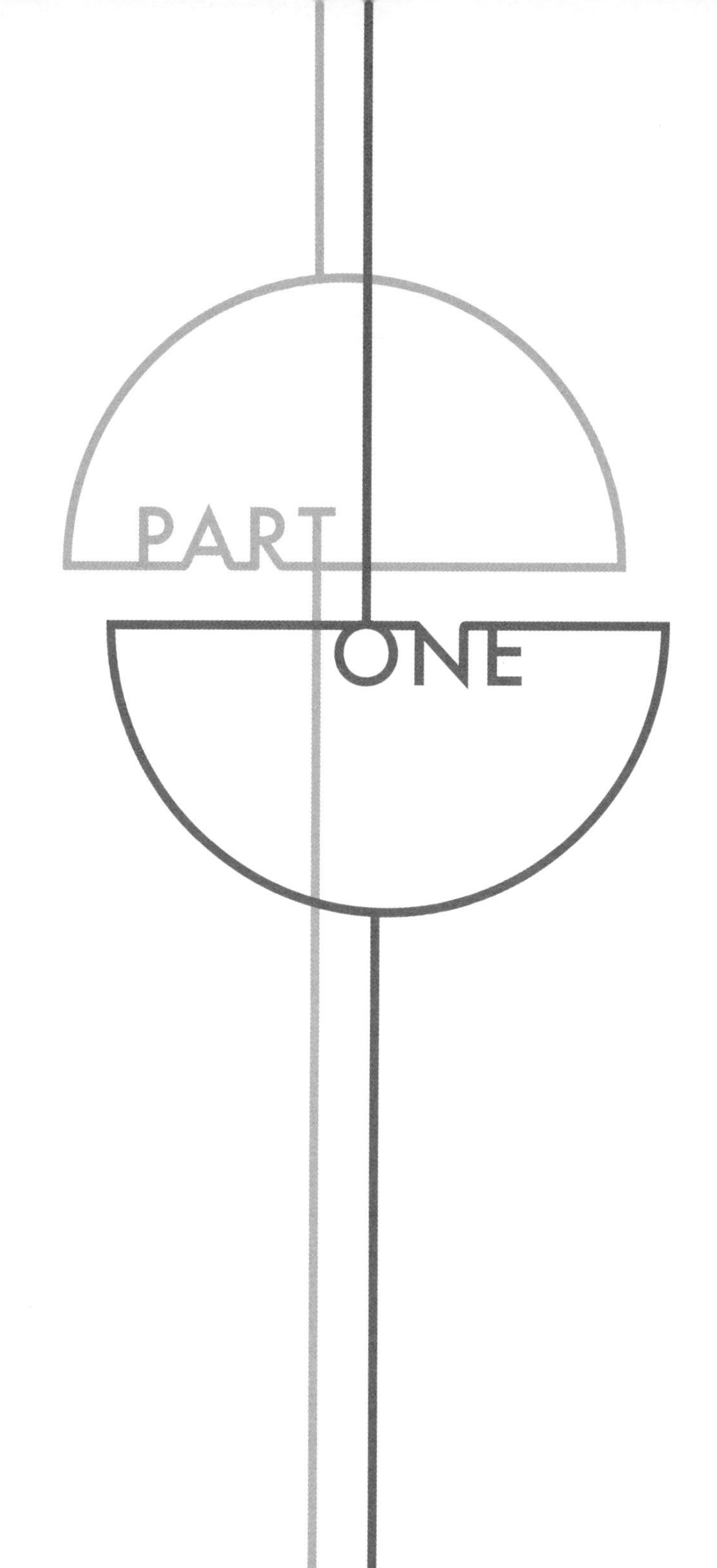
PART
ONE

夢魘繪師（Nightmare Painter）出發去值勤時，星光特別明亮。

一道星光。單數。不，不是太陽。只有一顆星。午夜半空中的一個彈孔，流瀉出蒼白的光輝。

夢魘繪師在他的公寓大樓外佇足，雙眼盯著星（Star）。他總是覺得那顆天上的哨衛很奇異。不過，他依舊對它抱有好感。許多夜裡，它是他唯一的同伴。除非你把夢魘也算上。

從瞪眼比賽中敗下陣後，夢魘繪師漫步穿過街道，此處一片寂靜，只有日虹（Hion）線的嗡鳴聲。它們無所不在，穿梭於半空中——兩道粗如手腕的純能量線，懸在約二十呎高的位置。你可以把它們想像成是燈泡中心的燈絲放大版——靜止不動、散發光芒、毋須支撐。

一條是難以描述的藍綠色，你也許會稱作水藍色——又或者是青綠色。若是如此，這也是帶有電力的那一種。它是土耳其藍的蒼白表親，整天都待在屋內聽音樂，總是沒曬過多少太陽。

另一條則是艷麗的洋紅色。如果用個性來形容一條光索，這條就是得意、喧嘩、大鳴大放。若你想要全場的目光都跟隨你，穿這顏色就對了。要說它是刺眼粉紅又偏紫了一點點，但至少是種令人舒服的溫潤粉紅。

煌一市的居民會覺得我的解釋毫無必要。爲何要大費周章描述大家都知道的東西？就像是在描述太陽的模樣。但你需要這項資訊，因爲一冷一熱的日虹線就是煌一市的色彩。日虹線不需立桿或電線支撐便飄浮穿進每條小巷、映射在每扇窗戶上、照耀每位居民。如鐵絲般的雙色細線從主索上分岔，透入每棟建築，爲現代生活提供能源。它們就是這座城的動脈與靜脈。

在日虹下行走的這名年輕人，對城市的存續同樣不可或缺，只不過他的角色大不相同。他的雙親原本將他命名爲仁哉郎（Nikaro）——但依照傳統，許多夢魘繪師在面對同僚之外的人都只以頭銜代稱自己。然而沒有多少人像他內化得如此之深，所以我們就以他稱呼自己的方式來稱呼他吧。很單純，就是「繪師」。

你大概會說繪師看起來像費德人(注1)。同樣的五官、同樣的黑髮，但膚色比你在羅沙大陸遇到的大多數人都要淺一些。如果他聽見這些類比，肯定會覺得很困惑，因爲他從沒聽過這些地方。事實上，他的同胞最近才開始思考自己的家園是否爲寰宇(注2)中唯一的星球。但我們跳得太快了。

繪師，他是個年輕人，如果以你的年來計數的話，他還差一年就二十歲了。他的同胞們使用不同的計數方式，但簡單起見，我們就說他是十九歲吧。他身材瘦高，藍灰色的襯衫不愛紮好，外罩著及膝的長外套，髮長及肩，因爲他認爲這樣整理起來比較輕鬆——但那僅限於方法正確的情況下，實際上反而困難多了。他也以爲那會看起來更令人印象深刻——同樣地，僅限於方法正確的情況下。而他的方法並不正確。

你也許會覺得以一名擔起保護全市重責的人來說，他也太過年輕了。但要知道，他是與其他數百名夢魘繪師一同承擔此項職責。以這種層面來看，他的重要性就如同教師、消防員與護理師，在美妙的現代生活中同等重要，是社會的必須職業，會得到日曆上花稍的紀念節日、得到每名政客口中說出的讚賞、得到餐廳顧客低聲呢喃的感謝。沒錯，和稱讚這些專業人士多有價值相比之下，其他世俗的討論就顯得無關緊要了——例如替他們加薪這種事。

以結果論，繪師賺得並不多——只夠餬口，外加一點零用錢罷了。他住在雇主提供的單人公寓套房，每晚都會出門去工作。即便在這種時間，他出門時也不擔心搶劫或遇襲。煌一是座安全的城市，除了夢魘之外。沒什麼比發狂的半智慧黑暗虛無體更能打擊犯罪。

可以理解，大部分的人夜晚都因此而待在室內。

夜晚——嗯，我們就這麼稱呼吧，就是多數人睡覺的時間。他們對外界的看法與你並不相同，因爲他的同胞們住在永恆的黑暗中。但在他值勤時，你可以說感覺確實像是夜晚。繪師路經住滿人的公寓旁空蕩街道，唯一看見的活動跡象來自於烏合巷：你也許會很仁慈地稱之爲底層商業區。很自然地，這條長窄巷位於城市的邊緣。在這裡，日虹被彎曲、塑形成招牌，從一間又一間商店迸出，有如在招手引人注意。

注1：「颶光典籍」系列中的國家賈．克維德人民名稱。
注2：布蘭登．山德森作品宇宙之名。

每面招牌——文字、圖案與設計——都是只用兩種顏色創造出的青藍與洋紅，以連續線條構成的藝術品。沒錯，常見於其他星球的燈泡，煌一市也是有的。但日虹不需要機器或維護就能運作，所以許多人都選擇仰賴它，在戶外尤其如此。

繪師很快就抵達了西方邊界：日虹的終點。煌一市爲圓形，外圈有著最後一環建築，不太算是城牆。大部分是倉庫，沒有窗戶或住家。在那之外就是最後一條街道，環繞城市一整圈，無人使用。即便如此，街道依舊位在此處形成一道緩衝區，將文明與潛伏在外的存在區隔開來。

潛伏在外的就是暗幕（Shroud）：無窮無盡，墨水般的黑暗，圍困住了城市，以及這星球上所有人。

暗幕像穹頂般籠罩住城市，被日虹阻絕——日虹也可以用來建造跨城市間的通道與走廊。只有那道星光能夠穿過暗幕。直到今日，我還是無法百分之百確定原因。但這裡很接近湛藝（Virtuosity）[注]裂解自己的地點，我懷疑是因此造成影響。

繪師朝外望向暗幕，雙手抱胸，充滿自信。這是他的領域。在這裡，他就是孤獨的獵人。唯一的遊俠。於無盡黑暗中潛行的男人，無懼於——

笑聲從他右方的空氣傳來。

他嘆口氣，瞥向另外兩名走向邊界的夢魘繪師。明音（Akane）穿著亮眼的綠裙與白色襯衫，夢魘繪師使用的畫筆像根警棍般拿在她手中。太陣（Tojin）在她身旁闊步前進，他是個手臂壯碩、五官扁平的年輕男子。繪師總是覺得太陣長得就像一幅沒有好好應用透視法的畫。一個人的手臂不可能那麼壯，下巴也不可能那麼方。

兩人再度因爲明音說的話而發笑，然後看見他站在那裡。

「仁哉郎？」明音打招呼。「你又跟我們排在同一班？」

「對啊。」繪師說。「在，呃，表上有寫……我想有吧？」他這次眞的有塡表嗎？

「眞不錯！」她回應。「晚點見囉。或許？」

「嗯，對。」繪師說。

明音轉身離去，高跟鞋踏著石面，手持畫筆，畫布夾在腋下。太陣對繪師聳聳肩，跟了上去，他的器具放在自己的大畫具袋內。繪師在原地躊躇地看著他們離開，壓下想要追上去的衝動。

他是孤獨的獵人。唯一的遊俠。嗯……沒伴的漫步者？不論如何，他不想要像多數人一樣有人搭檔或是集體行動。

如果有人能邀請他就好了。這樣他就能讓明音和太陣看見他有朋友。當然，他會冷硬決斷地回絕邀情。因爲他只單獨作業。他是孤單的遊蕩者。一個……

繪師嘆口氣，遇見明音後就很難繼續維持完美的陰沉氣質了。尤其是她的笑聲在兩條街外迴蕩時。對他的許多同僚來說，夢魘繪師這項職業並不如他所表現的那麼……嚴肅。

但這種想法能幫助他。幫助他覺得自己不是項錯誤。尤其是在這種時候，他想起自己接下來六十年都要待在這條街上，只有日虹映照著背影。獨自一人。

注：寰宇宇宙裡的碎神之一。

侑美（Yumi）總是認爲晝星現身很鼓舞人心。那是幸運的預兆。象徵著原初日兆（primal hijo）會敞開雙臂歡迎她。

晝星今天看起來特別明亮——在西方的地平線上發出微微的藍光，對應著東方的日出。這是一項強而有力的徵兆，如果你相信這類事情的話。（有個老笑話說，遺失的物品總是會落在你最後才想到要去找的地方。相反地，預兆總是會出現在人們第一個去找的地方。）

侑美確實相信徵兆。她必須要相信。因爲她人生最重要的事件就是來自於一個預兆。在她出生時，一顆流星劃破了天空——代表她被神靈選上了。因此她被帶離父母身邊，被撫養長大，以完成她既神聖又重大的職責。

她坐在自己車輦溫暖的地板上，侍女彩英與煥智進入廂房內，她們依照禮儀鞠躬，接著拿麥彭棒與湯匙餵她——餐點是放在地面烹煮的米飯與燉菜。侑美端坐著慢慢吞嚥，從來沒有失禮到嘗試自行進食。

這是一種儀式，而她是專家。

但今天她不自覺地感到分心。今天是她十九歲生日後的第十九日。做決定的日子，行動的日子。

也許是——要求她所渴望之事的日子？

一百天後就是女王所在的首都都遼城的大慶了。每年此時，那裡都會展示全國最精湛的藝術、戲曲與造物。她從來沒去過。也許……這一次……

當侍女餵完她後，她站起身來。她們替她打開門，接著走出去跳下私人車輦。侑美深呼吸，隨後跟上，踏入陽光，腳底滑入地上的木屐。

她的兩名侍女立刻舉起大扇子，遮擋住她的身影。因爲鎮上的人已很自然地聚集起來想要看看她。靈選者。好祈日兆（Yoki-hijo）。命令原初神靈的女子。（這頭銜聽起來不太幹練，但用他們的語言講起來的效果好很多。）

這片土地——都遼王國——和繪師的居住地可說是天差地遠。天上連一條發光的線都沒有——冷熱皆然。沒有公寓大樓。沒有人行道。喔，但他們有陽光。一顆橘紅色的太陽主宰了天空，顏色就像是燒紅的陶土。比你們的太陽更大，距離也更近，上面還有不同顏色的斑點——就像一鍋滾燙的早餐燉菜，在天空中沸騰翻滾。

猩紅色的太陽讓整片大地染上了……嗯，非常普通的顏色。大腦就是這樣運作的。只要在這待上幾小時，你就再也不會察覺陽光有點偏紅。但當你初次抵達時，那景象非常驚人。那裡就像血腥屠殺現場，但所有人都渾然不覺。

侑美躲在她的扇子後方，踏著木屐穿越村莊，前往本地的冷泉。抵達泉水後，她的侍女替她脫下夜袍——好祈日兆並不會自行著衣或解衣——讓她走進微涼的水中。她因泉水的冷冽親吻而微微發抖。一會兒過後，彩英與煥智就帶著浮盤跟上，上面放著數顆水晶般的肥皀。她們用第一顆肥皀搓洗她，她再浸水洗淨。再用第二顆肥皀搓洗一次，又浸水一次。第三顆搓洗兩次。第四顆搓洗三次。第五顆搓洗五次。第六顆搓洗八次。第七顆搓洗十三次。

你或許會覺得這太極端了。倘若如此，也許你從沒聽過一種叫作宗教的東西？

幸好，侑美的這種崇敬儀式確實有些實用價值。最後幾顆只是廣義上的肥皀——你大概會覺得它們是帶有香氣的乳霜，尤其含有保溼成分。（我發覺把它們塗在腳上特別舒服，不過在我用足部療養來褻瀆儀式道具、因此墮入都遼版本的地獄後，大概就需要全身都塗一遍了。）

侑美最後一次浸水包含了全身，她從頭到腳沒入水中，然後數到一百四十四。在水下，她的黑髮漂浮在四周，隨著她的移動擺蕩，彷彿有了生命一般。義務儀式徹底洗淨了她的頭髮——這很重要，因爲她的宗教天職禁止她剪髮，所以頭髮已經長到了她的腰際。

雖然不是儀式的需求，但侑美喜歡從水下往上凝視，看看能不能找到太陽。火與水。液與光。

她在剛好數到一百四十四時衝出水面，倒抽一大口氣。這理當要變得容易的。她理當要沉靜地起身，煥然一新、宛若再生。但今天她卻破壞禮儀地小咳了幾聲。

（沒錯，她把咳嗽視爲『破壞禮儀』。別問我她對其他更嚴重的舉動有什麼看法，例如在舉行儀式時遲到。）

沐浴儀式完成後，接著是穿衣儀式，一樣由侍女執行。傳統的腰帶綁在胸下，然後用大片白布包住胸口。寬鬆的內襯褲。接著是都服，由雙層的多彩厚布所組成，下身是寬大的鐘形裙。每週這一日，她所穿的儀式服飾是明亮的洋紅色。

她再度踏上木屐，不知如何竟然有辦法自然又流暢地走動。（我自認爲還算是個手腳靈敏的人，但都遼木屐——他們稱之爲葛突——感覺就像綁在腳底的磚頭。要在上頭保持平衡並不是很難——那只有六吋高——但外地人穿上木屐後的身姿，大概就跟喝醉酒的蝸螺差不多一樣優雅。）

完成這一切後，她終於準備好……進行下一道儀式了。這一次，她需要在村莊的神龕前祈禱，尋求神靈的庇祐。她再次讓侍女們舉扇擋住她的身形，然後朝外繞行前往村莊花園。

此處，生氣蓬勃的藍色花朵——形狀像杯子，用來集中雨水——靠地熱飄浮著。它們飄浮在離地約兩呎的半空中。在都遼，植物很少觸碰地面，否則石面的熱力會使其枯萎。每朵花直徑大約兩吋，長著寬葉乘於熱氣之上——就像是底下懸著細根，從半空中吸收水分的百合花。侑美的經過使它們在空中迴旋起來，相互碰撞。

神龕是一座小型建築，由木材建造，四面開放，有著柵格狀的房頂。值得一提的是，那也優雅地浮在數呎高的空中——這次是依靠建築底下一對化作實體的抬座神靈。外型像是一雙雕像，有著怪誕的外貌，相互面對面。一邊約略像是個蹲在地上的男性；另一邊則約略像個抓住建築底部的女性。雖然在化爲實體後被分成了兩塊，它們仍然算是同一個神靈的不同部分。

侑美穿過花朵接近，溫柔的地熱讓她的裙子微微波動。厚實的布料使裙襬不會上升到令人難爲情的地步——只足以撐起裙子的形狀，展現出服飾的鐘形輪廓。她抵達神龕後脫下木屐，踏上涼爽的木材。神龕被神靈的力量穩穩固定住，幾乎沒有晃動。

她跪下，開始十三道祈禱儀式中的第一道。現在，如果你覺得我在描述她的準備時花了很多工夫，其實我是刻意爲之的。這也許能幫助你——最低限度地——理解侑美的生活。因爲對她的職責來說，這一天並不特別。這是典型的一天。進食儀式。沐浴儀式。著衣儀式。祈禱儀式。還有更多。侑美是其中一名靈選者，出生就被挑中，被賦予了影響日兆，也就是神靈的能力。這在她的同胞中是無上的光榮。而他們從不讓她忘記這點。

祈禱與緊接著的冥想花了大約一小時。完成後，她抬頭望向太陽，光影線條從神龕的木製棚頂灑落，妝飾著她。她感到……很幸運。沒錯，她很確定這是正確的情緒。她是備受庇祐才能擔當這項職責，是非常少數的幸運之人。

神靈供給的世界無比美妙。搖曳的橘紅陽光穿透了黃紅紫各色艷麗雲彩；一整片的飄浮花田，因爲小蜥蜴在其上跳躍而顫動；地下的岩石既溫暖又生氣蓬勃，是所有生命、熱力與生長的來源。

她是其中的一部分。不可或缺的一部分。

這肯定很美妙。

這肯定就是她所需的一切了。

她肯定不會想要更多吧。就算……就算今天是幸運日。就算……也許，就這一次，她可以開口問？

那場慶典，她心想。我可以去造訪，身穿一般人的衣服。就當一天的普通人。

衣物擺動與木鞋踏石的聲響讓侑美回頭。只有一個人敢在她冥想時接近：利允（Liyun）。她是個高眺的女人，身穿帶有白緞帶的俐落都服。利允，她的季護摩伴（Kihomaban）——這個字是介於守護者與保證人之間的意思。簡單起見，我們就用「監管人」代稱。

利允在神龕前幾步處停下腳步，手放在身後。表面上看來，她是命令原初神靈的女子的僕從（相信我，你會習慣這種講法的），正在等待侑美的恩准。但利允就連站立的姿態都有種咄咄逼人的氣息。

也許是因爲那雙時尚的鞋子：她的木屐在腳趾下方的木頭很厚實，但在腳跟處變得纖細。也許是因爲她的髮型：後方剪短，前方留長——在她的頭部兩側形成如利刃般的形狀。這不是你能浪費她時間的那種女人，即便她不是在等你，不知爲何也不例外。

侑美快速起身。「時間到了嗎，監管大人？」她的語氣帶有最大的敬意。

侑美與繪師的語言有著相同的根源，而兩者都有種特定的裝腔作態，我發現很難用你的語言表達。他們可以靠語句構成或微調詞彙來表達讚美或是貶低。有意思的是，他們的語言中並不存在咒罵或髒話。他們只要單純把字轉變成最低下的形式就可以了。我會在特定關鍵處（視語意情境）加上「恭敬地」「崇高地」或是「低微地」「粗魯地」這些詞，盡我所能表達這項細微差別。(注)

「時間還沒到，靈選者。」利允說。「我們應該等到蒸氣井噴發。」

當然了。到時候空氣會煥然一新；最好是等到接近的時刻。但這代表她們還有時間。沒有安排任何工作或典禮，寶貴的短暫時刻。

「監管大人，」侑美（恭敬地）鼓起勇氣說。「揭示慶典已近在眼前了。」

「一百天後，是的。」

「而今年是第十三年，」侑美說。「日兆會比平時更活躍。我們……那天不會向祂們請願，對吧？」

「應該不會，靈選者。」利允確認著她收在袋中的小日曆——形式像一本小書。她翻過幾頁。

「我們……到時候會在都遼城附近？我們近來都在這附近旅行。」

「所以？」

「所以……我……」侑美咬緊嘴唇。

「啊……」利允說。「妳想要在慶典當日祈禱一整天，感謝神靈賦予妳如此崇高的地位。」說出口，一部分的她低語著。說不。那不是妳想做的。告訴她。

利允用力闔上書，盯著侑美。「這，」她說。「肯定就是妳想要的。妳絕不會想要主動做出使妳的地位蒙羞的舉動，暗指妳後悔自己的位置。靈選者，難道妳會這麼做？」

「絕不會。」侑美低聲說。

「當年出生的所有嬰兒之中，只有妳獲得了如此榮耀，」利允說。「被賦予了這項天職、這種能力。至今僅有的十四人之一。」

「我知道。」

「妳是特別的。」

侑美想要不這麼特別——但她馬上因產生這個念頭感到羞愧。

「我了解。」侑美迫使自己堅強起來。「我們不必等待蒸氣井了。請帶我到儀式之地。我渴望開始履行職責，呼喚神靈到來。」

注：參考日韓語文中的敬語/平語（半語）文化。

夢魘的變化令人恐懼。

我現在說的是普通的夢魘，不是會被繪製的那種。可怕的夢境——會變化。會進化。在清醒的世界遇見可怕的事物已經夠糟了，但它們至少有形狀、有實體。有形狀就能被了解，有實體就能被摧毀。

夢魘是流動的恐懼。你才些微掌握住，它就能馬上改變，就像灑出的水填滿地板裂痕般滲入靈魂的縫隙。夢魘是沁入心扉的涼意，由心靈所創造出來，折磨自身。從這個層面來看，夢魘定義了被虐狂。我們大多都夠有禮貌，會把這類東西收好，隱藏起來。

然而在繪師的世界，這些黑暗碎片尤其容易活起來。

他站在城市的邊緣——背對著輻射青藍與電子洋紅——望入翻騰的黑暗中。那有實體，像是熔融的焦油般流動、變化。

暗幕。外部的黑暗。

尚未成形的夢魘。

火車會沿著日虹線前往其他地點，例如位於數小時車程外，他家人仍然居住的小鎮。他知道其他地方存在著。但在望進無盡黑暗時，很難不感到被孤立。

暗幕會遠離日虹線。通常如此。

他轉身沿著城市邊緣的街道走了一小段。在他的右方，最後一排建築像是道護牆，中間穿插著窄巷。就如我先前所說，這並不是眞正的防禦工事。牆壁無法阻止夢魘；牆只是預防人們踏出邊界而已。

在繪師的經驗中，除了他的同僚，沒人會來這邊。一般人都待在室內；就連僅僅往內一條街，感覺都比這裡安全無數倍。眾人就像他從前那樣生活，試著不去想外面有什麼。翻騰著。攪動著。凝視著。

現在，面對這些就是他的職責。

他一開始沒發現任何狀況——沒有特別勇敢的夢魘進犯城市的跡象。不過跡象可能很不明顯。所以繪師繼續工作。他的責任範圍是從數個街區內朝外延伸的一小塊扇形，在城市邊界處最寬廣——因爲夢魘的跡象最有可能出現在這邊。

他經過右手邊的頂石壁畫。他不確定本地繪師是從哪裡得到這靈感的，但近來——在無聊的巡邏期間——他們通常會在城市最外圍建築的牆上練習作畫。面對暗幕的牆壁不會有窗戶，所以是非常誘人的巨大畫布。

嚴格來說這並非工作的一部分，每一幅都只是個人的自我展現。他經過明音的畫，上面描繪著盛開的花朵，黑色的顏料塗在刷白的牆上。他的作品就在兩棟房子之外。只是一面白牆，但如果你仔細看，就會看見底下透出的失敗嘗試。他決定要再把牆面刷白一次。但不是今天，因爲他終於發現夢魘的跡象了。

他走向前靠近暗幕，但當然沒有碰到。沒錯，這邊的黑色表面被擾動過。就像是即將乾掉的顏料被觸碰過了，被……打擾了、撕裂了。這很難認出來，因爲不像墨水或焦油或其他外觀類似的物質，暗幕並不會反光。但繪師受過專業的訓練。

有東西從此處的暗幕現身，並朝城市內部而去。他從他的大畫具袋中取出長如劍的畫筆。有畫筆在手讓他感覺比較好。他把畫具袋調整到背後，感受裡面畫布與墨水的重量。接著他往內前進——經過那面遮掩了他最近一次失敗的白牆。

他試了四次。最後這一次比前幾次都來得有進展。這是星的畫，源自於他聽到的新聞，內容是即將進行穿越黑暗天空的探索嘗試。科學家計畫使用一艘特殊的載具，加上一雙延伸至極遠處的日虹線，達成通往星的旅途。

繪師從中學到了一件有趣的事。跟大家的預想相反，星並不只是天上的一個光點而已。望遠鏡揭露了那是一顆星球。他們預測其上有其他人居住，一個光線不知爲何居然能穿透暗幕的地方。

有關探索即將發生的新聞短暫地啓發了他。但他失去了那道靈光，他的畫也隨之萎靡。他把畫塗掉後已經過了多久了？至少有一個月了。

在那幅畫附近的牆角邊，他發現了一道蒸騰的黑暗。那隻夢魘從這經過時稍微擦到了石頭，留下了緩慢蒸發的殘餘，朝夜晚散出黑色的細鬚。他預測到它會走這條路；夢魘通常都會以最短路徑前往市內。儘管如此，有實證總是比較好。

繪師緩步朝內，回歸到雙生日虹光芒的領域。他右方某處傳來了笑聲，但夢魘大概不會往那個方向去。去歡愉區的人絕對是準備做睡覺以外的事。

在那裡，他心想，認出了前方花盆上的黑色細鬚。那叢灌木朝著日虹線孕育生命的光芒生長而去，當繪師穿過空蕩的街道時，兩旁的植物有如無聲伸手敬禮。

下個跡象出現在一條巷子附近。是個真正的腳印，漆黑，揮發出暗沉的蒸汽。這隻夢魘已經開始進化，接收到人們的思想，從無形的黑暗轉化成有形的實體。一開始還很模糊，但它現在大概已經有腳，不再只是一團流動滑行的黑色物質。即便在這個型態，它們也很少留下腳印，所以他能找到這一枚算是很幸運。

他走進陰暗的小巷，這裡頭日虹線變得纖細。在暗影中，他想起了第一次獨自工作的經歷。即便有充足的訓練，即便已經接受過三名不同繪師的實戰教導，他還是感到既暴露又無助——他的情緒與恐懼浮上表面，如同一道新劃出的刮傷，赤裸於空氣中。

現在這些日子，恐懼已被經驗的疤痕層層覆蓋。不過，他還是一手緊抓住背袋，另一手舉著畫筆緩步向前。就在那裡，牆上有一個手指過長的手印，看起來像是爪子。沒錯，它確實正在構成形體。它的獵物肯定就在附近。

在窄巷的深處牆邊，他發現了夢魘：由墨漬與暗影所構成的怪物，大約七呎高。它的兩條長手臂有太多轉折，拉長的手掌貼在牆上，手指張開。它的頭沉入了石牆，探進內部的房間。

高大的夢魘總是讓他不舒服，尤其是當它長了手指時。他覺得自己曾在片段的夢境中見過這樣的手指——深藏在心底的恐懼碎片。他的雙腳擦過地板，怪物聽見了，因此抽回它的頭。它身上散發出不成形的黑暗微絲，彷彿餘燼飄出灰塵。

不過它沒有臉。它們從來不會有臉——除非事情非常不對勁——它們頭部前方反而有著一片更加深沉的黑暗。液態的黑暗會從上頭滴下。就像眼淚，或是靠火焰太近的蠟。

繪師立刻喚起心理防禦措施，專注想著冷靜的思緒。這是最初也是最重要的訓練。夢魘與其他獵捕心智的掠食者相同，能夠感覺到思緒與情感。它們會尋找更有力，更純粹的食物來源。平靜的心思提不起它的興趣。

怪物轉身，再度把頭穿進牆面。這棟建築沒有窗戶，這樣並不明智。夢魘能無視牆壁。去除窗戶只會讓住戶把自己完全困在家這個盒子裡，引發幽閉恐懼——還有讓繪師的工作變得更麻煩。

繪師小心地移動，緩緩地從背袋裡取出一張畫布——是一張三呎見方的厚布，固定在畫框上。接著是他的墨水罐——偏稀的黑色。夢魘繪師總是用黑色在白底上作畫，不使用彩色，因爲想讓成果類似於夢魘的外觀。這種調和墨水在設計上能夠畫出非常細緻的灰黑色階。但繪師近來也不太在意這類枝微末節。

他把畫筆沾墨，跪在畫布前，接著暫停動作，望向夢魘。黑色繼續從它身上蒸騰而出，它的外型也還沒有很固定。這大概是它第一次或第二次到城裡來。夢魘至少要來過十幾次，才會擁有能夠構成危險的實體——而且它們每次都要回去暗幕充能，不然就會消散掉。

從外型來看，這一隻還滿新的。它大概還沒辦法傷害他。大概。

這就是爲何繪師們如此重要，卻又如此被隨意對待的核心原由。他們的工作不可或缺，但並不緊急。只要夢魘在前十次左右造訪時有被發現，就能被排除。通常都是如此。

繪師很擅長用這類思緒來掌控自己的恐懼。這是訓練的一部分——非常務實。等他的呼吸平息後，他試著思考這隻夢魘長得像是什麼東西，它的形體可以是什麼樣子。據說如果挑中了與它相似的物體，就更能壓制住它。這對繪師造成了一些麻煩。或者說，過去幾個月以來，他覺得這帶來的價值不值得那些麻煩。

所以他今天選擇了一叢竹子的外型，並開始作畫。畢竟這隻怪物的手臂一節一節的。看起來有點像竹子。

他練習畫過非常多竹莖。實際上，可以說繪師畫每一節時都使用了獨特精確的科學手法——以一小段橫畫開始，接著是一長豎。在抬筆前讓畫筆多停留一下，留下的墨點就會形成竹節末端的節點。只要一劃就能創造出一段竹節。

十分有效率，近來對他來說最爲重要。當他繪畫時，腦海中會固定住一個形狀——一幅有力的核心圖像。和平常一樣，這種刻意的思緒引發了怪物的注意。它暫停動作，接著把頭拔出牆，轉身面對他，臉部滴著它自身的墨水。

它朝他靠近，用雙腿前進，但變得越來越僵硬了。上面出現一段段的節點。

繪師繼續。橫劃。舞動。快速下筆推出葉片，比竹子本體顏色更深。它繼續接近，但手臂上也出現了相同的突起。他在底部畫上花盆，它也隨之縮起。

繪畫捕捉了怪物。轉移了它的目標。所以當怪物抵達他身前時，轉化已經完全奏效。

他近來不再全心投入繪畫了。他告訴自己，畢竟，他還有工作要做，而他做得很好。在他完成後，怪物甚至承襲了一些竹子的聲響——竹莖彼此輕敲的響聲，伴隨著上方日虹線無所不在的嗡鳴。

他抬起畫筆，在畫布上留下完美的竹子繪畫，還有巷道內模仿繪畫的怪物，竹葉拂過牆面。接著，隨著非常像是嘆息的一道聲音，夢魘消散而去。他刻意將其轉化成無害的樣貌——現在，被困在這裡，它無法回到暗幕、恢復力量。就如同熱鍋上的水珠，它就這麼……蒸發了。

很快地，又剩下繪師單獨待在巷子裡。他收好裝備，把畫布裝回大袋子內，放在還沒用過的另外三面旁邊。隨後，他繼續回去巡邏。

Chapter 4

侑美前往儀式場地的途中，蒸氣井剛好在她——從安全距離之外——經過時噴發。

壯觀的水柱從村莊中央的地洞裡噴發而出，狂怒的高熱泉水層疊噴射，最頂端有四十呎之高——這是地底深處神靈的贈禮。這些水至關重要；都遼很少降雨，而河流……嗯，你應該能想像高熱的地面對所謂的河流會有什麼影響。在侑美的土地上，水並不稀少，但是卻很專注、很集中、很高亢。

蒸氣井附近的空氣很潮溼，滋養了遷徙的植物與其他生命。蒸氣井上方常會有雲，提供了遮蔭與偶爾的降雨。沒有變成蒸氣逸散的水會回落在噴泉周遭，落在擺成六重同心圓的大銅盤上。泉水會集中在離地以維持涼爽的銅盤上，沿坡道送往附近的住家。這座村莊大約有六十戶人家——從蒸氣井排出的水量來判斷，應該還有成長的空間。

當然，住家都蓋在較遠處。沒錯，蒸氣井對本地的生命來說至關重要，但最好還是不要太過親近。

城鎮更外圍則是炙熱荒地。一片廢土，就連植物都無法承受地面的熱度；岩石會讓木屐起火，害死任何逗留的旅人。在都遼，你只能於夜間旅行，而且只能依靠神靈創造的飛行裝置所牽引的飄浮車輦代步。不瞞你說，多數人都選擇待在家裡。

水滴敲擊金屬盤的響亮聲響蓋過了圍觀群眾的竊竊私語。沐浴結束、祈禱完成，侑美現在終於能正式被瞻仰，所以她持扇的侍女已經退下。

她保持低頭的姿勢，以練習過的步伐前進——好祈日兆必須要如神靈般滑行。她很感激蒸氣井的聲響，雖然她不敢對崇敬的低語與呢喃感到不悅，但那有時候還是……難以承受。她立刻提醒自己，人們崇敬的對象並不是她，而是她的天職。她需要記住這點，需要逐出驕傲，保有矜持。她肯定要避免任何難為情的舉動——例如微笑。都是為了對她的地位展現敬仰。

地位沒有注意到她。人們敬仰的東西大多都是這樣。

她路過住家，大多數分成兩個區塊：一部分蓋在地面上以利用熱度，另一部分則是架高，讓空氣從底下通過以保持涼爽。想像有兩個木板條箱相連在一起，一個架在四呎高的半空中，另一個則是放在地面上。多數住家也鍊著一、兩棵矮壯的樹木——從枝條頂端到寬大網狀的根部大約有八呎高——乘著地熱飄浮在數呎高的半空中。

輕巧的植物飛在更高空，投下斑駁的陰影。白天，你只會在花園這種地面較涼爽的區域找到低飛的植物。或是那些有人在管理植物的地方，讓它們不會自己飄走，或因為外力而飄走。都遼是我唯一聽過有牧樹人的地方。

（沒錯，它們能飛起來的原因不只是地熱而已。就算在都遼，樹也是由硬木構成的，需要特殊的適應才能飄浮。但我們現在先不討論這部分。）

城鎮的另一端就是季牟幕禁（Kimomakkin），或是——我們在這故事內稱爲——儀式之地。每個村莊通常只有一座，免得神靈間互相嫉妒。幾朵花飄在附近，隨著侑美走近，它們隨之旋轉沉浮，很快就直直飛上天際。儀式之地是一片特別炎熱的石面，不過還遠遠不到荒地的炙熱程度。

（如果你在明亮炎熱的夏日去過雷熙群島的沙灘的話，就會有大約可以比較的基準。儀式之地的岩石如同在特別晴朗的日子走過沙灘的感覺那樣，熱到會燒痛人，但不到致命的程度。）

在都遼，熱度是神聖的。村民聚集在圍欄之外，木屐敲擊石面，父母舉起孩子。三名神靈敘者坐在一旁的高腳椅上唱歌。就我的判斷來看，神靈從沒在意過他們。（儘管如此，我還是很認可這項工作。任何能僱用更多音樂家的機會都是好的。這不是因爲我們沒別的事好做，而是如果你不找些有生產力的職位給我們，我們就會開始問自己問題，例如『嘿，爲什麼大家不改來崇拜我？』）

所有人都待在圍欄外等待，利允也不例外。歌曲開始了，充滿節奏感的吟唱，伴隨著鼓棒敲擊手鼓的聲響以及背景的笛聲。隨著蒸氣井解放結束、回歸沉眠，樂聲也逐漸變得明朗。

儀式之地內只有侑美一人。

地底深處的眾神靈。

還有一大堆石頭。

村民花了好幾個月蒐集這些石頭，堆放在整座城鎮，接著細細思量哪些形狀最漂亮。你也許會覺得自己故鄉的休閒活動很無聊，或是父母每次都強迫你做些讓腦袋麻木的蠢事，但至少你不必整天為了替石頭形狀排名而興奮。

侑美戴上一雙膝墊，跪在石堆中央，裙襬向外散開——隨著地熱微微波動。你通常不會想要肌膚那麼靠近地面，但在此處跪下幾乎可算是種親密的舉動。神靈會聚集在溫暖的地方。更正確來說，溫暖就是神靈在附近的徵兆。

現在還沒辦法見到祂們。必須把祂們引出來——但祂們不是任何人都能呼之即來的。需要侑美這樣的人。需要能夠呼喚神靈的女子。可行的方法有很多種，但都有項共同的特點：創造力。大多數自發性授予的實體——不管叫作仙靈、侍靈，還是神靈，都會以某種形式對這項人類天生的本質做出反應。

虛無中誕生存在。創造。

原料中誕生美麗。藝術。

渾沌中誕生秩序。組織。

或在這個例子中，三者皆有。每一名奸祈日兆都很熟練一項古老又強大的技藝。一項精巧、美妙的藝術，需要身心間的完美平衡。微觀尺度的地理重構、需要對重力均衡有深刻的理解。

換句話說，她們會疊石頭。

侑美挑了一顆形狀有趣的石頭，小心地靠其中一端平衡，接著鬆手讓它立在原地——一顆斜面橢圓，看起來理當會傾倒的樣子。群眾倒抽一口氣，但這項展示和祕法或神祕力量完全無關。這項技藝是直覺與練習的結晶。她在第一顆石頭上疊上第二顆，接著再同時疊上兩顆——

以看似不可能的方式平衡在左右兩端。這兩顆相對的石頭——一顆朝右方伸出，另一顆則是岌岌可危地待在左頂點上——在她鬆手後依舊維持穩定。

侑美放置石頭的方式有種慎重的崇敬感——先環抱一段時間，像是母親在安撫想睡的孩子。接著她會鬆開石頭，令人感覺只要一聲呼吸就會倒塌。這不是魔法，但確實像有魔力一般。

群眾很吃這一套。如果你覺得他們的著迷有點奇怪，我……並不會反駁你。這確實有點奇怪。不光是平衡，還有她的同胞認爲好祈日兆的表演——以及創作——是所有藝術的偉大頂點。

但話說回來，任何藝術都沒有與生俱來的價值。這不是我在抱怨或是看輕別人。這是藝術最美妙的面向——事實上，事物美麗與否是由人所決定的。我們不能決定什麼一定是食物，什麼不是。（有例外沒錯。別賣弄了。當你吃掉那些碎石時，我們都會笑你。）但我們完全可以決定什麼算得上是藝術。

如果侑美的同胞想要主張疊石頭比繪畫或雕塑更具藝術創作力……嗯，我個人覺得非常迷人。

神靈們也同意。

今天侑美創造出一道螺旋，利用藝術家的進展數列做爲大致的架構——你知道的名字可能不一樣。一、一、二、三、五、八、十三、二十一、三十四，然後再往回。有二、三十顆石頭的石堆理所當然要最壯觀——確實，她能把這麼多顆疊起來實在是了不起。但她也有方法讓只有三、五顆的石堆一樣帶來喜悅。各式各樣不同的小石頭，上面平衡著巨大的石塊；像瓦片般堆疊的石片，橢圓形的石頭搖搖欲墜懸在一邊；與她前臂一樣長的石頭，以最小的尖端立起。

從數學化的描述，到藝術家數列的應用，你也許會假設這段過程很有條理。充滿計算。但與其說這是工程才能，更像是有機的靈機應變。侑美一邊疊一邊搖晃，隨著鼓聲移動。她閉上雙眼，左右擺頭，感覺著石頭擦過手指，判斷它的重量，還有傾斜的方式。

侑美不想要只是完成任務。她不想要只是表演給竊竊私語的興奮群眾觀看。她想要有價值。她想要感覺到神靈，還有知曉祂們對她的所求。

她覺得祂們值得更好的人。某個比她最佳狀態下表現還要更好的人。某個沒有祕密渴求自由的人。而非某個——內心深處——抗拒自己被賦予的珍貴贈禮的人。

接下來數小時中，石構逐漸長成了包含十幾座疊塔的壯觀螺旋。侑美撐得比吹笛子的女人還久，那人在兩小時後就不行了。她繼續創作，村民將小孩帶回家小睡，或是溜去吃飯。她繼續到就連利允都必須得先去洗手間，然後匆匆回歸。

沒錯，觀眾能夠欣賞這座雕塑。但最適合的觀察角度是從上往下。或由下往上。想像一下，一個由疊石所組成的巨大漩渦，讓人想起吹拂的旋風，卻又完全由石塊組成。渾沌中誕生秩序。原料中誕生美麗。虛無中誕生存在。神靈注意到了。

注意到的數量空前之多。

侑美忍受著手指刮傷與肌肉僵硬繼續堅持下去，此時神靈開始從石面下浮出。形狀類似淚滴，像太陽一樣光亮——紅與藍在其中迴旋——大小仿若人頭。祂們升上地面，聚集在侑美身旁，定在原地。祂們沒有雙眼——幾乎只是顆球——但還是能看見，至少是能感覺到。

這一種神靈覺得人類的創造很令人著迷。而在此地，因爲她所完成的創作——還有因爲她的身分——祂們知道這座雕塑是件禮物。天色漸暗，植物也開始從高空降下，侑美終於變得虛弱。到了現在，她的手指已滿是鮮血——老繭被重複不斷的動作磨破。她的手臂已從痠痛轉爲麻木，然後變得同時既痠痛又麻木。

是時候進行下一步了。她不能又犯下早期常犯的幼稚錯誤：太過努力，結果在約束住神靈前就失去意識倒下。這不光只是創造雕塑，做爲信仰展示。如同契約裡用小字寫下的附加條文，今天的藝術展示也有附加實際用途。

累到無法站起身的侑美轉身背對她的創作——現在已包含了數百顆石頭。她接著眨眼，數著圍在她周圍的華美神靈——說實在，祂們看起來有點像一整群從甜筒掉下來的大球冰淇淋。

三十七個。

她召喚了三十七個。

大部分的妤祈日兆能叫來六個就算幸運了。她先前的紀錄是二十個。

侑美抹下眉毛上的汗水，透過模糊的目光又數了一遍。她好累。太（低微地）累了。

「傳喚，」她聲音沙啞。「第一名懇求者上前。」

群眾因爲興奮而躁動不安，許多人跑去尋找在數小時的雕塑過程中離開的家人與朋友。城鎮中的需求順序已經有嚴謹的排列，不過侑美不清楚是如何裁決的。懇求者會被排序，但只有最前面五、六人能有確定的位子。

排在後面的人的需求通常要等到下次拜訪才會輪到。神靈通常會被約束住五到十年——而且後期效果會逐漸減弱——因此妤祈日兆的工作總是有很高的需求。舉例來說，即便預期只有半打神靈會現身，今天的名單上還是有二十三個名字。

你可以想像，村議會成員爲了如何決定補上剩下的名字弄得非常熱鬧。侑美對此渾然不知。她只是跪在儀式之地的前方，低著頭——努力撐著不要癱倒在一旁的石頭上。

利允准許第一名懇求者入內，他的頭部位置太偏脖子前面了，看起來就像一幅畫被撕成兩半，又被隨便黏了回去。「受祝福的神靈領者啊，」他雙手扭絞著他的帽子。「我們家需要光線，我們已經有六年沒有光了。」

六年？晚上都沒有光線？突然間，侑美對於自己先前居然想逃避職責感到更加內疚。「我很抱歉，」她低聲說。「辜負了你與你的家人這麼多年。」

「您沒有——」男人停止說話。反對好祈日兆很不禮貌，即便你的本意是讚揚她們也一樣。

侑美轉身面向第一個神靈，祂充滿好奇地靠近她身邊。「光，」她說。「拜託。以我的禮物做爲交換，您能賜予我們光嗎？」同時，她也投射出配合的想法。一輪燃燒的烈日變成一顆發光的小球，讓她能握在掌中攜帶。

「光，」神靈說。「是的。」

男人緊張地等待。神靈抖動，一分爲二——一半發出友善的明亮橘光，另一半變爲暗沉的深藍球體，尤其在暮光之下，看起來就像是黑色的。

侑美把兩顆球交給男人，一邊掌心放一顆。男人鞠躬後告退。下個人懇求一對使用在花園露臺上的排斥裝置，讓她能把乳製品舉到空中冷卻以製作奶油。侑美同意，與下一個神靈對話，說服祂分裂成兩個表情猙獰的矮雕像。

每一名懇求者的願望都依序被實現。侑美上次不小心迷惑或嚇走神靈已經是好幾年前的事了——但這些人並不知道，因此每個人都戰戰兢兢地期待著，擔心自己的要求會是被神靈拒絕的那一個。

那並沒有發生，不過完成要求的時間越來越長，說服神靈所花的時間越來越多，因爲祂們與她的演出逐漸疏離。再加上，每個要求都從侑美身上取走了一點點……某種事物。那會隨著時間恢復，但在這當下依然讓她感覺掏空。就像一罐柚子茶，被一匙一匙取用殆盡。

有些人想要光。幾個人需要排斥裝置。多數人都要求飛行器——一種大約兩呎寬的懸浮裝置。這種裝置用來在白天照顧農作物，因爲植物會飛升到農夫無法觸及的高處，只能靠村莊的大鴉來看守。但有些威脅是烏鴉無法應對的，因此這類飛行器在多數聚落都是必需品。一如既往，神靈一分爲二形成裝置——在這個例子中，一邊是長了大昆蟲翅膀狀的機器，另一邊是一個可以在地面上操縱的手持裝置。

只要你能提供適當的描述，而且神靈願意，基本上祂們就能變成任何東西。對都遼人民來說，使用神靈做爲照明就像你們使用錢球，或其他世界使用蠟燭或燈籠一樣自然尋常。你也許會覺得都遼人浪費了他們手中的寰宇神力，但他們的環境很艱困，地面熱到眞的能煮開水。你得原諒他們想盡可能利用手上的資源。

說服全部三十七個神靈幾乎就和藝術本身一樣累人——到了最後，侑美已經是恍惚地繼續著。幾乎看不見、幾乎聽不著。靠著死背呢喃著儀式用詞，投射給神靈的不再是清楚的畫面，比較像是原始的需求。但最終，最後一名懇求者也鞠了躬，帶著他的新神靈鋸子快步離開。侑美發覺只剩自己獨自待在作品前方，周圍空氣清涼，飄浮的百合隨著地熱冷卻而逐漸降到她身旁。

結束了。她……結束了？

她的塑像就像其他藝術一樣會隨時間消散，然後在下一位妤祈日兆造訪之前被移除。這次儀式所創造出的那些裝置效果最終也會減弱，每個神靈被約束住的時間亦有所不同。但總體來說，你在單次儀式中約束住更多神靈，所有裝置就能維持更久的時間。她今天的作爲史無前例。

利允向前一步準備祝賀。但她所見到的人並不是神靈之主——而是一名累壞了的十九歲女孩，意識不清地癱倒在地，頭髮四散於石面上，絲綢儀式服隨著微風輕輕顫動。

夢魘最初來自於天上。

繪師曾經聽過證言。所有人都聽過。提醒你，這些並不算是眞正的歷史。它們很可能是遭到誇大的故事碎片。但學校依舊傳授著這些內容，就像身處在砂紙工廠的腹瀉患者，有時候所有可行的選項都不甚理想。其中一段證言說：

> 我看著垂死之神的血降下。我爬過奪取了我曾珍愛之人面孔的焦油。它捕獲了他們。他們的血變成黑色的墨。

這些話來自一名詩人，他在事件後三十年內一句話也沒說，一個字也沒寫。數十年後，另一名女人寫了：

> 祖父曾談論過夢魘。他不知道自己爲何倖免於難。他雙眼盯著虛無，說起他在黑暗中，在天上降下的恐怖中爬行的那些日子，直到他

發現另一道人聲。他們碰面互相擁抱，一同啜泣，緊緊抓住對方——雖然在那一天前他們從未碰過面，卻在那當下成爲了兄弟。因爲他們是眞實的。

然後還有這一段，我覺得是所有說詞之中最令人不安的：

它會抓到我。它潛伏進了障壁。它知道我在這裡。

這是大約一百年後發現的，這段文字被漆在一處洞穴的牆面上。他們從來沒發現骨骸。這些證言不連貫、支離破碎，又激烈混亂。你得原諒那些留言的人，他們當時正忙著從全面的社會毀滅中存活下來。那距離繪師的年代已經過了十七個世紀——以他們現在的觀點來看，純黑的暗幕已經是日常生活的一部分了。

他們能存活下來純粹是因爲日虹：能夠逼退暗幕的光芒。日虹提供的能量重新鑄造出——或者用本地的說法——重新繪製出了全新的社會。但這個新世界仍有夢魘需要處理，不論方法爲何。

「又是竹子？」領班透司從繪師的袋子中抽出第一面帆布。

「竹子很有效，」繪師說。「如果有效，爲什麼要改？」

「這樣很懶惰。」透司回應。

繪師聳聳肩。他在値勤結束後來交付畫作。這個小房間用一盞吊燈做爲照明，以一小截金屬的兩端跨接日虹線就能加熱它，那麼要依此爲基礎發明白熾燈泡，就只需要多一點點巧思而已。如我所提過的，這座城市並不全是青藍或洋紅色——只不過頭頂上的日虹線排除了需要任何其他顏色街燈的需求。

透司在帳冊上繪師的名字旁記上一筆。他們沒有嚴格的達標額度——大家都知道夢魘是隨機出現的，而且繪師的數量很充足。平均來說，你一晚大約會遇見一隻夢魘——但有時也會好幾天完全不見蹤跡。

他們還是會記錄。如果有繪師太久沒有上繳畫作，就會被詢問。現在，你們當中比較懶惰的人大概可以看出這個系統的漏洞了。理論上，繪師們接受的嚴格訓練應該會篩選掉那些沒去尋找夢魘就隨便畫畫交差的人。但在繪師取出下一面畫布，展現出第二幅竹子畫作時，透司暫停動作瞇起眼睛，確實是有好理由。

「竹子很有效。」繪師重複。

「你需要觀察夢魘的形狀。」透司說。「你需要根據樣貌來繪畫，把夢魘的本體轉化成無辜、不具威脅的形象。你應該只在遇到長得像竹子的夢魘時才畫竹子。」

「它們有像。」

透司瞪著他，而這位老者的瞪視很有力。有些表情就像味噌一樣，需要年歲熟成才能展現效果。

繪師假裝無動於衷，領了當天的薪水，走到外頭的街道上。他把袋子扛上肩——裡面裝著他的畫具與剩下的畫布——接著去尋找晚餐。

「拉麵學徒」是那種你可以在裡頭製造聲響的街角小店。在那裡，你吃麵條時可以毫無顧忌地發出吸溜聲，桌邊爆出的笑聲也不會令人尷尬，反而像顏料般與其他桌的聲音混合在一塊。雖然「晚上」時段沒有「白天」那麼熱鬧，但此處不知為何，就連安靜時都很喧嘩。

繪師在店外徘徊，有如光束下的一粒微塵，尋找著降落的位置。與他同梯的繪師們都頻繁造訪這裡，到了可以保留非正式專屬席的程度。日虹雙線環繞著門面的大片落地窗，看起來像是具有未來感的螢幕。同樣的線條也像藤蔓般從窗戶探出，以青藍與洋紅拼出店名，還有上方的一大碗拉麵。

（嚴格來說，我也是這間店的合夥人之一。怎麼了？著名的跨次元說書人難道不能偶爾投資點不動產嗎？）

繪師站在街上，像沐浴在日虹光下的樹木般吸收著笑聲。他最終低頭進門，隨手把大肩揹袋掛在衣帽架掛鉤上。十五名繪師占據了店內，包圍了三張桌子。明音坐在後方，正在打理她的頭髮；太陣跪坐在一旁的桌邊，正嚴肅地擔任著另外兩位年輕男子吃麵比賽的裁判。

繪師坐在吧檯邊。畢竟，他是城市與城外瘴氣間的唯一防線。孤高的戰士。想當然爾，他也偏好獨自進食。如果不是悲慘的凡人軀體所需，他根本就不會進來。就算是對抗黑暗、肅穆莊嚴、特立獨行的戰士，時不時也需要吃點拉麵。

店老闆沿著吧檯穿行過來，雙手抱胸、微微駝背地站著，模仿他的姿勢。他最後還是抬頭看了。

「妳好，設計（Design）。」他說。「嗯……我可以點跟平常一樣的嗎？」

「你的平常太平常了！」她說。「想知道一個祕密嗎？如果你點新的東西，我就把祕密寫下來，摺好放在麵裡送給你。但我也會用講的再告訴你一次，因為紙泡在麵湯裡會爛掉，你沒辦法讀上面的內容。」

「呃……」繪師說。「平常就好。拜託？」

「你的禮貌，」她指著他。「我接受了。」

設計……假裝人類的技術不是太好。這不是我的錯，因爲她不斷拒絕我對此事的建言。至少她的僞裝還有維持住。人們確實疑惑爲何這名奇怪的拉麵店女子明明看上去年紀才二十出頭，卻有著一頭長長的白髮。她的線條緊致，許多繪師都暗戀她。你懂嘛，因爲她堅持要我把她的僞裝外表做得特別出眾。

或者，我該用她的話重複一遍：「盡量把我做漂亮點，這樣當我的臉解體的時候看起來會特別詭異。還有給我曲線分明的身體，那讓我想到餘弦函數。還有胸部，因爲看起來很好玩。」

這不是眞正的身體——關於這點，我們都學過教訓了——而是十分複雜的織光術(注)框架搭配應力投射，直接附著在她顯現於實體界的意識元素上。不過因爲我對這類技術性的東西很在行，你可以假裝這和一般的血肉之軀沒有區別。

我承認，當設計走開去準備繪師的餐點時，他盯著她的方式讓我有點驕傲。確實，他有點太過火了——在她工作期間，他的目光完全沒有移開。別對他太嚴厲了。他才十九歲，而我是獨樹一格的天才藝術家。

設計帶著他的那碗拉麵回來，安放於刻在木製桌面上的小圓槽內。日虹線——分別接在吧檯的兩端——產生的熱量會傳入碗內，讓麵湯在煌一市的冷冽夜晚中能夠保持熱度。

身後，隨著吃麵大賽持續進行，傳來了笑聲與加油聲。繪師則是掰開他的麥彭棒慢慢進食，動作有禮，配得上他想像中的地位。

「設計，」他試著不要吸麵吸得太大聲。「我做的事……很重要嗎？」

「當然囉，」她漫步到他吧檯座位的對面。「如果你們不把麵條吃掉，我想我這裡遲早會沒地方存放麵條。」

「不是啦。」他朝掛在店內奇特造型衣帽架的一隻手臂上的袋子揮手。「我是說身爲一名夢魘繪師。這是項很重要的工作，對吧？」

「呃，對。」設計說。「顯而易見。讓我跟你說個故事，從前從前，有個地方沒有夢魘繪師，然後大家都被吃掉了。這個故事很短。」

「我的意思是，我知道整體來說這項工作很重要。」繪師說。「可是……我做的事情重要嗎？」

設計彎腰越過吧檯，他對上她的目光。考慮到她目前的姿勢，這對他來說並不容易。話是這麼說，我想你可能聽說過她的族類。我的建議是，就算你有機會，還是盡量不要對上謎族靈的瞪視比較好。他們的特徵——在沒有僞裝時——會扭曲時空，而且已知會導致那些想要從中看出條理的人發瘋。但話又說回來，又有誰不想偶爾叫線性連續體滾一邊去呢，對吧？

「我知道你想表達什麼了。」她對他說。

「妳知道？」他問。

「沒錯，今晚的拉麵八九折。感謝你勇敢的繪畫服務。」

這……不是他想說的。但他還是點頭道謝。因爲他是個工作內容至關重要，薪水卻不怎麼

注：「颶光典籍」系列中的魔法。

樣的年輕人。八九折就是八九折。

（補充一下，設計給的打折數字一定都是質數。因爲，我——引用她的話：『我是有原則的』——到現在還是搞不懂她的意思。）

她轉身去招呼其他顧客，繪師繼續吸食泡在鹹味熱湯中的長長麵條。食物很好吃。有些人會說是全市最棒的，這也不太意外。如果要說謎族靈擅長一件事，那肯定就是精確無比地跟隨指示行動。設計有許多小瓶子，裡面裝著要加進每碗湯的調味料，每個瓶子裡的鹽粒數目都一模一樣。

用餐到一半，明音走到了吧檯旁邊，繪師別開頭。她很快就拿著慶祝用的飲料回到其他人身旁。

他沉默地吃完剩下的麵。「要飯嗎？」設計發問，注意到他快吃完了。

「要，謝謝。」

她挖了一匙飯放進他碗裡吸乾湯汁，他將之囫圇吞下。

「你可以去找他們講講話。」設計拿著抹布擦拭櫃檯柔聲說。

「我在學校試過跟他們交朋友，結果沒什麼好下場。」

「人會成長的。這是人與石頭的區別之一。你應該——」

「我很好。」他說。「我是個獨行俠。妳以爲我在乎別人怎麼看我嗎？」

她歪頭，瞇起一隻眼睛。「這是個陷阱題嗎？因爲你顯然——」

「多少錢？」他說。「打完折後？」

「六塊。」

「六塊？一碗通常要兩百錕耶。」

「打零三折。」她說。「因爲你需要，繪師。你確定嗎？我可以去找他們，說你很孤單。我何不現在就過去？」

他在桌上放下一枚十錕硬幣，快速鞠躬致謝。在她逼他去做大概對他有好處的事前，他從大家掛揹袋的衣帽架上取下了他的袋子。他總是覺得這個衣帽架對這間餐廳來說非常奇異。但這裡確實是一間有個性的店。擺個外型像是有鷹勾鼻與狡猾笑容男子的衣帽架又有何不可呢？

（很不幸地，當我的症狀首次出現時，我對周遭的知覺依然保持完好。當設計把我噴漆成古銅色——她覺得否則我會太詭異——我的內心正在不斷尖叫。接著，務實如她，又在我頭上放了皇冠來掛帽子，還有好幾條插著木棍的彈帶來掛袋子或外套。

（如我所說，我是這間餐廳的店主。至少是合夥人。設計從我的口袋裡偷錢開了這間店。不過我不負責經營，被凍結在時間內讓我束手無策。供你參考，我可以打包票保證我是個很棒的衣帽架。我不喜歡把這當成落入了有損尊嚴的下場，反倒比較像是達成了一次非常成功的僞裝。）

繪師走到店外，心跳快速。短暫的陣雨在地面上留下積水，讓街道披上一層反射的光澤——光的線條越過頭頂，幽幻的反射從地底下透出。

繪師吸氣，吐氣，又重複一次。從設計的提議下逃脫後，他發覺自己很難繼續維持先前的藉口了。他知道自己不是獨行俠。他知道自己不是爲了榮耀對抗黑暗的騎士。他不重要、不有趣，甚至不討人喜歡。他大概只是幾千名沒沒無聞的男孩之一，缺乏做出醒目事蹟的勇氣——或更糟的是，缺乏讓自己懷才不遇的才能。

這樣評斷自己並不公平，但他還是這樣想了，而且感到難以消化。困難到讓他想要縮回他簡單的謊言內，假裝自己自願孤獨，充滿高貴的犧牲情操。但一部分的他開始覺得這種態度很蠢。幼稚可笑。這讓他很害怕。沒有了那層幻象，他該如何繼續下去？

他嘆了口氣，開始走回自己居住的公寓，他的大畫具袋揹在肩上，緊貼在背後。然而在第一個交叉路口時，他發現了一道跡象：角落的一塊磚頭上飄散著黑暗的細鬚。不久前才有一隻夢魘通過這裡。

這不算太令人驚訝。這裡是城市靠近邊界處較貧窮的區域。夢魘滿常會通過這裡。終究會有另一個繪師發現的，他已經下班了。繪師雙手插在口袋，沉浸在自身的不悅中，經過了轉角。如果趕快回家，還來得及在日虹視機上收看他最喜歡的連續劇片頭。

另一陣小雨吹過城市，在街上發出小小的鼓聲，倒影中的日虹線隨著節奏波動。角落磚頭上的黑色細鬚開始淡化，線索很快就會消失。

兩分鐘後，繪師再度現身。他沒有回家，反而踏過一灘積水，跟上夢魘的蹤跡前進——一路還碎碎唸著，反正連續劇第一段也只是前情提要罷了。

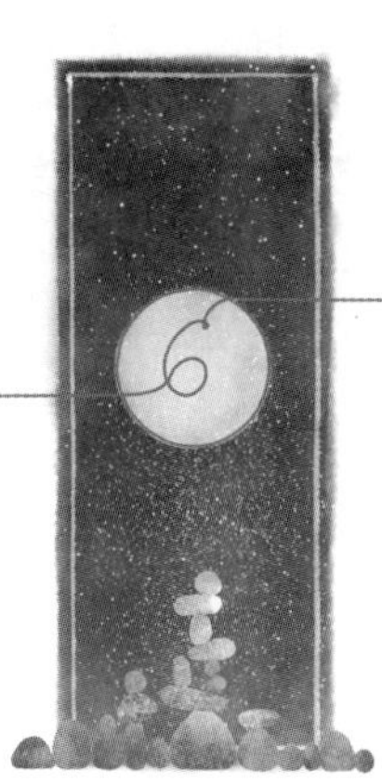

好啦，我們先談談我的狀況。

這不像我的風格，但我並不想談這件事。這不是我職業生涯中的亮點，而我希望人們專注在本故事中比較不像雕像的那些人身上。話是這麼說，但我知道如果不稍微做點解釋，你們當中有些人就會一直分心。

我發生什麼事了？

我不知道。這很複雜。我一抵達這顆星球就被凍結了。動彈不得。

我當時有意識嗎？

起初有。隨著時間經過，我的感官逐漸變鈍。我陷入某種呆滯狀態。不再感知，幾乎像睡著了。到了本故事發生的時間點，設計和我已經待在煌一市超過三個羅沙年了。

那我怎麼知道這個故事的？

一開始是人聲。對話。繪師所說的話，他就在我附近。還有侑美的——她的話語比較細微、扭曲、更加遙遠。我的知覺因此再度燃起火花，我開始看見畫面、景象，就好像……有人畫給我看一樣。由洋紅與青藍構成，直接送入我的腦中。有時候我只能看見模糊的經過，只有由兩條線構成的人形而已。其他時候，我可以看見畫面或是會動的景象。根據我專注的程度，我似乎在某種程度上能控制我會以何種方式收到訊息。

時至今日，我還是無法完整解釋發生了什麼事。這與我們之間的聯繫有關，但就連最精明的祕法學家們有時也會被這類交互作用完全考倒。不論如何，我知道發生在繪師與侑美身上的事與我的遭遇有關——他們的故事就是我的故事，只是少了「動彈不得、被漆成古銅色、無法與周遭互動」這一整段。

所以請專注在他們身上。因爲我短時間內肯定沒辦法去任何地方做任何有意思的事。

侑美在自己的車輦內醒來，身上蓋著毯子。已有人替她盥洗、換上正式的夜袍，然後將她安置在這裡。她身旁環繞著一圈花瓣，以及灑成環狀、祈求好運的種子。被切成方形的星光灑落在她身上，透過窗戶向內窺探。

即便睡了數小時，疲憊依然不減，侑美渾身痠痛地蜷縮在毯子下。他們肯定是在旅途中暫停了。夜晚的清涼空氣驅走了大部分的地熱，她的車輦被降到地面上吸收殘餘的溫暖。她通常很喜歡這樣，蓋著毯子享受地面的熱力有種獨特的舒適感，幾乎像是星球正在直接給予她力量。

侑美窩在原地一段時間，嘗試恢復過來。她知道該爲自己的成就感到驕傲，換成任何人都會有同感。

但她只感覺……疲累。還有因爲自己沒有正確的情緒而內疚。

然後更疲累了。這種罪惡感是個重擔。比她先前移動的石頭都還重。

再來她感到羞恥。因為罪惡感有很多朋友，而且還記得全部人的地址，以便快速呼叫他們。

熱度傳進侑美周圍，但似乎無法滲入她。她被烹熱，但中心依舊生冷。她在原地待到門被打開為止。你也許會聽見靠近的木屐腳步聲，但侑美沒注意到。

門外的人影——在深夜裡，人影看起來就像黑紙上的一團墨漬——等待著。直到侑美最終抬頭，發覺自己在哭泣，眼淚落在地板上，沒有立刻蒸發。

「我今天做得如何，利允？」侑美終於問，跪坐起來。

「妳完成了妳的職責。」利允回應的聲音輕柔卻又刺耳。像是撕紙。

「我……從沒聽過好祈日兆在一天內召喚了三十七個神靈。」侑美心懷希望。稱讚她不是監管人工作的一部分。但……如果能聽見……感覺應該很好。

「是的。」利允說。「這會讓人們產生疑問。妳一直以來都辦得到這種事嗎？妳在其他城鎮是故意留一手，拒絕如祝福此地一般祝福他們嗎？」

「我……」

「我很肯定妳這麼做必定有妳的智慧，靈選者。」利允說。「我很肯定妳絕不是太過努力，所以導致下個城鎮排隊等候的人只能得到少量的祝福，因而認為他們自身不值得被祝福。」

這個想法讓侑美感覺反胃。她的手臂垂在身側，因為動起來會疼痛。「我明天會努力的。」

「我確定妳會的。」利允停頓。「我很不願意想像自己訓練出一名不懂得控制步調的好祈日兆。我也很不願意想像自己是個糟糕的教師，教出的學生居然會想要假裝自己才華不足，藉此過得輕鬆一些。」

侑美聞言更加畏縮，手臂與背後的肌肉瘦疼使她皺起了臉。即便是偉大的成功，顯然她還是做得不夠。

「幸好，兩者皆非。」她低聲說。

「我會通知公沙鎮。」利允說。「讓他們明天可以期待一名強大的妤祈日兆前往造訪。」

「謝謝妳。」

「我可以提項建議嗎，靈選者？」

侑美抬頭看，從她跪坐的位置看上去，利允看起來彷彿有十呎高。黑夜中的一道剪影；中央純然黑暗的一道輪廓。

「可以。」侑美說。「請。」

「妳必須記得，」利允說。「妳是這片土地的一項資源。就如同蒸氣井的水。如同植物，如同陽光，如同神靈。如果妳不照顧好自己，便是在隨意揮霍妳所被賦予的偉大地位與機遇。」

「謝謝妳。」侑美低聲說。

「去睡吧，如果妳想要的話。靈選者。」

要把敬稱講得像侮辱一樣需要特別的才華。這點我要向利允致敬，這是討人厭的渾蛋之間的專業肯定。

利允轉身離開，又猶豫一下，回頭望向侑美。「我覺得……」她嗓音中帶了種奇異的困擾感。「這會再度發生。除非我做些什麼。我做爲妳的監管人失職了。也許……我會尋求建議。一定有什麼我能做的。」

她喀的一聲關上門，侑美垂下目光。她沒有回去睡覺。她有太多感受了。不只是疼痛、不只是羞愧。還有其他反抗的情緒。麻木。洩氣。甚至是……憤怒。

她用力地站起身，走過溫暖的石地板來到窗邊。她的車輦還沒離開，代表下個城鎮一定很近，不然他們早就在路上了。

她從這可以看見星光照亮了數百株植物，全都在地熱冷卻後從天上降下。它們在石面附近慵懶地飄浮著，它們的氣室——每片寬葉下各有一個——緩緩地充氣，上方長著承載種子的長莖。司卡德利亞人會稱之爲稻米，那是一種穀物，比你們羅沙這裡吃的來得細小。但這並不完全是米，當地語言稱之爲明梧，煮好後與米幾乎相同，只不過是深藍紫色的，所以我就使用比較通俗的說法吧。

在侑美觀看時，有十數株稻子乘上了突發的夜晚熱氣飛入半空，接著慵懶地再度降下。小動物在植株底下竄動，尋找可以吃的食物，一邊躲避蛇類。掠食者與獵物在熱力高強時都睡在樹裡。如果牠們夠幸運——或夠不幸，取決於從哪個觀點來看——就會選擇不同植株。

一陣風吹過田野，植物隨之顫抖，朝一邊飄去。但夜班農夫跟在一旁，揮舞大扇子阻止作物飄走。遠方的城鎮內，一隻巨鴉嘎嘎叫著。（牠們沒有像大家說的那麼大隻；我從來沒看過體型跟成年人一樣大的，頂多和七、八歲小孩差不多大而已。）村莊的馴鴉人很快便用言語安撫了動物。

侑美也希望有人能安慰她。她將疼痛的手臂靠在窗框上，朝外望向平靜的作物，看著它們慵懶地旋轉，偶爾升往空中。一棵栓在車輦側邊的樹在微風下抖動，枝葉的陰影投在侑美臉上。

也許她可以……爬出窗外，開始行走。沒有夜班農夫膽敢攔阻好祈日兆。她本該因這想法而感到羞愧，但這個當下她已經不能再更羞愧了。已經裝滿的茶杯裝不下更多水，只會從邊緣溢出，流到地上。

她不會離開，但今晚她希望自己可以。希望自己可以逃離儀式夜袍的囚牢。她就連睡眠都不被允許與常人相同。甚至連她的內衣都提醒她自己的身分地位。生而被選中。生而被祝福。生而被囚禁。

我……一個聲音在她的腦海中說。我了解……

侑美嚇了一跳，在原地轉身。接著她感覺到了。是……一個神靈。她的靈魂因祂在場而震動，是個強大的神靈。

被約束……祂說。妳被約束了……

神靈了解她的想法。這是她的祝福的一部分。但祂們很少、很少對好祈日照的想法做出回應。她只在故事裡聽過這種事。

我是受到了祝福，她對著祂心想，低下頭，突然間覺得自己極度愚蠢。她怎麼會讓疲憊使自己產生如此瘋狂的念頭？她會激怒神靈的。她一下子有個非常糟糕的預感：神靈拒絕被她的表演給吸引。因爲她，村莊將會沒有光、沒有食物。她怎麼能拒絕——？

不……神靈傳來想法。妳被困住了。而我們……和妳一樣……被困住了……

侑美皺眉，轉身望向窗外。這道聲音有哪裡不一樣。祂似乎……非常非常疲累，而且很遙遠？幾乎難以觸及她？她看向閃爍的星空——還有閃亮的晝星，是繁星中最亮的。難道……這個神靈……是從那邊對她說話嗎？

妳今天很努力，神靈說。我們可以贈予妳什麼嗎？一樣禮物？

侑美屏息。

她聽過這個故事。

大多數文化都有類似的故事。有的很糟糕，但這裡不是其中之一。在此地，神靈的贈禮通常都會伴隨著美妙的冒險。

但她不該奢望冒險的。她猶豫了。搖搖欲墜，像是失去平衡的石頭。接著，做爲她此生中最困難的時刻，她垂下雙眼。

您們已經祝福我了，她說。給予了我凡人所能獲得的最佳贈禮。我接受我的負擔。這樣對我的人民最好。請忘記我先前的無謂想法。

如妳所願……遙遠的神靈說。那麼……妳可以……給我們一項贈禮嗎？

侑美抬頭。這……在故事裡從沒發生過。

怎麼做？她問。

我們被約束了。被困住了。

她望向房間角落，那裡有對神靈光——兩顆球體碰在一起，在睡眠時間切斷光源——放在櫃檯上。這和她今天早些時候製作的那對一模一樣。一顆亮球，一顆暗球。被困住了？

不，神靈傳來想法。這不是我們的牢籠……我們……的存在更……糟糕。妳能解放我們嗎？妳能……試試看嗎？有個人能幫妳。

神靈陷入麻煩？她不知道自己能做什麼，但她的職責就是滿足祂們的需求。她的人生就是奉獻。她是奸祈日兆。命令原初神靈的女子。

我會的，她再次鞠躬低頭。請告訴我您們需要什麼，我會盡我所能的。

拜託，祂說。解放。我們。

一切轉黑。

繪師穿過接下來幾道巷弄追蹤夢魘，雨滴落在頭上。它的路徑很難跟隨；黑暗細鬚似乎逐漸消失在雨霧中。他走了兩次回頭路，街道逐漸變窄，蜿蜒穿梭城市外環擁擠的住宅區。

此處頭頂的日虹線就如麻線般纖細，幾乎無法照亮他的周遭。情況糟到他最終決定自己已經跟丟了，因此轉身回家，走經一扇他剛才沒有朝內瞥視確認的窗戶。

他這次朝內確認，結果發現夢魘就在房內，蹲在床頭旁。

細微的青藍日虹沿著天花板照亮了這間房間，映照出房內簡陋的家具與床墊，上面睡著三人：被夢魘無視的父母，還有一個……易於獵捕的孩童。

小男孩大概四歲，他縮在一邊，雙眼緊閉，抱著一個縫著雙眼的舊枕頭——窮人家版本的填充玩具。依舊很寶貴。

這隻夢魘高到必須彎腰，不然頭就會撞到天花板。流線無骨的脖子，身體帶有狼的特黴，彎向錯誤方向的腿，長了喙的臉。隨著絕望感油然而生，繪師發覺爲何這隻夢魘如此難追蹤了。它的身體幾乎沒有冒出任何煙。更而甚者，它居然有眼睛。如粉筆般的白骨色，但又像眼眶般凹進頭顱內。

這隻夢魘的臉幾乎沒有滴下黑暗。它感覺已經完全穩定了。不再無形。不再漫無目標。不再無害。

這隻怪物肯定無比狡猾，才能在沒被注意到的情況下入侵城市這麼多次。夢魘要凝聚到這種程度至少需要獵食十次左右。再過幾次，它就會完全具體化。繪師往後退，渾身顫抖。它已經有實體了。這種怪物可以……可以屠殺數百人。三十年前，淵野呂市就是這樣被穩定夢魘毀滅。

這超過他的薪資範圍了。這可不只是比喻。有一支繪師特種部隊專注於阻止穩定夢魘，他們會在各地穿梭，前往有人目擊到穩定夢魘的城鎮。

小小的吸鼻子聲打破繪師的驚慌。他把目光從夢魘身上扯開，望向床鋪，男孩——發抖著——將雙眼擠得更緊了。

那孩子是醒著的。

在這個階段，夢魘已經可以獵食有意識的驚恐，就像攝取夢中無形的恐懼一樣簡單。它帶爪的手指劃過男孩的臉頰，被劃開的皮膚流下血痕。這動作幾乎可說是溫柔。何不呢？這孩子給予了這隻怪物形狀與實體，那都是從他最深層的恐懼奪取而來的。

到目前爲止的故事，也許讓你對繪師的形象感到不以爲然。沒錯，那些形象是有根據的。他生活中的許多問題都源自於他自己的錯誤——與其想辦法修補錯誤，他反而在舒適的自我幻想與無謂的自我厭惡中不斷來回。

但你也該知道，在這當下——在夢魘看見他之前——他可以很簡單地溜回夜晚中。他可以向領班回報這件事，對方就會去通知夢衛隊。大部分繪師都會這麼做。

我們的繪師反而伸手去拿他自己的畫具。

聲音太大了。聲音太大了！他心想，把包包丟在地上，手忙腳亂地拿出畫布。他不能叫醒父母。如果有人開始尖叫，穩定夢魘就會攻擊，人們就會死去。

冷靜。冷靜。不要餵養它。

他的訓練勉強發揮效果。他顫抖著抽出畫布、畫筆以及顏料。他抬頭看。

然後發現怪物就在窗邊，長脖子朝著他伸過來，利刃般的手指刮擦著內牆。兩個蒼白的眼洞似乎要將他吸入，拉進別種永恆之中。在今天之前，他從來沒見過有臉部的夢魘，但這隻正獰笑露出慘白的狼齒。

墨瓶從繪師的手指間溜下，哐的一聲掉在他身前的地上，灑出墨水。他一邊摸索瓶子一邊努力保持冷靜，最後狂亂地決定直接用他的畫筆沾起地上的積墨。

夢魘向前進……但被擋住了。它不習慣擁有這麼多實體，所以無法簡單地穿過牆面。它的爪子尤其困難。雖然這個延遲很短暫，但八成救了繪師一命，因爲他成功地取出並打開雨傘替畫布遮雨，讓他能開始作畫。

很自然地，他開始畫竹子。先在……先在底下畫一團墨跡，接著……接著直線往上再一勾。些微停頓一下子，再開始畫下一節……像是發條一樣。他已經做過幾百次了。

他看向夢魘，它正緩緩地使一隻手穿過牆面——在石頭內留下刮痕。它的獰笑擴大。以繪師現在的狀況，他的心智肯定在它的注意範圍之內。而這次畫竹子肯定不夠。

繪師把畫布丟到一邊，接著從袋子裡抽出最後一張。怪物把另一隻手拉出牆面，發出了鐵釘摩擦岩石的聲響。雨水落在它頭上，從帶著笑容的面部兩側流下：水晶般的眼淚，搭配原本的子夜之淚。

繪師開始畫畫。

有某種瘋狂定義了藝術家。那是願意忽略現實存在的能力。世紀以降的演化讓我們不但有能力認知到光線，更能定義顏色、形狀、物體。我們通常不會去想這有多了不起，我們居然只靠朝我們反彈而來的光子，就能判別物體的本質。

藝術家不是這樣看東西的。藝術家必須要有能力看著一顆石頭說：「這不是石頭。這是一顆人頭。至少在我用這把槌子敲一陣子後，它就會是人頭。」

繪師不能只看見夢魘。他必須要看見它可以是什麼，如果不是由恐懼所產生，它可能是什麼。在這當下，他看見了孩童的母親。雖然他只瞥到一眼房內她躺在兒子身邊的樣子，他還是重現了她。

把恐怖的事物轉化成普通的事物。被珍愛的事物。有人警告過他把夢魘畫成人很危險，因爲人還是能傷害你。但今晚這樣感覺很正確。只有簡單幾筆，他就喚出了她臉部的模樣。鮮明的眉毛。薄唇，只要輕柔的一筆。臉頰的弧度。只有短短一瞬間，某種東西回到了他身上。他在單調的數百幅竹子畫之間遺失的東西。美麗的東西。或者倘若你是隻接近穩定的夢魘，這就是恐怖的東西。

它逃走了。這實在太不合理，導致繪師下一筆都畫錯了。他抬頭，只剛好來得及看見那隻怪物逃離巷子。它原本可以攻擊的，但它還沒有那麼穩定，所以它選擇逃跑，而非冒險讓繪師有機會將其約束成被動、無害的型態。才不過幾秒，它就不見了。

他長長吐出一口氣，讓畫筆從指間落下。一方面，他鬆了一口氣。另一方面卻很擔心。如果它知道要逃跑……它肯定很危險。極端危險。他基本上毫無概念要怎麼對付這種怪物——而且也懷疑自己的技巧是否有辦法擊敗它。只有最有天分的繪師才能擊倒穩定夢魘，而他——以痛苦的方式——認知到自己並不是其中一員。

幸好，他做的足以嚇走它了。現在他可以離開、去向上級通報這件事，然後他們就會連絡夢衛隊。他們可以在它完成最後幾次獵食前捕捉到它，城市就安全了。

他把畫布與雨傘留在地上，走向牆邊，雙手抱胸嘗試溫暖軀幹。房內，男孩已經睜開眼睛，並且盯著窗外的他。繪師露出微笑點點頭。

小孩立刻開始尖叫。這反應比繪師想像中來得激烈，但一樣達成了預期的效果：一對驚嚇的父母安慰起孩子，然後身穿短褲的父親猶豫地打開了小窗。

他看向地面上的畫具——還有在雨中逐漸失色的畫——以及站在巷子內溼透了的年輕人。

「……繪師？」他問。「是……」

「是夢魘。」繪師感到麻木。「以你兒子的夢為食。」

男人雙眼大睜，從窗邊退開。他搜尋房間，好像在找有沒有東西藏在角落。

「我把它嚇走了。」繪師說。「但……這隻很強大。你在其他城市有親戚嗎？」

「我父母。」男人說。「在風日眞市。」

「到那邊去。」繪師說著他學習過在這種情況下該說的話。「夢魘無法追蹤人那麼遠——

在我們處理掉怪物前，你的兒子也能保持平安。你們可以申請補助款來協助這期間的生活開銷。只要我登錄發生的事件，你就可以取得款項了。」

男人看著在母親懷中啜泣的小男孩，接著看向繪師——他知道接下來會發生的事。男人會質問他爲何讓怪物跑了。爲什麼他不夠強、不夠好、不夠熟練、無法抓住那隻怪物。

但男人反而雙膝跪下，垂下了頭。「感謝你。」他小聲地說，抬頭看著繪師，兩眼泛淚。「感謝你。」

嗯哼。繪師眨眨眼，結巴了一下，然後找到了他的聲音。「不必言謝，市民。」他說。「只是一名男人在盡他的職責罷了。」接著，他以在雨中——還有因壓力而不斷顫抖的手——所能表現出最有禮儀的方式收好畫具。

當他收好後，這家人已經打包好他們僅有的財物了。你得原諒繪師在穿過巷道時走得特別快，還不斷回頭確認。他現在的感受就跟差點被大石頭壓扁的人差不多。他心裡有一部分還不敢相信自己居然能活著逃出來。

他在踏上大路、看見其他人後，才不禁鬆了口氣。行人的數量和平時早班別無二致。星低垂在天空，在街道末端處的地平線邊依稀可見。

他望向領班辦公室，突然感到不自然的疲憊。他的雙腳如陶土般軟爛，頭則像石塊般沉重。他感到搖搖欲墜。他需要……睡覺。

那隻夢魘今晚不會回來。它會逃回暗幕內，重新蓄力，然後隔一晚再……潛進來。等他醒來……他就去跟領班講……

他的意識像起了霧般朦朧遲緩。他轉身回家，幸好就在不遠處。他幾乎沒意識到自己是如何抵達、爬上樓梯、走進房間的。他試了四次才成功插進鑰匙，但當跌跌撞撞進入房內換好睡衣後，他暫停下來。

他現在該睡覺嗎？那家人……需要他的報告……才能領補助……

他發生什麼事了？為什麼突然感覺力氣像是被抽光了？他喘不過氣，因此推開窗戶向外傾身，大口呼吸新鮮空氣。接著他聽見奇怪的聲音。是一陣急促的聲響？像是……水聲？

他抬頭望向星。

有什麼從天上落下擊中他。力量巨大。

一切轉黑。

繪師眨眼。他好熱。熱到不舒服，還有某種東西對著他的臉閃爍。是道刺眼的光芒，就像站在日虹巴士正前方一樣。

他睜開雙眼，立刻被那股恐怖的強力光線閃到看不清。

到底（粗魯地）發生什麼事了？他撞到頭了嗎？他強迫自己在光線下睜開雙眼，努力坐起身。他穿著……鮮豔的衣服？沒錯，是某種用紅藍布料製作的厚重正式夜裝。

他身旁躺著一名年輕女子。她就是你認識的侑美。

她睜開雙眼。

然後放聲尖叫。

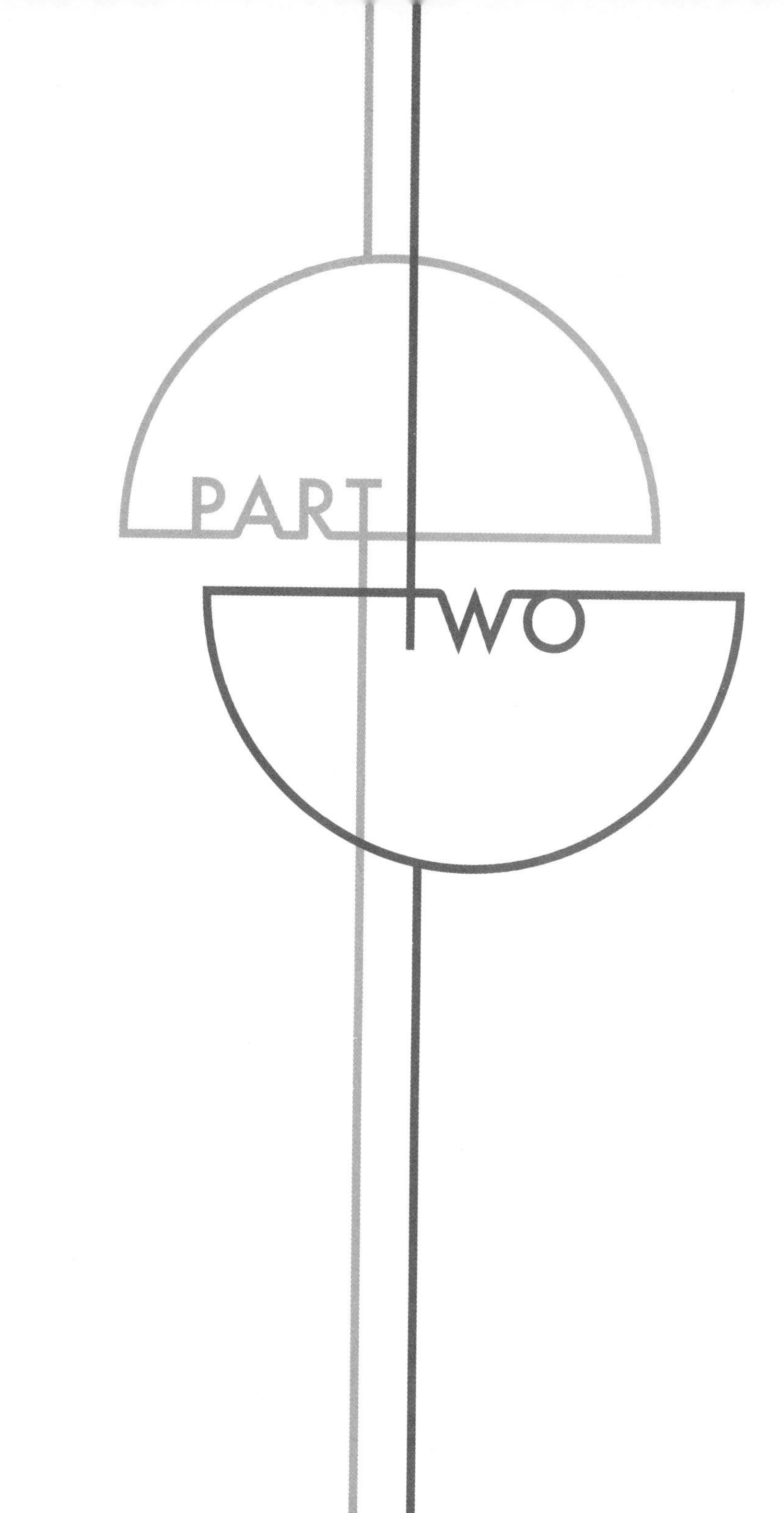
PART
TWO

繪師猛然站起身。他身處一個小房間內，底下是石面，周遭是木牆，而且沒有家具。

那道強到沒道理的光芒——從房間唯一的小窗外射進——掩蓋了一切，讓他難以視物。他舉起手擋住那股奇異的橘紅光。光不應該是那種顏色。對他來說，這就類似於看見有人流出顏色不對的血液。

況且，還有那個女孩。他怎麼會跑來躺在她旁邊的？她忙亂地跪起，伸手想抓她的毯子。

然而她的手直接穿過物體，就好像她不在此處。

對。好喔。這是……一場夢，大概吧？繪師了解夢境。他上的課程——大概有注意聽講，不過也偷偷地在筆記本上畫圖——有仔細解釋相關的原理。這裡感覺一點都不像是夢境，但他知道在夢境中是不能信任自己的。

他得找出文字。根據他的課程，這是可以證明他正在作夢的一種方式——你在夢境中通常無法閱讀。

「侍女！」女孩大叫！「侍女！」她持續亂抓著毯子，但她的手指一直穿了過去。就好像……

喔，不。她是夢魘嗎？

紙。他需要紙。依舊伸手擋著窗外刺眼的光芒，他再度掃視房間——但這裡面完全是空的。誰會住在沒有衣櫃、沒有坐墊，連桌子都沒有的房間裡？

等等。那邊的架上有本書。他抓起書開始翻頁。看起來像是祈禱經文？他可以輕鬆閱讀裡面的文字。

女孩此時陷入沉默，因爲她的求救沒有招來任何回應。如果她確實是夢魘，那她……嗯，她違背了他的所知。像她一樣這麼穩定的夢魘應該要有實體。她也不應該有顏色或是女性的外貌，而是要有某種想像中的扭曲外型。

除非她超越了穩定。有些故事來自於遭受攻擊的城市毀滅前的時刻，其中提到了有些穩定夢魘會開始改變顏色，變得更像肉體……但不，這名女孩並沒有喪心病狂，以無盡的狂怒向外攻擊，準備痛下殺手。她不可能是夢魘。

他瞥回那本書。他能夠閱讀。這不是百分百的證據，然而……嗯，他了解夢境。他了解夢魘。他沒有在作夢。時間是線性的。因果關係正常。他可以閱讀、感受，還有——最重要的——可以思考這是否是場夢境，而不會感到疏離。

不知如何，這是眞實的。

女孩身穿與他完全相同的夜裝，狂亂地想要抓起毯子。繪師不知道該如何反應。他從來沒在虛無飄渺的女孩身旁醒來過。雖然那比我曾經起床時身邊伴隨的東西來得令人愉悅得多，但確實會令人有點混亂。

「你穿著我的衣服……」女孩悄聲說。「你……你不是入侵者，對不對？你是跟我對話的神靈。你取得形體了？」

繪師不確定她在說什麼，但——至少比承受尖叫好得多——他決定表現得酷一點。這裡的「酷」指的是假裝自己知道發生什麼事。他闔上書放回架上，接著雙手抱胸，對她露出他最有自信的「我是神祕的黑暗戰士」表情。

她低下頭。「您眞的是那位強大的神靈。請原諒我先前的態度。我受到驚嚇，搞不清楚狀況。我沒有惡意。」

等等。

這有用？

哇。然後呢？

嗯，如果有人覺得他很酷，他當然不該反對或破壞這點。這是個很棒的人生座右銘。即便這是他首次有機會實踐。

「我在哪裡？」他說。

「您在我的車輦內。」女孩說。「好祈日兆的車輦。我是侑美，這是我的房間。」

「那……妳的家具呢？」

「我不需要家具，」她說。「因爲我唯一的目標即爲侍奉與思量您的偉大。」

這……感覺有點過頭了。他不自在地扭動，心想也許他可以確認窗外的景象，搞清楚自己在哪裡。他一直刻意躲開那道強力的橘紅光芒。這一整個體驗都太不真實，但那道光……根本是無法理解。怎麼可能有這麼亮的東西存在？

繪師惶恐不安地靠近窗邊，即使有一部分的他確信那道光會燒傷自己。那看起來實在是比日虹雙線多太多……嗯，就是太多了。那就像是火焰的本質一樣。他皺起臉將一隻腳趾伸入光下——但什麼也沒發生。

他走進光芒，感覺就像踏入溫水浴缸。真奇怪。他承受著光芒的烘烤，舉起手遮擋眼睛向外看。我不會說這是錯誤，不真的是。但就跟十歲小孩問小嬰兒從哪來的一樣，他也不知道自己即將面對的是什麼。

繪師看見一片並非黑暗的天空，反而是延伸至無窮盡的淡藍，主宰其上的是一顆巨大的光球。就像天上有顆大燈泡，但不是發出柔和的白光，而是憤怒的橘紅光。

而且好像那還不夠，天上還散布著植物。黑色的大鴉看守著一大群植株，牠們會將飄離的植物搧回團體中。周遭還環繞著些飛行物體，負責指揮烏鴉，還有趕走野生鳥類。

地面是一望無際的棕色石面，偶爾有些飄浮的花點綴於其上。有很多事要消化。超過他的能力所及。例如，他甚至沒注意到侑美的車輦是浮在半空中的。

他有注意到的事物就像飢渴的酒客在酒吧開張前就撞開大門一般，淹沒了他剩餘的懷疑。這是真實的。但這裡不是他所知的任何地方，或是他所讀過的任何地方。這裡根本就不像他的家鄉。這裡就像是……另一顆星球？

「星。」他指向地平線旁的閃耀光點。

「您說晝星嗎，神靈？」侑美從他身後問。

「新聞說有人住在星上！那邊是另一個世界，和我們的相似。我記得……有個夢魘從天而降，吞沒了我……」

也許把他帶來了這裡？那麼天上就是從這個位置上可見到的他的家鄉？

「強大的神靈，」侑美跪在地上說。「我不理解您在說什麼，但拜託您。我能知道您對我做了什麼嗎？還有……打算維持多久？這樣我才能了解您的意志，以適切方式崇敬您。」

好吧……裝酷是一回事。讓一名年輕女子認為他是某種強大的神明又是另一回事了。「聽著，」他說。「我，呃，不是——」

門外傳來敲門聲打斷了他。侑美驚慌地抬起頭，接著看向繪師。「拜託，神靈。」她說。「將我恢復吧。拜託了。」

房門打開，兩名女子進入。其中一名身材矮壯，大約二十多歲，另一名則是三十多歲，身材較為細瘦。她們也穿著類似的奇異寬大服裝，頭髮紮成圓髻。繪師感到一些與侑美相同的驚慌。她也許認為他是某種重要的靈體，但這些年長者肯定會有不同反應。在這裡，被抓到入侵年輕女性臥房的處罰是什麼？

他唯一能想到的事就是再次雙手抱胸，擺出自信的姿勢。他以為這很了不起。確實是這樣沒錯——如果你是個想學如何生悶氣的四歲小孩的話。

然而，這兩個女人直直從侑美身旁走過，就好像沒看見她。她們帶著一張小桌子，是坐在地上用餐時所使用的，還有一碗飯。她們朝繪師走近，接著跪下鞠躬。

他看向侑美，她站起身，長髮因睡眠而亂翹。她歪著頭，走向前，在女人們前方揮手。「彩英？」侑美問。「煥智？妳們聽得見我嗎？」

兩人沒有回應。她們依舊跪在地上，不過其中一人抬頭看向繪師。「靈選者？」她問。

「您……還好嗎？」

侑美倒抽一口氣，雙眼大睜。「神靈……您用了我的外型？」

他有嗎？

等等，不。他不是神靈。

他完全（粗魯地）沒概念到底發生什麼事了。

（再次提醒，侑美與繪師的語言都有這種有趣的格式，會讓說故事的人敘事困難，尤其當聽眾使用的是沒有高低格式的無聊語言。要傳達這點會有點突兀，但我已經盡力了。不客氣。）

無論如何，雖然繪師很困惑，但他也確實餓了。而這兩個女人似乎在等待他吃飯。他決定——身為孤高的戰士——最有信心的作法就是吃點東西，讓他可以繼續保持神祕感，不被咕咕作響的肚子打擾。所以他坐下，從其中一個女人手上取走飯碗。

「謝謝。」他從另一人手上拿走麥彭棒，開始吃飯。「妳們有東西可以配飯嗎？」

兩個女人倒抽一口氣。

「神靈，為什麼？」侑美哀求。「您為何要使用我的形體？您……放逐了我嗎？我現在只是靈魂，您則擁有我的身體嗎？但為何在我眼中您是年輕男子的樣子？」她跪在他面前，和其他兩人排成一排。「拜託。我不理解。拜託。告訴我您的旨意。」

他猶豫地停下動作，嘴裡含著嚼到一半的米飯。其中一個女人朝碗伸手，他向後退，又吃了一口，評斷她們的反應。是驚恐？

「這……是有毒還是什麼嗎？」他說。「我是不在意啦。理所當然，我強到能承受任何一種毒藥。」

兩名女人逃離，丟下小桌椅及其他餐食用具。她們沒關上門——因此透進更多刺眼光芒——接著跑開，腳步在石面上發出一串敲擊聲。她們……穿的是木頭鞋子？

侑美眼中帶淚盯著他。然後神奇地、微妙地，她的表情發生了變化。她垂下的嘴唇噘起來。牙齒咬緊。肌肉緊繃。

「夠了。」她（粗魯地）說。「我受夠了！」

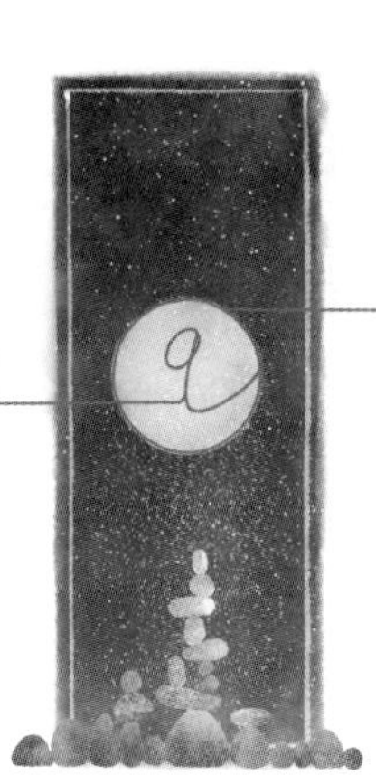

有個常見的錯誤是認爲親切的人都很軟弱。如果你也這樣想，那你可能不知道別人要花多少功夫——多少力氣——才能忍受你的無理取鬧。

侑美並不軟弱。她並不會任人擺布。當你見到耐心時，別以爲那代表脆弱。除此之外，她也有極限。她剛才已經達到了極限。

「我一生都在服侍你們！」她站直身子說。「我爲你們付出了一切！」

神靈眨眼。而，好吧，侑美不是刻意要爆發的。我想那就是爆發的定義。那些話就自己衝出來了。

「我犯了一個錯！」她說。「我不知爲何昨天太努力工作了。你是因爲這樣才決定降臨的嗎？你爲何尋求我的幫助，卻又奪走我的形體？難道這才是重點嗎？要懲罰我？你是來這裡給我難堪的！你明知道像我這樣的人該有何種舉止，那是你們頒令的！所以你拿起碗開始吃飯的唯一原因就是要羞辱我！」

侑美一口氣說完話，深深吸氣，全身充滿了可觀的憤怒。她從沒這樣表現過。有些人可能覺得這很暢快，但對她來說，這比較像是……注定會發生的。你放開磚頭，它會落下。你放開花朵，它會飄起來。你把一個人逼得太緊……對，她會爆炸。就如蒸氣井一樣，壓力總要有宣洩的管道。

她緊閉眼睛，雙手握拳，做好準備。她不確定以如此糟糕無禮的行爲忤逆神靈會有什麼後果。她當然知曉很多暗示，但沒有確切的結論。普通人也許只會遭遇一些厄運而已，但她可是好祈日兆。

她預期被撕成粉碎。也許被壓縮成一顆彈珠的大小。也許她會走好運，神靈只會詛咒她每次說話時都會吐出蜥蜴。但她無法阻止自己爆發。她又累、又痠痛、又不堪重負。

她等待著。時間長到令人不自在。

終於，神靈說話了。

「讓我們假設，」他說。「我不是妳想像中的神靈。這樣會有多糟？」

侑美睜開一隻眼睛。他坐在那裡，臉頰上黏著一顆飯粒，一注意到她睜開眼睛，就稍微挺起胸膛、坐直一點，擺出奇怪的表情。就好像……他想吐？她無法判斷。

「我不懂。」她說。

「我也希望我懂。」他說。「但我不是神靈。我是人。可以算是個神祕人。」

「神祕？」

「非常神祕。」他說。「聽著，我不認識這個地方，也不知道我爲何在這裡。但我想……我想我是從另一顆星球來的。」他說完後表情瑟縮了一下。「聽起來會很瘋狂嗎？」

她歪頭。

「天上的那顆星？」他站起身指向窗外。「妳稱爲畫星的那一顆？我是從那裡來的。也許吧。這是我最好的假說。」

「你是……人類？」

「百分之百。」

「由母親所生？」

他點頭。

「你會吃飯？你會睡覺？你會……把神靈的贈禮釋放回環境，重複利用？」

「妳是指——？」他說。

侑美幾乎沒在聽。有沒有可能她搞錯了？嗯，當然有可能。就如先前所述，她又累、又痠痛、又不堪重負。不是進行邏輯分析的最佳狀態。

她回想昨晚發生的事情經過：神靈對她說話，說祂被困住了。請求她釋放祂。祂聽起來沒有因爲她的軟弱而憤怒。祂還說了，有一個人能幫妳。

「是祂派你來的。」她低聲說。「祂派你來幫我！那位神靈陷入危險了。類似這樣的故事是存在的——神靈派出偉大的英雄去執行任務。」她睜大雙眼。「祂要求我給祂一個獎勵。祂是需要我的身體？我辦不到祂想做的事，所以祂派你來代替我……請告訴我，你在你的同胞內算是偉大的戰士嗎？我是說在畫星上的人民之中。」

他思考了一下。比她預想的還久。他想必很謙虛。最終，他點了頭。「是的，我是最偉大的之一。」

那她目前的狀態就比較合理了。在受她呼喚前，神靈是沒有實體的。所以祂在把她的形體交給這名英雄後，很自然地就會給予她如神靈本身一樣的虛幻形體。她能感覺到自己的夜袍，但除此之外的東西都無法觸碰。就連她腳下的地板都彷彿沒有實體一樣。她甚至不確定自己是如何行走在上的。

「我的侍從很快就會回來，但願如此。」侑美說。「告訴她們發生了什麼事。」她下意識朝他伸手懇求。「她們會知道該怎麼協助。拜託，我們必須……」她接觸到他的手指時，聲音驟停。

她立刻感到一陣顫抖，就像踏入冷水一樣——但熱量緊接而來。溫暖淹沒了她，從指尖往上衝，伴隨著幾乎如電流般的酥麻感。那湧向她，壓過她，驅逐了其他一切思考、情緒與感受。

當她觸碰毯子時，她什麼也感覺不到。手指穿過去就連一點搔癢也沒有。當她的侍女穿過她時也一樣。

這次的效應完全出乎意料之外。她放手往後跳開，倒抽一口氣，眉毛上結出汗珠。他瞪著自己的手，舉止明顯表明他也有相同的感覺。也許是她的靈魂與肉體間的聯繫？她在這當下說不出話，只能大口喘氣——不過因為她沒有身體，所以這說法也不太對。但當她望向他時，感覺自己從頭皮到腳趾都在發紅。

好吧。她心想。也許不該觸碰他。那很……令人分心。

「太瘋狂了。」他說。「觸碰妳就和直接接觸日虹線的感覺一樣……」

她往後退，感到難為情。「也許，」她說。「我該去看看鎮上有沒有事情發生？也許我在目前的狀態下，有辦法和神靈直接溝通。」

「好啊。呃，我是說……眞是英勇的提議。」

她點頭，猶豫地踏出車輦。她睡著的時候是光腳，因此擔心沒有木屐，但她的腳感受不到地面的熱度。然而，才剛走出門一碼，她就感覺到一股拉力，令她無法離得更遠，有如被綁在了他身上。她向後退，想靠奔跑擺脫拉力——但一到邊界就被用力扯回，就好像身上綁了一條彈力繩。

她回身跌進車輦中。他往前想要接住她，兩人的胸口互相擦過。溫暖再度湧上她，蔓延進她核心的最深處。她驚叫一聲勉強跳開，跌在地上。因爲她沒有身體，所以不會痛，但這次她臉紅得更嚴重了。很自然地，守貞是好祈日兆生活的一部分，而她把那一類的情緒控制得非常好。絕對都在掌控之中。肯定是。

一道嚴肅的身影來到還在搖晃的敞開車門前，將她從羞恥中拯救出來。利允今天穿著黃加黑，這是每個月第四天的儀式顏色。一如往常，她看起來並不生氣。沒有人能朝好祈日兆生氣地說話。

再者，利允是不明說就能表達情緒的專家。

「靈選者，」她滑出木屐，踏上車輦地板。「我聽說妳依自身的智慧，決定在今日違背儀式。」她路經在地上跌成一團的侑美。

「喔。」英雄說。「對。所以，我應該要告訴妳其實我不是妳所想的那個人。我是，呃，神靈派來的英雄？聽著，我的家鄉就在那顆星上，那裡的光是正常的？青藍色與洋紅色的？不是……外面的這種。」

侑美跪著爬向利允，然後急忙站起身，熱切地點頭。監管人一定會知道怎麼處理這種狀況。她一定能幫助他們兩人理解神靈的願望。

「妳肯定理解，」利允柔聲說。「即便遭遇到個人困難，靈選者還是要繼續服務。」

「當然？」英雄說。「我想是吧？」

「如果有名靈選者，」利允繼續說。「想靠捏造子虛烏有的事情來逃避她的職責……這只會讓她的生活更艱難。還會連累其他所有人。謊言的罪惡感最終會從內而外將她撕裂。」利允垂下頭，彷彿在表現服從。「靈選者，我爲魯莽地解釋妳早已了然於心的事情而道歉。」

侑美頹喪地跪坐下來，感覺有顆難受的硬塊卡在喉頭。這……這跟她預期利允會說的話一模一樣。如果她沒這麼混亂，就會更早察覺到這點。

「這樣啊。」英雄思考了一下，接著……擺出某種姿勢？雙手抱胸？他難道覺得穿著夜袍這樣做看起來很厲害嗎？「我覺得妳沒有認眞聽進我的話。我——」

「拜託，」侑美打斷他。「拜託，英雄。我先前的計畫有缺陷。就……就隨著她說的話做回應吧。」

他皺眉看向侑美。

「利允，」侑美說。「絕不會相信在所有好祈日兆中，居然是我被神靈以這種方式祝福。就……只有現在，可以請你照我的話做嗎？」

「她是誰？」他問。

「我的僕役長。」

他似乎對此感到懷疑。利允只聽見他那部分的對話，張開嘴準備提出更多指桑罵槐的「建議」時，侑美先開口了。

「對她這樣說：我很抱歉，監管大人。我被夢境的殘餘所影響，導致這些言行。如妳睿智的忠告所說，我因爲昨日過度勞累，因此感到虛弱。請原諒我的輕率。」

他不情願地重複她的話，打斷了利允。

「請跪下，」侑美小聲說。「拜託你？還有低下頭？我知道這樣不太有英雄氣概，不過……」

他聽她的話照做了。

「那我該下令繼續儀式嗎？」利允說。「不再耽擱？當然，決定是妳的特權，靈選者。」英雄瞥向侑美，像是在詢問她是否眞的有選擇權。

她並沒有。

「我會繼續儀式，」她說完，英雄跟著複述。「請派侍女回來。還有向煥智致歉，因爲我直接冒犯了她。」

利允接受了，轉身離開前去搜尋彩英與煥智，穿著木屐的腳步敲著石面。侑美手按著胸口低下頭，試著穩住飛快的心跳。每當利允服侍她時，她總是感到很緊繃。現在更是如此。那個女人已經確信侑美想要逃離她的職責了……而且事出有因。利允知道侑美是個差勁的靈選者人選。

但神靈找上她尋求幫忙。祂派來了一名英雄。這代表什麼，對吧？

「我不懂。」英雄說。「她是妳的僕人？」

「所有人都服侍我。」侑美小聲說。「好讓我能服侍全世界。呼喚神靈，約束祂們爲都遼人民所用，這是我的榮耀，也是職責。因此，眾人都會……深深確保我毋須在意世俗煩擾，讓我能專注在我重要的義務上。」

「所以，這裡不光只有天空很怪囉？」他說。「就連（粗魯的）人民也一樣？」

「我必須說，」侑美告訴他，更深地鞠躬。「你適應得很好，英雄。許多人會堅持這不過是場夢。你在故鄉所進行的冒險肯定既盛大又多姿，使得這段經歷對你來說稀鬆平常。」

「我不會說這很平常。」他回應。「我只是……對夢有些經驗。順帶一提，我的名字是繪師。」

「繪師，」她複誦這個詞。「在我們的語言中，這代表『繪畫的人』。眞有意思。」

「我……我想我就是用你們的語言這樣表達的。顯然我能夠講述與閱讀妳的語言。總之，那比較像是個頭銜，不是名字。」他思考了一下。「所以……我接下來要假裝成妳？至少到我們解決這件事爲止？」

「沒錯。」她說。「如果我們能度過今天的前半，就能夠接近神靈，找出祂想要我們做什麼。也許……也許到時候我們就會知道要怎麼向利允解釋了？」

侑美覺得這不太可能，但英雄——繪師——對此的了解並不足以反對。他反而抓了抓頭。神靈居然派了一個與她年紀相仿的年輕人前來做爲英雄，她自然地覺得有些奇怪。也許他們要年齡相同才能進行轉移。而且年輕的英雄很可能更了不起，能在僅僅二十年的歲月裡達成如此高的成就。

「當我拿走食物後，」他說。「另外那個女人好像受到了冒犯。所以，那是給她們吃的嗎？」

「必須要由她們來餵你。」侑美說。

「什麼?像小嬰兒那樣嗎?」

「你必須要超脫於,」她解釋。「世俗的煩擾。其他人會替你做所有你需要的事情。」

「這……聽起來有夠看不起人的,」他說。「甚至很羞辱人。」

她臉紅了。好吧,在她思量過後,也許外來者確實會有這種感覺沒錯。她從來不這麼覺得,但肯定是這樣。

儘管他有所保留,繪師在侍女回歸安置物品時並沒有提出反對。她們準備了一碗新的飯,接著——在侑美的教導下——他做出適當的儀式動作,讓她們一口一口餵他吃飯。利允一般只會在侑美完成早晨禱告後才出現,現在她卻在門外徘徊。

隨著餐食持續,侑美逐漸冷靜了下來。繪師有好好地接受指令。她以爲英雄應該會更加傲慢,但他卻照著她的話做。在用餐尾聲時,侑美感覺更加沉著有自信了。他們會成功的。他們可以到神靈面前接受指示。他們現在只需要進行……

進行……

喔。

喔,不。

侍女起身拿來她們的大扇子。利允示意繪師站起來準備離開。

「好喔,」他對著在身旁站起身的侑美悄聲說。「我覺得我逐漸上手了。接下來是什麼?」

「接下來,」她說。「我們要去進行沐浴儀式。」

「沐浴儀式？」繪師若有所思地說。聽起來很不錯。這個地方比家鄉那邊熱得多了，能清爽一點肯定要欣然接受。「我想我是可以洗個澡。應該不會太熱吧？」

「沐浴儀式是在鎮上的冷泉進行。」侑美解釋。「我每天都會在新的城鎮工作，所以我不知道位置——但泉水通常都在高地。當你到那裡時，泉水會僅限供你使用，英雄。」

聽起來眞的很棒，尤其是在經歷了剛才的一切後。只是吃個飯而已，怎麼可以這麼麻煩？

很不幸地，他的良心正在譴責他。繪師以前也因爲類似的狀況——來自他人的期盼，不管合理與否——而陷入麻煩。想起那些日子只會帶來痛苦，他發過誓絕不再陷入那種麻煩了。

儘管如此，他現在人就在這。在兩個侍女走出房間後，他發現自己站在原地，盯著那名留著長髮的奇妙幽魂女孩。

「妳問我是不是個偉大的戰士，」他說。「所以妳需要我去跟什麼戰鬥嗎？」

「我不覺得有那麼做的必要。」她說。「但老實說，我也不清楚。神靈必須要成形，然後才能問問題。祂說祂們被困住了；也許你可以拯救祂們？」

「讓祂們成形嗎？」他放鬆了一點。「需要繪畫嗎？」

「繪畫？」她歪著頭說。「我們會呼喚祂們。透過藝術。」

透過藝術。

好。了解。這他辦得到。也許還能畫出竹子以外的東西。這是眞的嗎——他被召喚到了另一個世界，只是單純……來畫畫的？最好要再確定一點，他心想。他看向女孩尋求更多解釋，但是……

她看起來如此懷抱希望。他體內情緒流竄，有如傷口流出的鮮血，溫熱又刺痛。他上次被需要、被渴望，是多久以前的事情了？他並不打算說謊。他並沒有眞的說謊，對吧？她的神靈選上了他，帶他來到這裡，也許是來畫祂們。

在這個當下，他迫切地想要成爲有人需要的英雄。得到機會彌補他過去犯下的錯誤。成爲某個人。與你所假設的不同，這不是傲慢。反而比較像是絕望。

在心底深處，繪師將自己視爲一幅已毀的畫布——灑出的墨水玷汙了畫作，接著被丟進了垃圾堆。這是他的全新機會，能夠撫平自己，在背面重新繪畫。他就像餓了好幾天的人抓起第一碗飯一般，緊緊握住這個機會。

「帶路吧。」他不再擺出神祕孤獨客的表現，而是以全心投入的熱忱發話。「我做。不論妳需要什麼，我保證，我全都做。」

侑美指向門外。兩名侍女以及那個糟糕的女人——侑美叫她利允——朝那邊走了。他傾身探出門外四處張望，希望接下來能自己走路，不會被抱著走之類的。有趣的是這座建築——就像侑美說的一樣是個車輦——看起來是浮在半空中的。這還眞……奇怪，但沒有比——

他踏上地面。

光腳。

繪師驚叫一聲跳回木階梯上，房間因而搖晃起來。地面很燙。燙到極點。像火爐一樣燙。他現在才第一次注意到眾人穿著的木屐。利允與侍女們以驚愕的表情看著他。如果你看見有人就座準備吃晚餐，卻開始啃起盤子，大概就會露出這樣的表情。

「有什麼問題嗎，英雄？」侑美說。「我知道你剛勇健壯，但你不必赤腳走路的。」她皺眉，低頭看著他的光腳。

「這地方實在是……」他停下來，不想在利允與侍女面前戳破幻象。終於，他深呼吸，穿上門邊的一對木屐。感覺上，他的燙傷沒有很嚴重，因爲疼痛已經在消退了，但他踏上地面時還是有點畏縮。

隊伍開始前進。繪師對於自己穿著厚木屐的步姿感到很自豪；這穿起來比看上去困難多了。他只需要專注踏出每一步就行。他看向侑美，但她低垂目光，看起來更加沉默。比之前更嚴重。他這次又做了什麼嗎？

更多奇異的景象占據了他的注意力。舉例來說，侍女們舉著大扇子，擋住了聚集而來的村民視線。那之間的空隙大到讓他可以看穿出去，顯然全鎭都列隊在此，想要望見他一眼。

爲何要擺出這種排場？難道他們不能直接連人帶車把他拉到新的地點就好嗎？他沒有東張

西望。沒有一直啦。但城鎮中央有著一個非常奇異的裝置——是由很多盤狀物組成的金屬裝置，幾乎和建築物一樣大。那又是做什麼的？

至少人們看起來還是人類。他本來以爲其他星球出身的外星人會有……他不知道。多一對手臂嗎？七顆眼睛？但他們就只是普通人而已。大多面露渴望，身穿鮮豔衣物，與他所知的風格或設計都完全不同。那讓他想起了家鄉人在婚禮上穿的傳統禮服與蓋布——至少顏色有點類似。但這裡的衣服更寬大，尤其女人都穿著鐘形服裝，與煌一女性的緊身俐落衣著大不相同。男性的衣物更寬鬆下垂——通常是類似水彩般的柔軟淡色——並在腳踝處束起。有些人以黑帽做爲搭配，而且許多人都留著短鬚，這在繪師的同胞中並不常見。

繪師被帶往附近的山丘上，村民則留在原地。在接近山頂處，他與侍女進入了一處隱蔽的山側，此處有個裝滿水的自然凹陷，大約十五呎寬。水深看起來勉強及腰，而且沒有冒煙。這是個好跡象。繪師已經在流汗了。有那顆巨大的火球隨時在空中瞪視，這裡的人是怎麼生活的？

他走向池邊，侍女們則停在外圍。沒錯，感覺肯定會很好。他看向侑美，她也跟著他來到了提供隱私的岩石內側。她的臉非常紅。爲什麼……

啊。一切都說得通了。她無法離他超過大約十呎，而他必須要洗澡。

「沒關係。」他低聲對她說。「妳去坐在那邊的石頭後面就好。」

「英雄？」她說。「那樣太不得體了。」

她開始脫衣服，解開袍子上的結。她也許是某種幽魂，但看起來衣服也是她的一部分，因爲她能夠脫下外袍放在一邊，身上只穿著類似薄睡衣的內袍。

「等一下。」他說。「那樣太不得體了？但這樣卻可以？」

「我也許處於靈體狀態，」她解釋。「但我依舊是妤祈日兆，因此必須遵守神靈的指示。我必須進行我的清淨儀式。如果我們要弄清楚祂們派你來是爲了什麼，我在祂們的眼中就必須純淨才行。」

繪師奮力想壓下自己的臉紅。他心想，英雄應該不會臉紅才對。除非他……不知道，剛剛屠了第四條龍，然後喝太多了？

「好吧。」他說。「我們可以穿著衣服洗。」

「那樣你無法進行清淨儀式。」她說。「而且，彩英和煥智會覺得很奇怪。」

她往一邊點頭，他的兩名侍女正朝他走近。他以爲她們留在後面是要給他隱私，但她們其實是在拿肥皂。顯然還有脫衣服。

因爲兩人現在都一絲不掛。

這個時刻，繪師就像在原地生了根。當然不是因爲難爲情，他可是神力英雄或其他什麼的。原因肯定更有英雄氣概，例如說消化不良。

「至少她們眼中看到的是我，」侑美說。「所以你不會害她們難爲情。」

害她們難爲情。

好喔。

原來他該擔心的是那個。

兩人把肥皂放到一邊，開始替他脫衣服，她們當然會這樣做。如果你哪天發現自己陷入了類似的狀況，此刻就是你叫停的時候。不論你是在故事中，還是世界的命運正危在旦夕，或只是一些笨決定所導致的結果，全都不重要。如果你不願意，就絕對不要允許其他人脫你衣服。

然而，繪師鐵了心想幫忙，不要像搞砸眞實生活般又搞砸了這次機會。所以他裝成這沒什麼大不了的。提醒你，他做得非常糟，但是進取心値得鼓勵。你可以假設他的臉紅是來自於熱度，而他幾乎成功讓外表看起來不爲所動。直到他瞥向侑美，她已經脫下內袍，尷尬地緊抓在胸前。她閃閃發亮的黑色長髮越過肩膀，在手臂周圍垂下。

「你……一定做過這種事好幾百次了，」侑美對他說，垂下目光。「身處在……這樣的狀況。和女人一起。像你一樣的英雄肯定飽受擁戴與愛慕。」

「呃……」繪師說。侍女們再次望向他。「我在和神靈說話。」他對她們說。「請，嗯，忽略我。」

她們因此皺眉，但還是脫掉他的內袍。

「這對我來說……非常不尋常。」侑美說。「也許你可以……別開目光？」

喔。對。那是個選項，是吧？

現在，你也許會對繪師沒早點想到這點而不滿，畢竟顯然這才是彬彬有禮的紳士作爲。但請記得，這一切對他來說都是猝不及防。如果世界對你無禮，要保持彬彬有禮很困難。

但如果你無法成爲紳士，至少可以不要當變態。繪師閉上眼睛。

侍女領著他進入水中，他發現那是溫水。這居然叫冷泉？她們開始拿儀式肥皂替他洗浴，而且沒有在發現意料之外的部位時驚呼或尖叫逃走，所以繪師假設他的外表幻象——或不管那是什麼——是絕對有效的，就連觸碰到他的人來說也一樣。

他盡力放鬆。她們並不將他視爲他，所以沒什麼好難爲情的。他心想，家鄉的太陣在這種狀況下大概會欣喜若狂，這會讓他有各種機會向大家展示他的肌肉。或者，誰知道，也許太陣常常跟女生一起洗澡。他確實常常跟明音一起行動。

沒錯，太陣八成會享受這種體驗。繪師想著自己是不是也該試著享受。這不就是偉大的英雄會做的事嗎？他可以背對侑美，享受觀看另外兩人。

但這個想法讓他作嘔。侍女並不知道他是誰。這樣不對。

*你是個懦夫，*一部分的他想著。*這可能只是個夢。好好享受吧。*

但……他就是沒辦法。侑美是一回事。她選擇了要進來洗澡，即便知道他是誰。然而侍女們又完全是另一回事了。所以他在被洗浴時都閉著眼睛。但很不幸地，他在站起身時失足，即將要滑倒了。雖然這不是他的錯，他還是睜開了眼睛。

他發現侑美站在附近的水中，低著頭看向他的腰部——嗯，還有更下方。她一看見他睜開眼睛，就驚叫一聲緊閉起雙眼。

「對不起。對不起，對不起，對不起！」她說。「我不是故意的。我——」

「沒關係。」他再次閉起眼睛。「這種狀況……很困難。」他是真心的。畢竟，他剛剛基本上也做了同樣的事。

侍女們結束現在這一次清洗，他向後倒入水中，手漂向一旁，不小心碰到了侑美的手。強力的溫熱感再次竄過他的身體。難以承受，甚至令人脫力。

但這一次，隨之而來的還有情緒。她的情緒。他可以感覺到她的恐懼、她的困窘、她的羞恥。她深層的驚恐，擔心有事情非常、非常不對勁——而她不知道該如何補救。

（相對地，她也從他身上得到類似的感受——不過當她感覺到他為了保護害羞天性而豎起的護盾時，她將其解讀成了自信。她感受到他自身的困窘，以及深深藏在表面情緒之下的羞恥，就像是地殼底下翻湧的熔岩一般。）

接著，在他們分開後，兩人都感覺變好了一些。這個狀況令人尷尬到無以復加，但他們理解到這是尷尬到無以復加的共享經歷，他們必須共同度過。創傷不會因為同伴而減少，但知道有人能理解你，確實會好受一些。

侍女將他壓入水中，而他——在侑美的指示下——盡力在水下待到儀式所需的時間。在那之後，侍女從池中起身擦乾身體，接著走去外面著衣以及準備好祈日兆的都服，這需要幾分鐘的時間。與侑美獨處的繪師向後仰頭閉上眼睛，在溫水中放鬆。他讓自己的手漂遠，有點希望能再次碰到侑美。

「我真的很抱歉。」她在附近某處小聲說，所以她還沒起身。「你看，我……對男人……沒有太多經驗。這不是我所受訓練的一部分。」

「難道有任何人受過這種訓練嗎？」他問。

「我不知道。」她說。「你……年少時有過普通的生活嗎？在你成為英雄之前？」

「取決於什麼叫作普通。我會說……大體上很平凡。妳沒有嗎？妳一輩子都是像這樣過活嗎？」

「我在嬰兒時就被神靈選中，從那之後這就是我的職責。」她停頓一下。「你也許會覺得很侷限，但這是莫大的榮耀。我為人民提供了非常重要的服務。我們的社會沒有好祈日兆就無法運作，成千上萬的人會餓肚子。」

他想要鼓勵她，但找不出適當的話。他假裝成英雄太久了，以致現在必須符合那股理想，因此就連決定要說什麼都很困難。不過，當他漂浮在她附近，他發現自己越來越開心能從另一種生活中抽離，來到這個奇異的地方。

你也許會發現這與其他故事有不同之處。繪師並沒有猶豫不決。他並不想回歸他的生活。家鄉對他來說有什麼好處？他反而興奮地想找出方法幫助侑美，改變這個世界。

但等一下，他心想。還有那隻穩定的夢魘。我還沒回報。他只依稀記得走回公寓，他的意識被回想起來近似超自然的疲憊所占據，一片模糊。

他得找到方法回家，不然那隻夢魘會造成很嚴重的危害，大開殺戒。這眞是突然又殘酷的諷刺，他平淡無奇的工作終於發生了一次緊急事件……但他卻同時被拉來進行神祕的冒險。

他必須盡快幫助侑美，才能回到煌一市回報那隻夢魘。除非他能找到方法傳訊息。至少現在，他該專注在侑美身上。他該如何解決她的難題？她需要繪畫嗎？

然後他的意識稍微飄離了。回到他剛才短暫睜開眼，看見她站在池中的時候……她的頭髮與肌膚在光線下閃閃發亮。

等一下。

「等一下！」他濺起水花直立起身，下意識睜開眼再次確認。「侑美，妳的頭髮是溼的！」

她睜開自己的眼睛，站起來觸摸自己的黑色長髮。那確實是溼的。

「爲什麼？」他問。「妳什麼都碰不到，卻可以碰到水？」

她皺眉。「我……踏進池子的時候沒有浸溼的感覺。我什麼都沒感覺到，就跟我摸毯子或牆壁的時候一樣。但是現在，我卻感覺到了。我在漂浮。我感覺到水的涼意，就像我每次進到類似的池子裡的感覺。」她歪頭。「這代表什麼意義。你是對的。」

他們對上目光。接著，基本上在同一瞬間，他們察覺自己身上正穿著和沒穿著什麼。兩人紅了臉，緊閉眼睛。

對，我知道。

但你也曾經年輕又緊張過。我們都是。有點尷尬並不是壞事。這是新體驗的徵兆——而新體驗就是寰宇中最佳的情感活性劑。我們不該太過懼怕表露缺乏經驗。憤世嫉俗並不有趣，常常只是我們用來掩蓋乏味的面具罷了。

「你的侍女已經著衣並回來替你擦乾了，英雄。」侑美柔聲說。「她們會等到你準備好——傳統允許你在這裡多待一些時間。我會去穿衣，然後回來讓你知道已經可以起來了。」

她離開池子時水面波動了一下。如她所言，她很快地呼叫了他。他睜開雙眼發現她已再次穿上夜袍，並背對著他。

繪師再次自我提醒，他並不是真的在侍女面前暴露自己，他爬出池子讓兩名女人擦乾他。其中一人準備好了新衣服，比他先前穿的還要華麗。內衣之外是一件鐘形長裙，還有從上蓋下的上身服飾，顏色與裙子互相搭配——但更深色一點。衣服在前方打了結，不過那不是爲了固定衣物，而是爲了整體的裝飾。

這些衣服的材質是堅硬、上漿過的絲布，拿起來會產生摺紋。即便他比侑美高了好幾吋，也比她魁梧許多，衣服還是寬鬆到他也能輕易穿上。

他注意到她重新穿上的幽魂服裝因爲吸了她身上沾的水而顏色變深了。她沒有毛巾能擦乾自己。水是怎麼浸溼她，然後又沾溼她的幽魂衣服的？

他想要找出一個解釋，但他再次感到奇異的疲累。在女人綁緊繪師的衣結時，這種奇怪的感受增強了，還伴隨著暈眩。來自天上的熱度……地下的熱度……層層疊疊的衣服……

在這超脫的當下，他的身體並沒有準備好承受這一切。無論有沒有英雄氣概，繪師原地搖晃一下，接著視線轉黑，昏了過去。

他在捶門聲中眨眼醒來。

繪師呻吟，發覺他躺在自己的軟墊上。他搖搖頭，轉頭掃視他的公寓。衣服亂掛，桌上放著吃到一半的麥片盒，日虹光——青藍與洋紅——從窗外的線條上傳來，將房內塗上熟悉的現代顏色。

結果，那一切都只是夢嗎？

門外繼續傳來憤怒的敲擊聲。「來了！」他大喊，但敲擊聲持續不斷。「我都說我來了！」他移動身子坐起來，一手摸著頭。

侑美從他軟墊旁的地板上起身，穿著一件他的睡衣——過大的上衣讓她露出肩膀，袖子長到她的手幾乎無法露出來。她的頭髮亂成一團，而她的表情看起來驚呆了。

他倒抽一口氣，朝她伸手。他的手臂穿過了矮餐桌的邊緣。

繪師愣住，接著將手揮過桌子。他碰不到桌子。或是不知爲何放在桌上的襪子。或是枕頭，或是……

侑美踉蹌站起身，敲到桌子，導致上面的髒麵碗震動，一根麥彭棒掉下來敲在木桌上。她望向棒子，再來是她的手，然後以她驚慌的眼神對上了他的雙眼。

喔，不。

Chapter 11

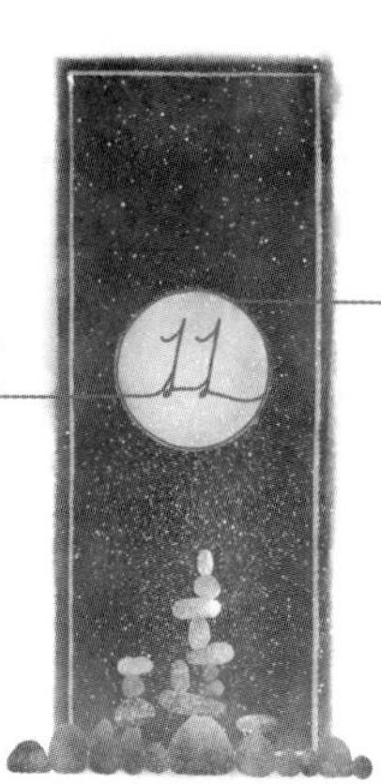

侑美身處於死去神靈的黑暗領域中。

只有這樣才能解釋射入窗內充滿敵意的光芒——不像陽光般溫暖，而是既冷酷又可怕。只有這樣才能解釋這冷冽的環境，尤其是她的赤腳下的地面。

門被敲擊而震動。外頭有某種猛獸。不，是來自超脫生命的可怕力量。

她一定死了。但若是如此，爲何她如此飢餓？感覺就像好幾週沒吃東西了。還是這也是酷刑的另一部分？難道……難道她被帶到了凍空，與被摒棄的靈體一同漂流嗎？難道她不配回到地下溫暖的懷抱嗎？她……這個好祈日兆就這麼不稱職嗎？她居然如此辜負了神靈嗎？

不遠處，英雄發出呻吟。

英雄。他在這裡。她突然燃起希望。這是他們任務的一部分嗎？她從歷史中得知許多英雄都會前往寒冷凍結的神靈之地。她試著控制住恐懼，堅強起來。也許這就是神靈所希望的。也許，也許她沒死，而是在神靈所望的路途上？

門外再度發出敲擊聲，這次更響了。

「仁哉郎！」外面傳來人聲。「你給我開門！」

「太棒了。」英雄（粗魯地）說。「是領班。侑美……妳得去應門。」

「什麼？」她的聲音變得尖細。

「我碰不到東西。」他說。做爲證明，他把手揮過他們甦醒前所躺的奇怪祭壇旁邊的矮桌。他似乎注意到她的困惑。「這是我在我的世界裡所住的房間，侑美。就像我之前在妳的房間裡一樣？」

「你的……世界？」她說。「你住在魂魄凍結之地？天空之地？」

「對，大概吧。」

「我們死了嗎？」

「我……不認爲。但如果領班被迫破門進來，他可能會掐死我們其中一個……」

房門再度發出響聲。「我可以聽見你在裡面講話！」恐怖的聲音大喊。肯定是某種惡魔，也許是半人半獸。侑美向後退一步，這才發現自己身穿的衣服是某種寬鬆的長褲與帶釦的上衣，以厚實卻柔軟的材質製成。

她倒抽一口氣。你可以看見她的體型——還有她的曲線——

「侑美，」英雄說。「看著我。妳還好嗎？」

「不好！」她再度四處張望，眼睛逐漸適應黑暗——這裡現在肯定是晚上，但那些奇怪的光到底是什麼？——因此看見了更多剛才沒見到的事物。衣服在地板上堆成一堆。廚檯上疊著沒洗的髒碗。四處都是垃圾。

英雄……是個懶鬼？

嗯，他當然不是囉。英雄才不會自己打掃。有僕人會負責。所以他的僕人在他不在的時候偷懶了。但這房間的確很小。這一定不是他唯一的住所。她靠向窗戶朝外面看，見到了嚇人的黑暗天空。完全沒有星星。陰沉的虛無籠罩在上方，想要吞噬掉她。但她身處於某種巨大的建築內。

是宮殿嗎？這肯定比她以前去過的任何建築都大。但街上滿滿排列著相同的建築。一整排十幾座宮殿！比蒸氣井噴發的高度更高。這些建築是怎麼蓋到這麼高——十層樓——卻不會倒塌？沒有地熱，他們要怎麼生活？

這是英雄之地，她心想。*這裡的規則不一樣*。這裡比她想像中更寒冷也更黑暗，但至少她大概沒有死掉。

房門再次發出巨響。

「去吧。」英雄說。「去應門，然後擺脫他。」

「我不能穿這樣應門。」她指著自己的服裝。「這衣服會顯露出我的身形！太不檢點了！」

「侑美，我們才剛洗過澡。」

「那是為了服務神靈。」她越來越慌亂。「清淨儀式。*那完全不一樣*！」

「在他眼中，妳會是我。」英雄說。「妳不懂嗎？所有人看著我的時候見到的都是妳。現在換我沒有實體了。他們不會看見妳不檢點的。」

這……有道理。所以，她嘗試控制住她的焦慮、把她穿腸的飢餓推去一邊，走到門邊輕輕打開。如果狀況不同，能自己做這件事會很新奇。她現在幾乎沒法多想，因爲她在門的另一邊發現一名白髮老人。他穿著她沒見過的材質所製成的厚長褲及鈕釦襯衫。

他立刻愣住，直直盯著她。「什麼……？」他越過她望進小房間內。「哎呀，把我打傻吧。」他咕噥。「從來沒想過會有女孩替仁哉郎應門……」

侑美僵住。

他看見她了。

他看見她了？

繪師在她背後呻吟。但這名領班似乎看不見他，因爲他再次專注在侑美身上。「他人在哪裡？」

「告訴他我生病了！」繪師聽起來很慌張。

「他生病了！」她很快地說，接著因爲不誠實而感到一陣刺痛。利允會對她很失望的。

「嗯哼。」領班瞇起眼睛。「妳……還好嗎？這裡一切都沒問題？」

「我……」她深呼吸，行了和解的鞠躬儀禮。「凍空的偉大長者啊，請原諒我的無知與冒犯。此乃非我所望。請吩咐我你的旨意，我會盡我所能完成你的要求。」

「喔。呃……」領班在原地躊躇不定。「就，叫他趕快回報，好嗎？他昨天沒去值班，而我們原本就人手不足了。如果他生病了，也應該要通知一聲。」

「我會確保以全心清醒與勇氣傳遞這道訊息，」侑美低聲說，加深行禮。「請在神靈的庇祐下前行，尋到生命的平靜。」

「謝謝。」他咕噥，聽起來……有點困窘？

「等等。」繪師走到她身旁。「妳必須告訴他一件重要的事。嗯，重複以下的話：『繪師說他看見了一隻穩定夢魘，並且他——即便生病了——也勤奮地執行工作，因此在外蒐集更多資訊。他希望我告知這是緊急情況，你必須通知夢衛隊前來。』」

她一字一句地重複，並從鞠躬中抬頭看見領班的眉頭深鎖。

「他這樣說？」男人問她。

「是的，」她說。「我發誓。」她跪下以額頭觸地代表誓言圓滿。

「嗯哼，好，就這樣吧。」領班沿著走廊踏步離開。

「謝謝妳。」繪師明顯鬆了一口氣。「至少完成了這件事。我可以不必繼續擔心了。」

侑美站直身子，望向領班離去的走廊，感覺自己的臉就像一千顆石頭的熱度那麼紅。有男人看到她了。像這個樣子。不只是穿著……不論她現在穿的這個是什麼，還有她毫無整理的頭髮。她理當要在各方面都代表神靈，但今天她連要代表一堆灰塵都有困難。

「真奇怪。」英雄在房間踱步。「為什麼他看得見妳，侑美？這一切都沒道理。」

侑美準備關上門，當她這麼做時，走廊正對面的門打開了。一位女神走了出來。身上幾乎沒穿衣服。

她的裙子只到大腿中間，而且是某種閃亮的黑色材質做的。她的上衣既輕薄又敞開，露出她的乳溝。如果不是她的美貌，侑美會以為她是個惡魔。這女人大概和侑美同歲數，但她黑髮閃耀出的光澤是侑美不論梳多少次頭髮都絕對無法達成的。她畫的妝——不是都遼人在正式場合中會把臉畫白的那種——塗黑了眼睛周圍，讓那裡看起來大又誘人。她的嘴唇是櫻桃紅，臉頰上了淡淡的腮紅。

侑美目瞪口呆地盯著這名美人，幾乎沒注意到繪師在她身後大喊，接著用虛幻的雙手穿過門，試圖要關上它。

女人轉身面向侑美，接著歪頭。「喔，」她看到侑美的穿著。「嗯……哈囉。妳是……仁哉郎的朋友嗎？」

「她會以為我們睡在一起。」繪師說。「這很不妙。她再也不會跟我說話了。快，呃，說妳是我妹妹！」

「我是他妹妹。」侑美低聲說。「侑美。」

然後她立刻陷入慌亂。

她早先撒謊說繪師生病還能算是……事實的延伸。某種程度上他是生病了——他沒了實體。所以雖然那不是奸祈日兆應有的行為，她還能勉強合理化。

這就不一樣了。這是真真切切的不誠實。從她——當時還是幼童——初次對她的職責與神靈的要求有印象後，她就完全沒有說過這種謊言了。她整個人縮起來，預期神靈會現身摧毀她。她必須優於這種行為。

然而，她並沒有遭受天罰。

走廊對面的女人放鬆下來。「妳當然是了。」她顯然對自己另有想像感到逗趣。「這合理多了。我是明音。妳是第一次來找仁哉郎嗎？」

「沒錯。」繪師迅速說。「告訴她，妳是來看大城市的。」

侑美麻木地重複話語。也許……嗯，如果是英雄要她說這些話，或許這不算是謊言。畢竟，是神靈派他來到她身邊的。他肯定知道自己在做什麼。所以與其擔心，她反而嘗試弄懂這名穿著奇異裝扮、笑容和善的女人是誰。

「關上門。」繪師說。

侑美反而朝女人發問：「妳和繪師很熟嗎？」

「什麼，仁哉郎嗎？」女人說。「嗯，我在學校就認識他了，而且我們就住在對面。所以……我想算是吧？」

侑美皺眉，頭歪向一邊。然後她想通了。明音住在他的宮殿裡。她穿得像這樣。繪師擔心她會覺得侑美和他同床共枕。

「喔！」侑美說。「妳一定是他的嬪妃！」

「他的什麼？」明音問。

繪師大聲呻吟，用力倒回他剛才躺的祭壇上。

「他告訴我，他和很多女人在一起過，」侑美說。「呃，我是指親密的那種。像他這樣的英雄在故事裡征服了很多人。我爲我的臉紅道歉。我……對此沒有經驗。我們早先一起洗澡時，他跟我解釋過這些。他告訴我，他跟好幾百個女人在一起過！我早該在看到妳的時候就認出妳是他的嬪妃之一了！」

侑美鞠躬。對英雄的嬪妃展現如此尊重是應當的。然而，當她直起身時，注意到明音臉上的厭惡表情。那很快就變成了凶暴的憤怒，明音的鼻子不屑地皺了起來。

「他眞的說了那些話嗎？」明音的聲音就像這個奇怪的地方一樣寒冷。

「我……」喔，不。她判斷錯誤了，是不是？也許他與這名女人有親密關係，但她還不是他的嬪妃。這可以解釋她的憤怒。只不過她生氣的方式有點……「妳……不是他征服的對象？」侑美問。

「女孩，」明音說。「妳哥哥連一碗加太多辣的麵都征服不了。」

「但他……是個強大的英雄。對吧？」侑美問。

在房內，繪師呻吟得更大聲了。

「英雄？」明音笑了。她轉身沿走廊離去，穿著看起來無法承受地熱的鞋子。但話說回來，侑美開始覺得也許這個地方從來就沒熱過。

她關上門，然後背靠著房門。「我……搞砸了，對不對？」她問。

繪師只是繼續盯著天花板。

「繪師，」侑美說。「你是一名英雄嗎？就如同你所告訴我的？」

「我……」

「繪師，」她走向他，音調越來越嚴肅。「你對我說了謊嗎？」

他轉頭對上她的目光。「聽著，」他說。「我是個厲害的繪師。嗯……好吧，我是個差勁的繪師。但我的能力還是足夠，懂嗎？妳說妳需要像我一樣的人，所以我就想……」

他與她對視一小段時間，接著顯然因羞恥而別開目光，再次倒回他的祭壇上。

「妳想怎麼假設都行，」他低喃。「那又不是我的錯。」

侑美覺得心裡有一股崩解感，將空氣從她的肺裡擠出來，使她的胸口緊縮。

他不是……她……

她深呼吸好幾次，跌坐在地板上。那並不溫暖。他們是怎麼在下方沒有溫度支持的狀況下生活的？

「我該怎麼做？」繪師說。「我工作完回家，而下個瞬間，我就在妳的世界裡了。在妳的身體裡。然後妳又在那裡請求幫助。而我確實認為自己有點英雄氣概，妳懂吧？所以……」

「你說謊。」她說。「你說謊了。而現在……現在我完全沒概念發生什麼事了。我以為神靈派你來找我，然後……然後你會知道該怎麼做……然後……」她專注在他身上。「然後你在我洗澡的時候偷偷看我！」

「妳也在偷看我。」

「你不是神靈選擇的神聖載體！」她說。「我才是。我……我需要疊些東西。」

她在小房間內橫衝直撞，拿起不同大小的碗，一些盤子，還有其他廚房……用具。她並不知道煮東西要用什麼工具。她從來沒做過。

她撲通一聲坐在寒冷、毫無生氣的地板上，就在他的桌子旁。這和她所知的桌子一樣矮。如果地板是冷的，為何要把桌子做這麼矮？

她的肚子叫了。

她無視，反而疊起盤子。提醒你，這可不是普通的疊法。不是從大到小的尖塔，不是專家等級的儀式性、藝術性疊法，還帶有報復心理。

繪師看著她，入迷地盯著塔越疊越高。他坐起身，盯著她把好幾個碗從邊緣立起，利用麥彭棒做為平衡，讓整座塔就像踩著高蹺般搖搖欲墜——但如果你去碰它，就會發現那意外地穩固。

「哇。」繪師終於說。

侑美忽略他。她等待、祈禱、希望神靈會見到這個創作而造訪、展現智慧，向她解釋祂們的所望。爲何她會到這個恐怖的地方來？他們爲何不派英雄，卻派了一個騙子給她？

沒有神靈造訪。她除了飢腸轆轆外什麼也沒感覺到。「我需要東西吃。」她說。

「櫥櫃裡也許有米果？」他揮揮手。「還有一些乾泡麵。妳可以直接吃。我也會那樣吃。」

她跟隨他約略的手勢去尋找。她找到的食物——包裹在奇異的透明材質內，但她餓到管不了了——那是種噁心、酥脆的物質，就像正常食物在地上蒸了太久太久的時間。

她還是全部吃掉了，接著帶著另外五個米果——他所有的存糧——回到桌邊繼續吃。爲什麼神靈不回應她？祂們不存在於這裡嗎？祂們無視她的供品嗎？

還是……還是答案其實更糟？也許祂們收回了她的天賦，取回她身爲好祈日兆的祝福。這個可能性嚇壞她了。

「這太了不起了。」繪師依舊盯著她的塔。「妳是怎麼（恭敬地）把盤子邊緣頂著邊緣疊起來的？」

「我什麼都辦不到。」她小聲地說，咬著那奇怪的配給品。「僅能執行神靈賜與我的天賦。我什麼都不是。只是祂們意志的載體。」

「聽著，」他說。「我很抱歉——」

「我不想再聽你的謊言，也不想再聽你撒謊的藉口，」她說。「請你把兩者都留給自己就好。」

「好吧。」

緊接著，建築震動起來（只要有巴士從外頭通過，就經常會這樣）。那足以改變堆疊的平衡，所以整個結構就直接垮成了一堆陶瓷與木頭。即便心情如此糟，侑美還是很驚訝碗盤沒有裂成碎片。

「對不起。」繪師低語。

「除非有神靈祝福，」她回應。「否則創作都會很不穩定。我的……可能再也不會穩定了……」

她抹去嘴邊的碎屑，接著環抱住自己，感覺自己在這奇怪的衣服內不斷縮小。希望自己能夠消失。

但她不是因爲軟弱而被選中的。她必須相信——或至少要假裝——她能撥亂反正。

「所以……現在怎麼辦？」繪師問。「我不是要無禮，但妳剛才基本上毀了我和明音之間的機會。我花了好幾個月想要修復和她的關係。我寧願妳不要繼續像個破壞槌一樣毀了我生活的其他部分。」

「神靈找上了我，」她回應。「說祂們需要幫助。不論這一切看起來或感覺上是什麼樣子，我必須相信祂們是特別選擇我的。但爲什麼祂們要選你來協助我？」

「考倒我了。」他說（粗魯地）。他坐起身，嘆了口氣。「我得搞清楚我失去了多少時間。我覺得自己在妳的世界只度過了幾小時，但領班卻說我一整天都沒去報到。」

「你們在這裡要怎麼確認時間？」她問。「你們會觀察繁星的位置嗎？」

「妳是指星嗎？」他問。「我們這裡的天空只看得到妳的星球。就算我現在看得到，也沒辦法獲得任何資訊。」他站起身，走到固定在牆面上的一片玻璃前。他想伸手去碰，但在手穿過去時喃喃自語。「我一直忘記……過來這邊，轉這個旋鈕。」

她照做了，兩條細光線——淺紫與藍色——出現在玻璃後方。它們震蕩晃動，形成了……人的形狀？沒錯，只是不到兩呎高的小人，但細節非常不得了。玻璃後傳來了那兩人的說話聲——由藍色構成的女人，以及紫色構成的男人。

「——可是你哥哥，」女人伸手觸碰男人的手臂。畫面變得更加精細，朝著她的臉孔拉近，不過厲害的是，所有畫面似乎都是由一條連續線所構成的。「他會怎麼說？」

「李？我爲何要（粗魯地）在乎他說什麼？我有我自己的生活。我必須要有。」

「啊，」繪師說。「《夜之刻》，現在是山曜日晚上。我還沒看過這集，所以是首播。代表我錯過了一天，昨夜沒去上工，因此領班今晚來確認我的行蹤。」

侑美坐在地上，睜大眼睛盯著移動的線條。「怎麼……這些人發生什麼事了？他們爲什麼被變成光的線條了？」

繪師輕聲笑了。「他們沒事。他們是演員。妳知道吧，就像劇場那樣？妳有看過劇場，對吧？」

她搖頭。「對好祈日兆來說太過輕浮了，」她低聲說。「但我聽說過。」

「妳連一點休息時間都沒有嗎？」

「我有很多冥想與祈禱的時間。」

「不，我的意思是……玩樂？」

「如果我浪費時間在玩樂，人們就會餓肚子。」她依舊盯著由光構成的兩個人。「演員是怎麼辦到這種事的？」

「他們站在另一個地方，」繪師解釋。「然後把畫面投影到日虹線上。呃……我不知道原理是什麼。有點像是照相，或許吧？」

她呆滯地看著他。

「好吧，我想你們也沒有那個。就……想像有兩個人站在某處的房間裡表演這齣劇，這些線會模仿他們的動作，市內所有擁有日虹視機的人都可以看到。」

「這片玻璃……就是那個東西嗎？日虹視機？」

「不，旁邊這些盒子才是負責操縱線條形狀的機器。玻璃只是讓妳不會碰到日虹而已。」

她心不在焉地點頭，著迷在畫面上。她大概看出這齣戲是在講述一名某日醒來後失去了所有記憶的男子。這很重要，因爲他是唯一知道某個神祕寶藏隱藏地點的人。但故事內容似乎不是著重於寶藏，而是許多不同的人都想要說服男人，他們以前是好朋友，還有男人逐漸——一點一點——拼湊起他過去的碎片，找出誰才是盟友，誰又在說謊。

她知道她應該去做點別的事。至少該去冥想。但這個故事某種層面上與她有種聯繫。人生空白的男人。每件事都是全新的嘗試。

她眞的太累了。超出負荷。坐在這裡，裹著毯子，花點時間觀看別人的問題，不知爲何非常療癒。

當故事結束時，她輕輕倒抽一口氣。「不可能結束在這裡！」她說。「保險箱裡是什麼？」

「每次都是這樣。」繪師說。「每一次。每次都會斷在重要或有趣的訊息揭露之前。我想他們這麼做是要讓妳非看下一集不可。」

「我們非看不可！」她說。「那是什麼時候？」

「這齣戲每週一集，」他說。「有些劇是每天播出，有些是每兩天一集。這一齣，因爲演員有其他工作，所以只能偶爾拍一集。」

「一整週？」

神靈肯定是在懲罰她。

侑美拉緊毯子，嘗試保持溫暖。也許這樣比較好。她才不會被故事分心……只不過那些線條又神奇地再次振動，形成新的形狀。

「他們回來了！」她說。

「這是下一個節目。」他說。「《悔恨季節》。這齣是數一數二好看的。」

「另一個節目……總共有多少個？」

「每小時都不一樣。」他說。「整天都有。不過深夜或凌晨大多都是重播。那是件好事，以免妳錯過了其中一集。」

每個小時？一整天？

這個裝置太危險了。她在再次被吸引前伸手關掉機器。她必須要專注在自己的困境上。神靈需要她。

「你這邊有發生什麼事嗎？」她說。「在你醒來偷走我的身體前，有什麼不尋常的事情發生嗎？」

「我什麼都沒偷。」他靠在他鋪著軟墊的祭壇上，用掌根揉著眼睛。說實話，侑美自己也覺得有點疲勞了。

「的確有發生一件事，」他終於繼續說。「就是我叫妳跟領班說的事情。有夢魘——這隻幾乎擁有實體。那很罕見。我從來沒見過像那樣的。」

「夢魘？」侑美皺起眉頭。「你在睡覺？」

「在我的世界，夢魘會行走，侑美。」他講話的語氣就好像那不是史上最恐怖的事情。他看起來並不害怕。所以也許他不完全是個廢物。「但它們通常都沒有實體，沒有力量或方法傷害人類。我告訴過妳，我是個夢魘繪師。我們負責控制住夢魘。」

「那……聽起來確實有點像英雄。」她承認。

「看吧？」他坐起身，然後又委靡下去。「但我不是戰士。我們用的是墨水，而且……通常不太危險。說實在，既無聊又平凡。但我確實遇到了一隻。不過現在領班會處理它。他會通知專家……」

他突然站起身，害她驚叫一聲，向後退開。

「夢衛隊！」他說。「他們才是戰士，侑美。他們負責對抗穩定夢魘。也許當他們來到這座城後，我們可以請他們協助妳的問題。也許神靈想要我們去找他們？」他猶豫了。「但這說不通。他們要怎麼幫助妳的世界？還有爲何神靈不派他們之一去找妳，而是選了我？所以……我不知道。」

侑美點頭，但她幾乎沒在聽。她發覺自己的意識異常模糊。她……她必須……

她突然感到好疲累。極度疲累。雖然她想要回應繪師，但她卻伸了個懶腰，在地上縮成一團窩在毯子裡。然後睡著了。

侑美甦醒過來，背後傳來了美妙的溫暖。當她睜開眼睛想坐起身時，她的手——很不幸地——又穿過了地板。

她感覺得到溫度，但她的身體又再度變得虛幻了。繪師在她旁邊起身，擠開毯子，身上穿著她厚實包覆的睡袍。他看向陽光射入的窗戶，接著呻吟。

「我想，」他說。「我們得處理那個洗澡的問題……」

我常常在想夢魘的用處。再說一次，是普通的那種，不是會追人的那種。我們爲什麼會有夢魘。有什麼理由嗎？

也許那是讓我們保持彈性的殘酷手段。人類非常有延展性。即便我經驗廣闊，也從來沒有停止對人類的堅韌感到訝異。他們幾乎在任何環境下都能生存。他們可以在蒙受巨大的損失後恢復。他們可以在生理上、心理上、情緒上都被完全壓垮——還是能問候你今天過得如何。

也許夢魘是培養（Cultivation）(注)給予我們的一種方法，讓我們在奇異的安全環境下（至少生理上）練習如何從創傷中存活。一種可以留在過去、忘記細節，但留下成長的方法。夢魘是在我們心智內發生的懲罰性生活。

以這個層面來說，夢魘的功用就和說故事的人一樣，是大自然演化在幫助那些很不幸從沒遇過我的人。

繪師用完餐，差點就自己擦嘴了——這也

要他的侍女幫他做才行。

侑美在他身後踱步，其他人都看不見她。他們甦醒後，她幾乎沒和他說話。他一直試著要對上她的目光。但她始終刻意忽視他，就像忽視重要人士身上的體味一樣。

最終兩名侍女離去——取而代之的是穿著正式服裝的利允，她的髮型完美無瑕地左右對稱。她從上俯視他的方法簡直就是藝術。他心想不知她是否經常練習，不然要如何解釋她完美的儀態，還有在不低頭的情況下就俯視他，好像光是觀察他都是種嚴重的不便。她雙手抱胸的姿勢讓影子延伸至他的兩側，將他孤立在黑暗之中。她等待的時間就是比令人安心的時間久了那麼一點點……

眞是了不起。就像是一道外表精緻的佳餚。但是用泥巴做的。

她跪坐下來。「鎭上的人，」她說。「在妳昨天……發作後，都很關心妳。」

「我……很抱歉？」繪師說。

「我很懷疑我有必要解釋，」利允繼續說。「神靈拒絕祝福他們會是多大的侮辱。他們會將其視爲凶兆。他們會成爲害妤祈日兆昏倒的城鎭，這項恥辱會深深刻下，靈選者。」

「聽著，」繪師說。「我又不是刻意昏倒，要來——」

「不。」侑美走到他身旁說。

他轉身，皺起眉頭。她終於打算和他說話了？他張嘴準備回應，但她打斷他。

「你只能重複我說的話，」她告訴他。「除了我的具體指示以外，你不准與利允互動。」

「但是——」

「你，」她說。「只能重複我說的話。」

他欣賞利允的威嚇能力。但在這個當下，侑美超越了她的老師。她走到他面前，雙眼大睜、不容挑戰、雙手緊緊握拳。充滿威脅性。

繪師感到一陣唐突的分離感。你可以說，他被……提升到了更高的理解層次。就像兒童繪師終於有足夠技巧去理解師傅畫作中的眞正藝術性，繪師現在看見的是一種更加華偉的威嚇。利允的威嚇是精心設計，但感覺就像是在表演。

侑美則是充滿激情。那名在領班面前鞠躬的害羞女孩已經完全被這個……怪物給吞噬。他面對過夢魘，但在這當下，比起違背侑美，他寧願選擇夢魘。

他點頭。

「榮譽的侍從，」侑美點頭要他複誦——他照做了。「失敗全是我的責任。我因爲兩天前過度出力的愚行而導致身體虛弱。然而，我的靈魂仍然信任神靈。在今日繼續我的職責乃是我最深的希望。我會盡一切努力避免重複昨日的昏倒事件。」

繪師覆誦完畢。他承認這樣應對利允比較好。他一直都不擅於替非自己犯的錯道歉。說實話，他也不擅長替就是自己犯的錯道歉……

他在侑美的指示下鞠躬。當他抬頭看，驚訝地發現利允在考慮。她似乎眞的在審愼思考侑美是否值得原諒。因爲她昏倒了。因爲她顯然在不舒服的狀況下硬撐自己。

什麼樣的社會才會教出這種人，居然覺得這樣做是合理的？

利允終於點頭。「妳如往常一樣睿智，高尚者。我們會假裝昨日不值一提。來吧，讓我們

注：寰宇裡另一位碎神。

繼續今日正確的召喚儀式。」

她領頭出門，侑美瞪著繪師，直到他也無言地跟上。當他們在扇子的遮擋下緩緩通過城鎮時，他再次想著這些人是怎麼在這種悶不透氣的熱度下生活的。就算他腳下有木屐將他抬離地面，還是能感覺到地面的熱度，熱氣讓他鐘形的裙襬不斷飄動。也許這就是爲何他們穿的衣服這麼厚——爲了避免意外走光。

他在熱力下維持自己的儀態，直到他們抵達冷泉所在的山腳，接著城鎮中心附近突然發出像是爆炸的聲響，繪師因此轉身，目瞪口呆看著一道熱水柱噴發而出，衝向三、四十呎高的空中。整個隊伍停下讓他觀看。

那景象彷彿這片大地不適宜居住到連自然定律都被腐化了。水不再從天上落下，而是從底下往上噴。水柱分散，一部分變爲蒸氣，發出隆隆聲響，甚至還有微微的尖嘯聲——就像是被拷問。

「這地方（粗魯地）有什麼毛病？」他低聲說。

侑美站到他與景象之間。「繼續走。」她堅定地說。

「但是——」

「好祈日兆必須處變不驚。」她說。「好祈日兆要節制、冷靜、深思熟慮。如果有東西嚇到你了，低頭或看向別處。不要盯著看。你不是來放縱的。你是來服務的。」

「我，」他斷聲說。「不是好祈日兆。」

「不。」她以最低下的語格說，這通常專屬於用來描述你腳趾間的汙垢。「你是個騙子。」

她瞪著他，直到他轉身繼續前進。繪師發覺自己不斷在蓄積怒氣。沒錯，他是……誇大了一些事。但他不應該被這樣對待。他提出要協助她。騙子會做這麼做嗎？活該被以最低語格訓話的人會這麼做嗎？

他們抵達了冷泉。他站著將手伸向一旁，讓侍女脫下衣服，閉上眼睛——連一眼也沒瞥向侑美——接著走進浴池中。他忍受著侍女的服侍，一邊在不太冷的泉水內生悶氣。

難道要她理解這一切對他來說很困難會很過火嗎？不能因爲他願意協助而稍微感謝他一下？雖然他在這個當下沒認出來，但這些是很熟悉的想法。甚至算得上是特色。這些想法並沒有錯——不過想法可以是正確的，同時也很不健康。

用不同肥皂與香精進行的洗浴與塗油準備，所花的時間比他記得的更長。接著是在侑美指示下的長時間潛水。終於，侍女們離開了。他留在原地——半漂浮、半站立。享受涼水、試著洗掉自己的不好態度。

最終……他還是偷看了。

他發現侑美就站在他面前，眼對著眼，距離近到如果她有實體的話，都能感覺到她的呼吸了。他忍不住向後跳，激起水花。

她……她這整段時間都這樣做嗎？直盯著他？怒目而視？只是在等著看他會不會偷看？

（答案是肯定的。如你可能已經猜到的，侑美的固執程度可不一般。）

繪師的第一個念頭是看清楚眼前的畫面。她毫不害羞地站在那裡，與她先前穿著他的睡衣時的舉動呈現直接——或者可說是鮮明——的對比。雖然她的姿勢不是太有脅迫性——她站在水深及腰的池子裡，溼髮貼在肌膚上——但她的眼中帶著自信。

所以，繪師刻意不窺視她的身體，而是迎上她的目光。他向前一步，靠近到擔心他們的鼻頭會相碰，然後再次產生那股超現實的溫暖。

她很會瞪眼，這是肯定的，甚至還能沉靜地俯視他，即便身高比他還矮。但繪師是個藝術家，而藝術家所學的一件事就是去看。身為受過訓練、知道該如何觀察陰影、形狀與解剖學理的人，他的凝視可以讓人很不自在。藝術家的凝視就像一把刀，一層層切開皮膚、脂肪與肌肉。這類人的目光可以扯出你的靈魂，再用墨水或石墨重現於紙上。

過了一分鐘，侑美瞇起眼睛，嘴唇瞥向一邊。雖然這種表情有許多解讀方法，繪師挑中了正確的那種。這次是代表她訝異他居然能堅持住對視——還伴隨著非常微小的一點尊重。

「所以，」他說。「我們要這樣子過一整天嗎？」

「神靈選了你，」她說。「然後派你到我這裡來。我必須相信祂們這麼做是正確的。接受其他可能性就是去接受我被選中也是毫無意義的——那是無稽之談。」

「好吧。」他說。「但還是沒告訴我們該去做什麼。」

「我們必須要和祂們溝通，」她說。「這代表你得召喚祂們。我沒辦法——如果碰不到周遭事物就不行。我們把祂們喚來，也許就足以證明我們自己。也許光這樣就足以結束我們被迫產生的這種……關聯。」

「如果那樣還不夠呢？」

「那第一步依舊是召喚祂們，」她說。「我們才能獲得解答。被賦予形體專職服務的神靈沒辦法說話——也有可能是祂們選擇不說。但新召喚來的神靈可以；我提出要求後，祂們會回答。我們的最佳希望是從祂們那邊獲知想要我們做什麼。」

「很好。」他說著靠近了一點。

「很好。」她說著靠得更近。

所以，要玩膽小鬼比賽是吧？他又更靠近了一點。她予以回擊。他接著前進到與她只有一髮之隔的位置，露出微笑，因爲已經沒有空間了。

所以她又向前，頑固地用鼻子觸碰他的鼻子。

包覆全身的溫暖。

理解。

分享洩氣、憤怒、困惑。

聯繫。

激情。

兩人同時拍水後退，繪師倒抽一口氣。太不公平了，那感覺——

「啊！」侑美對天空大叫。「實在太不公平了，感覺……太分心了！」她望向他，依舊怒目而視，接著悶悶地沉入水中，只露出臉頰以上的部分，盡她所能地在這個情況下遮擋身體。途中她一次也沒眨眼。

「不要盯著看。」她咕噥。

「盯著？」他轉向一邊，假裝不在乎。「盯著什麼？在我想盯著看之前，要有值得看的東西才行，侑美。」

然後，因爲他其實不是會說這種話的卑鄙小人，他感到有些內疚。他走出池子，告訴自己——還有自己的臉紅——他才不在意她有沒有在看他。彩英和煥智上前，帶著他的毛巾與衣服。

「這次不要再昏倒了！」侑美在後面喊。「我們有工作要做，騙子。」

侑美很氣餒她曾去過城鎮有這麼多，卻都無法叫出地名。她是都遼人民的僕役；難道她不該得知她幫助過的地方的名字嗎？

但她看見的部分太少了。只有他們的冷泉——或是浴場，如果城鎮沒有泉水的話——還有他們的神龕與儀式之地。不同的城鎮都模糊在一起，在她的記憶中隨意相互交替。有時候，她幾乎覺得自己其實在同一個城鎮不斷重複——她去睡覺，車輦繞圈營造出移動的幻象，接著停回出發的原點。

她對這個想法感到羞愧，因爲這些地方對於居住在此的人民來說既重要又獨特。舉這個神龕爲例，今天繪師正依照她的指示跪在前方。大部分的神龕都在花園裡，有著涼爽的石頭，讓花能在地面附近旋轉。

這個卻在果園裡。樹木在附近飄移、互相碰撞，鍊在地上才不會飄走，但也有足夠距離讓它們能隨時晃動。空氣比她偏好的更涼爽，從枝條後方射入的昏暗陽光，讓她想起了繪師的世界。然而，這是不同的昏暗：破碎而非絕對，就像是陽光構成的慶典。樹木上水果閃爍，這是場安靜的節慶。

農人已經迴避，好讓好祈日兆能在寂靜中冥想，這裡很明顯是有在耕種的區域。任何落果在被烤成黏渣前都被清理乾淨。這是人們時常工作的地點。

代表這個鎮上的人並沒有嚴格遵循傳統，將神龕設立在少有人跡的區域。她曾經見過，而……嗯，她心中反抗的那部分感到贊同。這些人想要神龕就在工作地點附近。屋頂上有著好祈日兆所創造的神靈雕像，專門用來看護工人，帶給他們慰藉。

爲何人們不按照需要去改變傳統？這個想法很危險——所以當利允注意到栽種的樹木與神龕屋頂上的雕像時，她皺起了眉頭。幸好她緊接著就鞠躬離開——留下好祈日兆進行祈禱儀式。

利允離開後，繪師重重嘆了一口氣。「那女人有毛病。」

「利允大人，」侑美說。「是一位完美無瑕的監管。你要把那糟糕的念頭從腦中抹去。」

「爲什麼？」他說。「我又沒有在她面前講。」

「在心裡想也一樣糟。」侑美說。「你是好祈日兆。你要優於這些念頭。你必須純淨，不只是行爲，心智與靈魂也一樣。」

「但——」

「抱怨是低等人做的事。挺直背板。低下頭。」

「我不是好祈日兆。」

「你今天就是。」她繞著跪在開放神龕前的繪師行走。「如果你想結束這一切，就要做出我做不到的事。除此之外，無法服務的好祈日兆會付出代價的——雖然很少發生。我們正處於利允可能會採取極端措施的風險之下，而那會讓我們無法達成目標。所以，除非你想永遠像這樣困在這裡，不然就得跟隨指令，去做我叫你做的事。」

他不耐地長嘆一口氣。「好吧。」他（粗魯地）說。

侑美點頭。她在洗澡時得出了一個結論。有個理由能解釋爲何神靈要派這名看起來一無是處的人來取代她的位子。她很快就能測試她的理論。但首先，冥想優先。

「現在，」她說。「你要唸出正確的祈禱經文。因爲你還不熟悉，我們只要唸嚴格必唸的六段就好。」

「六段？」他說。「要花多少時間？」

「半小時。」她說。「大致上來說。」

「花半小時祈禱？但——」

「你想離開還是不想？」

他低聲呻吟，但當她開始引用經文時，他跟著複誦。她心想也許她也要跪下。所以她跪在他旁邊，雙手在身前擺出虔誠的手勢，保持低頭。至少這會讓他有個好榜樣。

祈禱時究竟是文字重要還是心意重要？也許神靈會接受他的文字與心意。

半小時一下就過去了——只唸六段祈禱經文對她來說很新穎，而且感覺上完全不夠。但到了最後，繪師已經在呻吟，好像她要他做了很過分的事，例如提自己的行李。他倒向一邊，她決定讓他先休息一下，再叫他去——

「嘿！」她怒說。「別閉上眼睛。」

「一下下就好。」他的眼皮跳動。

「如果你睡著了，我們可能又會互換！」

「妳又不知道是不是真的……」他低喃。

所以她做了她唯一知道能喚醒他的事。她把手指直接穿進他的額頭。

產生的立即效果就是壓倒性的溫暖，如漣漪般擴散到她的全身——浪頭的最前面乘著一種刺癢的顫抖，就像乘著地熱的花朵。接著是自我變得模糊，感到與他的聯繫。她感覺到他的疲憊、他的擔憂、他的洩氣。他的情緒沖刷過她，就像同時唸出的祈禱經文一樣交融——混合在一起，卻又各自獨立。

這並不糟糕。但令人不安，彷彿以一種非自然的方法把他們兩人融合在一起。

他猛然坐起身，後退遠離她。「嘿！妳在（粗魯地）做什麼？」

「讓你保持清醒。」她說。「我們一定要見到神靈。你沒時間午睡。」

他憤怒地吐出一口氣，站起身伸展手臂，剛才的昏睡感顯然已經退去。「好啦。我們開始吧。」

「我們必須冥想，」她說。「直到儀式時間到。」

「儀式時間，」他說。「儀式洗澡、儀式衣服、儀式地點。我什麼時候會拿到我的儀式托特包？我的儀式內褲？儀式指甲剪？」

「輕率，」她說。「不合於好祈日兆。你的職責在於我們的人民。輕率對待你的地位，就是在輕率對待他們的性命。」

「那還真可惜。」他陰沉地說。「誰叫他們的性命（粗魯地）荒唐到注定會被嘲諷。」

「夠了！」她大喊，指著他。「你必須嚴肅對待這件事。」

「妳發生什麼事了？」他嘀咕，在她再次戳他前就退開。「我比較喜歡莊重版本的妳。」

「我沒有發生任何事。」她說。「這就是我。我必須成為的人。如果我偷懶，人們就會死，繪師。你能理解嗎？我們人民的農業只要沒有好祈日兆就完了。如果我不在最佳狀態，人民就會餓肚子。因此，請原諒我壓力有點大，因為我不和一名騙子合作就沒辦法完成職責，而他還覺得這一切很好笑！」

他瞥向一邊，看起來很羞愧。應該的。這就是她接受訓練的方式——無止境地提醒這一切有多嚴肅。毫不放鬆的緊繃。直到輕率與個人欲望都像是燙傷水泡裡的膿液般從她身上被擠乾。

這對她有用。她好好長大了。或者說，她長成了她必須成為的人。

這對他也會有用。她只需要保持嚴厲。為了他好，也為了神靈好。

「那我們就等吧。」他終於說。

「我們要冥想。」她跪下來。

他跪在她旁邊。「冥想，嗯？所以……我們就跪在這裡想事情？」

「不要想。」她把手伸向兩邊，抬頭面向天空。「冥想是思考的相反。」

「呃……我可以強迫自己保持冷靜。那有用嗎？」

她望向他，而他看起來真的很困惑。她……真的連這麼單純的東西都要講解嗎？

「不光只是冷靜，」她澄清。「而是對所有情緒、感觸與個人意志的絕對抗拒。通常會以專注於節奏性的動作做為起始，例如你的呼吸，或是刻意收緊又放鬆肌肉。有些人覺得發出音調或真言會有幫助。目標是清空你所有的思緒——甚至捨棄開始冥想時的專注目標。」

「這麼做的意義何在？」

她歪頭，感到不可思議。「讓你在寰宇中定位自己，」她說。「像清洗身體般清洗你的心智。像身體排泄實體廢物般排除情緒的殘渣。讓純淨深入靈魂，然後新生。你以前從來沒做過？」

他搖搖頭。

難怪他這麼……嗯，他。他的社會到底是多原始，才會連這麼基本的需求都不知道？

她讓他一開始——就像教小孩一樣——先專注在呼吸上。她集中自己，讓自己單純存在著。熟悉的飄移感包裹住她，隨之而來的是……虛無的感覺。

完全的虛無。存在。僅此而已。她就像是岩石、天上的樹。她……

他就在她旁邊。

她可以感覺到他。在她集中後，她可以感覺到他在牽引她。她睜開一隻眼睛；他閉著眼睛，但他在微笑，他的嘴在抽動。

「你在想事情。」她告訴他。

「我沒辦法不去想，」他抱怨。「而且我也不想停下來。我喜歡想事情。」

「在你對冥想更有經驗後，」她說。「你也能更好地控制那些開心的念頭。」

「生活除了控制以外還有更多。」

「試試看，」她再次集中在自身上。「多練習。你會發現的。最優秀的藝術家在冥想後都能更專注在他們的藝術上。控制帶來專注，而專注帶來成就。」

「取決於妳想成就什麼。」

兩人繼續跪著，但現在換侑美難以停止思考了。關於他。不是因爲繪師有特別吸引人的地方。只是因為她從來沒想過會和另一人一起跪在神龕前。這是……結婚的夫婦才會做的事。

這種體驗不屬於她。結婚就代表違背神靈以及祂們所賦予的天賦。愛人、成家都會使她背棄職責。她是珍稀的資源，所以需要絕對的獻身。

但奇怪的是，她的世界上最受歡迎的許多故事都包含了陷入愛情的妤祈日兆。利允很正確地不想讓她接觸這些，但侑美從三材——這是她年幼時的妤祈日兆朋友——那邊聽到了這種故事，她會以興奮的禁忌情緒轉述這些故事。

三材說這種禁忌的故事最棒了。因為禁忌之愛不知為何總是最甜美。

「很好。」繪師站起身，導致神龕晃動。侑美嚇了一跳，以為他不知為何感應到她的思緒了。但他只是要指出沿路接近的利允。「代表我們完成了，對吧？」

「沒錯。」侑美站起身。「我們去召喚神靈吧。」

他點頭，向前踏出一步，又接著停下。「等一下。我不敢相信我居然沒問過，但我們要怎麼召喚祂們？妳前天說是有關藝術？」

「沒錯，很簡單的。」她說。「你只要疊一些石頭就行了。」

是時候測試侑美的理論了。

她思考著理論。此時繪師進入了儀式之地，四周圍著圍欄，裡面有為他準備的石頭。鎮民聚集在圍欄旁，樂師準備就緒，而侑美也和他們一樣待在外面——直到繪師的距離遠到讓她感到拉力，才無法抗拒地往內踏了幾步。

他感受到拉力，因此回頭看她。她鼓勵地對他點點頭。她早先說這樣的任務很簡單。這有點不誠實。學會如何正確堆疊石頭很困難，那占了她訓練中的一大部分。

但她猜想那對他來說會很簡單。這是她在洗澡時想通的結論，可以解釋很多事。神靈找上她請求幫助——但只有侑美並不夠。她不夠精熟；她不夠優秀。她無法勝任。

所以祂派了一個能做她所不能的人來。繪師也許不是英雄……但他可能是個奇才。這能解釋為何祂會挑中他。她現在很有信心他天生就會疊石，被賦予了超過她的天資，即便他在自己的世界裡渾然不知這件事。這項答案明白到讓她忍不住微笑。

她開心的錯覺只維持到他「疊起」第一顆石頭的那一刻。石頭倒了。

他擺的第一顆石頭居然倒了。他想把一顆又大又扁的石頭平衡在地面上，這樣居然也能失敗。石頭倒向一邊滾走了。

侑美身後的鎮民倒抽一口氣。繪師沒有注意到——他只是露出傻笑，堆起其他幾顆石頭，就好像在……把積木堆成一堆。他甚至沒辦法不壓到自己的手指，那害他驚叫一聲，用力甩手。

侑美看向利允，她張著嘴看，表情驚恐。

繪師把一顆石頭放在他的石堆上，結果整堆垮掉了。他接著看向侑美伸手示意。「像這樣嗎？」他問。「看起來如何？」

喔，不。侑美心想。喔，神靈啊，不。

他們有大、大、大麻煩了。

繪師在他的世界裡自己的房間內醒來，腦海清楚記得先前石頭鬧劇帶來的羞恥感。

他還是不知道自己做錯了什麼。

不，等一下。

他連怎麼做對都不知道。石頭？堆石頭到底有什麼意義？

侑美從地板上的毯子裡坐起身，她的頭髮亂纏成一團。「噢，」她柔聲說。「我覺得……我睡覺的時候壓到鼻子了……」她的注意力回到他身上，即便一頭亂髮，睡衣皺成一團，她還是變得咄咄逼人。「你失敗了。」

「我把石頭疊起來了！」他坐起身。「在妳強迫我離開前，我疊了六種不同形式呢。」

隨著周遭觀眾越來越絕望，侑美叫他向利允說明自己過度疲倦了。那位端莊的女人顯然對他做錯的事情感到很困擾，她帶他回到車輦內，他在那之後陷入了沉睡。他大概醒不到六小時而已。這種轉換似乎需要很多能量，所以他們比平常更快就感到疲倦。

「疊石，」侑美站起身，雙手插腰。「必須要以技巧與藝術感來完成。」

「疊東西，」他說。「才不需要藝術感。」

「進行儀式時就需要。」

「儀式。當然囉。我早該知道的！」

她走過來用手指著他的臉，好像威脅要碰他一樣，但他在軟墊上躺下聳了聳肩。「來啊。反正我也覺得有點涼，可能會讓我暖一點。」

她咬牙切齒，接著跺步離開，雙手抱胸。她似乎在發抖。公寓看起來和他們離開時完全相同，但他懷疑他們已經又錯過了一整天。這代表領班會氣炸了。

希望領班已經處理掉那隻穩定夢魘了。繪師漏了提醒他可能有個家庭需要轉移住所的補助，領班應該會自己想通的，對吧？

也許他還是該去確認一下，確保夢衛隊已經抵達，一切都在控制之下。在他回報後，這已經不是他的問題了，但他還是一直想起那個臉頰被夢魘利爪劃破的小男孩。他希望至少能得到現況更新。

但，該怎麼做？他沒有話機——那需要昂貴的專屬日虹線，普通的繪師薪水付不起。所以如果想從領班那裡得到資訊，他們得去找到並排隊等候使用公共話機，或是——因爲距離很近——直接走去辦公室。然而，兩者都需要他們離開公寓。

侑美又開始說話。「要能正確地疊石，需要很多年的訓練。」

「而妳預期我在毫無經驗的情況下就能辦到？」

「我……原本希望你有天生的才能。」她承認。「顯然，我錯了。現在剩下的唯一選項很困難。我們一定要聯絡到神靈，這代表你必須學習。我們要想出一些藉口告訴利允，然後訓練你，就像我小時候那樣。直到你的技術好到能夠吸引神靈。」

太美妙了。在她底下接受訓練聽起來就跟吃胡蜂大賽一樣有趣。還有神靈？祂們眞的存在嗎？她世界裡的所有人似乎都這麼想，而她也確實向他展示過車輦下的某種精怪形狀的雕像，能夠使之飄起來。那肯定有個來源。

不論如何，他也有自己的麻煩。「我想去和領班談話，」他說。「還有去報到。確保我的工作還在……」

「不，」她說。「我們要待在這裡，我要開始訓練你。你的教育就從現在開始。」

「我的教育？我的訓練？做什麼？疊石頭？」他坐起身，揮手穿過桌子示意。「哇。效果肯定非常好，侑美。」

「我可以示範，」她說。「教導你。」

「不，」他站起身。「這是我的世界，該由我作主。外頭有一隻危險的夢魘，我想確定有人處理掉它了。領班對我的觀感……一直都不太好——」

「我眞想知道爲什麼。」

「侑美，」他說。「那隻夢魘很危險。它現在可能已經完全穩定下來，正在大開殺戒了！如果沒人阻止它，它可以殺掉好幾十人，但普通繪師沒有能力對付這麼強大的夢魘。需要的是比我這種人更有才華的人。

「我們必須要去確保領班理解了我的警告，然後要他去訪查我幫助過的那個家庭。誰知道——也許神靈是派妳來找我，而不是反過來！也許祂們需要妳在這邊做些什麼事！妳考慮過這點嗎？」

她哼氣，依舊雙手抱胸，但接下來視線轉向一邊。「好吧。」她柔聲說。「但……我不能就這樣出門。我看起來和感覺起來都很髒。我不認爲在靈體狀態下沐浴有洗乾淨我的身體。」

「嗯，這我們有辦法處理。」他越過房間走到小浴室前，朝著門揮手，她鬱鬱寡歡地走過去拉開。他展示淋浴的旋鈕，她伸手轉動，接著驚叫一聲，睜大雙眼看著水噴灑而下。

「你有一道噴泉，」她說。「但是……水好像是冷的？」

「會變溫的，」他說。「除非新若女士又把熱水用完了——除非妳想凍死，不然不要在早上九點淋浴。還有，警告妳，她對水很吝嗇，注意不要用掉太多。」

「淋浴。」她低聲說，讓水流過她的手。

「肥皂在這裡，」他伸手一指。「洗髮精和潤髮乳在這，這裡有乾淨的毛巾。」他對她點頭，便走向門外。

「等一下。」侑美轉身看向他。

「怎麼了？」

「我……難道要自己洗澡？」她問。「你沒有……我可以叫來的侍從嗎？」

「呃，沒有。我的世界沒這種事。」

「好吧。」她看起來奇異地被震懾住了。怎麼會有人被淋浴嚇到？發現她這個暴君居然會害怕這麼平凡的東西，他露出暢快的微笑，就像發現可怕的老虎害怕剪指甲一樣。

他關上門，但接著——因爲不能離她太遠——背靠在門上。他做動作的時候沒多想，但馬上驚訝地發現自己沒有直接穿過去。就像他沒有穿過地板掉下去一樣。所以……爲什麼他有時候可以穿過東西，有時候又不會？

（我可以解釋。但很不幸地，我在這個當下被用來掛著一件塞滿東西的大衣、三個包包、一隻裝在旅行籠內的小狗狗，還有三顆水煮蛋。別問了。）

浴室內的水聲變大，濺水聲表示侑美踏進了水花下。過了一下，繪師很確定自己聽見了她滿意的嘆息。

「很棒吧？」他說。

「水是溫的，」侑美的聲音在小浴室內形成回音。「我本來已經開始覺得你們不知道溫暖是什麼感覺了。」她暫停一下。「嗯……洗髮精是什麼？」

「洗頭髮用的，」他說。「把泡沫塗在頭髮上來清潔，然後潤髮乳是用來……呃……反正對頭髮有益處就對了。相信我。那可以，嗯，滋潤頭髮？」

「好。那，我就……洗頭髮囉？我要現在用嗎？還是等到我用完肥皂之後？還有我塗完要過多久才能沖掉？」

「沒有規定，侑美。」他說。「妳眞的從來沒自己做過這些事？妳還是小孩的時候呢？」

「我告訴過你，我還是嬰兒時就被神靈選中了。」她回覆。「我被帶離父母身邊，由監管人養大，專注於我唯一的用途上。」

「這也太糟了。」他（粗魯地）說。「妳完全沒有童年？」

「好祈日兆不是兒童。」她的語調有種在引用熟背語句的感覺。「她也不是成人。好祈日兆是神靈意志的顯現。她的全部存在都是爲了服務。」

難怪她這麼奇怪。這沒辦法完全解釋她就像是錯過末班回家巴士的感覺具現化的人類，但——考慮到這一切——至少他現在比較理解她了。

「你們這邊的人，」她的聲音迴蕩。「是怎麼捕捉住噴泉，使其服從你們的意志的？」

「這不是噴泉。這是從湖裡面抽起來，過濾後再加熱。」

「抽起來？就連現在也有人在那裡抽水嗎？」

「不，是用日虹線驅動的機器。」他說。「加熱也一樣。把金屬的兩端分別觸碰日虹線，就能生熱。這就是製作巴士引擎或是加熱器的基本科學原理。」

「你怎麼知道這些的？」

「學校。」他說。

「可是你是個繪師。」

「學校除了繪畫外也會教其他東西。」

「我除了我的職責外什麼也沒學過。」她聲音變弱。「這樣最好。我必須保持專注。其他無關緊要的事可能會……蒙蔽我的心靈。」

對話停止，他讓她在淋浴間多待了一會兒——比他允許自己待的時間還長。侑美最終自行停下了。幾分鐘後她問：「我要把這些衣服再穿回去嗎？」

「拜託不要。」他說。「那已經好幾天沒洗了。先圍著毛巾吧。」

她過了一會走出來，身上圍著三條毛巾。好吧，還算合理。繪師帶著她來到他的乾淨衣服堆前。「我還沒時間摺。」

她揚起一邊的眉毛。

「我打算摺的。」他說。「我通常一洗完就會摺好。」

「我敢肯定。」她用腳趾輕踢衣服堆。「這些對我來說一定都太大件了，對不對？」

「侑美，在妳的世界裡，妳穿的衣服跟床單差不多大件。我想妳可以的。」

她一手抓住毛巾，卻停下動作。但他已經走向浴室了，那裡近到他還不會被扯住。他走進浴室，給她一點隱私。

「謝謝你，」她在浴室外說。「這麼……善解人意。」

「這不是善解人意，」他說。「這是基本禮儀。」

「不過，還是跟我預期的不一樣。」

「假如有個人先被塞進別人的身體裡，又被丟到了奇怪的地方去，還被強迫脫衣服，而妳卻完全以他當下的反應來評斷他的爲人，想必不太公平吧，嗯？」

「我想是吧。」她說。「我們兩人都承受了……超乎尋常的壓力。」幾分鐘後，她接著說。「好了。我不是很喜歡，但就將就一下吧。」

繪師走出來，發現她身穿……

嗯，肯定算是一種服裝。至少還是衣服。穿在身體上。她找到一件他的長上衣——是件厚套頭毛衣——並穿上了。他對此不是很驚訝，但她在外面又套了一件汗衫，而長套頭毛衣加上短汗衫的效果實在是惹人發笑。事實上，那件汗衫還有點鼓起來，好像她在底下還穿了一件更小一點的衣服。她到底穿了幾層啊？

然而，她用來當作裙子的毛衣——袖子被塞進腰部——才是眞正困惑他的地方。她在底下還穿著長褲，至少那還算可以，但……

哇。整體效果實在不得了。

「女人眞的會穿這樣出門嗎？」她問他。「你們這裡的人？會穿褲子？」

「嚴格來說不是這樣……」他說。「嗯，妳知道那是……上衣，不是裙子吧。」

「我需要臨機應變，」她說。「才能維持一些端莊程度。」她抬起一隻腳。「至少你的涼鞋還算合腳，只要我穿三雙襪子的話。但我沒有看到木屐。」

「妳在這裡不需要木屐……」他停下來，思索著其他能說的話。她的衣服怎麼可以這麼寬鬆，同時又塞得這麼滿？那完全吞沒了她，彷彿她是從某種衣服構成的怪魚嘴裡冒出頭來。

她走到浴室門上的鏡子前，因爲倒影而稍微洩氣下來。嗯，考慮到他在她的世界裡所經歷的一切後，要同情她實在有點難。也許這會讓她多點同情心。

「妳穿這樣不熱？」他問。

「你的世界冷得不自然，」她說。「我想多做點準備比較好。我準備好去向你的領班請願了。請帶路。」

他必須告訴她出門後要如何鎖門——顯然她也不理解這件事。「別人會進去？」她轉動鑰匙。「進去你家？趁你不在家的時候？爲什麼？要等你嗎？」

他搖搖頭，帶著她走下樓梯來到一樓。在這裡，她在建築出口處愣住，抬頭望著黑暗的天空。

我不怪她。繪師的世界有種天生的陰鬱氣質。

在煌一，感覺隨時都像在剛下完雨後出門。在煌一，感覺街道隨時都太過空蕩——但又讓你覺得自己只是來到了暫時的寂靜區，有更多動靜從下條街道傳來。在煌一，感覺光線隨時都被調暗，好讓大地沉睡。

在煌一，你會注意到空缺。這是由留白構成的城市。

「來吧。」繪師在街上對她招手。

她待在門邊。「這裡……好空。」

「這樣很舒服。」他說。「妳眞的覺得這裡比妳的世界更令人不舒服嗎？妳那裡可是有個大火球在天上呢。還有一堆東西在上面飛？那才令人不舒服。我覺得隨時都要被壓扁了！」

「至少我們可以看見上面的東西，」她說。「這裡……上面什麼都沒有。」

「那是暗幕。」他說。「科學家已經飛到更上面去過了；他們在上面發現更多星星什麼的。」他語調轉柔。「看那邊。看見了嗎？那道穿過暗幕的亮光？」

她猶豫不決地踏上街道，抬頭望向星。「你認爲那眞的是我的世界嗎？」

「一定是。」他說。「抓住我的東西是從天上來的，而且科學家說那邊也有人住。那是類似我們這兒的行星——他們拍了照片，上面有著看起來像是小城市的聚落，但很模糊，遠到看不出細節。不論是誰住在那裡，他們都還沒有無線電和其他東西。他們……不像我們這麼先進。」

她沒把這話當成是侮辱，反倒只是盯著星。接著她的目光轉爲跟隨日虹線，那將底下的街道塗成代表進步的對比藍紫色。

「這隻穩定夢魘，」她說。「你說它會……傷害人？除非我們阻止它？」

「沒錯，」他說。「但我們不必做任何事來阻止它。我的工作是回報。我們做了，但我忘記提醒領班那隻夢魘威脅了一個家庭。我需要確保他們眞的獲得我承諾提供的協助。」

「你提到其他人會來阻止夢魘，」她說。「你不是說我們可以招募他們嗎？那些眞正的英雄們？」

這句話有如朝繪師的肚子揍了一拳，但她顯然沒察覺到，所以他努力控制自己。「領班會找一名夢衛隊的成員來。也許兩名，還有他們的夥伴。他們是傑出的藝術家，但我不認為他們能協助妳的問題。來吧。」

她深呼吸並點點頭，接著跟上他。根據銀行窗上的時鐘，現在剛進入晚間，所以路上有不少人。像這樣的幹道寬度足以讓緊急車輛通過，但私人交通工具這個概念會讓煌一的居民陷入困惑。大部分的人都靠巴士或列車通勤，兩者都連接日虹線，以獲取能源與維持方向。

「領班的辦公室就在附近，」他在兩人行走時說。「還好我們不必搭日虹車。我一點都不想要在日間班表的列車上想辦法跟妳說話。」

她又點點頭，不過他懷疑她根本就不知道他在說什麼。她看似努力不看天空，改為觀察所有經過的行人。許多人也盯著她。

人們常說什麼也嚇不著大城市的人，通常沒錯——在某個範圍以內。大城市的人不會被普通種類的奇怪嚇到。你不會多看沒穿褲子的醉漢兩眼，因為他是你這禮拜看見的第三個了。但像侑美這樣的奇怪？某種程度上，沒穿褲子比她現在穿的東西還要正常得多了。

「他們知道我是誰，」她對繪師耳語。「他們可以感覺到命令原初神靈的女子。」

「呃……不是。」他說。「我們這裡沒有這種人。他們只是覺得妳看起來很奇怪。」

「他們知道，」她堅定地說。「他們就像村民那樣盯著我。就算你們沒有好祈日兆，這些人也可以感覺到我有哪裡不一樣。這是我的負擔。也是我的祝福。」

怪裡怪氣顯然是她主要的負擔，但他不確定哪裡算得上祝福了。他們經過販賣不同種類日虹視機的店家，許多演員畫面在櫥窗內同步移動，她因此停下了腳步。

「我以爲好祈日兆不會盯著看。」他評論。

「喔，抱歉。」她柔聲說，低下頭。「你是對的。我害自己蒙羞了。」

繪師表情皺在一起。他本來希望會有更令人滿意的反應。稍微刺探某人，結果對方居然內化了教訓，感覺實在很糟——這就是對話版本的「想要靠打嗝搞笑，結果卻不小心吐了」。

不論如何，他還是平安無事地將她帶到了領班的辦公室——一間有著自己出入口的小房間，就在繪師局總部的角落。在他的催促下，她直接進去了。透司領班不在乎是否敲門。幸好，他就在屋內。年長的男子坐在小房間唯一書桌後方的老位子上，蹺著腳讀報紙。在他身後，用來存放今天的畫作——會經過標記與分類——的格位大多還是空的，準備好接受今晚的供品。

侑美進門後，他放下腳摺起報紙，朝著她皺眉。「妳看起來很眼熟。」

「前兩天你見過我，」她柔聲說。「在繪師的房內。嗯，繪師仁哉郎？我是他的妹妹。」

領班眨眼，接著認出她來。他往後一靠。「妹妹？當然囉。這樣合理多了。」

繪師臉部抽動。爲什麼大家都這樣講？

「他昨晚也沒來工作，」領班說。「所以妳才會過來嗎？」

「他生病了。」侑美說。

「對啦。病到我那天見到妳時，他沒有在軟墊上睡覺——反而是在別的地方，然後還要妹妹替他掩護。」

侑美臉紅，垂下眼。「我爲他道歉，尊貴的領班大人。」

「喔，這不是妳的錯。」領班語調變柔。實在太不公平了。這個男人每次都有點不屑地對待繪師——可是侑美這個暴君？她居然得到了他的同情？

但話說回來，她確實是在這種情況下獲取同情的專家。現在她在地上跪下，向領班行了完整的儀式鞠躬禮。

「尊貴的領班大人，」她的目光盯著地板。「我是來尋求資訊的。你說我哥哥那天在外面做別的事，但我想提醒你：他遇到了他稱之爲『穩定夢魘』的存在。他正在留意它。他派我來詢問，也許你有任何新消息？」

領班向前靠，打量著她，手指敲著桌子。「是喔，」他說。「穩定夢魘。」

「他通知夢衛隊了，對吧？」繪師突然感到一陣警戒。

「你通知夢衛隊了嗎，領班大人？」侑美抬頭問。「他們找到怪物了嗎？繪師說再過幾天沒被處理的話，它就會變得很危險。」

領班往後靠在椅子上，椅子發出悲哀的嘎吱聲。「他據說看見的這東西，告訴我更多資訊。仁哉郎。他因爲面對穩定夢魘而受傷了嗎？」

「沒有，」繪師怒說。「我把它趕走了，感謝關心。」

「他發揮力量，」她說。「把它驅走了。」

領班瞇起眼睛。「仁哉郎，用他半吊子的那些畫，驅走了一隻穩定夢魘？」

「他是這麼說的。」侑美看向繪師，他堅定地點點頭。

領班研究她，接著嘆氣。「我早該料到的……」

繪師皺眉。料到？穩定夢魘嗎？

「仁哉郎總是喜歡戲劇化，」領班柔聲說——比起對侑美，更像對自己說。「總是需要成爲焦點。我們都知道他有多喜歡撒大謊……對他來說，認命工作總是不夠好。他需要別人注意他，跟他說他有多棒。」

繪師後退一步，內臟絞在一起。他早就知道領班對他的評價，但親耳聽見還是很傷人。

「領班大人？」侑美說。「那裡還有一家人，他們也看到了，繪師想確保他們沒事。他承諾會提供財務援助？他給了我一個地址……」她站起身迅速寫下，就像他能寫她的文字一樣，她也能寫他的。

領班低噥一聲，讀著地址。這終於讓他停頓了一下。但他接著把它塞入口袋，然後搖頭。「我會處理的。」

「謝謝你。」她再次鞠躬。「太謝謝你了。」

她離開前，多抓住了一下門，讓繪師能從她身後溜出來。

「好了，」她在路邊停下。「我們處理完這個問題了。」

「只可惜沒有，」繪師說。「他不相信妳。」

「什麼？他說——」

「他說了應該說的話，」繪師說。「好把妳趕出門。但他覺得我捏造了穩定夢魘的故事，用來獲得關注。那個（粗魯地）男人！」

侑美看起來更加縮進她過大的衣服內了。「所以，他不會去阻止那隻怪物？」

「我無比懷疑。」繪師說。「如果我們夠幸運，他會去確認住址。但已經過了三天——而且我叫那家人出城去。就算沒有我承諾提供的金錢，他們也很可能找到了其他方法離開。」

「他也許會去調查，」侑美說。「也許他會找到他們，還有看見夢魘存在的證據？」

「也許吧，」繪師嘆口氣。「希望會。除非他決定的『處理』方式是向上舉發我。」

「你的世界一點道理也沒有，」侑美說。「人們就這樣……誤導其他人？」

「我敢打賭，妳的世界的人一樣也會這麼做，」繪師說。「只是不會在妳面前做而已。人就是人，侑美。沒錯，妳的世界是不一樣，但我懷疑會有那麼不一樣。」

她再次往他的公寓前進，他走在她身旁，一邊生悶氣，只給了她最低限度的指示。還有，在內心深處，他感覺完全被侮辱了。基於領班的表情與態度，那個男人肯定不會去調查。

那隻夢魘很狡猾、很強大。繪師嚇到它了，也許它會遠離個幾天，但肯定會回來。

「如果你是對的怎麼辦？」侑美在他們行走時說。「要是神靈派我來是要幫助你對付這隻夢魘呢？我們該怎麼做？」

「我正在想，好不好？」繪師怒回。

在他們已經接近公寓大樓時，他還是沒有任何好答案。也許……那隻夢魘會被其他人注意到？但如果它這麼長時間都沒被捉住，那它絕對狡猾無比。它大概只有在開始殺戮時才會被注意到。

「嘿！」有個人出聲。「是妳！」

繪師與侑美在公寓大樓外的街道上停下腳步，此時明音剛好走出大門。她一如往常地美麗，今天也穿著便服——裙子、襯衫、化妝——而非工作服。她在開始值勤前的多數晚上都會先出門去狂歡，或是去做……其他普通人做的事？

說實話，他並不知道。也許她去雜貨店也是穿成這樣。

「侑美，對吧？」明音上下打量她，目光徘徊在毛衣改造而成的裙子上。

「是的。」侑美說。「嗯……我來這裡的路上把裝衣服的箱子弄丟了，得借用我哥哥的東西。」

「救場得好。」繪師說。「擺脫她。我們得回去公寓討論該怎麼做。」

「我最近都沒看見仁哉郎，」明音說。「他在做什麼？他都沒去值班。」

「喔！」侑美說。「他在……嗯……做一些他的大計畫。在其他地方。」

「妳哥哥，」明音乾乾地說。「邀妳到城裡來，然後留下妳一個人，還在妳弄丟行李之後？」

「對？」侑美說著更往她的——他的——衣服裡縮。

繪師發出呻吟，看見自己和明音之間的機會變得更小了。（這代表他其實是個樂觀主義者，因爲他一開始居然還覺得自己有機會。）

「快！」他說。「我們走吧。」

「謝謝妳，請容我告退。」侑美快速鞠躬，溜過明音進入大樓內。

明音留在原地，手還握著門。在侑美與繪師走到樓梯之前，她朝他們跑了過來，趕上侑美。

「嘿，」明音說。「這大概不關我的事，如果妳想，就叫我把頭塞進暗幕裡吧。但……妳還好嗎，侑美？妳需要幫助嗎？需要人帶妳去買點新衣服嗎？」

繪師嘆氣。明音總是——

令人驚嚇地，侑美大哭起來。「需要。」她在抽泣間隔說。「喔，我需要，拜託。」

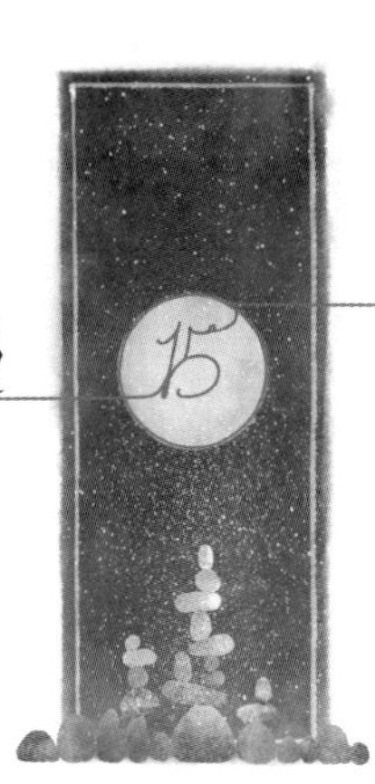

Chapter 15

當然，侑美立刻就對自己的崩潰感到震驚。她嘗試控制住自己的眼淚，一邊握住明音的手鞠躬道謝。

更令人驚奇的是，並沒有規定說好祈日兆不能哭。畢竟，這些規定有很多是古代的好祈日兆所訂下的——所以她們只規定了不准在別人面前哭泣。

我覺得那很眞情流露。她們全都理解。在好祈日兆的人生中，崩潰基本上是無可避免的。妳只是要盡量隱藏起來。

無論如何，侑美知道她不該做出這種反應。只是有人注意到她的需求，感覺實在是太如釋重負了。明音伸出的援手雖然只是件小事，實際上卻重大無比。

這個地方實在是太奇怪了。天空感覺上好像要吞掉她，但那居然只是最不重要的一點。她還看見巨大的交通工具——載著非常多人——在隔壁街上穿梭。建築在她周遭聳立，石頭筆直疊起，黏著在一塊，幾乎像是山了。

還有每條街上都有兩條雙生光索掛在半空中，連接到每棟建築、形成花稍的發光招牌。

她直接被扔進了其中，毫無頭緒何去何從。即便知道自己在哪裡，她依舊感到迷失。即便沒有身陷危險，她依舊感到害怕。更糟的是，她還必須得穿著……這一團糟出門去。

明音感覺有點擔憂地輕拍她的手。繪師在附近皺眉盯著她，看起來困惑無比。侑美能夠理解他們兩人的心情。

「好吧，」明音把侑美拖出門。「我知道一家店。」她的鞋子在奇異的黑石街道上發出響亮的敲擊聲。聽起來不像木屐，但還是令人安心。

侑美緊緊掐住自己的情緒，努力維持控制。然而，儘管她的眼淚已停下，她發現自己還是感到很羞恥——不光因爲她的爆發，還因爲她上次和這個女人見面時所發生的事。

「明音，」她說。「我們上次說話的時候……我明目張膽地顯露了自己的無知，以致做出尷尬的行爲。請妳不僅接受我的道歉，還有我誠摯的補償——如果我能爲妳做任何事，我都會去做的。」

「妳哥哥是個變態不是妳的錯，侑美。」

「他不是變態！」侑美很快地說，又接著停下來。剛剛那是謊話嗎？她不是百分百確定。「其實，是我誤解了他說的話。他是在說……說他喜歡看的連續劇，不是在說他認識的人。此外，這一切都超出我的承受範圍了。城裡人和家鄉人的行爲很……不一樣。」

「我聽說過比較小的城鎮的事。」明音笑著說。「我知道那邊行事都比較傳統。對妳來說，我們肯定很刺眼！」

「比較多是城市本身的問題。」侑美在他們穿越馬路時看向右邊。「街道看起來像是無限延伸一樣。一個地方有好多人，建築就像石碑一樣伸向暗空。人們住在他人上方，如同堆在牆上的石頭……」

明音微笑。

「我說錯什麼了嗎？」侑美的目光投向地上。「我對我的愚蠢鄭重道歉。」

「妳才不愚蠢。」明音說。「其實，我喜歡妳說話的方式，聽起來有種……詩意。」

詩意？她只是依照禮儀正常說話而已。不過，糾正明音並不禮貌，所以她沒有回話。明音領著她來到一棟建築，這裡有著比其他建築更大的窗戶以及更亮的燈光。侑美轉過頭望向繪師，他跟在後面，雙手插在口袋。他看起來不想說話，但她自己確保在門邊逗留一下，讓他能跟上來。

緊接著，她的注意力就被門內的景象吸引住了：這是一處開放的空間，放滿了展示架以及身穿衣服的塑像。數百條裙子掛在如藝術品般排列的架子上。牆邊的空格裡堆滿了上衣。一千種不同形式的鞋子，被擺在高臺上展示。

「所以，」明音說。「妳至少需要幾套衣服。也許來個三套？應該足夠撐到家裡再寄一些來給妳。」

侑美只能單純地盯著看。明亮的光線照射在所有貨品上，比外頭的光線更加白皙。展示架間有十幾人在走動、談天、指著不同的選項。這些……這些全部都是放在這裡給人拿的嗎？

「妳喜歡穿什麼？」明音溫和地說，輕輕碰了她。「侑美？」

「我……」她悄聲說。「這裡有好多……」

「這裡的選擇，」明音說。「還算可以接受。新洲亞購物中心有更時尚的款式，但那邊的價格太瘋狂了。這裡比較平衡一點。」

價格。

對喔，金錢。一般人需要用金錢買東西。

侑美陷入驚慌。「我誤導妳了，尊貴的明音！我並沒有任何金錢能夠——」

「沒關係，」她說。「我會先付，再跟妳哥哥要回來。相信我。他會付給我的。我會確保這一點。」

喔。好吧，她心想他確實欠自己那麼多。她點頭時刻意不回頭看他。

「所以，三套衣服？」明音說。「一件裙子，兩條褲子，一些上衣？」

「不！」侑美說的有點太用力了。「嗯，連身裙呢？連身長裙？可以要那種嗎？」也許她可以找到跟她家鄉衣著類似的衣服。雖然……她還沒看見任何一名女人穿了類似的服裝。

「當然，」明音說。「來這邊。」

她們在展示架間穿梭，而所有衣物看起來都好……纖細。緊緊貼住身軀的上衣，輕薄到像是由空氣與雲朵製成的裙子。她和明音來到販賣連身裙的區域，侑美的恐懼感不斷累積。大家是怎麼做選擇的？她總是穿別人替她準備好的服飾——從來沒有提出意見。她何必需要？

她準備要請明音替她找出最厚、最蓬的連身裙——但她愣住了。就在前方，一個沒有臉的女性塑像站在基臺上，穿著一件美麗無比的衣服。舞動，卻又不會太輕薄，這件淺藍色的連身裙的顏色在接近地面處逐漸轉深——有如一朵花一樣。就像這地方的所有裙裝一樣，這一件也會顯露出身形，但並沒有像明音喜歡的裙子一樣緊貼在身上，反倒是有種流體般的波動感。

穿著那樣的衣服……她在轉身時會盛開的。除了兩條肩帶外，她的肩膀幾乎都會暴露在外，不過領口並沒有像其他連身裙那麼大膽。但這還是比她穿過的所有衣服更加暴露。

但那就像是女王會穿的禮服。故事中的女王。女人，而不是命令原初神靈的女子。

「啊，」明音後退回來，到她身邊。「有人的品味非常好喔。妳穿幾號？我去架子上拿一件。」

「不！」侑美抓住她的手臂。「我沒辦法，尊貴的明音。那太……大膽了。」

明音望向連身裙，然後回看侑美，她因此臉紅了。（也許明音正在想把毛衣當裙子穿才是眞正大膽的舉動。）

「聽著，」明音輕拍她的手。「我不會強迫妳做任何妳覺得不自在的事。但妳現在人在城裡，侑美。沒有地方比這裡更適合嘗試新事物了——這麼說吧，可以稍微大膽一點。對妳來說也許不是這樣，但這件裙裝在這裡其實算挺保守的。」

侑美克制住不看明音的裙子，那看起來只要打呵欠伸個懶腰，就會往上翻過去變成一條皮帶。也許……另外這一件確實挺保守的。而且神靈還沒有因爲她被迫說謊而懲罰她……所以也許祂們知道她在這邊做事的方法必須不同。也許這樣才能完成祂們的計畫？

至少，這是她的藉口。說實話，抬頭看著這件衣服——還有發覺她可以就這麼選擇穿上——讓她體內的某種東西甦醒了。這股傾向沒有沉睡太深，躲在表面以下不太遠的地方。即便在她的世界，那也在蠢蠢欲動。利允會說這樣很危險。

但利允不在這裡。

「我們試試看吧。」侑美小聲說，抓緊明音。

「太棒了！妳穿什麼尺寸的？」

侑美又感覺自己臉紅了。「我……不知道。我從來沒買過東西。」

「什麼？」

「我每次都直接穿我拿到的衣服。」

「兄弟姊妹嗎？」她（粗魯地）說。「所以妳是老么囉？永遠都只能穿二手衣，實在太慘了。我知道那種感覺。所以，這是妳第一次來？」

侑美點頭。

「難怪妳看起來像是燈泡工廠裡的蛾一樣。」明音說。「不然這樣吧，妳再指出一些其他喜歡的模特兒造型，我去拿一些類似的商品，再拿去試衣間讓妳試。這樣妳就不必從幾百件而是從十幾件裡面挑了。」

「聽起來太棒了。」侑美（恭敬地）說。「謝謝妳，明音。妳是妳的家族、氏族與神靈本尊的榮耀。」

「而妳，」明音說。「完全就是人類版的幸運手鐲。」

明音領著她到一位在此工作的僕從面前，他們在那裡替侑美量了一些非常私人的尺寸。明音看似認爲這會讓她不好意思，但站在那受人擺布是侑美這整段體驗中第一次有熟悉感。即便她不是很喜歡在繪師面前這樣做。

「我想妳也不知道自己的胸罩尺寸吧？」明音在測量完成後問她。

「呃……」如果她說自己不知道那是什麼，會不會顯得很奇怪？她不想做出太奇怪的舉動，以免其他人發覺她其實是個外星人。「不知道？」

接下來的測量更加私密了。但侑美忍受過去，很快地就發現自己被帶到了一條小走廊，旁邊有一排顯然是用來試衣服的房間。她走進其中一間，繪師坐在外頭，不過她還沒有衣服可以試——明音還在拿。

「什麼——」侑美通過敞開的門對繪師斷聲問。「是『胸罩』？」

「內衣。」他說。「女性用的。」他猶豫了一下，接著比了比自己的胸口示意。

「喔。」她說。「爲什麼不必綁胸帶？」

「這個……比起問我，問明音可能比較好。」

「我猜，」她說。「你覺得這些都只是無關緊要的瑣事而已。」

他聳聳肩，看向明音剛經過的位置，現在她身後跟著兩名店裡的僕從了。「妳需要衣服，侑美，而我不知道有誰比明音更適合替妳挑了。」

「她非常漂亮。」侑美說。

「在學校時，是我們班上最漂亮的。」他同意。

「告訴我一個你喜歡她的地方，她很漂亮這一點除外。」

他暫停，接著花了——令他顯得——很羞恥的長時間才回答。「她的時尚感很棒。」

「這只是用另一種方式說她很漂亮。」

「妳幹嘛在意這個？」他怒回。

「這個嘛，就連我都已經注意到她是個溫柔又樂於助人的人。」侑美說。「我只是單純好奇你爲什麼對她這麼著迷。」

「我沒有著迷。」繪師聽起來很認眞，而不是帶有防衛心。「我只是有很多時間思考。也許有太多時間思考了。還有作夢。」他搖搖頭。此時明音又從另一邊經過，兩名僕從手上拿滿了衣服，然後……從他們後面趕上來的是第三個人嗎？

她剛才不是說只是去拿幾件衣服給侑美試穿嗎？

「她對我很好。」繪師最終說。「即便我是從小城鎮來的。當我們三年前在課堂上初次見面時，有些人會取笑我。明音反倒是問我為什麼想要成為繪師……」

當他沒有繼續說，侑美問：「你有選擇？」她說出口後才覺得聽起來很蠢。回想起來，很顯然他是自己選擇成為繪師的。都遼人很少能選擇自己的職業，通常是直接繼承家族事業。除非妳是好祈日兆。

「這是我們這裡做事的方法。」他說。

「而你成為了夢魘的繪師？」她說。「為什麼？」

在他能夠回答之前，明音已經大步走回來——身後跟著四名僕從，全都拿滿了衣服。侑美接收了第一堆，聽了明音的指示，然後才發覺繪師可以直接回答她。除了她以外沒人聽得見他，所以為什麼別人靠近時他要沉默？

很快地侑美就被關在小房間內，被過多選項所包圍。她開始剝下她選擇穿的一層層衣服，發現底下的肌膚已經流汗了。她沒有太過注意，但能夠脫下那些衣服確實感覺不錯——那真的有點太暖了。也許她已經適應這片半凍結的地方。

第一件貼身衣物很合理，但胸罩……嗯，很難以克服。她看得出該怎麼穿，但上面有帶子與扣環……嗯，她花了點工夫。她在穿著時暫停了一下，對於布料的延展性感到驚嘆。他們是怎麼讓布變成這樣的？

她終於穿好了，不過她是先反著穿，扣好扣環後再轉回去，然後再調整位置。那有點限制感，而且塑造出她的胸型，而不是如平常一般壓扁。她猜想這就是明音和其他人如何讓身材看起來如此……顯眼的原因。爲什麼她們想要變得更顯眼？

胸罩看起來完全只有愛慕虛榮的目的，她幾乎決定要脫下不穿了。但她轉過身，然後歪頭。她接著嘗試上下跳。然後……

感覺很不錯。並不是說有到舒服的程度。但肯定能阻止不舒服。

「侑美，」明音從外面發問。「妳還好嗎？」

「這件胸罩，」她又跳了一下。「太了不起了。」

「從來沒穿過正確的尺寸，是吧？」明音問。「妳會很驚訝差異有多大。」

她原本想最後再試那件漂亮的連身裙，但……好吧，她的好奇心戰勝了。她穿上，接著看向換衣鏡中的自己。衣服很美妙，就像藍天上的雲朵——就像風本身有了形狀，被遣來擁抱她。

但在外顯的美麗之上，這件衣服還有種磁力。將她轉化成了別人。可以做選擇的人。這是她一生中第一次只爲了自己做選擇。

明音帶了一小袋梳妝用品給她，裡面有把梳子。侑美梳了幾下頭髮，撫平翹髮，接著起身盯著鏡中的神話人物，感到疏離，嘗試接受這眞的是她。

「如何？」明音呼喚。「來嘛！讓我看看！」

侑美立刻臉紅，把手放在裸露的肩膀上。剛才的多層裝太熱了，但這毫無疑問又太冷了。

「我不知道有沒有辦法，」她對外喊。「我的肩膀都露出來了！」

「啊！」明音說。「妳走運了。因爲我有考慮到這點。看看妳右邊的鉤子上，有件可以搭配的上衣。」

侑美看過去，發現一件帶釦的短上衣。你也許會稱爲連身裙外套，但這更有設計感一點——比較硬挺（是某種丹寧布料）也比較短，甚至不到她的肚臍。這讓侑美稍微想起她的人民穿的都服上身，只不過袖子短了一點。

她把它從衣架取下，猶豫地穿上身。這剪裁比較貼身，展露出明顯的女性曲線。她試著不要太難爲情，同時打開門。

明音的表情亮了起來，讓侑美信心大增，好似飛向高空的花朵。其中一名僕從留在原地，那女人若有所思地點頭，看起來也很贊同。

在她們兩人後方，繪師站得直挺挺的，目瞪口呆地盯著她。他大概覺得她看起來很傻，畢竟他知道她應該要穿哪一種衣服。

「太美妙了。」明音說。「我們絕對要買那一件。來這邊，試試其他的！妳一定要看看這件粉紅色的……」

明音走進去在裙裝中翻找某件特定的選擇。侑美抬起頭對上繪師的目光。他還在盯著她看。她終於有一次不在意自己看起來是否得體。神靈在過去幾天對她要求了很多。

這是種褻瀆，但她決定是時候要求一些回報了。她在人生中第一次想要擁有東西。所以，一小時後，她穿著藍色的連身裙小步離開店裡，手上緊抓著袋子，裡面裝了另外兩件設計些微不同的服裝。是她的。眞的是她的。沒錯，她無法把這些帶回她的世界、她在那邊的生活——在這一切結束後——就會回到原本的樣子。

現在，她能夠活在夢境裡。幾乎讓這一整場混亂變得值得。當她和明音一起走回家時，她注意到另一件事：沒有人盯著她看了。

她驚奇地發覺，繪師說對了。沒人知道她是誰。沒人在意。她不再穿著那套荒唐的服裝後，現在她可以融入，她就只是……普通人。

這是她遇過最令人興奮的事情。

「好了，」明音停在公寓大樓外面。「我得準備去上工了。如果我穿著迷你裙去繪畫，領班會氣死的。妳有食物嗎？樓上那邊？」

「嗯……」侑美說。「嚴格來說算得上有食物。」

「嗯哼。十分鐘後回到大廳集合。我值班前要跟朋友在附近的麵店碰面吃午餐。妳要跟我們一起去。」

「我已經造成太多負擔了。」侑美低下頭。

「妳？負擔？」明音笑了。「拜託，侑美，妳不會剝奪我向朋友炫耀我有了時尚學徒的機會，對吧？」

繪師在附近強烈地搖著頭。那個景象，加上她咕嚕作響的肚子，讓她下了決定。

「我當然會跟妳去，」侑美說。「讓我先把東西放回我哥哥的房間。」

「麵店是什麼？」侑美邊問邊把她的新衣服在地上排好。

「妳去那邊付錢，」繪師解釋。「就會有人給妳食物。」他停在門邊看著她。只是單純換了衣服就能讓她看似完全融入，實在是太超現實了。他突然間就能想像她就在此地，在他的生活中。

「會有人給你食物，」她說。「你不必自己煮吧？」

「不必。」

「他們會……餵你嗎？」

她聽起來是……在期待嗎？「不會，」他說。「那部分妳得自己來。」

「好吧，只要我不需要自己煮就好。」她雙手插腰，檢視著她剛放在地上的衣服。

「妳打算就放在這？」他問。

她猶豫了一下，然後看向他。「難道……應該放在別的地方嗎？」她看著那堆衣服。

「衣櫃。」他伸手示意。「裡面有桿子和

衣架。」

「喔！」她走過去。「眞聰明！你們這邊的人有好多有趣的點子。」

「我猜……妳們那邊的人也有衣櫃，侑美。」他說。

她歪頭。「也許有吧。我從來沒去過別人家裡。」她掛起衣服。「哪裡有放我去麵店可以用的錢？」

「在流理檯上的罐子裡。」他說。「可是侑美，我覺得妳不該去。到目前爲止我們很走運，明音沒問太多問題，也沒注意到妳奇怪的地方。然而妳在別人身旁待越久，情況就會越危險。」

「危險？」她說。「只是去買衣服？吃麵？」

「終究會有人問出妳無法回答的問題。」他說。「他們可能會起疑，然後開始刺探。最終會有人發現我其實沒有妹妹，然後事情就會變得很尷尬。」

「這就是說謊不好的原因。」她關上衣櫃門。「我們一開始就該告訴他們眞相。」

「喔？告訴利允眞相的後果如何啊？還有告訴領班夢魘的事呢？結果如何？」

「這些失敗源自我們的能力不足。」她說。「我們應該再試一次，以更具說服力的方式向利允呈現事實。」

「不。」他說。「她只會覺得我們不知爲何決定替她添麻煩而已。」

侑美移開目光。

「如果妳在這邊說出眞相，情況可能更糟。」他說。「他們會要求妳提出妳沒有的證據。如果他們認爲妳瘋了呢？或者認爲妳殺了我？」

她盯著自己的腳。「我原本想……其他繪師也許能幫我。幫助我釐清該做的事情。和他們說話感覺會……很好。」

「那群人？」繪師嗤之以鼻。「他們會排擠我們這種人，侑美。現在妳對他們來說也許很新奇，但只要有更有趣的東西出現，他們就會丟下妳了。相信我。」

「明音人很好。你說過她也對你很好。」

「她是，一開始是。」他轉身，不想回憶那些日子。

侑美安靜了一會，接著拿錢經過他，走向樓梯。「我還是想去。」

一秒後，他就被她扯走了。這點實在太不公平了。為什麼他有實體時要受到她的霸凌，但她有身體時卻將他像條狗一樣拖著走？

他們在樓下與明音碰面，她現在穿著比較樸素的襯衫與長褲。他不會稱之為繪畫服，但對她來說已經不能更收斂了。明音帶著侑美經過街角往「拉麵學徒」前進，繪師陰沉地跟在後方。他沒辦法說出自己為何想避開那個地方。也許是因為明音如此容易就收留了侑美，他因而想起自己有多容易就被拋下。

但說實話，他也怪不了他們。

不過他們踏進餐廳後，他就感覺好了一點。這裡令人熟悉，就算沒有身體，他也能聞到溫暖的高湯與青蔥香氣。此地不知為何，碗盤與餐具間的敲擊聲似乎比別的餐廳感覺更輕柔。

明音把她過大的畫具袋掛在店門口的雕像上，那裡面是（以免你忘記）感覺無聊透頂的說書人的身體。至少現在水煮蛋已經被拿走了。

繪師的前朋友們坐在後側的老位子。他跟著兩名女生走過去，感到……惱怒。他想被邀來這張桌子很久了。重新回到他在學校時擁有的熟悉歡笑之中。

結果比起拜託其他人讓他回來，有個方法更簡單：他只要隱形就可以。

明音以華麗的手勢介紹侑美。「請看看，」她說。「仁哉郎的妹妹。」

群體中還有另外三人：兩個女生、一個男生。這代表太陣在這個集團中處於一比三的劣勢——除非你算的是肌肉量。繪師滿確定他的體重比另外三個女生加起來還重。

「（粗魯地）不可能。」太陣跟平常一樣反坐在椅子上，袖子上捲，好像被他巨大的手臂嚇到自動縮起來了。毫不意外地，他正在按壓某種握力訓練裝置，每做十下就換手。

「這是太陣。」明音指向他。

「嘿。」他換到另一隻手。

「太陣，」繪師說著靠向侑美。「跟他的外表如出一轍。就是那種會在晚餐桌上捲起袖子做運動，博取女生目光的男生。他從來不會錯過在女生面前秀肌肉的機會。」

「這是痲沙加。」明音指向全身黑的女孩，她雙膝曲起縮在椅子上，拿著素描板。痲沙加不喜歡露出肌膚，甚至還圍著圍巾來遮住脖子。她從素描板上方探出頭來，細長的眼睛藏在劉海的陰影下。

侑美嚇得倒退一步。痲沙加對人就是有這種效果。

「學校裡有謠言，」繪師低語。「說她在低年級時拿刀捅過人，然後法官給她的認罪協議的一部分是來當繪師。她不太說話，都忙著在策畫陰謀了。」

與此同時，痲沙加在紙上用力戳了一下，再次抬頭看向侑美——害她下意識地又後退了一步。

「別被她的嚴肅外表嚇到。」明音以一如往常的歡快語調說。「她內心很柔軟的。況且，一直盯著看只會害她生氣。最後，這是伊津茉花萌！」

一名穿著長褲與運動衫的女孩站起身，伸出一隻手。侑美盯著那隻手看。

「妳要握住手，」繪師解釋。「然後鞠躬。這是打招呼的方式。」

侑美膽怯地照做，握住伊茲的手與她互相鞠躬。接著侑美瞥向繪師，期待他像評論另外兩人那樣，說明她是什麼樣的人。

「等著看就好。」繪師反而說。

「侑美……」伊茲若有所思，接下來挖出一本百科全書般的厚書，快速地翻閱。「開頭部首是人部……總共兩個字……出生年月？」

「說妳是龍年出生的。」繪師告訴她。「如果說我們同年，看上去會很奇怪。還有，就說，雨月吧。純粹好玩。」

「嗯……」侑美說。「龍年雨月生的？」

「啊，沒錯……」伊茲繼續說，又翻過幾頁。「喔，在這裡。久里與詩詩的婚禮那集！我是說，第一次婚禮啦。妳今天會很好運喔，侑美。非常好。適合立下承諾。」

侑美不知所措地看著這名年輕女子。太陣在一旁嗤笑，把鍛鍊用具再次換手。

「不准笑，太陣，」伊茲說。「這是絕對可信的科學。」

「別擔心她，侑美，」明音傾身耳語。「她有點特殊。」

「我的能力才特殊！」伊茲宣告。「等著看吧。很快大家就會跟上，所有人都會開始算連續劇占卜。身爲發明人的我會聲名大噪，你們就再也不能隨便取笑我了。你們必須先排隊才見得到我。」

「排隊見妳，」太陣說。「好取笑妳？」

「不是。嗯……」

「因爲，」他的手繼續出力。「會有很多人也想做同樣的事？」

「我不是這個意思。」伊茲靠向庥沙加，鼓勵地低聲說。「當我名利雙收之後，想來當我的保鑣嗎？」

庥沙加聳聳肩。

「太棒了。」伊茲說。「妳的第一項任務就是搶在太陣到處說他認識尚未成名的我之前，先去痛打他一頓。」

「我……有點困惑。」侑美說。

「不意外。」明音說。「這只是伊茲玩的一種遊戲。」

「這不是遊戲。」伊茲反駁。

「她覺得，」明音說。「她可以靠日虹線的節目表來預測人的運勢。」

「這是種古老的技藝。」伊茲說。

「是妳創造的耶！」太陣指著她。

「是我很久以前創造的。」伊茲說。「在我前世的時候。所以很古老。你想要看解釋這一切的連續劇占卜嗎？來，我拿給你看。」

她咧嘴笑，看著太陣翻了白眼。繪師從來都沒搞清楚過她對自己的瘋狂點子到底有多認眞。像這種時刻——她看似故意做得太過火的微笑——就讓他不太確定。

但站在這裡……聽著太陣說笑話、同時麻沙加在一旁畫畫、伊茲則喋喋不休講著亂七八糟的東西……令他有種痛苦的懷念感。懷念他失去的東西，就像你不斷想起一張你寫著重要事項的紙條，卻一直記不起來到底放在哪個口袋了。

這些人不再是他的朋友了。他感到的感受?假的。他轉身離開，此時設計的一名助手送來餐點。有兩碗是太陣的——不放麵條、蛋和豬肉加量——還有一小碗是麻沙加的。

繪師在這裡什麼也得不到。他為什麼花這麼多時間想要重新回來?

他走開。這麼做時，侑美對他投以驚慌的目光，但她才是那個想留下來和這群人談天的人。她沒他也做得到。他想盡可能遠離——好吧，盡可能，但沒有遠到每次侑美一移動就會被拉扯。他走到吧檯邊，坐在一張空凳子上，背對那群人。

侑美在幾分鐘後加入他。「他們說，」她小聲告訴他。「我該來這邊點餐?意思是……告訴他們我想吃什麼，對吧?」

他點頭。

「我應該點特定哪一種嗎?」她問。

「妳可以挑自己想要的。」他說。

她深呼吸，看起來很緊張。

「叫小碗的淡鹽味豬肉拉麵，」他說。「不要額外配料。基於我在妳的世界被餵的食物來看，我猜妳會比較喜歡……單純一點的口味。」

「謝謝你。」她接著舉起一張紙。「嗯……麻沙加給了我這個……」

上面畫著一隻兔子，雙眼如深邃洞窟般的孔洞，飢餓的眼神彷彿要吞噬世界。底下的文字寫著：「侑美讓我想起可愛的小兔子。」

「我的天。」繪師（粗魯地）說。

「什麼？」侑美聲音變尖。

「她喜歡妳。」

「這是壞事嗎？」

「畢竟是麻沙加，誰也說不準。」他回答。

侑美坐在他旁邊的凳子上。「你是對的。」她柔聲說。「我不該來這的。我……不知道該怎麼當個人，繪師。」

「嗯，也許我錯了。因爲妳需要練習。」

「不。」她說。「我不需要練習成爲我不是的存在。我不是個人，繪師。」

他皺眉，看向她。「妳當然是個人，侑美。」

「不，我是一個概念。」她說。「一項社會共有的物品。如果我是機器會更好，就像你房間裡演出故事的那個箱子一樣。如果我不會思考，如果我沒有感覺，我的工作成果會更好。」她低頭，目光專注在櫃檯上。「我今天品嘗到的自由很危險，繪師。這是我不該想要的滋味。如果我讓這些控制住我，會怎麼樣？我還是要回去、再次肩負起我的職責。你覺得神靈送我來這裡是要警告我嗎？還是要……考驗我？」

「不。」繪師說。「我認爲祂們送妳來是一種獎勵，侑美。讓妳能夠品嘗這些事物。在人生中，終於有一次可以好好享受。」

她望向他，然後微笑。突然間，他感到愧疚，自己剛才居然還因爲她的不自在而暗自竊喜。也許他早該看出來的，這個人遠比他還更感到被孤立。

他以為自己很孤獨，而他根本就不了解這個字的意義。

她的微笑漸弱，移開目光。「我真希望我相信你說對了。可是繪師，來找我的神靈……祂在受苦。祂需要什麼。這不是獎勵。這或許不是處罰或考驗，但也不是獎勵。」

「妳還是可以好好享受。」他說。「趁著還可以時。」

她回望他。下意識地，他朝她伸出手。她看起來需要可以握住的東西。但……他停止動作，就算想要，他也碰不到她。他臉紅了，感覺自己很愚蠢。

一個碗摔到了地上。

兩人都跳了起來，轉身面向設計——她剛離開廚房。但她看起來完全沒在注意自己丟下的那碗湯，反而目瞪口呆地站在原地。

「他颶的！」設計直勾勾地盯著繪師。「仁哉郎？你死掉了嗎？」

Chapter 17

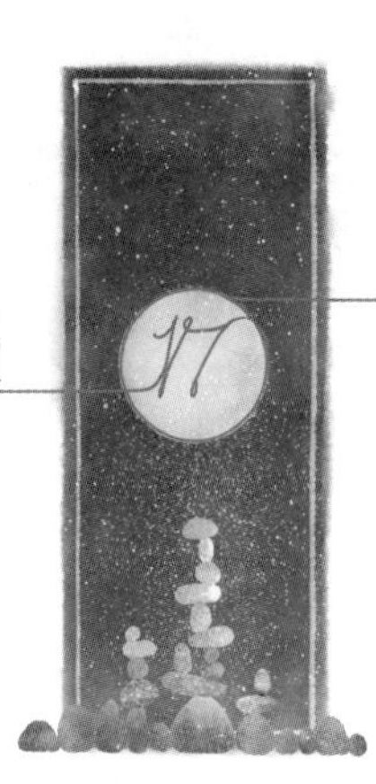

侑美過了一下才理解發生了什麼事。

這名留著白髮，身材曼妙到令人憤怒的奇怪女人正盯著繪師。她叫了他的名字。

她看得見他。

有別人能看見繪師。

「設計！」他快速站起身。「妳看得見我？」

「嗯……」設計瞥向旁邊其他客人，他們正因爲掉在地上的碗而盯著她看。「沒有。沒有，什麼鬼都沒看見。凡人最討厭跟鬼說話了。」她抬起頭，講得更大聲。「純粹是我笨拙又沒有效率的肉製手指導致的意外！我沒有看到鬼。大家，請好好享用拉麵！」

「設計！」繪師痛苦地說。

設計以誇張的動作朝地板點頭，接著蹲下開始清理麵條。繪師趕忙繞過吧檯，而侑美——感到尷尬——抓起了吧檯上的抹布，一樣繞了過去，然後蹲下。

這讓他們三人都離開了其他人的視線範

圍，但依舊會被聽見——或許除了繪師以外。侑美覺得這個法子反而更可疑。但她不知道普通人怎麼做事的，所以也許她的評斷不太算數。

「繪師！」設計說。「你怎麼死的？你被特別粗的麵條噎死了嗎？」

「我不覺得我死了。」他不知為何在耳語。「自從幾天前，我就開始在她的世界裡醒來！我覺得是星——意思就是，我覺得我跑去那邊了。然後當我睡著後，我就會在這邊醒來——但我就變得像鬼一樣，而她也不知為何到這裡來了。」

設計看著侑美，接著伸出手。「哈囉！妳想要握握肉製附肢嗎？」

「呃……」侑美握住手，然後鞠躬。奇怪的是，設計沒有回以鞠躬，只稍微搖晃她的手。

「很高興見到妳。」設計說。「妳不是鬼。」

「我們還沒搞懂發生了什麼事。」繪師說。「還有為何我在她的世界時，用的是她的身體，但她在這裡時不是用我的？」

「呃，繪師？」設計朝著侑美點頭。「對，那完全就是你的身體。」

「可是……」他說。「那看起來像是她。對妳來說也是，對吧？」

「沒錯。」設計說。「但我可以看見你和它之間的聯繫線。我有一種，嗯，強烈的意識面向。不用數字很難解釋，但我用數字時，凡人都會變成鬥雞眼。就像我告訴過你的，我並不是眞的在這裡，所以我可以看見意識之影，即便他們不想被看見也一樣。還有，你的身體現在是女生身體了。」

「什麼？」繪師說。

「妳是誰？」設計無視繪師，盯著侑美。「妳的靈魂面向他颶的強，以奇異的方式高度授予。不然妳不可能有辦法用靈魂改寫他的身體，將其扭曲，符合妳的自我認知，縮小重塑骨骼、拉伸扭轉肌肉……眞有趣。」

繪師聞言臉色發白。

侑美試著從容面對。「我……不是有意做這些事的，尊貴的店主。這都是神靈因某種迫切需求而進行的作爲。」

「好喔。」設計說。「嗯，妳眞的是花了很多功夫。我敢打賭妳餓了。」

「餓極了。」侑美承認。「但今天不像我上次來你們世界時那麼嚴重。」

「應該會越來越輕鬆。」設計說。「身體比較不會繼續反抗妳，也不會花那麼多能量想要變回去他的樣子。不過，我還是要給妳吃的。這是我的工作。我有工作！」她從吧檯後方彈起來，把侑美趕回凳子上，即便他們連一半的殘渣都沒清掉。設計快速又有效率地清理乾淨剩下的殘渣，繪師則是哀傷地站在一邊。

「我不想要當女生。」他說。

「喔，安靜。」設計迅速拖好地板。「我已經假裝成女生好幾年了，所以我是這方面的權威——其實挺不錯的。除了性別歧視之外。但不能怪罪身爲女兒身，而是你知道的，是那些蠢蛋的錯。」她暫停一下，然後對繪師微笑。「別那麼苦瓜臉。只要她沒有繼續附在你身上，你的身體大概就會彈回你的模樣了。」

「大概？」他問。

「肯定是大概。」她把拖把遞給他，她一放手，拖把就倒下，穿過他無實體的手指。她因此嗤笑了一聲。「怎麼了？」她看著他受冒犯的表情。「只是測試一下而已。」

她拿起水桶與拖把，再次走回廚房。繪師從吧檯對面繞回，洩氣地坐在侑美身旁。她則是環視屋內——但看起來沒有人在意他們。明音望向侑美，像是要確認她的狀況，所以侑美給了明音一個她希望代表「我很好」的手勢。

「爲什麼沒有人在意，」侑美耳語。「設計的言行？有鬼？丟掉拖把？跟空氣講話？」

「這裡大多數都是熟客，」繪師的聲音悶悶不樂。「大家……都很習慣設計了。她平常的言行也是這樣。」

「我無視社交界限，」設計拿著一碗給侑美的湯麵衝出廚房。「那樣很可愛。」

她放下碗向前傾身。這星球的人……真的很喜歡低胸上衣，是吧？

「吃吧。」設計指指麵碗。

侑美開始吃麵。麵的口味比她所習慣的更重——事實上，也比她所習慣的更奇怪。她從沒嚐過的香料在她口中混合，喚醒她沉睡已久的味蕾。第一匙有點太強烈了。第二匙令人滿足。第三匙……就像上了天堂。

「通常，」繪師說。「要用麥彭棒挾麵吃。」

侑美看向那兩根棒子。她看過侍女拿來餵她，但她自己從沒用過。所以她還是決定只用湯匙。

「我還是不知道，」繪師對設計說。「爲什麼妳看得見我？」

「這有點技術層面。」設計說。「但主要因爲我不是人類，而是長生不老的純授予精質，釘在了模仿爲人類的肉型外殼之內。」

侑美停頓，撈起麵條的湯匙停在半空中。她嘗試解析這段話——很困難——但得出了明顯的結論。

「妳是……神靈嗎？」她問。

「看情況。」設計說。「取決於妳對這個詞的定義是什麼。對妳來說神靈是什麼，侑美？」

「祂們是我們世界的靈魂。」侑美一邊吃一邊解釋。「我身為神與人之間的代禱者，如果我的疊石排列能取悅祂們，祂們就會應從我的召喚從地底顯現。做為回報，祂們會聽取我的請求，變成提供各種力量的形體服務一段時間，庇祐我們人民的生活。」

「疊石頭嗎，嗯？」設計問。

「排成各種圖樣。」侑美回答。「因爲凡人難解的理由，神靈喜愛見到由渾沌而生的秩序。還有其他方法，但疊石已被證明是最能吸引祂們的方法之一。」

「混合了數學與藝術，」設計說。「再加上人爲面向——專注、滿足、情感。這整個區域都布滿了湛藝留下的碎片。不論如何，看起來我可以回答妳，耶！沒錯！我絕對算是神靈。基本上是同樣的東西。」

侑美已經有懷疑，但還是對這個概念很震驚。她崇敬地放下湯匙，考慮一下該怎麼做之後，開始唸起祈禱文。

「停下來。」設計用湯勺敲她的頭。「我又不是榮耀靈。妳有什麼毛病？」

「我……」侑美（恭敬地）說。「應該對妳表示虔誠。」

「我又不是妳的神靈。」設計說。「更何況，我現在正在放假。不准在神的碎片放假時崇拜祂。這是我剛剛才捏造出的規則。」

好吧，雖然很困難，但侑美的職責就是聽從神靈的指示，所以……她猶豫地拿起湯匙繼續吃麵。但在這麼做的同時，她也狠狠瞪了繪師一眼。

「有一名神靈在你這裡，」她說。「你卻沒跟我提過？」

「我不知道她是神靈。」繪師說。

「我告訴過你，」設計把手肘斜倚在吧檯上。「我告訴過所有人。大家都忽視我。如果我是報復心重的神的碎片，就會覺得被冒犯了。幸好，我是古怪的那種。那樣很可愛。」

「她總是在說類似的話，」繪師依舊向侑美解釋。「我怎麼會知道她是在講實話，而不只是瘋瘋癲癲的？」

設計朝侑美靠了過來，以陰謀般的語氣說話。「我不認為仁哉郎有注意過我說的話。我得幫他說句話，畢竟他多數時間都在盯著我的屁股看。」

繪師漲紅了臉。「這算是幫我說話？」

「當然，」設計轉過身來。「這可是誠實的說明。我是說，這個屁股真的很棒，對吧？」

「我不知道妳有注意到我在……偷看。」繪師委靡下去。

「孩子，女人總是會注意到的。我只當了幾年，就連我都能注意到。」

「我……」侑美說。「不覺得我會注意到。」她繼續吃著食物，每一口都更加驚艷。但現在飢餓被滿足，她就開始昏昏欲睡了。她這次在繪師世界的遊覽時間比上次長多了，不確定自己還能保持清醒多久。

「妳能幫助我們嗎，設計？」繪師正在問。「妳能找到方法處理我們的狀況嗎？」

「我不知道，」設計說。「我對這種事情……不是特別擅長。你們需要的人是霍德。他就像你屁股上的刺一樣討厭——無論你的屁股好不好看——但他比我認識的所有人都更了解界域理論。」

（被認可的感覺眞不錯。）

「太棒了。」繪師說。「那他現在在哪裡？」

設計伸手指向一旁。侑美轉頭看見門邊的雕像，讓客人進門時可以掛外套或包包。那……是眞人？或許是另一名神靈？這對侑美來說有點道理，因爲她呼喚來的神靈在轉化後通常會變成石頭或金屬。

「喔，」繪師說。「他啊。妳……之前跟我講過他的事。我當時不相信妳。」

「我們能叫醒他嗎？」侑美問。

「歡迎嘗試。」她說。「我已經試好久了。確實，如我剛剛說的，我對這種事不太在行。然而，我成功開了一間頗負盛名的餐廳，培養了很多熟客，還學會做十七種不同的拉麵。這是我人類體驗清單上的其中一項，所以我必須說，這次拜訪還算挺成功的。」

（唉。明明有那麼多靈能跟我鍵結……）

「所以，」繪師（粗魯地）說。「妳是說妳一點用都沒有囉？」

「繪師！」侑美斷聲說。「你不能這樣和神靈說話。」

「他當然可以。」設計說。「我今天說了他的壞話兩次。我欠他一次回嘴。」

「我道歉，尊貴的神靈。」侑美（恭敬地）說。

「停。」設計又敲了她的頭一下，這很明顯不公平。

「繪師，」設計繼續說。「我會想想我能做什麼，可是你們的這個世界？非常奇怪。是我去過的裡面最怪的——我可是去過軗星呢。你們有活起來的夢魘？從純授予瘴氣內爬出？這種東西通常是有神被殺了才會產生的。

「我們來這裡就是要研究這件事。好吧，是霍德想要研究。但我們一抵達，他就變成了雕像，留下我在這裡體驗身為中小企業主，起步經營眾所周知的困難事業是什麼感覺。來，給妳折價券。」

設計眞的拿了一張給侑美，她當然完全不知道該拿它怎麼辦。

「總之，」設計繼續說。「我需要時間思考。也許暗幕與夢魘和你們身上發生的事情有關？我不知道另外一顆星球有牽涉在其中，這也許能解釋其中一些原因。不論如何，我現在還有其他顧客。還有仁哉郎，你的身體已經要倒在湯裡睡著了。」

確實，侑美已經開始打盹了。她吃完最後幾口，接著去向明音與其他人告退——同時感到很羞愧，自己明明是被邀請來的，卻完全沒和他們一起吃飯。她和眾人說她被設計纏上了，又不想擅自走開而顯得無禮。他們似乎接受了，但侑美看得出來——就在她和繪師走離時——那群人覺得她有點奇怪。

「我冒犯到他們了。」她小聲說。

「他們是有人緣的孩子。」繪師說——好像她應該知道那是什麼意思一樣。「什麼都會冒犯他們。」他回頭望向餐廳，接著搖了搖頭，兩人緩緩走回他的公寓。

侑美進入浴室換上睡衣——他身為靈體的整段時間都穿著睡衣——然後坐在地上，開始調整毯子。繪師看起來有點痛苦。「我們還醒不到六小時，侑美。妳不能再多撐一下嗎？」

她打呵欠。「我已經到極限了。何況，我們需要回到我的世界開始工作。」

「我們一定要嗎？」他說。「我不是很想再次被利允吼。看這邊，這樣如何？」

他走到日虹螢幕前嘗試啓動它。奇怪的是，雖然他碰不到其他物品，他的指間卻出現了一點點閃光——機器隨之啓動。「哈！」他說。「有點進展了。看！我有在學習。」

一對藍與洋紅形成的演員出現。一男一女。牽著手。侑美睜大眼睛。

「《悔恨季節》，」繪師解釋。「這部很棒。這是歷史劇，侑美，背景設定在好幾百年前。他們就跟妳一樣傳統！妳會喜歡這齣的。看下去吧。」

她忽略疲倦照做了。想到這個螢幕整天隨時都在播放故事，任誰都可以收看，感覺上還是有些享樂主義。這個世界太容易令人中毒，有著奇異的方便道具、美妙的滋味，甚至還有比兩者更棒的東西：匿名的危險誘惑。能夠過正常的生活。

「不，」她站起身關掉螢幕。「不，我不能做這些。繪師。我是妤祈日兆。我有責任。只要你還在我的身體內，你也有！」

他嘆口氣，坐在那個有軟墊的祭壇上面。

「我們要解決這件事，不論原因到底是什麼。」侑美盡可能召喚出利允的意志力與嚴肅態度。「你要去我的世界，你要學會疊石的藝術。當我們在你的世界時，我不會享樂放縱，而是要來學習你的藝術。」

「繪畫？」他皺起眉頭。「為什麼？」

「以免你說對了。」她說。「神靈派我來這裡是為了處理你發現的那隻穩定夢魘。」

「妳絕對贏不了夢魘的。連去嘗試都很愚蠢。」

「那我還是要學你的藝術，這樣我出門時相對比較安全。之後，我就可以找到方法說服其他人那隻夢魘是真實存在的——好讓他們去處理它。不論如何，這不是我們放鬆的時機。不准看連續劇了。不准去購物。我很抱歉剛才沒有聽你的話，跑去見了那些人。」

「侑美……」

「我們達成一致的意見了嗎？」她質問。「要盡可能快速解決這件事？你在我的世界會接受我的訓練，而我在你這也會做一樣的事？」

他的表情變得冷硬。「好啦，可以，沒問題。妳連一刻都不想放鬆，又不是我的錯。」

「這跟我想要什麼沒關係，」她說。「這絕對不會跟我想要什麼有關。這是我們必須做的事。你也同意的。」

他短促地點頭。「我只想要回我的人生。」

我不想，她心想。接著她立刻碾碎這個念頭，然後躺在她剛才鋪好的冷床上，底下的地板毫無地熱。

她抵抗了誘惑。這讓她感覺很難受。但她知道，就憑這點，利允會對她感到驕傲的。

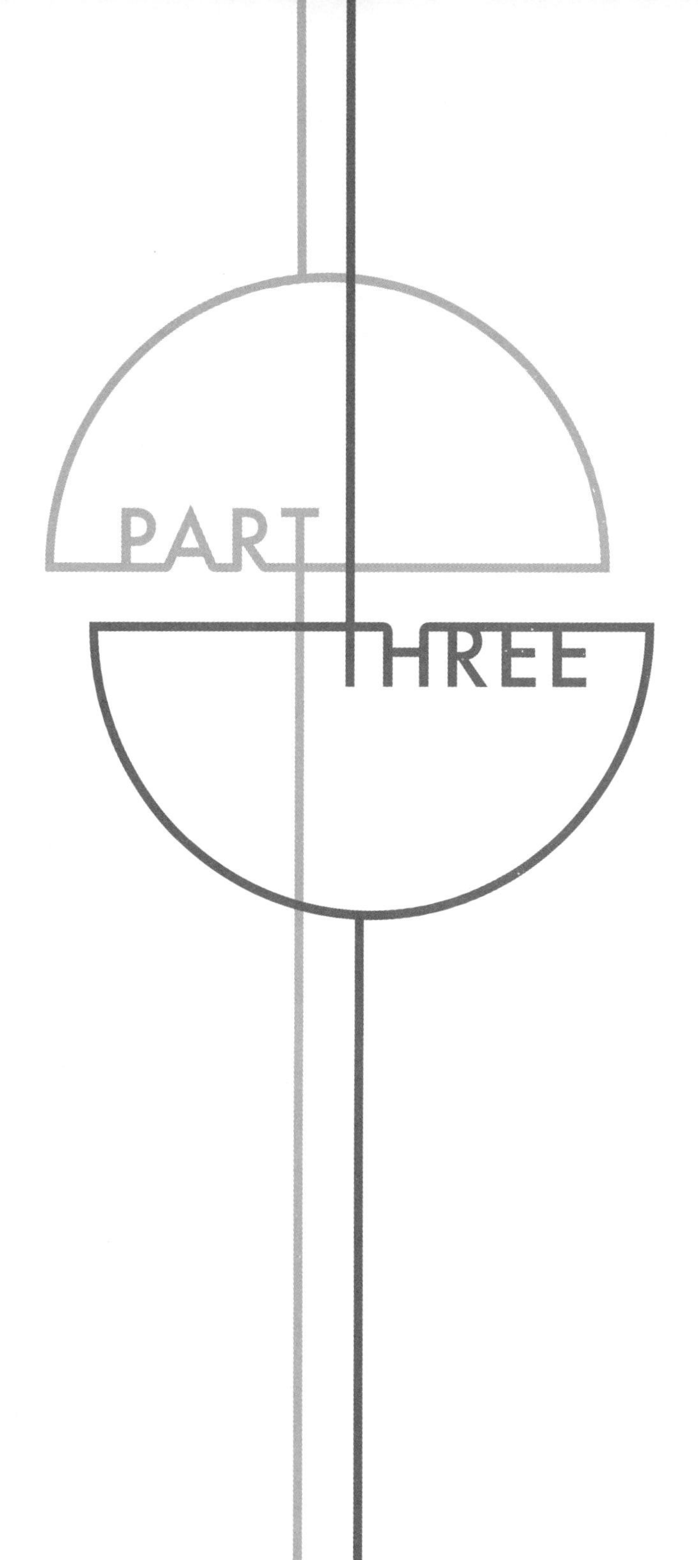
PART
THREE

繪師走到冷泉邊緣，轉身背對侑美。她也對他做出同樣的動作。侍女脫下他的衣服，他走入水中，站穩後再次轉身背對她。

兩人一語不發地洗著澡。他還是不確定她爲何堅持要與他同時洗澡。她在某些情況下非常害羞，但其他時候又異常直接，爲什麼？

*嘗試理解她又有什麼意義？*他幾乎覺得兩人之間有點默契了。她幾乎要感覺像是個人，而不是臺機器了。但他們又再次來到了她的世界——代表又一次回到嚴肅命令與言簡意賅之中。

他完成了正式的洗浴步驟，包含儀式性的潛水，之後侍女先行離開去著衣，放他獨自泡水。他仰躺漂浮著，看向奇異的藍天，一些植物飄浮在一百呎左右的高空，感覺就好像那裡才是水面，他還是沉在深處……

「利允今早沒來和我們說話，」侑美漂浮在他附近。他沒有看向她。「代表她大概難以決定要說什麼。我們昨天徹底失敗，沒有履行職責。她一定很羞愧。想到這，我的心就因此絞痛。」

「妳在擔心她？」繪師說。「那我呢？」

「你不重要。」侑美語調嚴厲。「好祈日兆不重要。當她來找我們說話時——她很快就會來的——你要以道歉儀式向她下跪行禮。」

「如果我不想做呢？」他問。

「我的世界，」她說。「我作主。你一定要做。」

他嘆氣，一群微小的斑點圍繞起遠方的植物。是某種像蛾的昆蟲，只是更多彩一些。

「妳這樣做，」他柔聲說。「無法得到妳想要的東西，侑美。沒辦法維持長時間的。妳只會把身邊的人推走。」

「這樣才對，」她說。「我就是該遠離他人。」

他咕噥一聲，接著站起身，走出水池來到石面上，呼叫侍女，她們快速趕來他身邊——即便她們還沒完全準備好——開始幫他穿著今天的衣服。緊接著，令人惱怒的是，侑美是對的——因爲利允很快就在前方的道路上出現了。繪師覺得他應該因爲自己衣衫不整而羞恥。即便她們不把他視作他，依舊很尷尬。

他已經厭倦那個情緒了。他已經沒有動力召喚出羞恥了。不幸的是，侑美自己也衣衫不整地趕過來——這就難以忽略得多了。

「行禮！」她說。

他不情願地跪下行禮，雙手貼地，額頭觸碰指節。「我很抱歉。」他說。

奇怪的是，利允也同樣跪下行禮。就算他低著頭，還是能看到她的動作。她感覺也很羞愧。

「發生什麼事了，尊者？」利允說。

「複述這些話——」侑美說。「我無法解釋發生了什麼事，就像有另一個靈魂住進了我的身體，而他失去了所有疊石的能力。」

「幾天前，」利允在他複述後輕聲說。「妳昏倒了。妳……受到了影響。」

「或許是這樣。」侑美說，繪師複述。「監管大人，我恐怕需要時間來練習，說不定要從頭學習我失去的技巧。」

利允沉默地跪著。繪師因爲不自然的動作而感到背痛，但侑美在他試著伸展時斷聲制止他。終於，在痛苦地等待後，利允開口了。「我會去找我們目前所在城鎮的領導人。我會請求他們讓我們使用儀式之地來練習，直到妳恢復。他們會……因此而更加羞愧，尤其他們已經相信是他們自身不配神靈的祝福，因此導致了妳的奇異症狀。」

「我了解。」侑美透過繪師說。「我爲此深感抱歉。」

「很好，」利允說。「或許妳的羞愧會讓神靈原諒妳。」她起身。「我要去準備儀式之地，因爲妳肯定想要立刻開始。」

繪師終於站起身，這次沒有被罵了。兩名侍女低著頭替他著衣，看起來也感染了他們的羞愧。他不太了解她們，即便她們替他做了這麼多事，他們之間卻幾乎沒對話過。兩人中較年輕者大概比他大了幾歲，膚色很白，臉型偏圓。另一人較爲年長，大約三十多歲，臉型比較長。

「在侍女準備好協助你之前，你不應該從水裡出來，」侑美繼續著衣。「下次不要這麼沒腦子。」

他轉頭打算頂嘴，然後又滿臉發紅地轉回來。

「不要講話，」她繼續說。「侍女們會覺得奇怪。」

他吞下到口的話，發現嚐起來令人不悅。當侍女完成著衣後，又回到石頭後方繼續她們的準備。

「利允必須對妳唯命是從，」他斷聲對侑美說。「不是嗎？妳為何不對她下令讓妳自己用餐和穿衣服？這樣一切都會簡單多了。」

「你以為對我們來說，簡單有任何重要性嗎？」侑美終於穿好上衣。「來吧，是時候幫你上第一課了。」

繪師遇上的第一個問題，是他無法跟隨指示跪在石面上。就算有護膝，還是太燙了。湧進裙子內的熱氣已經讓他在衣服內汗流浹背。

「那就不跪著了。」侑美繞著他轉。「你就蹲著，這樣你可以更易於移動，或許也能更通風一點。」

「這些石頭摸起來太熱了。」他伸手示意。「我需要手套之類的東西。」

「你會適應的。」她說。

「妳想要今天一事無成嗎？」他說。「除了看我拿起石頭又馬上丟掉以外？」

她用某種接近鄙視的目光打量他，然後叫他去向利允要求手套。利允從城鎮裡拿來了一副——城鎮就在附近，甚至可說只是舉步之遙。儀式之地是一片用籬笆圍起的過熱石地，裡頭像是礦坑的遺跡般四處散落著石頭。

幸好，利允今天成功驅離了大部分的圍觀群眾。他今天的觀眾只有他的侍從們，還有幾名城鎮的高階人士，他們正以困惑的表情互相交頭接耳。那些男人就像他的世界的古代人般留著鬍鬚，但他們的衣服太奇異，顏色也過度鮮豔，與他從以前的單調黑白老照片中得到的印象差距很大。

這個城鎮大約只有一百間屋子聚在一起，中央就是那個奇怪的集水裝置。繪師左側有個果園，數百棵樹木在其中互相飄浮碰撞。

「我們爲什麼不能去那邊練習？」他低語，在高熱下抹著眉毛。「我想要躲在陰影下，這樣就不會那麼熱了。」

「大部分的熱度都來自地面，」侑美皺起眉頭。「樹蔭下不會涼多少。何況，這裡才是儀式之地。你想要叫鎮民把石頭都移去那邊，只爲了你方便嗎？這作法太令人羞愧了。」

想也知道。

他的手套抵達，他戴上去——因爲被迫穿上更多衣物而覺得惱怒。他發誓今天肯定比前幾天更熱，而頭頂上的陽光也絕對沒有幫助。

「好了，」侑美說。「第一步是學習評估石頭。要正確地疊石，你需要平衡——要做到這點，你要能讀懂每一顆石頭。拿起一顆掂掂看。」

他照做了。感覺就是石頭。

「注意到了嗎？」她再次繞著他轉。「這一頭比較鼓，另一頭比較扁，所以它的重心會偏向鼓的這一邊。利用這點，你就可以創造出驚人的幻象，讓石頭的一端看似不可能地懸在空中，但其實是利用夠重的這端來取得平衡，加上精準安放其他石頭，就能增強這種效果。」

「重心，」他說。「還有精準安放。我還以爲妳說妳的疊石是藝術呢。」

「藝術就在於精準。」

「才不是。」他把石頭在左右手間互拋。「藝術是感受與情緒。是在宣洩它們，使它們能被分享。是在以自身去捕捉眞實。就像在胸口開一個洞，展露自己的靈魂。」

「講得很漂亮，」她說。「但毫無意義。詩詞是種奢侈，而我們——」

「——不該牽扯上奢侈。」

「正是如此。」她說。

「這太蠢了。」他丟下石頭。「這整個世界都很蠢，侑美。妳才不需要英雄。妳需要一個會計師。」

她瞪著他。沉默。熾熱。直到他終於撿回石頭。「好啦，」他說。「我要怎麼疊？」

「你不用疊。還不用。」她說。「把它放下，再撿起另一顆。我們今天都會專注在替石頭秤重上。」

「認眞的嗎？」他說。「我居然要花一整天撿石頭。」

「沒錯，」她說。「很可能明天也是。我們可能會花上一整週來培養你對石頭的感覺。當我接受訓練的時候，花了好幾個月呢。」

「妳在……」他停下來。他原本要說「妳在說笑吧」。但她當然不是。因爲說笑——不論是微笑，還是各種玩笑——都是種奢侈。她不會理解這種東西的。

太糟了。因爲他所體驗過的最大玩笑，就是現在寰宇正在對他開的這一個。

Chapter 19

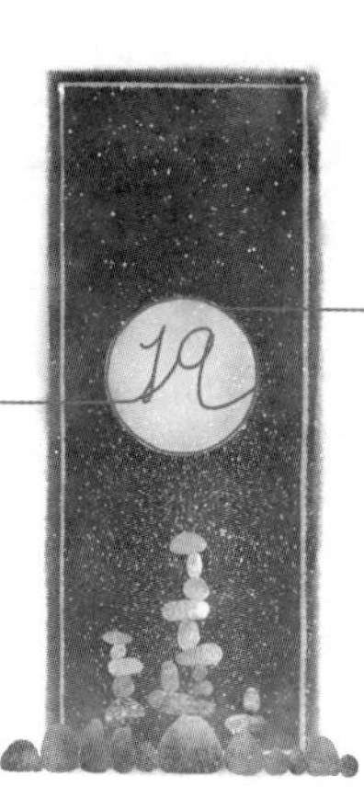

侑美嚇壞了。

她沒有受過這種訓練。訓練另一名好祈日兆？這不恰當。這不是神靈選上她去做的事。

她會搞砸的。她覺得自己正在搞砸，尤其事實證明繪師是個頑固的學生。她以前也很固執，不是嗎？利允說過她年幼時是個意志堅定的女孩，在聽令行事前總是會要求解釋。

但是……在他們的互換開始前，那個神靈對她說話的語調——有很嚴重的事情發生了，或是即將要發生，而她必須阻止那一切。很可能是藉由繪師。

神靈倚靠著她。她很擔心自己會辜負祂們。

「保持專注。」她告訴繪師，嘗試讓聲音帶有與利允的話語相同的重量。「不要做白日夢。」

他嘆氣，丟下目前手上的石頭。她剛發現他雙眼放空，八成是在想著其他能激怒她的聰明主意。

「如果，」他告訴她。「我不花點時間好好思考，我要怎麼『感覺』石頭還有『瞭解』它們？」

「你現在不需要時間思考，」她說。「那是冥想時間做的事。」

「不需要這麼嚴格吧。」他說。「妳沒辦法把生活的每個部分都各別放在漂亮的小盒子裡，完全不相互重疊。」他找到一顆較大的岩石靠著，無視她對於蹲姿或跪姿的合理教導。

「生活，」她說。「沒有適當的邊界或準則，就只是混亂而已。」

他翻了個白眼。「妳聲稱這是藝術，但其中就連一點藝術發揮都不允許？」他撿起一塊石頭。「如果我真的想要瞭解這顆石頭，我會去思考它是從哪裡來的，這一側的痕跡是怎麼產生的。我會觀察光線落在其上產生的陰影，還有上方的每條紋理。」

「那些都不重要。」她說。「你只需要知道東西的重量和平衡的模式。這就是你現在的藝術了，繪師。」

「愚蠢，」他（粗魯地）說。「太愚蠢了……」

訓練的每分鐘都像一小時一樣長，她需要不斷重複訂正繪師的動作。然而隨著時間經過，侑美只感到洩氣。他們一點進展也沒有。就算她這麼努力，繪師還是無法分辨一顆石頭該如何平衡。

最終他拍拍手上的灰塵，脫掉手套。她想要叫他繼續，但他的雙眼已經快睜不開了。考慮到前幾天他們有多快就氣力用盡，他今天堅持的時間已經很了不起：整整八個小時。

利允走進儀式之地。她幾乎整天都待在外面，觀看著，她通常鎮定自若的表情變得越來越不安。她現在正帶路走回他們的車輦。

我應該，侑美心想。讓利允來負責教導嗎？這女人肯定比侑美更在行。

只不過……嗯，神靈沒有選上利允履行這項職責。祂們選了侑美。雖然她很害怕會出錯，但這確實是她的責任。

如果利允做出什麼戲劇性的舉動怎麼辦？她臉上的擔憂讓侑美很不安。

在說故事時，我們假裝你可以從皺起的眉頭或是瞬間的表情上讀懂各種東西，這是現實現象的簡化，但那比我們所假裝的要複雜得多了。你和人待在一起越久，就會越了解他們。只不過除了明顯的細節，例如記得他們最愛的食物之外，我們也會內化他們的反應。他們表達擔憂的反應。

對有些人來說，是典型的皺眉頭。對另一些人來說是他們在躊躇，不肯正眼看你。重點不是眼神，也不在姿態，更不是眉頭。人類就是一團情緒，有如操偶般控制肌肉。我們不但靠身體表達，也靠我們的靈魂來表達。

他們一同前進時，侑美能夠讀懂利允的想法。這女人正在思考某種危險的事。確實是有比替繪師進行基礎訓練更糟糕的下場。在緊急情況下，好祈日兆是可以被完全免除職務的。

侑美能夠想見自己再次向利允解釋事件的眞實狀況——而女人會將其視爲她工作過度後的幻想。利允不喜歡幻想。不，這點繪師說對了。她絕對不會接受有個來自其他星球的男人占據侑美身體這種故事。逼得太緊，利允就會被迫呼喚她的上級，將侑美……移除。關起來，被迫在囹圄之中召喚神靈。

侑美眞希望她能和繪師一樣冷靜正向。他在抵達車輦時打了呵欠。當他踏入車輦內，只不過醒了八小時就筋疲力竭，而利允寫在臉上的失望，甚至可說是憤怒……

「拜託，」侑美對利允說。「拜託，讓我試試看。不要免除我的職務。不要通知執行者。」

「嗯？」繪師車輦中轉頭。他忘記脫掉木屐了。

「沒事。」侑美在他倒下時說。侍女們趕忙過來要餵他。她們太慢了，因爲一秒後——

——侑美睜開眼睛，發現自己躺在繪師房間地板上的一堆毯子中央。但她感覺昏昏沉沉的，就好像剛才睡著了。當他們在另一個世界時，這具身體很可能就在沉睡。何況，他們每次轉換都會失去時間，有數小時就這樣消失了——很可能兩人此時都沒有意識。

繪師一手梳過頭髮，看起來邋遢又恍惚，身穿這邊當成睡衣的絨毛布料服裝。每次她到這裡來，他整天都穿著相同的衣服。也就是侑美現在穿著的衣服。

「你應該試試看能不能穿上其他衣服，」她說。「至少是它們的靈魂。」

「衣服，」他昏沉地說。「的靈魂？」

「當我是神靈型態時，我能夠觸碰並脫下我身上衣服的靈魂，然後再次穿上。你也許可以對你其他的衣服做類似的事。」她轉身看向浴室。有個這樣的房間實在太方便了，讓水直接流進家裡來。「我要再去體驗一次那個淋浴。」

她往那個方向前進，打算讓今天有個好起頭。不能再像上次來他的世界時那樣浪費時間了。繪師驚叫一聲，因爲她已走得夠遠，將他從軟墊祭壇上拖了下來，逼得他站起身。她瞥他一眼，但他只是昏沉地揮手要她繼續。她點頭，接著關上門打開燈。是時候專注了。

不幸的是，當她一踏進冒著蒸氣的水花下——水會對她轉動旋鈕做出反應，隨她指揮調整至完美的溫度——她就發現自己長嘆一聲，在奢華下融化了。這個地方太危險了。她不情願地轉動旋鈕，讓水變冷到令人不適。冷冽滲入她，進入靈魂深處，澆熄了體內反抗的溫暖。這會催促她不要待太久的。

她洗淨自己——因爲沒有侍女協助而有點彆扭——接著站在冷水下發抖，唸著她的祈禱文。

她最終走出來裹上毛巾，站在鏡子前梳頭髮。她此時更加想念她的侍女了。彩英是梳頭專家，能夠無痛解開糾結，而煥智在工作時會哼歌，非常令人安心。她們不是她的朋友，因爲她不允許有朋友。的確，如果她跟她們變得太過熟悉，她們就會被換掉。無論如何，她想念與她們一起度過的時光。

奇怪，她心想。她們在替繪師準備時幾乎不會觸碰他的頭髮。在她們眼中他就是我，但她們就不會梳滿一百下，反而只是梳幾下他的頭髮就完事了。

令人好奇。設計並不驚訝侑美把這具身體變成了自己的模樣。侑美不知如何重構了繪師的外型——而且這個方法顯然和她身爲奸祈日兆的天職有關。也許當繪師的技術更好後，他也能把她的身體外型變得像是他？那將是徹頭徹尾的災難，但也許這就是神靈所想要的？

她不知道。但她會弄清楚的。

她完成梳理，冷到覺得自己再也不會暖和起來了。這是她的職責。她走向門，接著暫停。她只裹著一條毛巾。但……嗯，那只是繪師而已。她推開門回到主房內，這裡比浴室還要更冷。她的皮膚立刻起了雞皮疙瘩。她還是有一半覺得這裡是死亡與凍結的神靈之地。

繪師站在他的衣服堆旁，而且換了衣服。他穿著硬挺的長褲，簡單的上衣，以及另一件長袖上衣套在外頭，沒有紮好也沒扣釦子，看起來……有點邋遢，還是刻意爲之的？說實在，跟他本人有點類似。

「妳說對了。」他向兩側張開雙手。「我一開始碰不到衣服，但接著我……我不知道，我清空思緒，只想著其中一件衣服。當我在那個狀態伸出手，我就能碰到了。至少是它的複製品。」

「它的靈魂。」她說。「你冥想了！」

「沒有！」他防衛性地說。「我有在想事情，想我要穿什麼。」

「你事先清空了思緒，」她指著他。「你學會了！」

他不置可否地聳聳肩，注意到她正挑著明音替她選好的衣服，所以他轉身背對她，讓她換衣服時保有點隱私。

「今天，」她在穿上胸罩時說。「你要教我怎麼繪畫。」

「我不確定是不是想這麼做。」他雙臂交疊，面朝反方向。「我做的事很危險，侑美。尤其是有穩定夢魘牽涉在其中。」

「我們已經決定好了。」她盡可能迅速地穿上衣服，希望能夠靠衣物保持溫暖。「神靈可能是派我來阻止那隻穩定夢魘的。」

「我們才沒有決定好。」他回話。「我們只討論了可能性。妳對付不了穩定夢魘的，侑美。那需要才華洋溢繪師的精湛技巧——遠遠超過我的水準，更不要說是初學者。」

「但我們不能讓它四處遊蕩。是你說它可能會四處傷害人的。」

「它可能會，」繪師說。「也可能不會。它看起來像是接近穩定了，但我哪知道？我從來沒看過那樣的夢魘。它可能要花好幾週才能變得完整，尤其是它很聰明，也很小心。如果是這樣，終究會有其他人發現它的。到時候就會有人呼叫專家。」

「如果它在那之前就殺了人呢？」她問。

他沒回應。

「我準——準備好了。」她說。

「好吧，」他轉過身來。「我會教妳，但僅限於協助妳自衛……」他皺起眉，看著她身穿連身裙和上衣站在那裡，雙手緊抱著身子。「妳的牙齒在打顫嗎？」

「你——你們是這樣稱——稱呼的嗎？」她的下顎因寒冷而顫抖。「我從來沒——沒這麼冷過。」

「從來沒有？」他看似很驚訝。

「沒有。」她渾身發抖。「如果你——你覺得冷，只要躺——躺下就好。取——取決於當下地面有——有多熱。」

也許洗冷水澡不是最聰明的主意。她的身體反應很不好。

「這邊，」他走到牆邊。「有看到這個旋鈕嗎？調強就可以讓房間溫度上升。」

「從地板嗎？」她充滿希望地問。

「呃，不是，」他指著牆的頂部。「是從小型日虹加熱器的送風口出來。」

可惜。但她搖搖頭。即便熱力是來自地板，她也會這麼做。「不。」

「不？」他說。「我可以看見妳在發抖，侑美。」

「我——我之前來的時候，過——過一會就習慣了。」她說。「況且，如果我在你——你的世界過得太——太舒服，會很危——危險的。所以我會接——接受神靈賜予——我的狀——

狀態。」

繪師目瞪口呆地盯著她，好似她長出葉子，像樹一樣飛起來了。「妳，」他說。「眞是有夠（粗魯地）奇怪。」他檢視牆上的旋鈕，接著把手指伸進去撥動。過了一下，出風口就開始低鳴起來。

「哈！」他說。「我上次能夠打開視機，所以我想這次或許也能成功。我能感覺到日虹線。我沒辦法轉動旋鈕，但我可以用某種方法影響它、啓動它……」

一聲敲門聲打斷了後續的對話。侑美戰戰兢兢地應門——擔心又要說謊。幸好，這次她只發現門上黏著一個大信封。

她回到房內，在繪師的堅持下打開信封。裡面是一張寫滿字的紙。她除了祈禱文外很少讀其他東西，但這封信帶給她一種奇怪的感覺，裡面似乎使用了與經文類似的正式用字。

「這很糟糕，對不對？」她在讀完後問。「我不認識全部用詞，但……」

「這是停職信。」繪師低聲說，以不像他的嚴肅態度盯著信。「領班寄來的。因爲我對工作內容說謊，因此無薪停職一個月做爲懲罰。」

「這裡面說，他去了提供的地址，卻什麼也沒找到？只有一間空屋？」

繪師轉身，輕蔑地朝空中一揮手。「我敢打賭他根本只有粗略看一眼，甚至可能根本是派其他人去。他一直在等待能夠責罰我的機會。他以爲我已經上繳假畫作好一段時間了。蠢蛋。」

「所以他眞的不相信你所說的穩定夢魘囉。」侑美說。「這點你說對了。」

「他一直都不喜歡我，覺得我一開始就不配獲得畢業後職位抽選的機會，更恨透了我抽中了他的區域。」他一手貼著額頭，閉上眼睛。「至少我下個月不必爲値勤未到想藉口了。」

「現在……會發生什麼事？」

「這是我的第一犯。」繪師說。「對其他繪師，會宣稱我是因健康因素而休假。至少我不必因爲他們知道我被停職而感到難堪。」他暫停。「除非這狀況超過一個月。除非我無法穩定地完成工作。那我就會被解僱，也會被趕出公寓。」

「我們要在那之前解決問題。」侑美充滿信心地說。「即便需要我找出方法解決穩定夢魘。」她叛逆地盯著他看。她不確定是不是因爲他開了暖氣，還是她已經習慣了這個地方。但她的顫抖已經停止了。這讓她在他轉身看來時還能維持住一點自信。

「我會教妳。」繪師終於說，走向他蓬鬆祭壇旁的大箱子邊。「但妳不能去對付穩定夢魘，侑美。我會訓練妳，讓妳在緊急狀況下可以應對普通的夢魘。然後我們就去外面，嘗試找出穩定夢魘存在的證據。也許我們能發現它在城市中移動，再帶其他人去找它。如果我們有其他目擊者，領班就必須承認它是眞的了。也就會證明我沒有對他說謊，他會被迫撤除我的停職，然後呼叫支援。」

「絕佳的計畫。」侑美一邊點頭，一邊也走到箱子旁邊。

「那隻夢魘有點奇怪，侑美。」繪師柔聲說。「當我發現它時，它已經幾乎成型了。我知道我剛剛不是這麼說，但……我的直覺說它現在應該已經要大開殺戒。當夢魘摧毀淵野呂市時，它們可沒有靜悄悄的。但這隻怪獸很狡猾、很刁鑽。我發現它之後已經過了好幾天，卻沒有任何攻擊事件的通報……」他搖搖頭，對箱子示意。「打開吧。」

她照做了，裡面裝了一系列的巨大畫筆。有些幾乎和人一樣高，就像末端是刷毛的掃把一樣，其他大多比較短一些，長約兩呎左右。

裡面還有一瓶瓶的墨水，全都是同樣濃度的黑色，還有一些畫布。繪師指示她取出一支短一點的畫筆，以及一大疊紙，而非畫布——他說那些是「值勤」的時候作畫用的。紙張才是練習用的。

從這疊紙完好如新、尚未開封來判斷，繪師自己並沒做多少練習。在把東西放好後，侑美注意到箱子底部還有別的東西，在陰影中難以察覺。是一本綁著繩子的巨大黑色作品集。她朝它伸手而去。

「不可以！」繪師伸手抓住她的手。

那股超越凡世的溫暖驅逐了冷意，寒冷突然從她體內消失，就像毯子上的皺褶突然被綳緊消除。她倒抽一口氣，接著微微吐氣，感受熱力深入她的核心深處。

繪師這次沒有像之前一樣馬上就抽回手。他低頭看著兩人的手，看著自己徒勞無功地想握住她。他們反而是融合了，熱力像心跳般鼓動，洗去其他一切思緒與感受。

最終他抽回手。「抱歉，」他說。「但妳不能碰那份作品集。絕對不行。」

「為什麼不行？」

「因爲是我說的。」他怒道。「我的世界，我作主。妳不准碰。知道了嗎？」

她點頭。

「好吧。」他往後退一步。「我會教妳怎麼畫竹子。」

「等一下，」她皺起眉頭。「你們星球也有竹子？」

「我們當然有。」他說。「等等，你們也有竹子？那不會飛吧……會嗎？」

她搖頭。「竹子長在石頭被土壤覆蓋的地方。遠離炎熱的石面，長在寒冷的廢土中。很少有人住在那邊，因爲熱度不夠，但我也在冷泉周圍看過竹子。」她皺眉。「植物在這邊要怎麼生長？這裡沒有陽光。」

「跟陽光有什麼關係？」他問。

「那……會讓植物生長。」

「是嗎？」他說。「我想那就是你們沒有日虹線也能存活的原因吧。我們的外圍城市有著廣大的農場，細小的日虹線會在田地上方交錯，滋養植物。」

她試著想像那個畫面。這裡除了煌一以外還有其他地方？人要怎麼過去？看上去外頭只是一片純粹的黑暗。

侑美把問題擺在一邊，因爲繪師已經開始教她如何畫竹子。她還是不理解爲什麼繪畫會跟夢魘有關聯。它們……害怕藝術嗎？

嗯，等繪師決定揭示原因時，她就會知道了。她現在嘗試當一名好學生，向他展示他也應該要有的態度。她遵照他的指示，跪在紙張旁用畫筆畫出直線，完全沒有中斷教學或提出問題。

（居然有這麼多文化認爲這是最佳的教學方法，實在讓人憤怒。這樣只是盡可能讓講師能輕鬆教學，有如學習過程是某種只對他們有利的表演。）

「首先，」他解釋。「妳要先習慣墨水的流動感。注意頂端顏色最深，妳越畫顏色就越淺，到了最下面就完全消失了。繪畫時，妳不只要創造腦海中的東西。妳要觀察墨水想要成爲什麼。妳……」

他停下，她望向他。

「算了，」他說。「這就是畫竹子的方法。」他的手指朝畫筆抓了幾次，終於成功拉出了一支複製品。在一番努力後，他也取得了紙與墨水的靈魂。接著他在她身旁跪下，向她展示竹子的專屬畫法。那其實還滿聰明的，他一開始利用沾滿墨水的畫筆先畫出上方的深色竹節，再來是淺色的中段，又暫停一下，創造出另一端的節點。這種繪畫方式有種有機感，就好像他在生長竹子一樣。

他畫了另一段，動作一模一樣。

又一段。

再一段。

「竹子，」他說。「很簡單。這樣很棒，因爲妳只要記住模式——然後就能花最少力氣創造出看起來還不錯的成品。」

「好吧，」她點頭。「我喜歡這種結構感。可是……」

「什麼？」他問。

「沒事。」侑美低下頭。「我不該發問的。」

「如果妳不問問題，我怎麼知道妳有在學習？」

那不是正確的方法……但這裡確實是他的世界。他作主。「你在儀式之地說了，」她解釋。「藝術是關於情感。我不同意，而我也喜歡你展示的畫竹子方法。只是聽見你說記住模式，就能簡單創造作品，讓我覺得有點奇怪。我想……我原本預期的是其他作法。」

繪師盯著他面前的紙張靈魂，然後那化成煙，被吸回了旁邊的實體紙張內。看起來他無法讓東西存在很長的時間。幸好，他的衣服有留在原處……她壓下臉紅。

「別管了，」他站起身。「只要照我示範的練習就好。畫一千次，直到妳能硬背起來爲止。」

她點頭，開始動手畫，但她的初次嘗試卻可悲地比例不均。他畫起來怎麼這麼容易？

嗯，至少她絕對有辦法畫一千次。聽起來是絕佳的學習方法。她擔任起勤勞學生的角色，以身作則。她一直畫，一句話也沒說，直到她的手腕痠痛，膝蓋也因跪姿而疼痛。她沒說話，也沒有要求休息時間。她會等到他主動提出。

他沒有。他整個期間都坐在他的祭壇上，表情疏離。他……知道自己該監督她的，對吧？

終於，另一聲敲門聲打斷了她。繪師從出神狀態驚醒，然後看向她，發現她四周圍繞著十幾張紙。

「侑美，」他說（粗魯地）。「妳還在畫？」

「你說要畫一千次，」她說。「我才畫到第三百六十三次。」

他一手貼頭，似乎覺得難以置信。敲門聲又響起，他對她揮手示意。她解讀爲暫停練習的指示，所以起身走到門邊。她只稍微打開門，避免外面的人看見她正在做的事，以防萬一。

「嘿！」明音說。「吃晚餐嗎？」

「喔。」侑美的肚子叫了。但她今天可以靠米果和乾麵條活下去。繪師已經告訴她食物的儲藏位置。「不必了，謝謝。」

「侑美，」明音雙臂交疊往前傾。「妳一整天都待在房裡嗎？」

「嗯……」侑美說。

「妳不能來到煌一，卻整天都躲著！」明音說。「我不允許。」

繪師發出呻吟。「她常這樣做，」他從後方低聲說。「她會照顧別人。嗯……快，跟她說妳要唸書。」

「唸書？」侑美問。

「喔，」明音問。「妳還沒上高等學校嗎？妳比仁哉郎小多少啊？」

「說三歲，但是妳的生日剛好錯過入學月份。」

「三歲。」她說，但她看起來肯定沒這麼年幼，是吧？「但我的生日剛好錯過入學月份。」

「所以妳幾個月後就要入學測驗了。」明音說。「嗯，其實考試沒有大家說的那麼重要啦。」她躊躇一下。「我會帶拉麵回來給妳。不要把自己逼得太緊囉，好嗎？」

侑美點頭，接著深深鞠躬，慶幸明音終於離開了。

「我剛剛，」侑美關上門。「說了什麼謊？」

「當妳十六或十七歲時，會從低等學校畢業，」繪師解釋。「然後就要接受考試，分發到進行職業訓練的高等學校。在這邊算是件大事。在考試的幾個月前，大多數人每天都會花好幾個小時唸書。這會給我們藉口讓妳不接受明音的照顧。」

侑美點頭，因爲明音可能會帶米果以外的東西回來給她吃而心存感激。

「侑美，」他說。「妳不打算休息一下什麼的嗎？」

「只在你提出時，授業大師。」她的額頭觸地。

他嗤笑出聲。「大師？我看起來像任何事的大師嗎？」

「無論如何，你目前依舊擔任這項職責。」她還是維持行禮姿勢。

「所以，等等，」他說。「妳會這樣一直畫下去？直到什麼時候？直到妳累倒嗎？」

「如果對我的課業來說是必要的話。」

「然後……妳會聽從我的任何指示？」

「只要能幫助我學習。」

「我剛剛才想到，」他說。「一件對學習繪畫至關重要的事，就是妳練習時要用頭頂倒立。」她抬頭瞥見他斜倚在祭壇上。「還要把一隻手指插在左邊的鼻孔裡。我們該開始練習囉，做吧。」

她差點就做了。差點就嘗試用頭倒立，而且還身穿裙子，以測試他是不是真心願意看她浪費時間東倒西歪，還很可能傷到她自己。那是他應得的。

但她不想立下互相捉弄的先例。她反而起身以跪姿迎上他的目光，感到一股她理當該控制住的惱怒。「你，」她說。「沒有好好尊重你該擔任的角色。」

「我的世界，」他輕佻地說。「我作主。」

「你的世界，」她說。「（粗魯地）有夠蠢。我要休息一下。」

她走到窗邊，摸索一下打開窗子。不管冷不冷，她還是想要點新鮮空氣。爲什麼她這麼容易被他激怒？她的耐心好到可稱得上傳奇——利允在這部分對她下了很多功夫。現在她卻因爲一個男孩對她開了些蠢玩笑就氣到回嘴？

她吸入外面的冷空氣，與現在已加熱的房內氣溫形成對比。空氣中有種奇妙的氣味，清新又吸引人，就像是剛洗好的衣服的氣味，而底下的街道……是溼的。她看向天空，微風將水吹到她的臉上。是雨。雨水留在地面上，而不是一觸地就滋的一聲蒸發掉了。實在太奇怪了。為什麼城市不會被水淹沒？

那股氣味……那是雨水聚集後的氣味嗎？雖然她很不喜歡寒冷，但像這樣的氣味與景象卻引起她的興趣。奇異又令人入迷。水覆蓋在地面上……能夠聞到的雨……被紫與藍點亮的街道。

她來回打量街道，看著人們穿行，他們手持鮮豔的雨傘，身穿的衣物多樣化到她不禁覺得他們怎麼可能下決定。也許這就是為何有些女人在如此寒冷中，還是穿著只遮住大腿一半的不檢點裙子。太多選擇害她們的腦袋超出負荷了。這不是不道德；只是選擇障礙。

在觀看時，她的目光不由得被公寓對面的一條巷子吸引過去。她說不出為什麼。聚集在那裡的黑暗有點異常，雖然她什麼也看不見。確實，那裡什麼也沒有。只有陰影。

夜晚空氣的冷冽在此時擊中了她。風如刀切，有如找到了磨刀石。雨滴囓咬，似乎突然間變得飢餓難耐。她關上窗回去練習——還有六百三十七枝竹子要畫。

如果她有更注意看，或是她叫了繪師過來，也許他們就會注意到巷子內的活體黑暗——它太過真實的身體擦過磚頭，留下一道道朝著雨滴升起的黑煙，就像剛被捻熄的蠟燭。

Chapter 20

侑美讓繪師等了一週——整整十一天——才讓他進展到下一階段的訓練。

十、一、天。

他每天都花一整天坐在那裡。撿起石頭試著評估重量、判斷重心。研究它們，嘗試「瞭解」它們。反覆不斷。

這對繪師來說是全新種類的無聊。這不是面對一百種不吸引人的選項，難以做決定的無聊。這是傳統的、獨裁型的無聊——那種因社會缺乏選項而強加於你的無聊。在這個地方，「自由時間」是種罪過，「空閒」則是富人專用的名詞。

太陽讓這一切更糟了。熱力自上下齊攻，繪師被夾在中間，像是夾在兩片烙鐵間的鬆餅。陽光有種令人衰弱的特質，會吸走他的力量，讓他提不起勁。繪師心想，也許那就是讓太陽持續發光的燃料——靠著燒盡在底下生活的人類意志來產生能量。

「你一定要瞭解石頭，」侑美繞著圈轉。

她每經過太陽前面一次，她的形體就會像彩繪玻璃般散射陽光。

瞭解。過了一週，他依舊沒有掌握到她對這個詞的詮釋。事實上，今天——即便已經承諾他可以進展到下一步了——她還是要求他先掂幾顆石頭做「暖身」。

在這地方，誰還需要更多暖身啊？

「閉上眼睛。」她繞著他大步走，穿著一件亮綠加藍色的鐘形長裙，身前綁著巨大的蝴蝶結，幾乎要垂到她的膝蓋了。當然，那穿在他身上比較短，但並沒有比較難看。他在慶典時期也穿過裙子做爲正裝的一部分，雖然這顏色對他的同胞來說不夠陽剛，但都遼人民並不在意。這邊的男人也常穿粉紅色和黃色。

所以他不覺得這套衣服令人難堪。至少還挺舒適的。而就只有今天，熱度感覺上沒那麼……過火了。是他在改變，還是今天天氣比較好？眞奇怪。沒錯，地面是很熱，但至少隨時往上噴的熱氣還滿宜人的。熱氣會讓鐘形裙鼓起，帶來點微風的感覺。

（我還沒搞懂熱氣發生的原理。我目前的理論是岩石上有細微裂縫，空氣從中被擠出。植物也有奇怪的地方，所以才能飄浮起來。）

雖然繪師不在意衣物，但侑美的指導很羞辱人。過了一整週，她還是不信任他，只肯對他發出居高臨下的直接命令。

「閉上眼睛。」她向前傾瞪視他。「現在。」

他嘆氣，照著做。

「現在，撿起一顆石頭。」

他選了一顆。今天大多數石頭都是新的，是鎮民們在昨晚更換的。他的厚手套保護他的手不被石頭燙到。

「感覺它。」她說。「秤它的重量。找出平衡中心。」

「妳不需要每一步都解釋。我——」

「噓，」她說。「你是學生。你聽，我說。這樣才對。」

好吧，至少他了解了爲何神靈要讓他們兩人無法碰觸對方了。否則他在這段期間肯定會失手掐死她。

「你瞭解這顆石頭嗎？」侑美問。「你可以開口回答我。」

「平衡中心，」他用戴手套的手掂著石頭。「從這一側拿著時，就在這邊。從另一個方向拿時會在這邊。上面有三個凹陷——這裡、這裡，還有這裡——我可以拿來承靠別的石頭。」

「很好。」侑美說。

「陰影聚集在這個凹陷旁邊，」他聲音漸柔。「還有這個方向的質地有顆粒——頂端比較粗糙，產生了微小的碎影。它不完全是橢圓形的，但影子在側邊收緊，就像有腰身——上面唯一一條石英脈也通過這邊。」

侑美沉默了一會。「你怎麼知道的？」她問。「我叫你閉上眼睛了。」

「我剛才先觀察過了，因爲知道妳會要我撿起附近的石頭。」他說。「妳想要我瞭解石頭嗎？這就是我的方式。」

「這些對疊石來說都無關緊要。」

「對我來說有必要。」他睜開一隻眼睛看著她。

「我眞該叫你再做一週的。」她雙手抱胸。「我以前可是練習了好幾個月。」

「來啊，」他打著呵欠說。「覺得不滿就折磨我啊。神靈可是在苦苦等待妳訓練好我，說不定還正遭受折磨，再繼續浪費時間啊。」

「神靈，」她（粗魯地）說。「難道不能派一個不這麼吊兒郎當的人來嗎？難道就沒有別人可以選了嗎？」

「又或許，」他（崇高地）回應。「妳實在是個太完美的老師，所以祂們想要給妳一點挑戰。」

她瞥向一邊，好像這句回嘴真的刺痛她了。他猶豫了，皺起眉頭。「侑美？」

她抓緊自己，依舊看向別處。「你的下一階段訓練，」她說。「是低疊石，專注在穩定性上。你的疊石底部必須要是最穩固的。在底部少冒險，替你自己盡可能建立穩固的基底，讓你接下來能嘗試更大膽的選項。來這邊，我們開始吧。」

她跪下，抓起一顆石頭的靈魂，示範把它疊在另一顆上，兩者的平面互相碰觸。繪師微笑，對終於能夠開始而感到興奮。

*因為疊石頭而興奮。*誰能想得到？他小心地蹲下——即便戴著護膝，他先前還是燙傷了好幾次——撿起一顆石頭。他嘗試疊起石頭。石頭不夠穩定，所以他又試了一次，這次有將重心對齊。

他最終成功了。在她的催促下，他又加了另一顆。那也維持住了。

「喔，不。」他低聲說。

「什麼？」她問。

「現在絕對變容易了。」他抓起另一顆石頭開始平衡。再一顆。「一週前，我最多也只能勉強疊起三顆石頭。」他移開手，讓五顆石頭相互平衡，看起來搖搖欲墜，但沒有倒下。他看向侑美，發出一聲又長又煩躁的嘆氣。「我不敢相信妳的訓練眞的有用。」

「有用。」她睜大眼睛。「眞的有用。」她微笑，情緒激動。那是個讓人沉醉的微笑，因爲如此眞誠。微笑就像輻射，越靠近就越有力道。

他加上第六顆石頭，整個結構就垮掉了。但她興奮地指著，要他嘗試再疊一次，他做了，這次又疊到了五顆。

「眞的有效果。」她聲音漸柔。「我……眞的……我眞的教會你了。」

「我比較喜歡不這麼暴君型的教法。但我必須承認妳有點知道自己在說什麼。」

她盯著他的疊石，看起來就像要掉下眼淚了。他成功地在最頂端平衡上第六顆非常小的石頭，之後整個結構才垮掉。

「六顆。」他雙手抱胸。「不錯吧？所以神靈什麼時候會出現？」

「一疊石頭大概需要有三十顆以上才能穩定地吸引祂們，」她說。「而且只有一組絕對不夠。要確保效果，你需要有二十組以上不同的疊石，安排成藝術性的圖樣。」

「二十組以上。」他乾乾地說。「每疊要三十顆以上。」

「你可以用比較具有挑戰性的堆法疊出有趣的設計，就不用疊那麼高。」她說。「直直往上疊四十顆算是相對簡單——但不該太常出現，因爲有趣的平衡和奇異形狀的石頭才能眞正取悅神靈。」

他望向那一小堆自己落下的石頭，他……感覺沒那麼興奮了。

「不要洩氣。」侑美柔聲說。「那是你需要穩定吸引祂們的要件。我的第一個神靈在我接受訓練後兩週就出現了——但下一個又多花了四個月。我又花了好幾年，才有辦法每次都吸引到祂們，但我們不需要你達到那種技術。我一直覺得只要有一個神靈出現，就能指引我們。」

他嘆一口氣，接著點頭，對她微笑。不幸的是，她又變回了嚴厲監督模式，催促他進行下一階段的訓練：組成疊石的穩固基礎。這不像上週的工作那麼無聊，但也不令人振奮。這讓他想起上過的解剖學課，當時他必須要一次又一次地重複畫同一條肌肉。

但微小的成功會產生意願，時間就會越過越快。尤其是因為侑美自身看起來也嘗到了成功的滋味，所以不再那麼咄咄逼人了。她不再籠罩在他頭頂怒下指令，而是花更多時間展示範例給他看。很可惜，在一開始疊下的石頭開始分解成煙之前，她頂多只能疊起十幾顆石頭高的塔。她的幽靈創作只有一、兩分鐘的壽命。

他們定期會停下來喝水，而隨著這一天度過，繪師很驚訝地發現他幾乎是樂在其中。他還是不理解疊石頭有什麼藝術性。但……這還算滿有趣的。

況且，侑美的熱忱很有感染力。剛過半天時，他停下來看著她疊起十顆石頭，她嘟著嘴唇、雙眼專注，但姿態放鬆——與他疊石時相反，他總是擔心倒塌，因而渾身僵硬。她移動起來輕柔流瀉——不是抓緊石頭，而是輕輕撈起。不是尋找它們，而是不期而遇。

她讓很多石頭橫躺著，讓長邊從側邊突出，接著在其上疊上更多石頭，構成小型的塔。面對每顆石頭，她不選擇最明顯的疊法，反倒是以某種方式包含了每一顆石頭的不規則點，將它們全部組成一幅出人意料的拼圖。每一顆新的石頭都是交響樂的一次變奏：突然，但又立即正確。美妙到你會驚訝自己先前居然很享受改變前的歌曲。

她是對的，他（恭敬地）想。這是一門藝術。至少在她的手中是如此。

她也是藝術的一部分——她的情感是值得珍藏、銘記的表演。這好……美麗。如果他是神靈，絕對會被此吸引。

很不幸地，她最底下的石頭在此刻消失了，整疊石頭倒塌化爲一陣黑煙。她向後坐下，腳跟著地，發出一聲長長的嘆息——如悼文般的吐息。你知道的。那是由夢的屍首所構成。

繪師盯著侑美，替她感到痛苦。他在她臉上看見的那股情緒——*他深知那股情緒*。他從沒想過會遇見另一名與他深有同感的人。

她的熱情，他理解到，*和我曾經感到的熱情是一樣的*。理解這點讓一切都變得有脈絡可循，讓他開始想她是否也理解他曾經感受到的其他情緒。她展現的擔憂……那和他總是擔心會做錯事——總是擔心自己不是大家所想的人——是同一種嗎？

即便在人群中，依舊孤獨。羞恥與它堅定的同伴：低語著你沒有能力，不值得被愛的悄悄話。

他理解。就算沒觸碰到她，他還是理解。

她瞥向他，害他手忙腳亂，弄垮了正在疊的石堆。

「把最重的石頭放在最下面，」她提出建議。「不一定會是最大的那一顆，依狀況而定。」

他點點頭，希望她沒注意到自己在盯著她看。再度嘗試時，他在心中想著不知她上週過得如何？被迫要教導他，無法進行自己所愛的活動——她那段時間其實可以去疊自己的塔的。如果他們兩人都過得很糟，感覺上就更悲慘了。

他嘗試以她看石頭的方式去疊接下來幾座塔，但效果並不好，他也覺得自己正節節敗退。

他不像她有能力輕而易舉地評估石頭，或是觀察出疊石位置，或是洞察整體排列。所以他又回去堆疊扁平的石頭。

她搖搖頭。「你要學著判斷整疊石頭的重心位置，而不是只看單一顆。你加上新石頭時不但沒有修正不平衡，反而強化了歪斜。」

「我……」他猶豫起來，因爲看見鎭民在外面聚集。他看向侑美，發現她皺起眉頭。利允應該要避免鎭民圍觀，讓他能安靜練習的，發生了什麼……

他們不是來圍觀他的。發生了其他事。他能察覺噪音。一股騷動。

「八成跟我們無關。」侑美說。但她的語氣不是很篤定。

繪師站起身，同個姿勢坐這麼久讓他雙腿僵硬。他跨越儀式之地來到圍籬邊，外頭的彩英與煥智也同樣被人群分心。看起來是來了一臺車輦？沒錯，又是一臺飄浮的車輦，比侑美的要大，靠著神靈構成的飛行裝置牽引。

繪師心不在焉地推開籬笆走到外頭，注意到利允不知道跑哪去了。他的兩名侍女驚叫，連忙趕上，嘗試在他走向人群時用扇子擋好他。雖然他現在衣著整齊，但嚴格而言不是現身時間，所以遮擋他還是她們的職責。

「我們應該待在儀式之地內。」侑美扯著他。「繪師。我們不能離開！」

但他看過這種人群。現場混亂。夢魘出現。他推開扇子，當扇子回歸時，他更用力推開——這次侍女們退下了。人群讓出路給他通過，在他走向驚愕的源頭時竊竊私語。

幸好源頭不是暴力或恐慌事件。車輦的乘客是一群男人，他們留著長八字鬍，臉頰上也有鬍鬚，身穿白衣。他們最奇特的特徵是頭上的怪帽子，顏色是黑色，前低後高，就像是……

嗯，像是小小的靠背椅。只不過側邊還長著翅膀。

「是學士。」侑美走到他身旁。她一手遮住嘴唇。「從都遼城來的。來自大學。我……一直都想見見他們。」

「……就算遠在都遼城，」領頭的學士正在說。「我們也聽說你們不幸的困境了。所以我們前來賜予你們祝福。」

他是在對矮胖的鎮長說話，但很明顯是講給所有人聽的。做爲回應，鎮長對學士鞠躬，然後又鞠躬一次，好像擔心第一次效果不夠。「尊貴的學士，」他以最崇高、最富綴飾的語格說。「歡迎來到鄙鎮。」

繪師皺眉。在歷史劇中，這種類型的語言格式通常是拿來和國王對話用的。這毫無疑問表現出了學士在此的地位。

在四名學士身後，一群戴著較小帽子——是單純的黑帽——的年輕男子打開車輦的後門，拖出了某樣物品。那是個連著很多長桿的金屬製裝置，大小與五斗櫃相仿，看起來有點像蜘蛛，如果蜘蛛多長了十幾條腿的話。

「這座城鎮，」身高最高的學士說。「正因我們系統中最令人羞愧的缺點而受苦。（恭敬地）受人景仰的妤祈日兆，」——他對繪師行禮——「自然是我們傳統中崇高的一員。然而，人類會受到能力的限制，單純只靠她們滿足我們社會的需求，實在是過於缺乏效率了。在女王陛下的恩准下，機工方略學院所屬的我們，開發了能夠幫助這種情況的裝置。」

他朝機器伸手，繪師立刻就理解了這一切。甚至早在助理們在機器旁放滿石頭之前，他就已經懂了。

「他們在說什麼？」侑美問。

她很快就能親眼見證。最高的學士維持原姿勢，他的助理們持續擺弄機器，時間長到令人不自在。最後他瞥向助理，其中一名趕忙上前在他耳邊低語。「待我們，」他說。「從艱困的旅途下恢復，並且有充足時間完成架設後，自然會進行示範。」

「但是要示範什麼，尊貴的學士？」鎮長再次鞠躬。

領頭的學士微笑。「我們的機器，」他說。「疊石機器。」

Chapter 21

「那是個怪物。」侑美在繪師的房裡踱步。「比那更糟，是種褻瀆！死的東西才不能召喚神靈。就算可以，也是謊言、是欺騙。它……你怎麼在笑？」

「喔，沒事。」繪師躺回他的祭壇上。「請繼續發洩。」

「你不認同我。」她走到他身前，瞇起眼睛。她生氣到連睡衣都沒換掉，所以兩人穿著相同的衣服。「快說。你爲什麼不認同？」

「這個嘛，」他說。「我只是覺得很切題。妳形容疊石的方式——總是專注在精確這個觀念上——非常機械性。我每次加入情感，妳都會抱怨，還曾經說過如果妳自己是臺機器的話會更好。而現在……我們來到這一步了。」

她用鼻子噴氣，交疊雙臂。「我禁止你覺得這個情況很諷刺，繪師。」

他揚起眉毛。

「但僅限於在我的世界。」她點頭補充。

「我的話在那裡才有效。」她往另一個方向走，想要釐清一下子全部湧上來襲擊她的情緒。

一臺機器。疊石機器。

用來……取代她的機器。

如果有效果，就不再會有好祈日兆了嗎？不再會有女孩被困在期望與責任的隱形高牆之內了嗎？

但這是種榮譽。

沒人承接這種榮譽，會是件壞事嗎？

神靈正遭受苦痛，她心想。祂們想要我們做什麼來拯救祂們。

「我敢打賭，」她朝繪師轉頭。「這就是神靈尋求我協助的原因。就是爲了要阻止這個怪物。」她輕抽一口氣。「這就是爲什麼祂們派了個沒用的人來占據我的身體……因爲我需要疊石失敗……那些學士才會過來，我才能親眼見到他們的邪惡計畫！」

「說我沒用的壞話姑且不計，」繪師說。「我不覺得那些學士很邪惡，侑美。」

「他們在創造裝置來取代誠懇者的殷實工作！」她轉身面對他。「要是他們做出收割作物的機器呢？縫衣服的機器呢？很快就沒有人會有實在的工作做了！人就會像掉在地上的水果一樣萎縮成乾。」

「呃，侑美，」他說。「妳以爲這些睡衣是怎麼來的？還有妳買的連身裙？」

她低頭看著衣服。她確實注意到上面的縫線精準到不可思議。

「妳剛才提到的東西，我們都有。」他說。「協助種植和採收作物的機器、製作衣服的機器。妳很喜歡的淋浴裝置？另一種機器。視機也一樣。而妳猜怎麼樣？我的世界裡的人還是有實在的工作能做。機器需要工人去建造與維護，還要有人培育以及配置日虹線。妳那裡的人不會有事的。」

「你們的機器沒有取代神聖的儀式，」她說。「神靈會被冒犯。」

「如果是這樣，難道祂們不會直接拒絕出現在機器的疊石旁邊嗎？」

嗯，大概是吧。

除非出了什麼大麻煩。讓祂們無法向他處尋求幫助的麻煩。

解放我們……

「不知道他們用什麼來提供能源。」繪師站起身望向房間的燈光——有兩條細細的色線延伸至燈座，也就是無處不在的日虹。「你們還沒有發現日虹，對不對？」

「我不覺得我的世界上存在日虹。」她說。

「也許他們有比較古早的東西。你們有煤炭引擎嗎？」

她呆呆地盯著他。煤炭？

「我想也沒有。」他說。

「我們不是原始人。」她朝房內揮手。「我們不能從牆上的盒子裡變出人臉並不代表什麼。你們也不知道怎麼讓房子浮起來。」

他沒有回應，所以她移開幾疊竹子畫作，開始進行她的早晨慣例活動。在沖完澡、梳完頭、穿好衣服，還有剩下所有事後，她拿著畫筆與墨水坐下。

「我準備好接受指導了，授業大師。」她深深行禮。

「妳這樣叫我，」他說。「是因爲知道我會覺得很煩嗎？」

「是的。」她再次行禮。

「妳居然承認了？」

「不然我爲什麼要用你不喜歡的名號叫你？」她說。「是說，我還以爲這很明顯。」

他雙手一揮，坐在他的祭壇上。「難道惹人煩沒有違反……神靈女孩規則之類的東西嗎？」

「你的世界，」她抬高頭。「你作主。而從我所見，繪師，惹人煩基本上就是你的宗教。」

她對他說這些話，確實感覺有點在惡作劇，她應該停下來。但，爲什麼他逗起來這麼好玩？如果他低下頭，她很可能會有點愧疚。他卻反而朝天空舉起雙手，戲劇性地搖頭。

「我，」他說。「完全搞不懂妳。」

「在繪畫這項細緻藝術上，」她再度行禮。「我是你卑微的學生。」

「我想是吧。」

「還有在引人發怒這項更細緻的藝術上也是。」

這次他露出了微笑。她因此有點擔心。即便她的本意並非如此，她還是在這裡太過放鬆了，對不對？她還能做什麼？她需要更不享受這段過程才行。

專注在作業上，她心想，拾起畫筆。「我的下一堂課是什麼？」

「竹子。」他說。

侑美轉身環視房間，裡面已經堆滿畫了竹子的畫紙。他們這週不得不去材料商店三次。她覺得自己應該打掃一下房間，因爲她在原本的垃圾上又增加了更多髒亂。也許她下次回到她的世界時，可以叫繪師向彩英和煥智打聽點打掃訣竅。自己動手清潔肯定很新奇。

不。不准享受。也不准和侍女對話。妳連想都不該想的。

「我已經精通竹子了。」她說。「我昨天教了你一些新東西。做爲回報，你也應該教我一項進階技巧。」

「這麼做沒有意義。」繪師說。「妳只需要學會基本技巧，以確保在夢魘襲擊時足以自衛。」

「那我可以靠……竹子打敗這隻穩定夢魘囉？」

「不行。」他說。「再說一次，妳沒有要面對那隻穩定夢魘。如果遇到它，我們要做的事就是逃走。」

她嘆氣，但是行禮，這次是眞心的。在這件事上，她需要聽從他的智慧——好吧，他的經驗。所以她開始畫更多畫。直到門口傳來的敲門聲使她分心。她向牆上的時鐘瞥了一眼，知道今天已經快結束了——至少這個社會是這樣計算的。雖然侑美和他每次在她的世界裡都是一早醒來，繪師在他的世界裡卻以奇怪的時刻表生活著，在大多數人睡覺時工作。

現在是晚餐時間。或者對繪師們來說，是早餐。其他繪師通常都會在值班前後碰面閒聊，侑美常要拒絕明音向她提出去這些場合的邀請。

她拉開門，想好另一個搪塞明音的藉口。但是，整組人都站在門外。不光只是明音——她就算穿著值班用的畫衫與長褲，依舊很有型。太陣也在，袖子捲上去露出肌肉。矮個子的麻沙加，穿著長領毛衣，狠瞪的雙眼周遭畫上了過度的黑色眼影與眼線。最後是伊茲，有著淺金色頭髮的高瘦女孩。

「這，」太陣說。「是介入行動！」

「我們是來把妳從書裡救出來的，侑美。」伊茲抓住她的手。

「我不需要——」侑美開口。

「我們都經歷過，」明音說。「都準備過考試。侑美，相信我。如果不偶爾休息一下，妳會把自己逼到腦袋爛掉的。妳需要休息。」

「兩組訓練間要讓肌肉休息一下。」太陣說。

「喔，太棒了。」繪師（粗魯地）說。「我差點就忘了這些舉重譬喻了。」

「只是去吃點東西。」明音說。「今天是灰曜日，就連我們都能放半天假，因爲我們跟第三部門的人換了班，讓他們其他天能放假。」

「擺脫他們。」繪師打著呵欠走回房間。

沒錯。這絕對是她該做的事。但想到又要一整天一直畫竹子，一直畫，一直畫……

她反射性地四處張望，好像在看利允有沒有在一旁反對。

「好吧。」侑美小小聲說。

「眞的嗎？」伊茲上下跳動。

「等等，什麼？」繪師轉過身。

她告訴其他人等等，接著關上門，連忙換下身上穿的過大畫衫與長褲，換上一件連衣裙。

「等一下。」繪師說。「我連休息喝水都要求個半天，而妳居然能去參加拉麵派對？」

「你說我不需要進階技巧。」她穿上短夾克，在鏡子中確認外表，並將露出的胸罩肩帶移回原位。「我已經學會竹子了，對吧？所以我不需要更多訓練了。」

「我想是吧……」

「那麼，」她心臟怦怦跳。「我就要跟他們去吃晚餐。」她停頓，看向他。「我可以嗎？……拜託？」

「這取決於妳。」他說。「妳只要想去，就去吧。我不是妳的師傅，侑美。」

由她決定？她猶豫了。

她在做什麼？她伸手開始脫下外套。

「去吧。」他說。「別想太多了，侑美。就去吧。沒事的。反正我也想見見設計。」

所以她去了。緊張、高興、害怕。她與其他人會合，他們領著她前往拉麵店。他們也提了一些其他餐廳，但注意到她的慌亂反應，因此很快都否決掉了。幾分鐘後，她就和他們坐在一起，她的錢放在桌上——在繪師的建議下，她提議要請客做為答謝——手上拿著菜單。

她點了一種從沒試過的高湯口味。畢竟，如果她已經對這整段體驗感到害怕了，再多加點怪異也還好吧。一小段時間後，設計揮手要繪師過去和她說話——留下侑美與基本上是四名陌生人坐在一起。

太令人興奮了。

他們聊著自己的假期、薪水，還有領班。就像是語言形成的荊棘樹叢，藤蔓與尖刺錯綜複雜，侑美完全不敢嘗試插嘴。他們似乎理解她光是出來吃飯就已經被震懾住了，也沒有逼迫她參與對話。這讓她能觀察。近距離。人與人的互動。

她從沒被允許這麼做。她必須要保持距離。一般而言，禁止某項東西，也會使其變得神祕。她感到入迷，看著普通人對話、說笑、互相插嘴、大笑，還有……還有就像是種表演，其中每個人都熟記著臺詞。他們怎麼知道什麼時候該講話，什麼時候該停下？什麼時候要開玩笑，什麼時候要分享實話？

爲了弄清楚這一切，她決定只專注在一個人身上。因爲她自認已經稍微認識明音了，所以她把注意力轉到太陣身上。繪師說過他總是在對女人炫耀肌肉，侑美猜測是爲了要誘惑她們與他交往。

利允說交際的細節只會干擾她，所以除了她年幼時得到的一點點資訊外……她完全沒概念人跟人是怎麼在一起的。她連選件衣服都有困難，要怎麼選擇對象？根據繪師所說，她希望觀察太陣能讓她更了解這點。

他確實很喜歡展現肌肉。只不過當拉麵抵達時，太陣從椅子上跳了起來，趕往另一桌正要坐下的一些人身邊。他們都不是女性。其中一人和太陣一樣魁梧——她心想不知道他們是要和什麼樣的野獸搏鬥，才會需要這種肌肉。

「凱野，」太陣對另一個壯得過分的男子說。「關於練背肌，你說對了。你看。」他接著脫下上衣繃緊肌肉。

侑美雙眼圓睜。確實，在洗澡時向繪師驚鴻一瞥是一回事，但這個更……清楚明白。那張桌邊的其他幾個強壯男子對著太陣鼓掌，她則是幾乎連麵都忘記嚼了。

「你做什麼週期？」凱野問。

「四組二十下。」太陣說。「但如果你向前傾，不要後靠，就能眞正單獨訓練那塊肌肉。」

「我到高原期了。」另一名男生接著繃緊一隻手臂。「我需要至少再多減掉百分之一。你看這裡，幾乎看不見我的輪廓。」

「你看起來很棒。」太陣也接著繃緊自己的手臂。「也許試著多加點反手臥推？」

侑美完全無法移開目光。並不是說那多有吸引力。比較像是難以自拔。她甚至臉都沒紅。她反而張大了嘴巴，就好像她的腦袋被攪亂了，完全不知道該如何反應。

「太陣！」伊茲喊著。「你害新女孩秀逗了！別再比大小了！」

他回頭看向桌邊，然後反而是他臉紅了。他連忙穿回衣服。他有可能是在展現給她和其他女孩看，就如繪師先前輕蔑地所說。但感覺並不對。他看起來更興奮於和其他男生討論技巧，而且當他回座後，他對她的致歉聽起來也很眞誠。

「我不是故意要吸引目光的。」他垂下目光。

「我……」侑美結巴。「那個……嗯……你們要跟什麼野獸搏鬥？」

「野獸？」他問。「搏鬥？」

「那些肌肉？」她問。「你們鍛鍊是爲了……戰爭？打鬥？」

伊茲笑到鼻孔都快噴出麵條了。太陣看起來很不好意思。他……其實很害羞？眞的嗎？如果不是爲了打鬥，爲什麼一個害羞的人會像這樣展示自己？

「不是爲了那種目的。」他說。「我只是想要盡力精進自己，看我能做到什麼程度。抵達我的極限，然後超越它。」

「爲了成就什麼？」侑美問。

「這本身就是成就。」他接著以特別的方式出力，讓靜脈全都凸出來。那看來幾乎有點噁心，但同時也很了不起。

「我們的身體是有史以來最優秀的工具。」太陣說。「我們會微調引擎直到效能完美，但卻不以同樣方式對待我們的身體，不是很奇怪嗎？」

她不太理解他說的話，但她注意到明音以喜愛的眼神看著太陣。當那名女生起身去拿拉麵醬料時，她將手輕輕拂過他的手臂。太陣對她露出傻氣的笑容，然後低頭微笑。

他面對女性時眞的很害羞。不然就是侑美完全誤解了——必須承認，這也是很有可能。只是活到現在，她覺得自己確實知道女人看男人的方式。利允也許努力將她與眾人隔開，但侑美還是有眼睛的。明音看向太陣的眼神並不像是想要飽餐一頓的饑渴女人。剛才店內是有不少那種人。

他眞的只是因爲……想要肌肉而練肌肉嗎？這就是讓日虹線負責所有工作後的社會樣貌嗎？這……是種壞事嗎？

「奇怪，」侑美說。「當我哥哥說起你時，他……」她暫停一下，察覺自己也許不該說出來。的確，他們全都立刻盯著她，好奇無比。

跟人說話眞困難。

「……並沒有解釋，」侑美說完。「肌肉的事。你練肌肉的原因。」

「我敢說他沒有。」伊茲露出微笑。

「他人在哪裡，侑美？」太陣問。「希望妳別介意我打聽。我通常每隔一、兩晚就會見到妳哥哥在我們附近巡邏一次。領班說他因爲私人原因休假，但感覺上我們還是該時不時要碰見他才對。」

「他，嗯……」侑美心跳加速。她該叫繪師過來，讓他再次讓她說謊嗎？她決定說類似他先前說過的話。「他有重要的事要做。非常重要的事。」

「比他的工作還重要？」明音回到桌邊，把醬料遞給太陣。

「不，不。」侑美連忙說。「他就是在工作。」她向前傾。「他在追蹤一隻穩定夢魘。」

她預期的回應是震驚。

明音反倒是翻了白眼。太陣停頓一下，接著搖搖頭，看向桌面。伊茲直接笑出聲來。

「你們不相信……」侑美輕聲說。

為什麼大家對繪師都是這種反應？他真的這麼沒用嗎？奇怪的是，這個想法沒有像之前那麼令她生氣了。這次她為他感到悲哀。還有一點……奇異的憤慨感？

他們肯定沒有公正地評斷他，她心想。他也許不是最棒的，但他有在**嘗試**學習疊石。他也很快就上手了。

也許，她終於知道為何他對這群人有這麼強烈的反感了。畢竟他們聽見這消息後的第一個反應不是擔憂，而是輕蔑。

「夠了，夠了。」伊茲拿著一張寫滿字的紙說。不是一本書，而是尺寸大到拿起來有點彆扭的單張紙。「你們讀到這個了嗎？」

「拜託，不要是生肖占卜。」太陣說著，倒了半瓶看起來像是辣醬的東西進湯裡。他們全都看起來很開心能把話題從繪師和他的言論上移開。

「生肖占卜在這張桌子是禁忌，」伊茲說。「那是競爭對手的產品，但這也不是連續劇占卜。他們很快就要發射太空船了。」

「他們上禮拜也這麼說。」明音說。

「當時暗幕太厚了，」伊茲說。「這一次是眞的。」

「我敢打賭，」麻沙加輕聲說。「他們一定非常，非常，友善。」

「他們？」侑美吸起一根麵條，環顧四周。「我們在說什麼？」

「外星人啊？」明音說。「住在星上面的那些？」

侑美立刻開始咳嗽。她尷尬到一口氣喝了半杯麥茶。「什麼？」

「妳住的地方沒有報紙嗎？」伊茲說。「我們正在準備發射！是一艘可以在世界之間航行的太空船。那已經建造好久了。終於是它離開的時候了。」

「友善。」麻沙加向前傾。「外星人全都很友善。」

「妳眞的沒聽說過嗎，侑美？」伊茲說。「這太扯了。我需要我的筆記本，這對修正妳的連續劇占卜結果很有幫助……」

「噓。」明音說。「不是每個人都著迷於讀報的，伊茲。」

爲什麼明音連吃東西時都這麼纖巧？侑美也該那樣表現嗎？吃麵不必吸的感覺很困難。她從來沒在她的侍女以外的人面前吃過東西。

「我敢打賭，」伊茲說。「外星人都很火辣。」

侑美又嗆到了。

「辣到不行。」伊茲往後一靠。「男生帥得像做夢，女生美到令人流口水。」

「最近有多少連續劇裡出現了外星人啊？」太陣面帶微笑說。

「一半吧。」伊茲說。「而那些外星人？身材火辣。每個都是。這不是很理所當然嗎？」

「嗯……爲什麼？」太陣問。

「我會跟一、兩個外星人約會，」伊茲抬起臉。「就寫在我的連續劇占卜結果裡。我從來不跟不火辣的人約會的。」

侑美很慶幸其他人也露出困惑不已的表情，讓她知道不是只有她覺得伊茲很奇怪，甚至連麻沙加都瞪大眼睛。

「伊茲，妳的邏輯，」明音說。「實在……嗯……」

「糟透了？」太陣提議。

「我還在想比較禮貌的說法。」

「據信是糟透了？」

「你們等著看吧。」伊茲說。「到時候，肯定有英俊的外星猛男和窈窕的外星美女會來爭搶我。」

「不好意思，」侑美說。「我需要……嗯……離席。一下子就好。因爲某種理由。」

她跑向吧檯邊，繪師正在那邊和設計談話。她抵達後，發現設計正在用手指拉伸某種發光的東西。彷彿是光構成的繩索。侑美一瞬間忘了來這的原因，純粹盯著那段奇怪的光看。一條發光的繩索，兩端消失在空氣中。

「你的靈網，」設計正在說。「知道哪具身體是你的。兩者之間有聯繫，你懂的。你和你認識的所有人——某種程度上是所有東西——都會形成類似的聯繫。很酷吧！」

「而那條繩索，」繪師說著。「就是我的聯繫？」

「沒錯！」設計說。「這樣不會弄斷它的，別擔心。我只是在延伸它，以及確認有沒有問題。我想不出其他能幫上忙的方法了——抱歉，我有時候沒用到無可救藥，那就寫在我的圖樣裡。但這麼說吧，這至少能讓你的牽索伸長一點。」

「她在做什麼？」侑美悄聲問繪師。

「她正在讓我們遠離彼此時，」他解釋。「不會再互相拉扯。」

「嚴格來說還是會，」設計說。「但發生的距離會比現在遠得多了。我在不導致你的聯繫有任何衰退的情況下，大概可以把它延伸到幾個街區那麼長。」

聽起來像是件好事，但侑美感到有點……遺憾。這麼多年來，她都是孤身一人。有一部分的她很自私地想要一個沒辦法離開她身邊的人。她把那股不敬的情緒推到一邊。

「繪師，」她耳語。「你知道其他人在討論的那個發射嗎？有艘船？航向天上？」

「喔，對。」他說。「對，其實比較像是乘著日虹線往上開的巴士。他們已經討論好幾年了，目的地是……」他坐直，一手用力拍臉。「我是笨蛋。目的地就是妳的星球，侑美。」

「所以？」設計說。「仁哉郎，你該不會想要偷渡上去吧？」

「什麼？才沒有！」

「噢。」設計聽起來很失望。

「這感覺上是個奇怪的巧合，對不對？」侑美說。「在你們的探索者出發前往我的世界之前幾天，我居然就先來到這裡了。這可能有什麼意義。」

「等等，」設計說。「妳確定自己是從那個世界來的嗎，侑美？」

「不確定。」她承認。「這是繪師的理論。」

「在發生交換的那一天，」他解釋。「我一直注意到星。而且，我的意思是，這很合理吧，設計。她的世界在天上有顆巨大的火球！」

「大部分都有喔，仁哉郎。」設計說。「基本上是全部都有，除了這裡以外。」

「眞的嗎？」他問。

「沒錯。」

「那也全都有熱氣嗎？」他問。「從地上冒出來的。」

「從地上冒出來的熱氣？」設計看向侑美，她點頭回應。「沒有，那就很奇怪了。」

「我有沒有可能是從這個世界的其他地方來的？」侑美問。

「我們來這之前有調查過整顆星球。」設計說。「我沒有很注意，所以是有可能——但我認爲這整顆星球都被暗幕包覆著。」設計聳肩。「妳來自另一個世界——那顆星球的軌道和這裡奇異地靠近——的理論很合理。我想，妳也有可能是從更遠的地方來的，但這種等級的聯繫很少有辦法擴張到這麼遠的距離。舉例來說，因爲我和我的世界之間的聯繫，要離開是非常困難的。」

「你們……之前有去看過天上那個世界的景象嗎？」繪師說。「到這裡來之前。」

「很可惜，我們沒有去那邊。」她回應。「你說，地上有熱氣？」

「沒錯，還有會飛的植物！」繪師補充。

「有趣！」設計說。「嗯，也許我有辦法確認這件事。妳的靈網與妳的世界之間的聯繫會比你們兩人之間的聯繫微弱，所以我需要輔助才能看見。不過我們的行李裡面應該有霍德的裝置……」她聳肩。「給我一點時間，我會想辦法挖出來。」

「不論如何，」侑美說。「從這裡出發去另一顆星球——可能是我的星球——的那些人，很可能有牽涉在這其中。那也許是神靈做出這種事的原因。」

「我以爲妳很確定我們的交換是和那臺機器有關呢。」繪師說。

「兩者可能有關聯。」她說。

令人訝異地，繪師緩緩點了頭。

「你贊同？」她問。「我們兩人居然意見一致？」

「不是第一件事了。」他說。

「你是什麼意思？」

他露出微笑。「讓我展示給妳看。明天。」

Chapter 22

隔天早晨，繪師精力充沛地起床伸展。車輦在晚間被放回地上，導致地板還有餘溫。他可以想像寒冷的晚間在熱力上躺下會有多舒服：身上蓋著毯子，身下傳來熱度，像是落入火床上的一片餘燼。雖然他還沒準備好放棄他的軟墊，但也許侑美做的事確實有點道理。

好吧，她做的一部分事情。

她昏沉地坐起身，調整身上的夜袍，繪師此時大步走向門邊。門自己打開了。彩英拿著桌子站在外面，一旁是拿著小食物托盤的煥智。她們會提早抵達在外面等待，聆聽聲響以判斷何時可以進門。

繪師拿走食物托盤。「謝謝！」他說。「我今天要獨自用餐。」他對她們眨眨眼，接著關上門。

在他身後，侑美倒抽一口氣。

他走回毯子上坐下，立即開動，用麥彭棒來吃飯，即便侍女每次都是用湯匙餵他。那很奇怪，或許也是種儀式吧。

他抬頭迎向侑美驚懼的瞪視。

「怎麼了？」他擦擦嘴問。「有飯粒黏在嘴唇上嗎？抱歉，我餓了。」他繼續大吃，夾著每個小碗中裝來配飯的鹹食。這種安排很不錯——即便每種配菜都只有一、兩口，卻讓他有種正在吃大餐的錯覺。種類繁多，但份量精細。

「繪師！」她說。「我……怎麼……」她顯然說不出話，甚至有點過度換氣。

他暫停動作。他預期到她會不開心，但他沒預料到……嗯，這樣。

「侑美，」他說。「深呼吸。沒事的。這世界不會因爲我決定自己吃飯就毀滅。」

她的呼吸更加狂亂，好像認爲這世界也許眞的會毀滅。

他朝她伸手，在碰到她前停下。「侑美，」他說。「看看妳在我的世界做的事。自己吃東西，自由移動。神靈贈予了妳這些。祂們不會在意我自己吃東西的。」

她在旁邊坐下，雙手抱頭，沒有看他。這……眞的比他預料的反應還更強烈。也許……也許他該把侍女們叫回來。他轉身準備這麼做，但門在此時被用力推開。

利允站在外面，一如往常一絲不苟，她今天穿著深紅色的鐘形裙，綁著完美的白色蝴蝶結，就連一根頭髮也沒歪掉。不過她看起來……比平常更憔悴，眼睛下方有眼袋。她最近沒睡好嗎？

她走進車輦內，把木屐留在外頭，接著跪在繪師面前，仔細打量他。「妳看起來很蒼白。」她說。「看起來妳還沒從……上週的病痛中完全恢復。也許妳該躺下，然後再起身一次，重新開始這一天。在妳記起自己是誰之後。」

「我記得啊。」繪師出於憤恨又吃了一口飯。這女人……「告訴我，利允，身爲好祈日兆，選擇自行用餐是否是我的權利？」

「妳受到神靈的祝福。」利允一字一字精準地闡明。「妳獲得了追隨祂們意志的智慧。」

「如果那股智慧引領我自行用餐呢？」他又吃了一口。「我今天沒有當值；我只是在練習。所以，如果我覺得我該放鬆一點，妳會怎麼做？」

「我會跟隨妳。」她說。「這是我的職責。還有在一旁希望妳不會變得不適任。」

侑美的呼吸再次變成抽氣。

繪師沒有退縮。他就是看不慣利允的某些特質。我們都有遇上這種人型蚊子的經驗——如果嗡嗡聲沒效果，血被吸走肯定會造成反彈。他痛恨利允總是不說自己想要什麼，反而是從冷酷的言語中滴下自己的意圖。居高臨下的態度中最純粹的濃縮結晶。

「妳認為我不適任嗎？」他問。

「我不能決定適任與否。」利允以他覺得像是在嘲弄的謙卑態度低頭。「我只負責服侍。」

「很好。」繪師說。「以下是妳今天服侍我的方法——確保我在用餐時能平和安靜。我想要思考最合適的恢復方法。」

「如果這是妳的希望，」她緩緩地說。「還有妳確定自己並不想改為遵循正確流程的話。」

「很好，謝謝妳。」繪師說。「儀式之地見。謝謝妳的協助。」

她起身站在原地，身影籠罩著他。

他接收到威壓訊息，緊接著砸回她的臉上。「喔，」他說。「妳可以給我一支畫筆、一些墨水，還有可以在上面作畫的物品嗎？放在神龕那裡就好。我今天想要……繪畫。」

「繪畫。」利允死板地說。

「是的，繪畫。謝謝妳。」

當他沒有回應她的籠罩，她——顯然很不情願地——離開了。門關上之後，繪師放下食物爬向侑美。

「嘿，」他說。「聽著，沒事的。她必須照我的話做。」

「我現在。正在。努力。不要。尖叫。」侑美在喘氣間說。「不要。靠近。我。」

嗯，好吧。她的世界，她作主。之類的吧。他吃完飯，接著用力推開門，對站在外面驚呆了的侍女點頭。「我們走吧。」

她們舉起扇子快步跟上他，朝著冷泉前進。才過一下子，侑美就從他身後被扯出車輦外。他暫停動作。設計不是把牽索延長了嗎？他們做了測試，確實有用……

她只把我的世界裡我們之間的牽索延長了，他心想。*一定是無法套用在這邊*。

真不幸，但侑美確實告訴他不要靠近她，所以他什麼也沒說。他繼續走，一路走到冷泉旁——侑美在後方跟著。抵達後，他在侍女們開始脫衣時阻止了她們。

「我也會自己洗澡。」他告訴她們。「我來拿這些肥皂……感謝。喔，還有，妳們就把我的衣服放在那邊的石頭上就好。謝謝。我準備好去神龕的時候會再叫妳們。」

她們站在原地不動。他對她們露出安慰的微笑，接著朝離開的小徑揚頭示意。她們離開後，他開始脫衣服。侑美轉身背對他，就像他在她換衣服時所做的動作——但有更多潛在含義。拜託，底下說不定潛著整套百科全書呢。

他帶著那盤肥皂走進冷泉中，托盤的設計是可以自行漂浮的。他知道肥皂的順序，所以能遵循正確的使用流程。

侑美還站在冷泉邊緣，沒有進來。他短暫地考慮把她扯進水中，又打消了這個念頭。

「我決定，」他告訴她，塗著肥皂。「我要照妳說的去做。擁抱我在這裡的職位。」

她沒有回應。

「我會在這，」他說。「是因爲妳的神靈決定選擇我。我一直把自己視爲一名冒牌好祈日兆，但我錯了。我和妳一樣都被選中了，只是我是在年紀比較大的時候才發生。」

他開始用下一種肥皂，是種紅色的細粉。那會摩擦皮膚，他必須站在比較淺的地方才能洗到下半身。

他再度走回水中時，侑美嘆氣，轉身面向他，坐在池子邊緣。繪師因爲自己沒穿衣服而猶豫了一下，但她只是低頭看著水中的雙腳。更何況，這只是侑美。他繼續用下一種肥皂。

「你聲稱，」她說。「自己終於開始在乎這一切，但回應的方式卻是打破規定？」

「如果我也是被神靈選中的，」他說。「難道我不能像這樣做決定嗎？這不是我的權利嗎？」

「這是，」她說。「但你不能。」

他搖頭。「這樣根本是（粗魯地）表裡不一，侑美。如果我能夠做決定——如果我眞的可以——那妳就該讓我那麼做。利允必須讓我們這麼做，她不同意也沒用，否則這就不是決定了。不然，她聲稱我們才是最終下決定的人？那才是謊言。」他瞥向侑美。「而我知道妳對謊言的評價。」

終於，她嘆口氣，脫下厚重的夜袍——他完全不知道他們是怎麼在這個過熱的世界裡穿著那麼厚的衣服睡覺——還有裡面的內衣，接著滑入水中。他替她穩住肥皂盤，好讓她能做出靈體版本。即便幾分鐘後就會從她的指尖消失，她還是喜歡那種熟悉感。

他們轉為兩人的標準儀式，在十呎寬的池子中背靠背洗澡，近到他可以時不時讓肥皂盤漂向她的方向。

「我無法反駁你的話，」她說。「因為其中的邏輯很合理。即使我知道你是錯的。」

「那是因為妳已經這樣生活太久了，」他說。「這對妳來說是日常。有時候就是需要局外人指出事情有多少問題。」

他聽見她沉進水中洗頭髮，接著再次起身。他在她瞥向他時，把肥皂推給她，她從眼中抹去水，把頭髮撥到後方。「所以這就是你說我們『意見一致』的神祕事項？你讓我等了一天，結果發現——因為某個奇怪的理由——你『想通了』自己應該忽略禮節和儀式？」

「我們都同意，」他洗著自己的頭髮。「放鬆一下沒有問題吧？妳都和其他人去吃麵了，我也決定要自己吃飯。」

「作法完全相反。」

「理由是相同的。」

「我覺得說我們對此意見一致太牽強了。」

「嗯，但講起來很有趣。」他說。

「弄出這麼多混亂，只為了你的耍嘴皮子，值得嗎？」

「嗯，當然囉。」他微笑，轉頭越過肩膀看她。「至少我覺得很有趣。」

「有趣？怎麼有趣？」

他聳肩。「就是……有趣？」

她搖頭。「幽默才不是這樣，繪師。」

（她當然大錯特錯。記得有名詩人說過：『絕不要讓顯而易見的事物，譬如幽默感，阻擋你說出好笑話。』

（我就是那名詩人。

（我現在才說了這句話。）

在這之後，兩人仰躺漂浮了一小段時間，都沒有說話。他們最終爬出浴池，他把衣服遞向她，讓她能做出複製品。幸好，衣服穿上身之後就不會消失。他們不清楚原因。（這是因為他們會自動將衣服整合進對自我的認知中，但這已經偏離主題了。）

兩人穿衣時轉身背靠背，保持端莊的態度。這很有趣，因為穿上衣服並不是整段過程中最不端莊的部分。

繪師發覺衣服上的蝴蝶結難綁到令人生氣。他拉得太緊，又調到太鬆，最後困惑地看向侑美。她則是一如往常地替自己打了一個簡單的活結。她聳了肩。

「畢竟，」她對他說。「我可沒有把能幫我綁好結的人趕走。」

有道理。

一小段時間後，侍女將他們留在果園神龕前，樹木在四周推擠碰撞，像是排隊搶演唱會門票的人。繪師每次來這裡都會感到內疚，因為他知道自己打斷了果園農人的工作。但話說回來，也許農人們也想趁機休息一下。

他沒看見利允——因爲好祈日兆理應獨自冥想——但她有照繪師的話做，替他留下了一個卷軸、一些墨水，還有一支小毛筆。從毛筆的皮革套上的字判斷，她是從學士那邊要來這些東西的。反正他們大概也在忙於讓機器運作，沒有時間寫字。

「所以你爲什麼想要這些東西？」侑美問。

「這個嘛，」繪師說。「妳一直告訴我冥想時要清空思緒——」

「你需要。」

「——那基本上不可能做到——」

「絕對可以。」

「——但我在思考後想到，我做某件事時幾乎會清空思緒。」他舉起毛筆。「就是我繪畫的時候。」

她歪頭看著他攤開卷軸，然後跪下準備開始作畫。他盯著卷軸，預期聽見她的責難。如果她討厭他今天稍早的即興發揮，肯定會加倍痛恨這部分——因爲他此時應該要敬拜神靈才對。或是類似的事情。他還沒完全搞懂這部分的用意。

「你……眞的在嘗試。」她柔聲說，令他感到驚訝。「你眞的思考過。」

「思考了很久。」他承認，快速下筆。只是幾道花筆，畫出一些弧線。

她在他身旁跪下。「當我在畫竹子的時候，我……進入了某種節奏。時間飛逝。就好像我在冥想一樣。」

「所以我說對了！」

「這樣是錯的。」她說。「你不應該做任何事的。但是……也依然是對的，我想。」她靠近看他畫下的圖像——他想要盡量以精簡的筆畫描繪出人臉。

「這是煥智嗎？」她伸手指著。

「是的。」他說。「這是種藝術技巧，從你生活周遭的人事物上看出形狀與線條，挑戰只用幾筆就捕捉住一個人。」

「看起來很簡單。」她說。「就好像……你不想畫眞正需要用心畫的部分。」

「這比看起來困難得多。」他說。「有如……只用幾個詞寫一首詩。」

她看起來還是很懷疑。「確實是挺漂亮的。但我還是覺得看起來很懶惰，而且感覺上沒辦法對夢魘發揮什麼效果。」

「的確沒辦法。」

「那爲什麼——」

「嘿，」他說。「我打算在這冥想呢。」他對她眨眨眼。

她的回瞪能讓水沸騰。

他理所當然把那速寫下來了——她的嘴唇、雙眼，還有淚滴型的臉龐。全都以毛筆快速揮灑，捕捉住正確的外型。自身成爲作品的藝術速記。

她對此反應很好。他學到她比較不在意這類的戲弄——或者說，她會以正確的方式在意。如果他想要侑美跟著玩，就要戲弄她本人，而不是她的職位或神靈。

他繼續畫，很快就遠離人臉——他比較喜歡在有參考時畫人臉——改爲畫他最熟悉的物件。竹子。動作越熟練，他越覺得能夠清空自己的思緒。

不知怎麼，一小時過去了。

利允抵達時，他發現自己已在卷軸上畫滿了竹子。他心裡有一部分有點失望——即便侑美已提過不可行，但他還是希望繪畫能吸引到神靈的注意。雖然她說有其他藝術能夠辦到，但就她所知，繪畫不是其中之一。

侑美迎上他的目光，再瞥向畫作。他幾乎能聽見她的想法——她也在想相同的事。你不需要到儀式之地就能招來神靈；那裡只是擺放石頭，也易於疊石的地方。如果技巧高超的繪畫能完成任務，在這裡的一小時應該已經足夠了。

又或許是他的繪畫技巧不夠高超。

無論如何，這還是很令人放鬆。他微笑，收起失望，轉頭面向利允。「這樣很完美。」他說。「我希望每天都像這樣繪畫，麻煩妳了。」

「爲什麼？」

「這是神靈的意志。」他說。

雖然侑美因此對他皺起眉，但他覺得自己所說是眞的。神靈想要他在這裡冥想，所以肯定會贊同他。他、侑美與利允一同離開神龕，穿過果園來到城鎮邊緣，就在儀式之地旁，立起了一座大帳棚。他聽見裡面有人聲——聽起來大多很惱怒。

「我猜，學士們還沒辦法讓他們的機器正常運作？」他輕聲對利允說。

「還沒。」她說。「他們的到來令我很驚訝。他們把那東西帶來對我們是種冒犯——甚至可謂是褻瀆。我討厭那東西。」

「等一下。」侑美說。「她知道他們的存在？」

「妳知道這件事？」繪師問。

「這不是妳該擔心的事，靈選者。」利允揮揮手指。「學士們的成果只是個新潮的玩具，僅此而已。」她猶豫一下。「不過，他們竟敢把那東西運來我們當值的地點……」

她催促繪師進入儀式之地，接著矗立在一旁，像是等待腐肉的禿鷲。他蹲下開始練習，不時被帳棚內的爭吵聲干擾。

「那臺機器就是我們在這裡的原因。」侑美柔聲說。「我想我們必須阻止它，但我們需要先與神靈確認。」她看向他。「好啦，繼續練習！不許蹉跎。儘管你決定無禮地忽略程序，也不代表我會讓你在我的眼皮下偷懶！」

他呻吟出聲，但繼續投入練習，在奇異的太陽光下努力疊石。太陽爲什麼不會燒完？燃料到底是什麼？

在紮實的幾小時之後，侍女們送上了午餐。他又一次不讓彩英和煥智餵他，但——宅心仁厚地——允許她們坐在身旁，爲他遞上餐具及餐巾。利允盯著他的目光感覺連石頭都能燙熟。

「我還是擔心她會聲稱我們不再適任。」侑美在侍女帶著桌子離開時悄聲說。「她可以把我們送去她的上司那裡，接受……特殊關照。當好祈日兆年紀太老，或是因其他原因而變得虛弱，就會被送去。」

「如果那麼做了，她又會怎麼樣？」他問。

「嗯，她就要和其他沒當值的監管人一起排隊等候，」侑美說。「直到被分派給另一名好祈日兆。」

「然後又得重新從小開始訓練她。」他說。「好喔，她不會輕易踏出那一步的，侑美。我敢賭我們可以花好幾個月，甚至好幾年來練習，她才會甘願放棄。她才不會想要讓自己的生活天翻地覆。」

「她不會。」侑美同意。「但你要了解：利允一定會做必要的事。她不只對我，也對自己非常嚴厲。」

他想反駁，但……侑美說的八成沒錯。利允看起來就是會自己喝下毒藥的那種人。即便只是爲了增加耐受度。

「我很抱歉今天對妳來說不好過。」繪師說。「或許我該先告訴妳我的計畫。我原本心想，既然妳可以改變我的世界的現況，我也該有同樣的機會，是吧？」

「或許吧。」她輕敲一顆石頭要他繼續練習。「但是……兩者有差別。你現在穿著我的身體，繪師。從外界看來，你做的事就是我做的事。這和你的世界狀況不一樣。」

他思考這點，同意他的作爲確實會以獨特的方式影響到她。但他也愈發確定自己做了正確的決定。就算只是爲了維持他的心理狀態。

因此他盡可能地照她的話努力練習，做爲某種……道歉。他今天成功疊了十二顆石頭——而且不是單純一顆一顆往上疊，還帶有自己的風格與個性。雖然跟侑美的設計還是天差地遠，但他依然很驕傲。

利允此時已經離開去處理其他事務，因此由侍女們伴他回家。他的身體以一種完成了困難事情後的良好方式痠痛著。就像走了很遠的路。或是想出了很棒的雙關語。

繪師心想，也許這就是太陣每次舉重完後都會說的痠痛感吧。說實話，太陣人不在這實在太糟了。他一定會喜歡搬石頭的；你只要聽他喋喋不休地講著週期或肌肉一小段時間，就會發現他根本就是個大呆頭鵝。

回到他的車輦後，繪師對侍女點頭。彩英把今日清洗好的夜袍交給他。「您……也準備自行著衣，對嗎？」

「是的。」他說。

「請將您的衣服放在房外，靈選者，」她說。「我們會好好處理。」她鞠躬離開。

然而，煥智卻在原地躊躇了。繪師在房門前猶豫一下。他幾乎沒跟兩名侍女說過話，很尷尬地發覺自己幾乎無法分出誰是誰——所有他知道的區別都是來自於她們的長相。煥智是兩人中比較矮小、比較圓潤的那一人。

侑美從他身邊探頭，看起來也很好奇。

「煥智？」繪師問。「妳需要什麼嗎？」

做為回應，這名年輕女子跪在地上行了大禮——以兩個小木屐撐住膝蓋，在放手的地面上先鋪上布。你可能已經注意到了，這裡的人為了避免燒傷所做的準備可說是無微不至。

「尊者，」她說。「如果利允發問，或……嗯，暗指……您能清楚告訴她，您近來的行為並不是我的錯嗎？」

「當然可以。」繪師說。「可是煥智，妳怎麼會這麼想呢？」

「喔！」煥智說。「前來服侍您之前，我是好祈日兆杜金的侍女。她很……熱衷於為改革運動發聲。」

繪師瞥向侑美，她搖頭，聳聳肩。

「改革運動？」繪師問。

煥智猛然抬頭。「我以為……您聽說了……您最近的舉動……」她雙眼圓睜，急忙站起身，好像準備要逃跑。

繪師抓住她的手，差點踉蹌跌在過熱的石頭上。「煥智，」他說。「我最近很混亂。拜託。我不會告訴利允的，但我必須得知道。」

侍女回頭看來，猶豫不決。繪師放開手，讓她能依自己的意志離開。她反倒是以細小的聲音開了口。「我以爲您一定是聽說了……有些奵祈日兆……」

「會自己吃飯？」繪師猜測。「會自行著衣。」

「會自行做決定。」煥智點點頭。「過自己的生活，直到退休爲止？那是眞的。」

「不。」侑美沒穿木屐就走到地面上——但她沒有注意到，所以熱度就影響不了她。身爲靈體就是這樣。「不……她……她在……」

「說謊？」繪師問。

「尊者？」煥智驚慌地說。「不，我絕不會。這是眞的。大家都知道派系分裂的事。只除了……我想，只除了您以外……」

「利允訓練了我，」繪師說。「卻從來沒告訴過我？」

「她和其他正統派的監管人對她們的靈選者隱瞞這一點。」煥智解釋。「對利允來說維持傳統很重要，她那一派的人非常努力在維持。銘記過去是件好事。」

「有多少人？」侑美聲音沙啞地問。「其他奵祈日兆中，有幾個人參與了……這項改革運動？」

繪師發問。

「喔。」煥智看向旁邊。「絕大多數都是，尊者。在十四名奵祈日兆中，我想只有另外一名是正統派的。那……嗯，您當然不知道，但改革運動並不是才剛發生的，那已經有好幾百年了。幾乎所有人都覺得沒有必要對好祈日兆們這麼嚴苛。」

全部只有十四名好祈日兆？繪師覺得這有點意思——都遼國可能比他所想的要小——但其他資訊的重要性遠遠蓋過了這點。

宗教內的派系分裂。

好幾百年。

繪師差點就笑了。如果不是侑美臉上驚恐——且遭受背叛——的表情，他眞的會笑出來。怎麼可能從來沒有人告訴她？

她的一生都處在儀式之中，他心想。誰會告訴她？甚至有誰（粗魯地）會和她說話？

她跪倒在地，他則爲她心碎。「但是……」她說。「但神靈……祂們不會聽從那些女人，對吧？」

當他複述時，煥智連忙說：「不會，不會。不像聽從您這樣。別擔心，尊者。您是最強大的好祈日兆，大家都知道。就像我的上一個好祈日兆，在她退休之前，平均每次儀式都只能召喚大約十個神靈。」

侑美更加萎靡。「十個，我……的平均值是十二……而利允告訴過我，大部分的好祈日兆都只能召喚五到六位，所以……」

所以神靈並不會因爲有人決定要自己吃飯就忽視她。繪師應該要覺得自己講對了，但他只感覺糟糕透頂。

「其他人……會退休？」侑美問。「我以爲……那是不可能的事。她們必須要工作到身虛體弱才行。」

「她們堅持七十歲就要停止，」繪師重複侑美的話，煥智回答。「而且，嗯，我不認爲她們到退休前的日子有像您這麼不好過，因爲……」她表情一皺。「她們會放假。只要她們覺得有需要的話。在我服侍杜金的期間，她大概只有一半的日子在工作。」

「放假。」侑美說，繪師複述。「去做什麼？」

「她們想做的任何事。」煥智聳聳肩。「我很抱歉，尊者。」

「請向她道謝。」侑美對煥智鞠躬。「向她道謝，繪師。顯然她是唯一在意我知不知道事實的人。」

「感謝妳。」繪師低語。「深深感謝，煥智。我會假裝沒有從妳這裡聽見過這件事。」

她點頭，轉身離開，一路上緊張地四處張望，好像害怕利允隨時會蹦出來。

「侑美……」他朝她的肩膀伸手——然後定住。他不想要把那些感受強加於她。感覺上時機不對。

「拜託你，」侑美對他說。「可以進房去睡覺嗎？我非常深刻且迫切地想要變成別人一陣子。」

兩天後，當他們再次在侑美的世界醒來時，她已經感覺稍微好點了。她在繪師的世界裡冥想了一整天，他則在城裡閒晃，測試設計調整兩人之間的連結後，他所獲得的新自由度。

他居然就這麼快速自然地回歸自由了。現在他們回到她的世界，兩人之間的牽索只有十呎長，他會感到被侷限嗎？她在他的房間裡思索了一整天，又獲得什麼？

她走到窗邊向外看，聽著繪師從侍女手上接過早餐。她看著穀物隨著地熱從溫暖變得熾熱而逐漸升起；植物旋轉著，有如在稀少春雨中玩耍的孩童。她看著它們翱翔，羨慕著它們的自由。就連種植的穀物都比她有更多自主性。

這道思緒一浮現，她就將其壓下。壓碎她的渴望、她的探索慾、她的夢想，直到它們都像紙張一樣扁平，能夠簡單收藏在她的靈魂深處。

即便知道這一切，這還是我的第一直覺，她聽著繪師吃飯時心想。我知道我被欺騙了。但我受的訓練仍在。這項事實令人消沉。做爲囚禁的方式，虐待比牢房來得有用太多了。

門外傳來輕輕的敲門聲，侑美轉過來歪頭看。誰會那麼做？在她的一生中，如果別人想要見她，就會直接進門。

繪師呼叫外面的人進門。利允打開門，穿著無懈可擊的潔白加深藍連身裙，儀式用的都服寬袖吞沒了她的雙手。

她鞠躬。「謹遵吩咐，靈選者。」

繪師揮舞他的麥彭棒要她進門。她把木屐留在外頭，在他面前跪下。如果是別人，這動作看起來會很誠摯。但利允顯然無法完全彎腰，她的手肘過於僵硬地靠在膝蓋上，頭也只微微向前傾幾度。技術性來說是道歉的姿勢，但僅只維持字面上的意義。

她看起來就像一名坦克指揮官在撞毀房子後對你道歉。也許她做錯了。但她依舊坐在坦克裡。

「妳，」利允終於對繪師說。「是怎麼發現的？」

他繼續吃飯，但瞥向侑美，讓她掌控對話。她對他點頭道謝。

「發現，」侑美說。「什麼事，利允？」

繪師以一種恰到好處的漠不關心語氣重複她的話。他是怎麼辦到的？若是她的話，肯定會被利允的瞪視嚇退。

「改革運動。」利允終於承認。

侑美體內有種東西一直在收緊。當利允說出這個詞時，那終於斷裂了。在這一刻之前，有一部分的佑美依舊相信煥智是在說謊，或是搞混了。

「我……」佑美說。

「有人連絡我。」繪師輕鬆地編造出謊言，讓她有點擔憂。「有人認爲我受到了不公平的對待，幾週前留了一張字條給我。上面沒有署名。我想只是某個運動份子。」

利允輕易地就吞下這個謊言。

「妳不該教我認字的。」佑美說，他重複她的話。「這樣我就會是個更聽話的囚犯。」

「妳不是囚犯，」利允說。「妳是——」

「僕從，是的。」佑美說，他複述。「我知道。」

利允深呼吸。「所以，這就是這幾週以來……所有異狀的原因嗎？」

繪師看向佑美。

「是的。」她讓他複述。「某種程度上。」她也輕鬆地就說出欺騙的話了。輕鬆到可怕。

利允站起身點頭。「很好。」她轉身離開。「我會在儀式之地與妳碰面，我會在那裡等待滿足妳今天的需求，靈選者。」

「等一下。」佑美透過繪師說。「就這樣？這就結束了？妳想說的就這些？」

「年輕人想要無視自己的邊界，」利允一邊說一邊穿上木屐。「這並不罕見。我本來希望這種常見的態度不會擄獲妳，但我們在神靈的眼前都是軟弱的。」她看著繪師。「我們依舊是人民的僕從。就連最偏改革的好祈日兆也會履行她的職責，所以我們也會繼續。況且，我知道妳被訓練得很好。妳必須放棄這種鬧脾氣的表現。」

佑美輕抽一口氣。自從第一年的訓練後，利允就不曾用這麼直接的語氣對她說話了。

女人轉身離開。侑美感覺有話浮上口裡，滾燙到無法吞下。「利允！」

女人在繪師轉述後回頭看。

「其他人和家人住在一起嗎？」侑美問。「她們有回去嗎？至少回去探訪家裡？」

「並非前所未聞。」利允說。「那些比較……作風自由的妤祈日兆，每年會回到出生家庭裡待上幾週。」她短暫停頓了一下。「妳不會喜歡的，侑美。沒有任何事做？每天都和妳不認識的人坐在一起？陌生人假裝成是妳的父母？妳會很悲慘。」

「妳難道不覺得我會想要有選擇嗎？」侑美透過繪師問。

「妳有選擇。」利允說。「妳一直都有。原諒我沒有替妳指明，因爲那只會摧毀妳。」

她離開了。

「我（粗魯地）恨透那女人了。」繪師咕噥。

「拜託別這麼說。」侑美低聲說。

「妳還在幫她說話？」繪師站起身。「在她對妳做了這種事之後？」

「她是我的……」她沒辦法說出話。「她養大了我。以她所知的最佳方式。而且她是對的；我依然是人民與神靈的僕從。所以一切都沒變。」

「完全沒變？」他說。

「只是無關緊要的事。」

「妳的開心才不是『無關緊要』的事，侑美。」

「你覺得我現在有比較開心？」她說。「繪師，看著我，跟我說我這樣有比較開心。」

他對上她的目光，接著轉移視線。「這個，」他說。「我認爲只要度過這段難熬的時間，妳以後會比較開心的。我想神靈也如此相信著。妳有想過也許這就是我們被捲進這件事的理由嗎？讓妳能學會自由？」

「那你有想過祂們不去找其他妤祈日兆，而是來找我，」她說。「就是因爲我被訓練要絕對服從祂們的意志嗎？顯然這比我想的少見得多了。」

她走出剛被利允推開的門。幸好他有跟上——否則她又會被拉回他身邊。在冷泉前，她丟下衣服直直走入水中，潛到水下讓涼意四面八方包覆住她。她轉身浮向水面，看著綴滿迴旋植物的天空，烏鴉與飛行器在旁照顧，以免它們飛得太遠。距離如此之遠，彷彿在另一顆星球。

繪師也走進水中，但沒有開始洗澡。他也轉身浮在水上，安靜地在她身旁漂流。侑美緊閉眼睛，努力不讓他聽見她在吸鼻子。就算他聽見了，他也沒說話。

「我很慶幸，」她最終低聲說。「能夠知道。就算知道被欺騙非常痛苦，就算我現在沒有比較開心，我還是很慶幸能夠知道。所以謝謝你，找出了眞相。」

「我不是爲了眞相而做的，」他低聲回應。「我只是很煩躁又很魯莽。」

「那就是你。」她說。「也許你是對的。也許神靈想要我這樣。」

她很難想像這是事實。很有可能有數千名妤祈日兆曾經過著與她相同的生活。如果神靈不喜歡祂們的僕從被這樣對待，肯定很久以前就會採取行動了。她的同類的待遇變化比起教條上的理由，更像是文化上的演變。

但這導致了一個醜陋的疑問：神靈眞的在乎嗎？她跟祂們說話過、互動過、懇求過。祂們的思考方式不像人類。理解方式不像人類。所以祂們怎麼會在乎她是自己吃飯還是別人餵她？

以前，她對體制的信任阻止了這些問題產生。現在已經沒有這道阻隔了。她能去造訪都遼城嗎？她能擁有家庭嗎？擁有朋友嗎？她能擁有類似正常人的生活嗎？

正常人的生活到底是什麼？

「那是什麼樣子？」她輕聲問。「每天都能決定自己要做什麼？」

「妳在我的世界體驗到一點點了。就像那樣。」

「肯定很難以負荷吧。」她低聲說。「就這樣……能夠做任何事，可以和任何你想要的人做朋友、選擇你的職業。我連選拉麵口味都有困難。你好擅長這些，繪師。你怎麼做到的？」

「這……對我來說並不如妳所想的簡單，侑美。」

她在水面轉頭，看著他浮在那裡，盯著天空。他看到飄浮在高空的植物時，腦中想的是什麼？當他看著飛翔的烏鴉沖散一群蝴蝶、讓植物各自旋轉時，又怎麼想的？他看見的是自由，還是其他景象？

「可以和其他人對話，」繪師說。「並不代表就知道該說什麼。」

「那就是你和其他繪師之間的關係這麼奇怪的理由嗎？你們全都有很多可以說的話，卻不知道應該說什麼話？」

「差不多就是這樣吧。」

「你可以交其他朋友啊。」她說。

「我一直都不知道該怎麼做。」他漂浮在水上低聲說。「應該要很簡單的。大家做起來感覺都很容易。但……如果真的是這樣……為什麼我辦不到？」

「也許你嘗試得不夠？」她說。

「我父母也這樣說，」他說。「說我應該去……嘗試。他們會說：『就去找個人聊天吧！』所以我就試了。我鼓起勇氣，跌跌撞撞，說了錯誤的話。我覺得自己像個尷尬的傻瓜，大家都在笑我。我父母後來就會說：『嗯，你不應該用那種方式說話的，兒子。』但怎麼樣才是對的方式？」

他轉頭看向她。「我知道妳一定覺得這很荒謬。我有這麼多機會，我的人生既輕鬆又自由。但是……我總是覺得自己站在一片大玻璃窗的另一面。我可以透過它看見世界，甚至假裝自己身在其中。但障壁永遠都在那裡，把我和其他所有人隔開。」他移開目光。「聽起來很蠢，對不對？」

「不……」她閉上眼睛。「我了解隱形牆壁的感覺，繪師。」

她讓自己的手漂向他。她能感覺到他也在做一樣的事，他朝著她伸手，但停在半途。她開始思考。她能碰到水、漂浮在水上，因爲她覺得自己應該會這樣。基於類似的理由，她也能拿起衣服。

會不會有某種相似的思考方式，能讓她觸碰到他？她讓自己的手指拂過他的。

沒有起效——她沒有碰到他的手指，反倒是感覺到那股顫抖、爆發的溫暖隨著手臂傳上，直擊她的核心。她倒抽一口氣，因爲衝擊而站直身子，又接著沒入水中，只露出頭。他吐出水轉頭看她，水從他的頭上流下。

「繪師，」她急切地說。「我們來打破規定吧！就連利允都同意了……我辦得到的！我們試試看吧！」

「我現在不就在做了嗎？」繪師抹掉臉上的水。

「我們多做一點。」她雙眼圓睜。「做點瘋狂的事吧。沒人預料到的事。」

「像是？」

「我不知道！你來選，你才是有自由意志的那個。」

他對她揚起一道眉毛。

「或許我也有，」她承認。「但只是暫時的。來嘛，我們要做什麼？」

他觀察了她一會兒，然後突然滿臉通紅。怎麼回事？

喔。

「你認真的？」她朝他潑水。「你竟然想到那邊去？」

「妳覺得意外？」他揮手示意。「真的？」他搖搖頭，抹起肥皂，開始洗澡流程中的，嗯，真正洗澡的部分。

她思考了一下，覺得自己突然想要違反規定的衝動非常傻。如果只有她獨自一人的話，她會做什麼？從城鎮中間跑過去，一邊說人壞話嗎？盯著所有人的眼睛，不低頭移開目光嗎？她心裡有一部分被這個念頭逗樂了。

「我們要不要，」繪師說。「去弄清楚那些學士在帳棚裡做什麼？」

「什麼？」侑美起身拿了些肥皂。「去問他們嗎？」

「嗯，不是，侑美。」他微笑。「我們不用問的。」

「那我們該怎麼做？」

「偷溜進他們的帳棚。」他用手指比出偷溜的動作。「看我們能夠得到多少關於裝置的資訊。也許暗中破壞它。」

她感覺自己嘴巴大張，粗糙的肥皂粉從指間掉落。

他注意到了，停下動作看著她。「怎麼了？」

「繪師，」她說。「那樣是犯法的！」

「是妳想要做點越界的事情耶！」

「例如穿好衣服，跑到全鎮人的面前跳上跳下的！」她想到那會有多羞恥，因而委靡下去。「也許拿一、兩把扇子遮著吧。」

「神靈想要我們完成某件事。」他說。「而且妳說對了——八成不是要妳學會自己吃飯。妳還是覺得我們的任務和那臺機器有關嗎？」

她點頭，下潛洗淨泡沫，接著浮出水面。「是的。」

「那我們就需要資訊，」他說。「所以……」

她在水中朝他走近，發覺自己正在咧嘴笑，她的雙手舉在臉頰旁，手肘緊靠身側。「就這麼辦吧。」畢竟，這大概是神靈的意志吧。「可是該怎麼做？我們肯定會被發現。」

這是種測試。如果連主動犯法都不會激怒神靈……嗯，那除了直接侮辱祂們之外，大概也沒什麼其他事能激怒祂們了。

「幸好大家每天都會讓我們獨處好幾個小時，對吧？」繪師瞥向她，露出微笑。「我們待在沒人會靠近的地方，附近的農人也會被遣走，因此沒人會發現我們偷溜出去。真方便，是吧？」

她點頭，對自己的躍躍欲試感到矛盾。她幾乎等不及接下來的洗浴時間——以迅雷不及掩耳的速度用完了所有儀式肥皂——接著穿上衣服。繪師看起來一點也不緊張，讓彩英與煥智在前方帶路，領著他們前往果園，來到飄浮的樹木與懸空的神龕之間。但他今天無視繪畫用具，而是在原地跪下，直到彩英與煥智離開視線範圍。

接著他看向侑美，她急切地點點頭，她的心跳——嗯，她在這個形體下其實並沒有心臟，但她感覺自己有——加速，雙手顫抖。他們正要犯下大錯！

繪師做的第一件事是拿起木屐，脫下襪子將布料包裹在木頭外。「如果我每一步都喀喀作響，就沒辦法偷溜了。」

「哇，」侑美說。「你好懂這種事喔。」

他臉紅。「連續劇裡很常出現。在劇裡面，人們通常會完全脫掉鞋子。我想我應該改成這樣做，才不會每走一步就痛到尖叫。」

他測試木屐，發現比包著布前發出的聲音變小多了。（如果你想對都遼的地熱有個概念，他們居住場所的地面並沒有熱到會讓布料起燃。倘若你的裸露皮膚接觸地面一段時間，一定就會燙傷，但除了少數熱點以外，輕輕擦過並不會造成傷害。）

他向她點頭，接著跳下神龕。她猶豫了。就是現在。她眞的要這麼做嗎？即便她一生都接受訓練要循規蹈矩？

她緊閉眼睛跟上他，先睜開一眼，接著另一眼。繪師沒注意到她的擔憂——他已經走到一棵較大的樹木旁用手指戳它，使得樹木拉著鎖鍊飄動。

「再跟我說一次，樹木爲什麼會飄浮？」他說。

「靠地熱。」

他用手指推動另一棵樹。「它們好輕。就算是在飄浮，我也不該這麼容易就推動它們。」

他觸摸一棵樹，又往後一跳，盯著手看。

「怎麼了？」她問。

「我摸樹的時候感覺自己也變輕了。」他又試一次，用雙手環抱一棵樹。「這太不現實了。我感覺自己像一顆氣球。」

「一顆什麼？」

「我之後再找給妳看，」他從樹旁退開。「這些樹也許是靠地熱浮起來的，但它們先用某種方式讓自己變輕了。」

（他說對了。如果你想要知道原理，以下是一條重要線索：侑美世界的植物沒有違反物理定律，它們比較像是在物理定律盯著螢幕看劇時從一旁偷溜過去。大概是跟鐘擺有關的劇吧。物理最喜歡那個了。）

侑美感覺越界的興奮感逐步增加，跟著繪師穿過懶洋洋的樹木，鎖鍊拉著在原地飄浮移動的樹木，道路因而開開合合。她很快就發覺自己對村莊的格局完全不了解，只知道蒸氣井在中央，有冷泉池的丘陵在西側，果園在南方。繪師似乎比較有概念。也許只要不是去哪裡都有人帶路，就比較容易學會這種技能吧。

他成功避開了農人正在從樹上採收堅果的區域，帶侑美來到果園邊緣，接近城鎮的東側——靠近儀式之地。再來，他蹲到一棵樹後。

雖然他帶他們接近了，但學士的帳棚還在至少五十碼之外，就在儀式之地的籬笆外側，立於炙熱的石面上。三棵大樹被鍊在學士帳棚附近的地面上提供遮蔭，讓在他們靠近後可以做為掩護——但他們得先找到方法跨越五十碼的開闊空地。

繪師低頭看向今日的儀式都服。今天的裙子是亮黃色加上紅色。「這很顯眼，對不對？」他問。

「是刻意爲之的。」她說。

他點頭，隨即脫掉連身裙。

侑美倒抽一口氣。並不是因爲尋常的原因——畢竟他們每天都一起洗澡。再加上，底下還有另外三層衣物。但那些是內衣。

「你在做什麼？」她說，此時他也脫下了第二層裙子。「停下來！」

他咧嘴笑，伸手示意最後一層衣物：染成淺褐色的輕薄絲質長褲——你可能會覺得外型類似馬褲——還有綠色的寬鬆上衣，那也是絲質的，閃閃發光，而且展現出太多他的身形了。在那之下就是他的纏胸布，這就是全部了。

她無聲地祈禱他不會繼續脫下去。

「這個，」他說。「和這邊男人穿的衣服非常相似。」

「可惜並沒有，」她說。「他們的服裝完全不一樣。」

「夠像了。我猜從遠方看來，我看起來就像個離開果園的農夫。」

「如果有人仔細看，看到的就會是我，幾乎衣不蔽體，而且精神錯亂！行不通的。」

他望向帳棚，好像依然要大步走出去，但沒有動。他看向她。

「如果妳想，我可以現在離開。」他說。「我現在冒險的是妳的人生，侑美。如果我被抓到了，付出代價的會是妳——假設我們最後有換回來的話。所以……妳要我停止嗎？這是妳的選擇。」

她的選擇？這主意太糟了。

但她感覺很魯莽。又很有決心。同時感覺到兩者。所以在她來得及思考自己正在做什麼之前，也脫掉了自己的外衣與第二層衣物，只穿著絲質內衣。「出發吧！」她說。

「妳……幹嘛脫衣服？」他問。「妳是隱形的耶。」

「團結一致！」她大喊，接著——深呼吸——開始橫越石面。

曾經，她以為不論偽裝得多好，她都沒辦法躲藏的。她以為人們可以立刻認出妤祈日兆。但她在繪師的世界生活過。她已經當了普通人一週半了。嗯，至少是她在他的世界度過的那一半時間。也許……也許他是對的，沒人會注意到。

但她還是覺得像隻田鼠。沒錯，白天從稻葉中的巢裡掉落到滾燙石面上的小老鼠，必須暴露在巨鷹與烏鴉的目光下匆忙逃往高地。每一步都灼燒著。

她將遠方的每一道聲響都當作了警告的呼喊。她確定城鎮中每個移動的人影都在趕去尋找利允。大家很快就會聽聞妤祈日兆發瘋了，只穿著內衣到處亂跑的傳言。

繪師只是拖著腳步前進。

「快點！」她斷聲對他說。

「加快腳步只會露出馬腳。」他說。「相信我。我在連續劇裡至少看過了三次。」

「三次？你的經驗就這樣？」她跳了起來，看向頭上幾株稻米飛越時所投下的影子。

這太悲慘了。令人著迷的悲慘。即便繪師外表冷靜，在他們接近躲藏點時也忍不住加快了腳步。最後幾碼，他基本上是用跑的，然後躲在其中一棵庇蔭樹的樹幹旁。

這幾棵樹，如她所希望的，提供了一些掩護。它們在地熱下不斷綳緊鍊條——因為這裡很靠近儀式之地，因此石面特別熱。繪師擦掉眉上的汗，再甩甩手，汗珠落在地上，迅速蒸發。

「你們這裡的人是怎麼在這種地方活下來的？」他低聲說。「我永遠都搞不懂，但我們……」

他看向侑美，停止了說話。她的心跳像儀式之鼓般在耳邊轟鳴、她的神經如神靈前扭動的舞者、她的雙眼如夜祭中燃燒的篝火。

「妳還好嗎？」他問她。

「這是我做過最糟糕的事！」她的雙手朝空中揮舞。「感覺太棒了！」

「小姐，」他說。「妳眞的該多出門一點。」

「我在努力了！」她臉上帶著控制不住的笑容，把雙臂收到下巴底下，雙眼睜得更大。「我們可以跑走。一起逃離。逃向廣大的世界，就像三材跟我說過的故事……」

「一般而言，」他露出一個乾笑。「我偏好至少先約會過一次，然後才跟人私奔。算是我個性傳統吧。」

「我不是那個意思，」她回嘴（粗魯地）。「只是，這感覺太自由了。也很可怕。祂們不在乎。神靈眞的不在乎。」

「我不這麼覺得。」他繞過樹幹指向架在了離地平臺上的帳棚。「神靈給予了你們像平臺這種東西，對吧？沒有要求？不用代價？」

「不用代價，」她說。「只要我們將祂們召喚過來，祂們就樂意幫忙。我認爲祂們覺得我們很有趣，很享受觀察我們。」

「聽起來祂們確實在乎。」他說。「在乎你們。而不是你們爲了祂們所捏造出來的那一大堆事情。」

她微笑。「好吧。接下來是什麼？我們要怎麼進去帳棚而不被看見。」

「我想，妳可以直接走進去。」繪師說。

「我？爲什麼是我？」

「佑美。妳現在是個貨眞價實的幽靈耶。」

「喔！」她低頭看自己。即便她現在穿的衣服數量和在繪師世界時的穿著差不多，還是因爲自己的衣衫不整而臉紅。「我想……這很好用，對吧？」

「偷看東西？確實是有點優勢，沒錯。」他偷瞄帳棚。它很大，幾乎像是一座以厚帆布搭成的亭樓，搭在至少有二十呎寬的木製平臺上，底下的飄浮裝置讓它不會接觸到石頭。

「我在想……」繪師說。

「什麼？」

「就是……家鄉的那些夢魘會做一些事。到處潛行、躲藏，偷窺民眾。」他的眉頭皺起。「它們可以穿牆。我不確定……」他望向她。

佑美理解地對繪師點頭。接著，在自我提醒別人都看不見她後，她從樹後溜出，跨過最後一小段距離來到帳棚邊。她沒有包住她的木屐，所以持續發出腳步聲，木頭敲擊石頭。

那個聲音不是眞的。她不是眞的，不完全是。當她想抓東西時，如果她不夠專心，手就會直接穿過去。

所以……在抵達帳棚後，她對底下的神靈鞠躬行禮，才踏上懸浮木平臺的邊緣。在那裡，她充滿決心地走向布牆。

布牆也一樣充滿決心地把她推了回來。

侑美盯著布面，揉揉鼻子。也許她展現的尊重不足。她以站在狹窄邊緣做得到的姿勢盡可能地朝牆鞠躬。

「偉大的布之牆。」她說。「請容我取得——」

「妳在做什麼？」繪師在她身後斷聲說。

「對牆請願。」

「什麼？」

她轉身面對他，朝牆面伸手。「所有事物都有靈魂，而牆的靈魂就和神靈類似。所有非生物都擁有！這就是——」

「侑美！」他斷聲說。

「——爲什麼我們提出要求後，祂們會變成雕像！還有爲什麼石頭會吸引祂們的注意。這就是——」

「看看妳的手！」

她停頓，瞥向自己的手——在她比劃手勢時，她把手直直穿過了布面。嗯哼。她的請願奏效了嗎？還是……

還是她只是沒注意到？設計說過他們會觸碰到他們想要觸碰到——預期會觸碰到——的物體。所以或許……

她閉上眼睛向前跨步，不去想著布面。這麼做，她就直接穿了過去。她張開眼睛後，便發現自己已身處在帳棚中。而且哇，學士們旅行時也很講究。地上鋪著厚地毯。精緻的枕頭與靠墊供人坐臥。櫥櫃上滿是各種酒類，還有許多侍童——可能是訓練中的學士——供他們差遣。

帳內的奢華氛圍被帳棚中央的巨大金屬機器給破壞了，機器上面伸出各式閥門與長桿，就像從野獸體內挖出、血管遭到截斷的心臟。

領頭學士的五官擠在一起，頭型很尖——像支鈍鉛筆。他來回踱步，不像戴著帽子時看起來那麼有威嚴。他的馬桶蓋髮型也沒幫上忙。這就是那種覺得自己對文學與工程有研究，因此比髮型師還更懂他們的專業時，最後會落得如此的髮型。

「我們應該再測試一次眞空幫浦。」那個學士一面踱步一面說。

「不是幫浦的原因。」另一名學士說。他坐在機器旁的地板上，正在微調機器。「是能量源的問題，鈞獨大人。」

「我們在開發宗父機器時從來沒有能量源的問題。」領頭學士怒回。

「失禮了，鈞獨大人。」另外一個學士靠在枕頭上說，拿著吃了一半的水果。「但我們在宗父機器的能量源上絕對碰到了問題。」

「那場事件？」鈞獨說——侑美可以感覺到非同小可。「已經不是問題很多年了。」

另外三個學士互看了一眼。

「好吧。」鈞獨雙手插腰。「如果是能量源，就由你負責灌注，善典。這臺機器很小，會很安全的。」

善典——正在微調機器的學士——舉起雙手向後退開。「想都別想。」

「我們需要一個神靈。」靠在枕頭上的男人說。

「你想說的就是這個，浩楠？」領頭轉身面對他。「你想說，我們用來吸引神靈的機器需要先有一個神靈才能啟動。真是有用的觀察。」

「也許那個好祈日兆會召喚一個過來，」浩楠咬了一口水果。「我們就可以搶走祂。」

「你有看到她的疊石嗎？」善典說。「她在這個鎮上唯一能召喚出的就只有道歉。」

「你試著啟動它，浩楠，」領頭說。「只要機器灌注完成，就能自行運作。這個城鎮應該有足夠的能量達成這點。只要我們不關掉機器，就不會有事。」

「我們連這能不能執行截斷都不知道，」善典說。「也許我們該重新考慮這整齣鬧劇。」

「如果不管用，」領頭的學士說。「我們就試其他辦法。但我們先試過我的計畫。」他朝帳棚前方開口向外看，望向城鎮的方向。「這裡發生的事情很危險。浩楠，灌注機器。」

「不要，」浩楠說。「想都別想。」

「我命令你——」

「我來吧。」第四個學士在牆邊發話，他有一半站在陰影中。侑美瞇眼看著他，看見了一個下巴長滿鬍鬚，卻對八字鬍力不從心的男人。他走向前，善典匆忙地從機器邊退開更遠。

「這只是臺小機器。」第四個學士說。「沒問題的。只是需要一小點灌注。」

侑美往前進，想要站到更好的位置觀察。第四個她不知道名字的學士在機器旁蹲下，打開一片蓋子。她必須穿過其他人向前靠——幾乎要達到與繪師之間牽索的極限距離——才能看見那個學士猶豫了一下，接著把手貼在機器核心處的一塊板子上。

在那裡，她非常確定，出現了兩條光構成的線條。一條是活潑的洋紅色。另一條是液態的青藍色。

日虹線。

她驚呼一聲，馬上緊緊摀住嘴巴。接著立刻感到自己很傻。他們又聽不見她。所以她更向前靠，離男人只有幾吋遠，想要確定剛才認爲自己有看見的景象。沒錯，那些就是日虹線。她絕對不會認錯它們獨特的顏色。它們從學士的手連接到——

另一對日虹線從她的臉上成形，朝著板子延伸。

她驚叫，向後倒退。機器的側邊亮起，蹲著的學士明顯地放鬆下來，抽出手在長褲上擦了擦。領頭學士與靠坐學士發出歡呼。

但是坐在一旁的那一個學士——善典，他的手上還留著剛才工作時沾上的油汙——對成功視而不見。他沒有在看亮光，或是他的同伴。不，善典正直勾勾地盯著侑美看。

她突然一陣恐慌，連忙跑開，抓起一件毯子的靈魂舉在身前。如果他們看見——

他持續盯著她剛才的所在位置。沒有看著她。她還是隱形的。

「這裡有一個神靈。」善典連忙站起身。

「什麼？」領頭學士說。

「我看見第二對線條了。」善典指向侑美剛才站的位置。「是神靈。」他轉身在一堆裝置間翻找，接著拿出一個連著線的盒子，將之插進較大臺的機器。侑美感到一陣寒意淹過她。真正實質上的寒意，而不只是恐懼。那臺機器從她身上偷走了溫暖。

善典扭轉盒子，旋鈕上方的指針猛然轉向侑美。她趕緊逃離，躲開學士們跑向帳棚牆壁。指針繼續跟著她。

「在那裡！」善典伸手向前指。「它在移動。快點！找出捕獲裝置！」

不論那是什麼，侑美都怕極了。她閉上眼睛跳過牆面。

繪師等待侑美從帳棚內回來，一面測試他對樹木的理論。雖然這幾顆遮蔭的樹算是挺大的，但體積大多來自於樹葉，高度並不高。他很輕易地就爬上樹，躲在樹葉後的枝條上，讓他感覺隱密不少。

拴住樹木的鎖鍊纏在樹幹高處，用穩固的夾具扣緊。鐵鍊本身很重，卻沒有拉下樹木——只把它固定在原地而已。他心想，與先前他變輕的原因相同，有某種機制讓鐵鍊變輕了。就像先前一樣，他越靠近樹幹，這種效果就越強。

當他一開始爬上樹時，他的重量使樹木下沉到了地面上，但如果他緊緊抱住樹，把臉頰貼在樹皮上——這顆樹粗到他只能勉強在另一側搆到手——樹就會再次升起。這麼做時，他就好像變成了樹本質的一部分，他的額外重量變得幾乎可以忽略。但如果他爬到其中一根枝枒上，他的肌肉就會再次注意到骨骼的存在，衣服也會降回身上。

樹木也會因此再次沉到地面上。這些植物很驚人地適應了滾燙的地面。它們幾乎沒有樹根，只有一點點無用的殘根蜷曲在樹幹下，像是屈起的手指。它要如何——

侑美衝出帳棚牆面，狂奔著。

繪師落到較低的枝條上看著她。

「學士不知怎麼看見我了！」她慌亂地大喊。「他們追過來了！絕對不能讓他們找到我！或是你！所有人都會看見我穿成這樣、知道我來偷窺學士，認為我摒棄了一切神智，選擇表現出決絕的流氓主義與瀆職！」

繪師不確定哪一點比較令人驚訝：是她被看見了，還是她真的在日常對話中用了「流氓主義」這個詞。

不幸的是，她的警告並非誇大。帳棚內傳出叫喊聲，學士手持某種裝置從前方繞了過來——直直對準了站在樹下的侑美。

「他們會發現你在上面的！」她又開始過度換氣。「你躲不過的。我死定了。我完了。我——我——我——」

「侑美！」他噺聲說，孤注一擲的計畫在腦中成形。考慮到現在的狀況，其實是顯而易見。他朝她伸出手。他的另一手抓住固定樹木的鐵鍊，無聲的用嘴型說出一句話：

我們往上逃。

「繪師，這主意糟透了！」

但學士們正衝出帳棚，她沒時間想出其他更好的方法了。他更著急地揮手，短暫停頓後，她跳起來，抓住了第一根枝條。

他鬆開鎖鍊，接著向上爬——讓樹冠能更好地隱蔽他的身子——雙手環抱樹幹，心跳加速，想像著他們戲劇化的大逃亡。

樹開始緩緩上升。不太戲劇化。更像是遲緩化。但學士們注意得太晚了，等到他們開始指著樹時，樹根已經略微超過伸手可及的高度。繪師把臉埋在枝條內，讓學士們沒辦法認出他的長相。

幾分鐘後，樹木就飛到了四、五十呎高，而且如繪師所希望的，微風正把他們吹向南方——果園的方向。在那邊降落會讓追蹤者難以判斷他們的準確位置。

侑美爬了上來，大口喘氣。他看向她，充滿憂慮，但不敢移動以免影響浮力。幸好，樹木看起來沒有注意到幽靈的重量。

「侑美？」他悄聲說。

她扭轉身子，在她的枝條上面向他。他看見她正在哭，大口喘著氣。

而且也在笑。

「這是，」她說。「我做過最違法犯紀的事了！我不知道要做什麼反應！我抖得像噴發前的蒸氣井一樣。但不知道爲什麼，我感覺很好。想要再做一次。我故障了！」

「不，」他說。「妳是人。」

「我們還是會被抓到。」她說。「他們會監看我們降落的地點。」

「也許吧。」他扭轉身體遠離樹幹，向外伸展以增加重量。他們的上升減緩，但持續飄向果園。

他們上升的高度已經達到天上的植物的底層了——這裡大多是雜草與野花。樹木穿過一層葉片，好似突破湖面而出。荷葉中央長出的野花，與伸展四肢捕捉熱氣的灌木一同起舞。樹葉與小花——類似於司卜德利亞的蒲公英，或是這裡的杜路苛——在空中飛旋。蝴蝶從灌木湧出，環繞在樹木旁。

樹木的移動造成了空氣亂流，讓各種花粉與微塵旋飛成各種圖像。繪師深深吐氣，一瞬間忘了其他所有事情。花朵、花瓣、蝴蝶、閃耀的光芒——如同一名大師在調色盤揮灑顏料，創造出凡人無法理解的藝術形式，以深藍色天空做爲明亮畫布，轉瞬間產生的即興之美。

在這個高度，水珠開始在寬大的葉片上凝結。溼氣沉降在他的皮膚上——像是純淨的汗水，有著明亮乾淨的氣味。

這就是爲什麼植物要飛上來，他心想。底下的熱石蒸發了水分，讓高空的空氣變得潮溼。所以它們要上升以吸收水分……

在這一刻，他羨慕起這個世界有來自於天上的光芒，因爲細碎的陽光透過露水閃耀，讓每株植物看起來彷彿都穿戴著婚禮珠寶。一整片風景變化萬千，顏色混雜分離，在日光下如著火般絢爛光華。

侑美——在稍遠處的枝條上，幾乎成爲風景的一部分——似乎看得出神了。她的髮絲在身邊隨風波動。她朝著一隻降落在附近的蝴蝶伸出身子。蝴蝶看不見她，所以她能夠靠近觀察牠微顫的雙翅。

她望向繪師，身後被美妙景象包圍，接著咧嘴一笑。在她身後，綴滿色彩的蓊綠如無限延伸的道路般邀請他。和我們一起旅行吧，那訴說著。但繪師哪裡都不想去。他想要的就在這裡。

「你一直盯著看。」她說。

他是個繪師，不是詩人。但他不知如何找到了正確的話語。

「我會盯著看，」他說。「是因爲我見到了無法一眼看盡的美麗。」

她轉身望向天際，顯然認爲他指的是風景。「這就像是另一個世界。」她輕聲說。「每天都在上面。這麼靠近。」她探出身子，抬頭望向晝星。繪師的世界。那會反光。包圍星球的黑暗不是應該要讓它變成黑色的嗎？

「如果我將會失去一切，」她耳語。「至少我很慶幸先見到了這片風景。」

「妳不會失去任何東西。」他回復足夠的神智，所以探出身子遠離樹幹，讓樹慢慢朝著果園下降。

「我們會被發現的，」她再次轉頭看他。「他們會看見樹降落的位置。」

他搖搖頭。「我們不會有事的。」

「你怎麼知道？」她問。

「因爲今天太完美了，不可能會搞砸。」

二十分鐘後，利允發現繪師正跪在神龕前，看起來簡直就是無辜的化身。如果他的都服歪了一邊，也只是因爲他最近才決定自己著衣——所以沒穿好也理所當然。如果他的呼吸有點喘，又像是長跑過後一樣滿身汗，那一定是因爲他全神貫注地在祈禱；對虔敬者來說，與神靈溝通很耗費心神的。最後，如果他的頭髮上卡著樹枝，嗯，畢竟神龕就在果園裡，聽說樹枝很常從樹上掉下來。

利允雙臂交疊，檢視著他。

「喔？」繪師轉過頭。「時間已經到了嗎？」

「妳有看見可疑人士從這裡經過嗎？」她說。「城裡似乎有……流氓主義者在橫行。」

啊，他心想。原來她是從這學到的。合理多了。

「我太專心冥想，並沒有發現異狀。」他說。「我很抱歉。」

「這……不是妳的錯，靈選者。考慮到妳最近的失敗，妳格外努力向神靈祈求是件好事。」她抬手示意。「我們也許該出發了？學士終於讓他們的機器恢復運作了。」

「是這樣嗎？」他說。「太不幸了。」

他起身跟隨利允，侑美跟在身後，有如要躲在他的影子裡。她的表情在羞愧與興奮間不斷轉換——像是她的情緒電路發生了奇怪的短路，同時閃起了兩側的方向燈，讓跟在後面的人困惑不已。

「妳確定，」他對她低語，讓利允走在更前頭，不讓她聽見。「妳看見了日虹線？」

「毫無疑問。」侑美低語回答。「這代表什麼？」

「妳這邊的人肯定已經快要發現控制日虹的方法了。」他說。「你們正在工業革命的前夕。你們的世界將會發生很大的變化，侑美。」

「這裡會變黑嗎？」她低語。「跟你們的世界一樣？」

「妳是說暗幕？不，那在我們發現日虹前就存在了。或者說，在我們學會控制日虹前。那是一段……很艱難的日子，人們在黑煙中遊蕩，靠著從地下爆發出的光芒旁生長的植物果腹……」

他發起抖，想像著那樣生活是什麼感覺。坐列車穿越暗幕已經夠糟了。在裡面步行？在裡面生活？沒錯，過去夢魘並沒有那麼常見，但還是很糟。

「我的學校物品裡面有本歷史書，」他告訴侑美。「妳用我身體的時候可以去讀一下，裡面會解釋你們未來可能會經歷的狀況。」

「妳說了什麼，靈選者？」利允說。

「只是祈禱詞。」繪師發覺自己的音量已經不再是耳語了。

在果園外，他們與彩英及煥智會合——而這是第一次繪師在通過城鎮時沒人盯著他看。所有人都集中在儀式之地。當他靠近時，他們爲他讓出一條路，讓他走到帳棚附近。此處，學士們已經在一大堆石頭中央安裝好了他們四呎寬的機器。這些石頭普遍比儀式之地的那些要小一點，但那臺機器正以詭異的滑順動作移動著，同時堆疊著四座石塔。

「我們贏得了。」侑美說。「你看那些疊石多平淡啊！直上直下的。」

繪師還是有點害怕——即便機器此時不小心撞倒了一座塔，必須要用三隻手臂清除石頭才能繼續堆疊。侑美也許有辦法打敗它，但他的疊石可遠不如這些一樣好。

不過，被她的決心所鼓舞，他還是踏進儀式之地開始工作。他驚訝地發現自己居然很樂意進行疊石。前一天發生了很多事，像現在這樣回歸正常讓他感到安慰。這也印證了人類重新定義「正常」的能力有多麼強。

他很快就汗流浹背了——但他的石塔在疊第七顆石頭時垮了。下一座只疊了六顆。他低吼，用拳頭重捶地面，幾乎沒注意到熱度。

「放輕鬆。」侑美說。「冥想一下。如果你的手在抖，是疊不了石頭的。」

他壓下自己的煩躁。她是對的。他深呼吸幾次，接著重新開始。

幾個小時過去了，但大部分的鎮民並沒有離開。他們似乎感覺到有什麼正在發生。繪師成功地疊了十顆，然後是九顆，接連著又疊了十二顆。留下排成一線的三座塔，他開始疊第四座，用裙子擦乾手，一顆接一顆不斷疊上石頭——這次更加大膽。

他也感覺到了什麼。不是嗎？與土地之間的聯繫？表達起來似乎很傻，但有東西在拉他。直接拉扯著他的情緒；他持續作業，也拉扯回去。

有東西從附近的地面上探出頭。他一瞥過去，那就不見了，但侑美倒抽一口氣，接著兩手揹在背後，露出像瘋子一樣的笑臉。她揮手要他繼續，顯然想起了自己身爲教練的職責，鼓勵他保持呼吸。維持冷靜。

這並不簡單，因爲群眾開始變得越來越吵，眾人開始低聲交談。繪師立刻開始他的第八疊——神奇的是，前面的石塔一疊也沒倒。他在放下石頭後幾乎就能夠看出這疊完成後的樣子。這疊是他目前疊得最高的。他有石頭，也知道該如何組合。他可以讓它的外觀看起來很細瘦，但因爲這邊的石頭重量，所以實際上很穩固……

他又感覺到了拉扯。

眞的管用。

全都是眞的。

一顆虛幻的光球從靠近圍籬的地面升起，大約在他和機器的正中央。有如一顆由液體金屬構成的發光球體，微微閃耀著日虹的色澤。

繪師又放上一顆石頭，努力保持冷靜。神靈在原地徘徊，接著旋轉，像是在觀看哐啷作響的機器——即便神靈並沒有眼睛。祂有一部分朝著那個方向拉伸，剩下部分也如橡皮回彈般跟上。當兩部分融合後，祂就像游泳般在石面上遨遊。祂經過那些太專注於看機器，以致沒有發現祂出現的人，使他們嚇了一跳。

祂直直游向學士。

「不！」侑美大喊，站起身。「不，他們把祂偷走了！」

繪師轉身，手上的石頭滑落。石塔傾倒，撞到前一座塔，把那也弄倒了。圍籬之外，一個學士撿起發光神靈，舉高雙手，鎮民隨之歡呼。

「現在！」男人的聲音飄過來，繪師癱坐在地，幾乎沒注意到地上傳來的熱度。「看我們如何靠展示簡單的圖案使神靈轉化成有用的裝置。看！完成了！」

「它花了一整天！」一個人聲大喊。是利允？「你的機器絕對無法取代好祈日兆。稱職的女孩一天可以吸引來半打神靈！大師有時可以叫來好幾打！」

「而好祈日兆總共有多少人？」學士大喊回嘴。「最多十六人！我們現在只有十四人。這個鎮上的人在兩次好祈日兆造訪之間需要等待多久？幾個月？幾年？這些機器能被放置在每個城鎮與村落內，全天候工作。」

利允沒有回應。

「你們會見到的！」學士說。「我們會留在這裡持續呼喚神靈，直到滿足每一個居民的需求爲止。」

繪師——筋疲力竭，就連手套內的手指也磨破了——轉向侑美。

「你做得很好。」她對他說。

「還不夠好，侑美。我不覺得是我召喚來神靈的。我覺得祂是被機器叫來的。」

「不。」她堅定地說，接著遲疑了一下，以比較不確定的口氣再說。「也許是你們兩者一起吸引來的。我表演時，神靈總是會直接出現在我身邊，但這一個是出現在你和學士中間。」

「所以機器有效，」繪師說。「那能夠召喚神靈。」

「你做的事也有效，繪師。」她在他身旁跪下。「機器很顯然是有效果。如果機器無法吸引神靈，他們就不會帶過來了。但它的疊石很弱，幾乎沒什麼用。你能打敗它的，繪師，做得比它更好。叫來神靈和我們交談，讓我們問話。」

他環顧四周的眾多石頭。「更多練習？」他說著，伴隨著一聲嘆氣。

她點點頭。

他拿起煥智送上的水壺喝了一口，甩甩僵硬的手，接著繼續練習。雖然他這天沒有再吸引到另一個神靈——他知道侑美的首次與第二次召喚之間隔了好幾個月——至少他嘗到了一小點成功。

他只希望這足以支撐他夠久，直到下一次成功的滋味到口。

Chapter 25

一週後，侑美撞見了她有生以來最震驚的畫面。兩個人在親吻。就在她面前。男人是由藍色日虹線構成，女人則是洋紅色。

雙唇相接，無比親密。就在這裡。

她倒抽一口氣，抓緊毯子，拉到臉頰之下。「這種畫面可以播嗎？」她問。

繪師只是咯咯笑。

她拿枕頭丟他——根本沒有干擾到他的靈體，但至少讓她感覺好一點。她接著向前傾身，雙眼圓睜。

這已經成了她的習慣，先練習繪畫數小時，然後停下來看一集連續劇，感覺上是在虛擲光陰，但繪師說偶爾休息一下也很重要——這裡的確是他的世界，由他作主。她基本上是被迫看劇的。

此外，故事每天晚上都是連續的——她需要知道接下來發生了什麼事。她追了三部連續劇，但《悔恨季節》是當中最好看的，也最大膽。她歪頭看著親吻持續。又持續。又……

「他們要怎麼呼吸？」她問。

「像這種親吻，」他說。「要共享一口氣。可以來回傳遞空氣，吐進對方的肺裡。這樣至少可以撐十五分鐘。」

她信以爲眞了一秒鐘，然後看到了他的笑容。那讓他又賺到了另一顆枕頭，這一顆直直穿過了他的頭。

視機上，葦和泰大人與日乃美夫人終於分開了。根據繪師所說，這是齣「歷史」劇。意思是他們假裝是來自另一段時代，在淋浴間發明之前。侑美嘆氣，看著兩人互相凝視，視機拉近到他們的臉部，甚至有微小的日虹線構成了他們的睫毛。

那個表情。他們眞的是在假裝嗎？繪師一定搞錯了——這兩位演員一定眞的陷入了愛河。因爲那個表情。她想要看他們以這種表情互望，已經等了一整週了。

葦和泰大人是某種流浪武士，他們之間是禁止相愛的。但他們終於坦承了對彼此的愛意。眞是太美妙了。

「現在，」葦和泰大人說。「我必須離開了。永遠離開。」

「什麼？」侑美大叫。「什麼？」

他轉身離去，一手放在他的日虹刀上。日乃美夫人偏過頭，隱藏眼中的淚水。

「不！」侑美跳起身。「不！」

但片尾曲已經開始播放。這小時的節目結束了。他居然離開了？

「太糟了！」她伸手指著。「我們等了這麼久，現在他就這樣一走了之？」

「他是浪人。」繪師說。「他們這種人就是這樣。」

侑美瞪向他，但……好吧，他轉到了旁邊去，從眼中擦掉一滴淚水。他沒有比她更喜歡結尾，而且連續劇的製作人決定這樣做，也不是繪師的錯。

她倒回軟墊上的整堆毯子和枕頭中。她終於發現那不是個祭壇。在她終於發問後，繪師咯咯笑了一整天。

「可是……」她說。「可是爲什麼？」

「有些故事結尾就是這樣。」繪師站起來伸懶腰。「取決於編劇想要什麼。故事有各種差異是件好事。妳不會想要所有劇都是快樂結局的。」

「我，就是，想要。」她的聲音漸柔。「他們可以創造任何故事、製作任何內容，爲什麼他們要做出令人傷心的創作？」

「我聽說大家覺得這樣更眞實。」

「眞的嗎？」侑美把毯子拉得更緊。「悲傷有比較眞實嗎？」這比故事結尾還更讓人沮喪。

「我曾經這麼認爲。」繪師說。「而且侑美，人生中有許多事是悲哀的，所以至少包含一些進去確實比較眞。有些故事令人開心，有些令人傷心，是件好事——這句話是眞實的。」

她搖搖頭，用毯子擦乾眼淚。

「有時候，」繪師說。「妳越深入思考，這種結局就會顯得越棒。即便很痛苦，依然可以是正確的。」

「還有希望。」侑美激烈地說。「這個節目還沒完結，明天還有可能發生別的事。」

「我不確定耶。」繪師說。「這是一段故事線的結尾——特別長的演職人員片尾表就代表這點。明天他們就會換去不同的角色群了。」

「不，」她說。「還沒結束。你等著看……」

她的話裡帶的信心比她內心感覺到的來得多。在兩邊身體中各清醒十小時讓他們的時間表有點奇怪，但她至少每天能看到一齣劇。這一齣最後還是有可能是快樂結局的。

不能嗎？

繪師走上前關掉視機——他喜歡實驗自己是靈體時能做到多少事。侑美走向窗邊，向外看著純黑的天空。只有唯一的一顆光點，像昨晚的夢一般遙遠。

（很不幸地，你不會得到答案，解釋爲何『星』的光芒可以穿過暗幕，但其他星辰沒辦法。我還不知道。對於暗幕本體，我能給出一些解釋，還有侑美與繪師的世界大致上發生了什麼事。我會在適當時機跟你說的。

（但爲何只有那一顆星球的光可以滲入暗幕，抵達煌一民眾渴望的眼中？完全沒概念。我很抱歉留下這個不解之謎給你，但這樣想吧——不要把那當成漏洞——而是對未來尚未發生的故事的一種承諾。）

「想要繼續練習嗎？」繪師對一疊紙揮手。

「不。」她從窗前轉身，把關於蠢連續劇的蠢念頭放到一邊去，儘管她的眼睛仍然溼潤。

「我覺得是時候出門了。去獵捕夢魘。」

「妳還沒準備好。」

「是你說我只要學這個的。」她朝著整疊的竹子繪畫揮手。「你一週前就說我已經爐火純青了，繪師。你只是日復一日地要我畫竹子！」

「知道怎麼繪畫，」他說。「和能夠在充滿壓力的狀態下繪畫是不一樣的。那需要反射動作與直覺。就像打中球一樣。」

「球？」她拿起一碗因爲連續劇結尾而被遺忘的湯麵，皺眉在軟墊上坐下。「什麼球？」

「妳知道的，」他用手做出一個動作——好像那能解釋一樣。「打中球？用擊球拍？妳……的世界沒那種東西。」

「很顯然。」她品嚐她的麵條。

嘿！嚐起來幾乎不算難吃呢。

「你試試看。」她雀躍地把碗拿向他，用兩隻手指抓起湯匙遞出去。他獲取了湯匙的靈魂，因此也能嚐到湯的靈魂。

他抬頭看她。

「我才開始烹飪第二週而已。」她說。

「這碗麵裡面的鹽巴比湯還多，侑美。」他說。

「上面說加入適量的鹽。」她說。「我不知道那是多少。」

「妳可以問啊。」

要記得自己可以發問有點……困難。除此之外，替自己煮飯也是種奇異的體驗。

「好吧。」她拿起碗。「我覺得這算成功，差一點就能吃了。」她走到水槽邊，儀式性地把它倒掉。「雖然我的烹飪很不怎麼樣，繪師，但我的繪畫絕對有進步。是時候了。我們今晚應該出去尋找那隻夢魘。」

他走過來。「妳根本就不相信這是我們連結的理由。妳認爲是那臺機器還有那些學士。」

「沒錯。」她承認。現在他們已經見到機器眞的可以自力吸引神靈，不需要好祈日兆的協助。它只是作業速度很慢，平均一天只能叫來一個左右。「但我錯了怎麼辦？」

他迎上她的目光。

「我完全不理解這一切。」她說。「繪師，你說你認爲那隻穩定夢魘是原因，所以我們需要追蹤它。我們需要試著找到它。」

他思考，雙手插在口袋，眉頭緊皺。很不幸地，他們快要把他爲數不多的存款用盡了——而且停職期也很快就要結束。他需要馬上回去工作，向上司證明自己不會惹出更多麻煩。

因此，她要嘛得開始做他的工作，或是他們必須解決這個問題、切斷兩人之間的連結。

她想要嗎？

嗯。她當然想要囉。她有職責——而且更重要的是，神靈呼喚她來是爲了執行這項特殊任務。她必須完成任務以幫助祂們。接著她就可以回到她的人生。沒錯，是有改善的人生。

但依舊是不變的孤獨。

她不想面對這件事。至少……至少還有他的世界的那艘飛行船，在兩人的世界間航行。這代表著一些意義。對未來來說。

「好吧。」他站起身。「我們先收拾一些繪畫用具。」

她堅定地點頭。今天她穿著厚實的工作服。要去工作。她從來沒眞的做過，但感覺很對。她的連身裙下穿著長褲，薄外套也換成另一件更厚的——長度很短，不到她的腰際，上面有金屬扣帶與鈕釦。幾乎像是件護甲。

「有哪裡不對勁。」繪師在她打包畫具袋時走過來。「侑美，那隻穩定夢魘現在早該被發現了。已經過了好幾週。也應該有人通知夢衛隊，要他們到這座城工作。但如果他們來了，肯定會上新聞。夢衛隊抵達總是大消息……」

「等等。」侑美指著他。「你之前是在拖延時間嗎？那就是你要我這週又回去練習的原因？你在想也許別人會抓到那隻怪物？」

他聳肩。她不想覺得他是個懦夫，但確實有些像這樣的時刻，他看起來完全可以接受把困難的差事交給別人去做。但她必須承認，自己一生也沒有做多少事。少到讓人不安的極限程度。所以她心想，也許她不該亂指責別人。

她把最後一面大畫布塞進袋子裡，接著點點頭。終於是時候了，她要嘗試當一名夢魘繪師。

繪師要求等到輪班開始的時間已過，以防萬一。他說他想要盡量減少她被其他繪師看見的機會——雖然最終那也是他們計畫的一部分。話雖這麼說，如果她不小心被看見，應該也不會有事。在他的停職結束前，一定會有其他人在他的轄區巡邏。然而，他說那個區域很大，繪師們巡邏時也常會穿越轄區移動、追蹤線索。只要她別近距離遇上那些會認出她是仁哉郎妹妹的繪師，應該就不會有事。

計畫很單純。他們要搜尋穩定夢魘的跡象，看它是不是還潛伏在街上。如果是，他們就會去吸引周圍巡邏的其他繪師注意。只要他們見到夢魘，任何一個都可以去找領班，證實侑美先前告訴他的話，夢衛隊就會被派來。

這個計畫概念上很簡單，但侑美覺得每一步都很艱難。她帶著一個繪師說會發出緊急聲響的裝置——一個金屬道具，兩旁連著繪師說是鈴鐺的圓形物體。她看過鈴鐺，長相並不是這樣。鈴鐺的形狀怎麼會像是大餅乾一樣？

但她相信有用。新手繪師會帶著這個求援。所以當他們看見穩定夢魘時，她就會啓動它。若是附近沒有其他繪師的話怎麼辦？他們要怎麼足夠靠近夢魘，直到能夠判斷它就是他們要找的那一隻，卻又離得夠遠，避免被夢魘攻擊？

這一切，她都沒有和繪師說。他自己也非常緊張，證據就是他——至少有三次——提議她回去公寓內。她反抗，但她從來沒有看過像今晚這樣空蕩的街道。她很快就經過了最後一排建築——由缺乏窗戶的高牆組成的圓環，幾乎像是座堡壘，

她在此處終於第一次近距離見到暗幕：一面移換、翻騰的黑暗之牆。比一般夜晚更黑，但夜晚不會吞沒光線。而且夜晚感覺上不會回看你。她的神經不受控制，不敢繼續走到暗幕邊緣。她待在最後一排建築附近，盯著它看。

她沒預料到暗幕會像這樣移動。擾動。波動。因爲缺乏顏色，所以完全無法分辨細節。因此暗幕看起來就像是位於遠處的物體。不可能存在的外觀。

「你們是怎麼習慣的？」她輕聲問。

「隨著成長逐漸適應，」他說。「就像持續不斷的噪音。某些時候，你會突然再次注意到它——它突然就變得非常異質。非常恐怖。你就需要再重新適應。這幾乎就像和個性會異常起伏的人交朋友。他盯著你的眼神，讓你不禁覺得自己總有一天會被他殺了……」

她用力撇開對暗幕的凝視，反而看著這邊的建築。大部分的磚牆上塗著白漆——顯然是刻意為之，以一道白牆守望著黑暗之牆。而許多塗著白漆的牆面上都有畫作。以夢魘繪師的墨水繪成的大幅壁畫——顏色單一，但明顯對比加上細微的灰色，使細節非常詳盡。

「這些是什麼？」她問。

「繪師們靈感來的時候畫的，」他說。「每個繪師都有一塊區域。」

「你的在哪裡？」

他搖搖頭。所以他沒有囉？也許大家都不想再看到竹子畫了。

他們開始巡邏，從暗幕邊走回城市較內圈的區域。即便她剛才那樣說，但他上週並不是只有要她畫竹子。他們也談到了巡邏，還有繪師的準則，所以她才能理解他晚上在做什麼——還有要如何辨識夢魘的跡象。

他仍然在她之前就注意到了第一個跡象。「那邊。」他朝前指向街邊一道牆的轉角處，大概五呎高的位置。磚頭上黏著冒煙的黑點。

這麼高？她剛才都在看地面。他們靠過去，發現冒著黑煙的是看似黑色焦油的物質——一小片暗幕——覆蓋著轉角處如手掌大的區域。這是夢魘剛從此處經過的徵兆，它拂過建築，留下痕跡。

「你怎麼發現的？」她斷聲說。

「練習，」他說。「還有運氣。」

第一項越少，就越需要第二項。

雖然他教過她下一步是跟隨蹤跡、尋找其他標記，他卻持續研究這一個。接著他望向附近的巷子。

「怎麼了？」她問。

「這個標記很顯眼，」他說。「就在街上，鮮明又偏大。感覺別的繪師應該也要注意到才對。我可以看見下一個標記就在巷子裡的防火梯上。但沒有繪師。」

「所以還沒人注意到，」她說。「我們是第一個。有什麼問題嗎？」

「不是眞正的問題。」他說。「只是我突然有個很恐怖的想法。領班認爲我是個摸魚仔。」

「一個什麼？」

「他認爲我好幾個月沒在做工作了，遠在妳抵達之前就這樣。這就是爲什麼他把我停職的原因；我聲稱看見穩定夢魘，是他在腦海中替我打下的最後一個X。重點是，他認爲我在偷懶，但沒有人回報這個區域有任何問題……」他望向侑美，也許看出了她的困惑。

「我擔心，」繪師解釋。「領班把我停職後，沒有找人來接替這個轄區。我們人手不足，而在他看來，這個轄區很平靜。我擔心他認爲有其他繪師在協助處理這個區域，或是夢魘不常造訪這區，讓我因此可以不必工作、胡搞瞎搞。」

「如果他沒有找人接替……」

「就能解釋爲何那隻穩定夢魘一直沒被發現。」繪師說。「爲何它可以在城裡潛伏好幾週，卻從來沒被抓到。大多數的夢魘繪師只在城市邊緣巡邏和尋找跡象，因爲夢魘必須通過邊界才能來到深處。如果這隻夢魘每次都從我的邊界區域進入，就能在全城暢行無阻。」

確實是令人擔憂的想法。他揮手要她跟著他一起進入巷子內，雖然她並沒看見他發現的第二個跡象。當他們行走時，她小心地對他耳語。「繪師？爲什麼領班會覺得你沒在工作？爲什麼大家都這麼容易就認定你在說謊？」

繪師低下頭。她的直覺是指責他，堅持要他立刻好好解釋。他的反應顯然是帶有罪惡感。不同於利允以相同方式對待她時的成效，這在他身上有發揮過效果嗎？對她來說眞的有效果嗎？要求、羞辱、口語責罰？她記得那些疲憊的日子。她想要的只是一句關心的話語、淚滴大小的同情。

選擇。她有選擇。

妳不必變得像是她，侑美心想。妳眞的不必。

多麼新穎的想法，而且比她想像中困難太多了。但侑美還是逼出了話語。類似她一直以來都希望聽見有人對她說的話。

「沒關係的。」她耳語。「我知道你在努力。這才是最重要的。」

注意看。有些時候，這才是英雄的樣貌。

繪師瞥向她，接著深深吐出一口氣。「謝謝。」他低語。「但妳對我的看法是對的。有時候眞的很難，妳知道嗎？每天都做同樣的事，卻感覺到達不了任何地方？」

他指向防火梯——一道從建築側邊往上延伸的金屬柵格。她瞇起眼睛，勉強才看見二樓的金屬角落處有冒出黑煙的跡象。他們開始往上爬。

「在學校，」他低聲告訴她。「老師們總是強調我們的工作有多重要。他們會教導藝術的意義，還有理論。他們說繪畫是關於熱忱，還有靈光一現的創造力。他們教導我們應該要看出夢魘的形狀，然後把那畫下來。

「接著來到了現實世界，發現每分每秒都要有創造力實在很困難。發覺他們沒有教你重要的事，像是如果沒有熱忱時該如何工作，或是創造力沒有顯現時該怎麼辦？這時候怎麼辦？當你得忙著餵飽自己，理論又有什麼用？

「在現實世界，你發現自己可以不斷重複做同一件事來完成工作。不論他們怎麼說，竹子也能好好捉住夢魘。所有來自學校的高尚啓發都在事實面前褪了色，侑美，有時候……這就只是一份工作。」

他們停在樓梯間。雖然很困難，但她沒說話，只是點頭要他繼續。

「所以我有點陷入迴圈了……」他說。「好吧，我想我能說出口。我只畫竹子，日復一日。透司領班不喜歡那樣。他從來就不喜歡我。我在學校……名聲不太好，我跟妳說過的。所以他只看到我不好的一面。他認爲我總是畫竹子，是因爲我沒有認眞搜尋夢魘。」

他們來到防火梯的二樓處，靠近夢魘留下的痕跡。當他再次看向她，侑美發覺自己可以理解。她做了不同的選擇，也許是太過投入在她的工作上，不像他是退縮了。不過，她還是能理解他做的事並不是懶散，而是一種更私人，也讓她更加感同身受的特質。

「要成爲優秀的繪師很困難，」他們在夢魘痕跡旁跪下，他低聲說。「但要當個還可以的繪師眞是（粗魯地）簡單。不管領班怎麼想，我有做好我的工作——也沒有讓任何人受到傷害。我絕不會允許那種事發生。我……我也許不是妳想要的戰士。我不是任何人想要的人。但我有在努力。」

她對他點頭，把手伸向他的肩膀表達安慰，不過不敢眞的碰到他。

「仔細觀察。」繪師指向角落兩段短金屬桿交會處冒出來的煙。「妳看的越多，之後巡邏時就更容易認出它們。」

她向前傾，靠近觀察金屬——以及包裹在上面的黑色物質。某種方面來說，那看起來有點像血。會蒸發的血液。

「爲什麼它們不會在地上留下痕跡？」她說。「例如腳印？」

「偶爾會看到腳印，」他說。「但不是很頻繁。我們一直找不出原因。」令人好奇。看起來這個痕跡最有可能是夢魘爬上樓梯時擦過這個角落所留下的。「也許要是意外事件才會留下痕跡，」她低聲說。「就像我穿過牆那時候一樣……」

繪師點頭，若有所思。接著他指向柵格的頂端，有另一道黑煙黏在靠近窗戶的橫桿上，全都沐浴在上方日虹線的反射光芒之下。

「繪師，」她低聲說。「它們眞的很危險嗎？」

「當然很危險。」

「但如果這隻穩定夢魘已經自由行動好幾週了……爲什麼它還沒殺任何人？」

他沒有回答，只是抬頭盯著那扇窗。

「也許你的所知是錯的。」她說。「我以爲我了解自己的人生，但結果我完全被矇騙了。有可能你這邊也一樣嗎？」

「不。我看過被這些怪物摧毀的城市照片。」

「一隻生物，即便是夢魘，要如何摧毀一座城市？」

「它們穩定之後就非常難以阻止，」他說。「而且還會呼喚其他同伴。一隻達到穩定，其他就會跟上。」他停頓。「我們是這樣猜測的。」

「你們是用猜的？」

「最近一次有城市被摧毀是好幾十年前了，僅剩的倖存者們也沒辦法提供太多解釋，只知道有十幾隻夢魘大肆破壞。」他看向她。「但我保證它們很危險。我親眼看過一個孩子因爲夢魘的攻擊而流血。也許我沒有完整的答案，也許我們的認知有漏洞，但我知道它們具有威脅性。」

她對他點頭，深呼吸，開始往上爬，去確認窗戶內有什麼。

然而，繪師揮手要她暫停。「換我當幽靈了。」他說。「準備好鈴鐺。那已經纏好了——妳只要撥開開關，鈴聲應該就足以傳到附近的區域去。」

她想要爭辯，但他的論點有道理。如果他有機會在不被發現的狀態下靠近夢魘，她就不該冒險。他會讓她知道他們是否找到了那隻穩定夢魘，還是他們需要繼續搜尋。

繪師安靜地爬上最後兩層樓，從頂樓窗戶往內看。侑美焦慮地等待著，一手抓緊鈴鐺，另一手則是抓著大帆布袋的背帶——幾乎沒注意到自己抓得如此之緊，導致背帶勒住了肩膀。她不敢思考，於是只專注在呼吸上。一吸一吐。

一吸一吐。一吸一吐。

繪師回歸，搖搖頭。「裡面有一隻夢魘，但不是我們那隻。我們可以離開了。」

他開始爬下樓梯，但侑美留在原地抬頭看。「如果我們不阻止它，」她輕聲說。「會發生什麼事？」

「可能會變得穩定。」繪師坦承，走到下一層樓的一半。「不過它需要進來很多次。」

「你很久沒巡邏了，」侑美說。「已經超過了兩週。」二十七天。「而且這裡可能沒有人接替你的工作。如果我們就這樣什麼也不做，放任其他夢魘獵食，一步步變得穩定，那麼追捕那隻穩定夢魘又有什麼意義？」

「這隻夢魘未來幾晚可能會走進其他區域，它終究會被抓到的。」

「如果沒有怎麼辦？我現在就能阻止它。」

「太危險了。」他說。

「如何危險？如果它不是穩定的，就不能傷害我，不是嗎？」

他停在她身邊。「它們以人類爲食，侑美。是的，靠吃我們的夢。但也吃我們的思緒、我們的意識。況且，它也可能有一點穩定了。不是每次都能靠外表分辨的。」

她迎上他的目光，接著開始爬上階梯。她已經接受訓練好幾週了。如果不是爲了這個，又是爲了什麼？

繪師在她身後呻吟，接著跟上她。她緩緩來到窗邊，做好心理準備，然後往內看。一名虛弱的老年婦人躺在床上，透過窗戶射進的光構成一個方塊包圍住她的身體，邊緣的陰影剛好落在她的臉上，寬大的床看似要將她吞掉了。

夢魘就匍匐在床頭板上。侑美的呼吸哽住。她想像中的夢魘是人型的。類似人的影子。這隻更類似於蜘蛛，由扭曲煙霧構成的腳如籠子一般罩住了老婦人。那有夠（粗魯地）大隻。就像是在天上掠食的巨鷹可長到的最大尺寸。如果那些像蜘蛛腳的觸手完全伸展開來，它輕鬆就可以達到十五呎寬。

侑美僵住，強大的焦慮感緊緊將她抓住。她想要逃跑，想要衝下階梯，跑到渾身無力。但她動不了。

她深埋在體內的某部分認得這個怪物的外型。那部分的她嚇壞了。原始的本能告訴她不該與獵食人類的怪物作對。

「很好。」繪師低聲說。「小心地拿出妳的畫具，想著冷靜的思緒，像我告訴過妳的那樣。只要妳別太過害怕，它就會繼續專注在受害者身上。」

「我要怎麼——」

「冥想，侑美。還有拿出畫具。」

你不能同時冥想又拿出畫具。不是這樣運作的，至少對她來說不是。

她定在原地，嘗試呼吸練習。那似乎有點幫助。

「只要妳不要突然移動或大聲說話，」繪師說。「它就不會被妳吸引過來。運氣好的話，妳可以在它和受害者分離之前就畫好。妳可以安靜地驅逐它，那名可憐的女士連發生什麼事都不需要知道。」

侑美沒有移動。

「侑美？」繪師說，接著更大聲一點。「侑美。」

夢魘移動了，把有可能是頭的部位轉向他們的方向。它的臉部是往地面滴落黑暗的一片平面。沒有眼睛……

還是那兩個小白點是眼睛？就像螺旋鑽進無限深處的針孔。怪物伸出許多腿中的其中四隻，越過房間朝窗戶伸來。

它看見他們了。

不……它聽見繪師了。

「等一下。」繪師向後退。「等一下，它正朝向我。它（粗魯地）看得見我？」

侑美終於找回了自己的力氣。她狂亂地低頭看，在袋子裡翻找墨水瓶，嘗試以發抖的手指扭開瓶蓋——但那實在太緊了，彷彿被上了螺栓。

「你能聽見我？」繪師更大聲地說，向前一步。

夢魘暫停，收回腿部。接著它以不可能的姿勢只用兩隻腿撐起鼓脹的身體，其他隻全都伸向窗戶——緩緩地、謹慎地伸長——就好像黑夜本身正在延伸過來要吞噬繪師。

「你真的看得見我，」繪師說。「我想如果設計辦得到，那也不意外……」他的話語突然停下，然後發出了一個緊迫的聲音，讓侑美因此望向他。

發現他正在分解。

繪師渾身僵硬，雙眼大睜，部分的他正變成模糊的煙霧狀——他的形體正朝著夢魘融化。他的精質扭轉，聚集成兩股旋轉的煙霧，有如小型的龍捲風。一道藍色。一道洋紅色。日虹。他的靈魂正在變成日虹。而那隻夢魘——向著窗戶伸出所有的腳，中央的鼓起朝著繪師接近，白色的針孔雙眼面對著他——正在食用那股能量。

侑美尖叫。

他告訴她不要這麼做。有些比較弱的夢魘確實會對突然的聲響有反應，但身為繪師的工作不只是要把它們嚇走——而是要處理它們，不讓它們攻擊別人。不過，響亮的聲音還是可以打亂或嚇走夢魘，這通常是用完畫具或因其他原因無法作業的繪師的最後手段。但這並不是她目前的思緒。

她目前的思緒比較像是：「啊啊啊啊啊啊啊！」

有些東西是教室裡教不來的。那些事，你需要的是挖起一大匙實戰經驗，直接丟上盤子，最好還油亮反光。所有人的第一次至少都會想要發出尖叫。

在這個例子中，夢魘退後了，腿蜷曲回去。它接著逃開，從遠處的牆逃離——留下繪師在原地發抖，他的形體彈回原本的模樣。

「那，」他（粗魯地）說。「實在是意想不到。它可以像獵食睡覺的人一樣獵食我。」

「你怎麼還這麼冷靜！」侑美慌亂地說。

「我大概只是麻木了。」他說。「謝謝妳把它嚇走了。」

「繪——繪師？」房間內傳來一個人聲。老婦人已經坐起，看起來很困惑。

「告訴她，妳只是過來確認她的狀況，」繪師建議。「然後不小心被別的東西嚇到了。沒人想要知道自己曾被獵食。這樣……比較好。」

感覺超過負荷，侑美照他的話做了。接著，她滿臉漲紅地抓起袋子。她的身體還是像觸電了一樣，全身充滿身體製造出的各種瘋狂物質。她感覺自己應該多做點什麼事，即便只是更多尖叫。

幸好，繪師很冷靜，就好像事件已經結束了。他沒再看房間裡面。要是那個怪物回來了怎麼辦？

侑美的失敗讓她羞愧地想縮成一團原地消失。她剛才居然還覺得他是個懦夫？

「狀況有可能更糟。」他說。

「什麼？」她震驚地說。

「每個人在最初幾次都會遇上麻煩，」他轉頭面向她，露出微笑。「不必太失落。我在實地操練第一次遇到夢魘後，好幾天都睡不著覺——那時我可是跟在兩名經驗豐富的繪師身後呢。我覺得妳做得不錯。」

「我什麼也沒做。」

「比逃跑好一點。」他皺眉說。「不過，我想那個會是問題……」

她花了一下子才理解到他在說什麼。他已經走到欄杆邊，正在朝下指。有兩個人影已經進到巷子裡，表現出憂慮，準備來確認他們聽見的尖叫聲。

是明音和太陣。

繪師嘗試想出讓侑美不被看見就脫逃的方法——但是太遲了。太陣已經伸手指向他們，明音往上呼喚。侑美很羞怯地走到防火梯的欄杆旁邊。

對，他擔心過被不合適的繪師看見。他原本希望在侑美達成目標、證明穩定夢魘存在後，才被太陣和明音發現。他現在要如何解釋這一切？

明音急忙跑上階梯，拉著太陣。

「侑美？」她質問，接著取走侑美拿著的畫具袋。「妳在……」明音透過窗戶看見那位老婦人，因而停止說話。「抱歉！」她說。「嗯，只是新人的例行訓練！請不必在意我們。」明音抓著侑美的手臂將她拉下階梯，經過困惑不已的太陣。

說眞的，太陣是怎麼找到他穿得下的衣服的？直接把兩件衣服縫在一起嗎？繪師嘆氣，跟上其他人。侑美回望他，雙眼大睜，表情驚慌。他聳聳肩，因爲他完全不知道該說什麼。

更糟的是，他因爲剛才的遭遇而開始頭痛了。誰知道幽靈居然也會頭痛？

「妳（粗魯地）在做什麼？」明音在他們回到街道上時重複剛才的話。「妳沒有接受過訓練！妳沒有來外面的許可！」

侑美低頭看著地面。

「她在試著替他打掩護。」太陣說。「仁哉郎正在『私人休假』中，我敢打賭他又在偷懶，沒有好好工作，就像……之前那樣，明音。」他走過來對上侑美的目光，給她一個鼓勵的微笑。「妳是想要幫忙，幫妳哥哥工作，是吧？因爲妳知道，儘管他太過懦弱不敢出來，還是得有人去做？」

「喔，侑美，」明音一手扶著額頭。「妳嘗試想幫忙實在是太貼心了，但女孩，妳不能就這樣出去替別的繪師值班。仁哉郎又不是在生產線上班。」

「繪師不懦弱，」侑美柔聲說，抬起頭。「而我也不是完全沒有接受訓練。他有教我一些東西。」

繪師壓下呻吟。她大概以爲這樣講會有幫助，但並沒有。他們會認爲他教導她是魯莽的行爲。也許確實是。

明音緊緊抓住侑美的手臂將她拖走，但靠的不是手臂力氣，而是她的個性。「太陣，」她說。「看看伊藤和他的團隊今天能不能幫忙代班。我覺得我們需要介入。」

「當然。」太陣說完慢跑離開。

繪師跟在兩人後面，明音將侑美——她很明顯在發抖——引導向熟悉的拉麵店。而……繪師很驚訝他對於即將到來的事居然能這麼坦然面對。他心裡深處一直在害怕。事實一直像是團火焰般灼燒著他，不論他倒多少水上去都無法澆熄。

侑美即將發現他在學校時發生了什麼事。這……終於要發生了，感覺像是解脫。

他們行走時，侑美說出她看見的事情。這是件好事。代表明音會再回去訪查那位老婦人——也許會和其他班的繪師一起安排人看守——確保當怪物無可避免回歸時，它的存在就會被畫掉。

今晚唯一的輸家就是繪師。而……嗯，他好幾個月前就輸了，甚至是好幾年前。當他們抵達拉麵店時，他發覺自己原本希望能讓明音留下好印象，或是和其他人和好的機會，都已經消失了。他們會覺得他是因爲自身的懶散，所以派出自己毫無訓練的妹妹去工作，還很可能害她受傷。

一切都結束了。他不需要擔心他的前朋友們了。看著這扇門完全關閉直到永遠，也是種自由。

沒錯，這很痛苦。就像失敗的針灸，插遍他全身，刺穿他所有神經，深入他的心臟。

至少一切都結束了。至少他知道這點。

明音讓侑美坐下，點了一碗熱湯給她喝。其他人很快就抵達了。雙臂外露的太陣、一身白的伊茲和一身黑的麻沙加，他們在侑美周圍各自的老位子上坐下，繪師則是在旁邊無人的一張桌子旁坐下，看著侑美蛻下外殼。食物、溫暖，還有友情，很快就平息了她第一次遇見夢魘的緊張。其他人都知道那是什麼感覺。這就是爲何他們願意換班來陪她說話。

他朝從廚房走出的設計瞥了一眼，接著轉頭回去觀察侑美。她的微笑非常少見。確實，有種說法是微笑應該要免費放送——但他比較偏好侑美的作法：只有在眞正值得時才顯露出來。

她的微笑有種獨特的價值。一種以她靈魂無可抵擋的力量支持起的貨幣。

設計漫步到他身邊，用鼻子噴氣。「我應該要表現出嫉妒，」她說。「因為你幾乎都不看我了。也許這些曲線出了錯，可能數學模型不對。凡人也會發生這種事嗎？」

「妳就跟平常一樣完美，設計。」他說。「我只是這幾週過得……很不尋常。」

她在他身旁的椅子上坐下。「我不是真的嫉妒。」她補充。「我是神，至少對某些人來說算是。嫉妒不符合我的地位。但當霍德給我這個外型時，他說我應該要多注意人類之間的互動，看看他們是怎麼在一起的。」

「他為什麼要給妳這種指示？」

「我之前對人類之間如何形成連結有非常不準確的想像，」她說。「既可愛又有趣喔。」

他看著她，她回了個笑容。他心想：她真的就像她所聲稱的，是怪異的非人生物嗎？他原本會對這種想法嗤之以鼻，只不過最近發生了……嗯，這一切。

設計朝侑美點頭。「你為什麼喜歡她？」

「我沒有。我們是被迫一起合作。」

「仁哉郎，你想要再試一次，然後多加點說服力之類的嗎？因為我只不過擁有眼睛幾年而已，都可以直接看穿你了。」

他向前靠，雙臂交疊在桌上，把頭靠在上面。他沒有爭辯。意義何在？

「妳感覺不到嗎？」他低聲說。

「什麼？」

「那股熱力，」他說。「從侑美身上放射而出，就像她的世界的太陽。」

設計仔細觀察他，瞇起了眼睛。「你還好嗎？她沒有著火。你一定產生幻覺了。」

「這是譬喻，設計。」他說。「侑美的溫暖是因爲她很執著。她用盡一切努力成爲她所做之事的佼佼者。疊石頭這麼奇異的活動，只是讓她更加迷人。因爲沒有任何人像她一樣。」

「等等。」設計說。「你前幾天不是才在這裡抱怨說她太執著了嗎？」

「是啊。」他微笑。

「你不能同時又喜歡又討厭這點。」

「妳的朋友說對了，」他說。「妳對凡人確實有些不準確的想像。」

「既可愛又有趣。」

他最後一次沐浴在那股熱力中。「我喜歡侑美能夠理解。她也身處在同樣情況過。她是我遇過唯一也了解全身心投入藝術是什麼感覺的人……」

「這聽起來是個喜歡上別人的爛理由。」設計說。

「這是我們人類的方式。」

「很蠢的方式。」設計說。

「那妳會怎麼做？」

「用方程式，」她說。「找出能搭配合理矩陣的互補歸因集合。」

他搖搖頭，露出微笑。「我眞希望有個方程式，設計。如果眞的有，我就能改正這部分了。」

她歪頭。「……這部分？」

他對著桌子點頭，明音已環抱住侑美的肩。「侑美，親愛的，」明音說。「我們必須談談妳哥哥，還有他做過的事。」

「我們知道妳很尊敬他。」太陣說。「我們不想干涉太多……」

「我很想，」伊茲說。「我完全想要干涉。妳必須知道——妳哥哥是個騙子。」

繪師站起身，感覺很奇怪，因爲他的動作沒有推開椅子——反倒是直接穿過去了。他對設計露出微笑。

最後這幾天眞的很開心。但他因爲結束而感到解脫。知道門已經關上。不只是對他的老朋友們。對侑美也是。

*這是謊言，*他心中誠實的部分想著。*正在撕碎你。*

但一切都是他活該。他離開現場，享受設計爲他伸長的牽索，漫步走入夜裡。

Chapter 27

「我……知道他有時候會說謊。」侑美對眾人說。「我也聽過。我想他主要只是不想傷害別人的感情。他比看上去可靠多了。」

其他人互看彼此一眼。侑美不知該對這種反應做何感想。太陣不敢看她的眼睛，看起來一點也不想要待在這裡。明音持續環抱侑美的雙肩，好像要支撐住她。

最先開始解釋的是伊茲。侑美總是覺得這位黃髮女子很輕佻，但她現在的語氣非常認眞。

「侑美，」她說。「妳知道夢衛隊是什麼嗎？」

「當然，」侑美回答。「他們負責處理穩定夢魘。」

「他們是菁英繪師。」太陣緊握雙手在身前，好似想從空氣中擠出汁來。「頂尖中的頂尖；最才華洋溢的藝術家；我們之中最受尊重的人。每個繪師都夢想能加入他們的行列。」

「他們才是眞正的戰士。」明音說。「我

們其他人就只是……妳在家穿的居家服，他們則是大禮服。懂嗎？」

「完全沒道理。」麻沙加說。

「我懂。」侑美說。「但這有什麼關聯？」

「妳哥哥，」伊茲說。「他想加入夢衛隊。很想要。太想要了。」

侑美歪頭。

「他說謊。」伊茲說。「在學校裡，他騙我們說他入選了。入隊測試是在兩年期學制的第一年末舉行。他告訴我們，他被選上了——而且不知怎麼也說服了學校的教授們，即便他們應該要知道誰有上，誰又沒有。仁哉郎每天都只上半天課，接著就離開去接受所謂夢衛隊的『訓練』。」

「我們會成為他的組員。」太陣柔聲說。「每一名夢衛隊隊員都會有一個團隊，稱作『夥伴』。仁哉郎承諾我們會成為他的夥伴。那……會改變很多事。不只是金錢而已。但……我的意思是，我都告訴家人了。」

「我們全都一樣。」明音輕捏侑美的肩膀。

「我現在非常困惑。」侑美坦白。

「在我們受訓滿一年時，」伊茲說。「仁哉郎去申請進入夢衛隊，並且告訴我們他通過了。他接下來一整年都在假裝和他們一起受訓、給予我們承諾、讓我們心存希望，然後……在那個年末……」

「我們發現，」麻沙加悄聲說。「他這整段時間都在騙我們。他並沒有去上特別課程。他是去了圖書館，然後就……坐在那裡。甚至不是看書或學習。就只是坐著。盯著牆壁。」

「整整一年。」太陣絞著手。

「那個（粗魯地）傢伙。」伊茲握緊拳頭狠揍椅子。「坐在圖書館裡。他根本就不配畢業。不幸的是，他們需要繪師，而他的能力足夠。」

「他至少是個有能力的騙子，」太陣說。「居然能維持騙局這麼久，眞該送他去讀法學院的。」

侑美感覺胃部翻攪在一起。她……她覺得自己有聽懂，但這一點道理都沒有。「他爲什麼就只是坐著？也許他通過了，但是後來被夢衛隊刷掉了？」

「不是！」伊茲說。「他根本就沒通過測試。他騙了我們整整一年。」

「傷透我們的心。」太陣柔聲說。「我們終於學聰明，發覺他從來沒有向我們介紹過其他夢衛隊學員，然後才在圖書館裡找到他。我們甚至跟當局確認過了。他、根本、沒錄取。」

侑美抬頭輪流迎上每個人的目光，除了太陣以外——他盯著桌面，看起來既憤怒又難爲情。

「我本來會出名的。」伊茲說。

「甚至不是這種原因。」明音說。「只是……侑美，這種感覺很難解釋。過了這麼久，才發現……」

「我了解這種感覺，」侑美說。「發覺妳愛的人長久以來根本欺騙了妳。我很抱歉他害你們遭受到這樣的痛苦。」

「仁哉郎不可靠，侑美。」明音柔聲說。

「他畢業後的這一年來確實安分做工作，但……嗯，妳必須得知道。他所說的關於穩定夢魘的故事？那只是讓他自己看起來很重要的手段而已。」

「但如果不是的話，該怎麼辦？」侑美問。

如果是的話，又怎麼辦？

她……完全沒有證據支持他眞的看過那隻怪物。

「那絕對是個謊言。」伊茲說。麻沙加在她身邊肯定地點頭。「如果他眞的見到了穩定夢魘，它現在早該展開攻擊了。它們成形後就不會繼續潛伏躲藏，而是會大開殺戒。」

「這就是證據。」太陣說。「他說他是……什麼時候？兩週前看到它的嗎？」

「二十七天前。」侑美低聲說。

「對吧。」太陣點點頭說。「超過兩週了。它現在早該攻擊了。」

「他晚上都會出門，對吧？」伊茲說。「他跟妳說他正在追捕它，對吧？因爲他太忙於追蹤這隻超危險夢魘，因此鼓勵妳替他代班？這個嘛，我向妳保證。他大概就坐在附近某間咖啡廳裡，盯著牆壁。就坐在那裡讓妳繼續作夢。」

桌邊陷入沉默。侑美幾乎能眞的摸到他們被背叛的感覺。他們的洩氣、憤怒。甚至是憎恨？誰又能怪他們呢？

她想要替他說話。但她找不到該說的話。全都虛無飄渺，都像是她只聽過一次的祈禱文。

「我不理解的是，」她終於說。「爲什麼你們一開始都認爲他有成功入選夢衛隊。你們說他們只接受最頂尖的藝術家，對吧？」

「頂尖中的頂尖。」麻沙加低語。

「所以，你們爲何都認爲他們會想要仁哉郎？」侑美說。「我的意思是，他是有能力，不過……夢衛隊想要的人選肯定不該只會畫竹子，或是只靠幾筆畫出人臉吧？」

所有人都皺起眉頭，明音退開一步，皺眉看著侑美。

「嗯哼，」伊茲說。「我還以為他的家人會知道呢。我猜，又是他的一個謊言。」

「什麼？」侑美問。

「侑美，」明音回答。「仁哉郎是我遇過最有才華的藝術家了。他厲害極了。」

「我們其他人，」太陣說。「都是一時興起才申請繪師學院的。我們可能有點才華，上過一、兩堂課，然後就被選上了。而仁哉郎呢？他整個人生都投注在進入這所學校——勝任這項職業。他給我們看過他小時候畫的畫。他一能握住畫筆就開始繪畫了。」

「我相信他。」明音說。「在看過他的作品後……我當時相信他，現在也一樣。他說他投入了一切，人生中的每一天都在學習，只為了加入夢衛隊，所以我們才會相信他。我們遇見他那時，他被錄取感覺是理所當然的事。」

「夢衛隊一定在他身上看見了我們沒發現的特點。」太陣說。「他們會拒絕他，感覺依然很奇怪。但誰知道。也許他根本沒去測試？這也不會是他說過最大的謊言。」

「對啊，」伊茲說。「或是他們聞得到騙子的味道。夢衛隊是要保護別人的夢——不是粉碎它們。仁哉郎終究會溜之大吉，害人被夢魘吃掉，只因為他找到一面好盯的牆。」

侑美聽進一切，感到超出負荷。一疊堆得太高的石塔，隨著微風變幻，搖搖欲墜。「抱歉。」她說。「我……需要一點時間。」

她逃走了，他們沒有攔她。數分鐘後，她衝進繪師的房間，奔向軟墊尾部的箱子。她丟開畫具，拿出最底下的作品集。她承諾過不會打開它。但對他這種人來說，承諾又算什麼呢？

她扯開包裝。

在裡面發現了奇觀。

由驚人技巧畫出的美麗畫作。她倒抽一口氣，用手掩住嘴。一打又一打的美妙作品，風格多樣，各有千秋。栩栩如生的街道。雙眼閃耀的人像，在紙上露出微笑。讓她感到渺小的建築。然後是精細無比的鮮花圖片，令她覺得自己像個巨人。

他不知如何能讓墨水產生上千種灰階，產生顏色的感覺。生命的印象。動作的樣貌。一片片凍結的時間被投射在紙上，就連最遠方背景內的人影，都以傾斜的姿勢與周邊的光影傳達出個人的情感。

在這裡，埋藏在木箱底部的，是大師之作。

「我知道那麼做不會有好結果。」繪師的聲音從後方傳來。

侑美跳起來，轉身看見他就站在門口。她被抓個正著，因此滿臉通紅，但他沒有因為她侵犯隱私而說任何話。他只是斜倚在敞開的門邊，兩眼望向遠方。

「我本來今晚要在城裡散步，」他說。「但我想到妳會來這。所以我想最好還是一次處理好，對吧？」

「我……」她該說什麼？她連要怎麼請別人把鹽罐遞過來都不知道。她沒辦法處理這種事。

「我知道那麼做會害到其他人。」他重複。「在學校內，這整件事遲早會在我面前爆發。我知道。我也認知到其他人發現時所感到的憤怒。我的謊言會如何毀滅一切。我早就知道了。持續了好幾個月。我一直在想：這樣有比較好嗎？我理解自己的作為真的有比較好嗎？還是如果我是不小心做出這種事，反而比較好？」

「為什麼？」侑美終於低語。「為什麼你不直接告訴他們，你沒有被夢衛隊錄取？」

「為什麼，為什麼，為什麼……」他頹靠在門框上。「我每天都在問自己，為什麼我不說出來呢？」他移開目光，看向窗外，眼神空洞。「當我們初次見面，他們見到我的藝術時，那是第一次有人對我的成果感到興奮。我父母不想要一名繪師。這是項低階工作。他們討厭我只想要筆墨。」

他聳肩。「我最先遇見的是明音，妳也知道她是什麼樣子。很快我就被領進群體，有了一整群朋友。他們對我的作品讚譽有加。他們真的在乎。我們整個第一年都在做計畫，討論進入夢衛隊後我們會做什麼——我是核心士兵，他們則是我的夥伴。一切都取決於我能不能被錄取。」

他看向她，雙眼閃著淚光。「然後……我沒通過。不夠好。風格不良。透視掌握不佳。即便如此，我還是看不出自己的缺陷。我沒辦法理解為什麼。我的藝術能力差到連自己為何被拒絕都看不出來。這擊垮了我，侑美。那毀了我。

「我去找其他人。我知道我必須告訴他們。我知道。蠢死了，蠢死了，蠢死了！如果我能就這樣說出來！一切都會不一樣。但我才剛被撕成碎片，當我看見他們眼中的希望，我沒辦法就此碾碎。我沒辦法對他們做出剛剛才發生在我身上的事。我……我就是沒辦法。」

「所以你就對他們說謊？把事情弄得更糟？」

「我知道！」他雙手朝空中一揮，起身走進房內。「我本想隔天再告訴他們的。測驗當天是明音的生日。所以我想，為何要用壞消息毀了派對呢？所以我讓他們以為我通過了。我沒說我通過了，但也沒說別的話。

「在那之後是期末考，而我不想干擾大家。然後……就這樣一直持續下去。我相信……我當時一定是哪裡出了問題。最初幾週我就像活在霧裡面，我的希望被劃破喉嚨陳屍在一旁，我的情緒是團黑如暗幕的烏雲。

「我還記得自己眞切地想著能就這樣一直維持下去。這些想法帶著絕望，帶著我不想面對的恐懼。還是無法面對？我沒辦法正常思考，侑美。我做的事不正常。但我必須一直維持下去。看著它膨脹。一顆腫瘤。不是在我的肺裡或是喉嚨，而是長在我的靈魂上。」

他走到她身邊，在作品集旁跪下。他井然有序、小心翼翼地一張一張拿起畫的靈魂，將它們收好。

「那這些呢？」她說。「你不再這樣作畫了嗎？爲什麼？你不必加入夢衛隊，也一樣能創作藝術啊。」

「妳知道嗎？」他柔聲說。「大家都說就算沒人觀看，眞正的藝術家仍然會創作。他們的動力是眞實的。我以爲那就是我。很好笑，對吧？我進到學校裡，找到了觀眾，才發覺爲了某人創作實在是美妙太多、太多了。

「那讓我展現出眞正藝術家的一面。明音和其他人就是我的觀眾，我喜歡拿新作品給他們看。我喜歡那股雀躍、那種滿足，還有那些……讚美，大概吧。但我卻……全部失去了。」他低下頭停頓，看著一張圖畫的靈魂在他手中蒸發。「我第一次有了朋友。就算時間很短暫。」

他接著指向繪畫，哀求著。因此，她遲疑地將它們收好。

「再也沒有意義了。」他說。「全都毫無意義。不論我如何假裝，如何跟自己說自身有多重要。」他對她微笑。「我先前也對妳故技重施。我又一頭栽進謊言裡。即便妳終究會發現，仍舊放任妳相信我是某種英雄。至少妳只浪費了幾週而已！」

她抬頭看他，見到他臉頰上的淚水，為此心碎。虛幻、鬼魅般的淚水。她伸出手，在即將觸碰到他前停下，以一隻手指輕碰淚滴——沾溼了指尖。

他轉開頭。「就是這樣。」他擦乾眼睛。「這就是妳的神靈找來跟妳綁在一起的人。我真不知道祂們在想什麼。我們是不是該……我不知道。」他嘆氣，朝門口走去。「我不會再煩妳了。至少我能做對這件事。」

「繪師。」她說。「仁哉郎。」

他在門邊停步，垮下肩膀。他……預期會被訓斥，她察覺到。那種激烈到連石頭都會燒起來的責罵。他活該，不是嗎？她被警告過要留意謊言，而這是如山一樣巨大的謊話。這是她所聽過最大的謊言——除了那個教她不要說謊的女人所說的謊以外。

一切都是一團亂。情緒在她體內渦漩，像是石塊中的石英脈被切成了一半。一邊是對他的埋怨。一邊是替他感到痛苦。

她也體會了與其他人的友誼。在這當下，她察覺自己也會失去他們。當這一切結束後。她就再也見不到明音或太陣了。

「仁哉郎，看著我。」她站起身。

他轉身，她走到他的正前方，靠得很近。近到危險的程度。

「我們出去走走吧。」她柔聲說。

「……出去走走？」

「出去走走。」她對著窗戶揮手。「我們一起做些什麼吧。就我們兩個。不牽涉到夢魘、或神靈、或機器、或背叛。我們……走吧。就這個晚上。」

「妳知道我是什麼樣的人了，侑美。」他說。「我做過什麼事。我們需要面對這項事實。處理它。」

「需要嗎？」她的聲音變得小聲。「我們一定要嗎？」

「放著問題不管，正是讓我落入這種下場的原因。」

「我們有不管什麼嗎？」她說。「我聽見你所說的了。我聽見他們所說的了。我知道了。」

「但——」

「也許我今晚不想要負責任！也許我不想要當那個必須解決問題的人。拜託？」

她迎上他的目光。「我知道了。我們面對過了。就這樣。好了。我們出去吧。」

他看著她，接著羞愧地移開目光。

「我們要出去。」她堅持，繞過他來到走廊上，再朝他伸手。「來嘛。今晚我們不是繪師或好祈日兆。今晚我們就是普通人。我已經想要造訪家鄉的大城市好幾年了，但總是被拒絕。你也會拒絕我嗎，仁哉郎？你會這樣傷我的心嗎？」

終於，神奇地，他向前一步。「我絕不會。」他柔聲說。「我記得……今天有爲了慶祝星際旅行而舉辦的嘉年華。」

「太好了，我們就去那裡。」

「妳連嘉年華是什麼都不知道。」

「你會跟我一起嗎？」

他猶豫了一下，然後點頭。

「那麼。」她說。「我就不在乎。」

嘉年華有種普世性，你幾乎在所有地方都能找到它。不論是在最高科技是能拴住六匹馬的扣環的星球，還是在天上有飄浮發光線條做為光源的星球。因為嘉年華不需要電力、授予，或是其他能量來源。人們就是嘉年華的能量。

興奮會向外滲溢。像河一樣流動。不管詢問哪個商販，他們都會同意嘉年華有種狂歡的奔流。沒錯，那完全是人造的。但點亮燈泡的電力也是人造的。人造不代表那就不真實——只代表是刻意為之。

嘉年華汲取、攝食、利用著興奮的能量。有些人會稱嘉年華為詐騙或是圈套，但實情並不是這樣。我們就是去那裡被占便宜的。這是魅力的一部分。當你身在此處——周遭充滿令人暈眩的亮光、談天、興奮感、黏呼呼的地板、熙來攘往的人群——你會覺得這裡的能量肯定多到用不完。

人類的雀躍是種環保能源，可以靠著便宜

的絨毛布偶和油炸食物來補充。

繪師很驚訝這裡居然這麼熱鬧。但他們提前結束了巡邏，夜晚確實還很長。嘉年華中擠滿了人，全都深知在短暫的等候過後，千眞萬確的消息就會被傳回。他們在寰宇中不是孤單的。這對一個社會來說非常重要，大概僅次於發現其他人已經來此地造訪好一陣子了，卻從來沒有向他們解釋這件事。這類事情很不幸地常會導致很多文件工作。有時候還會造成恐慌。

確實，繪師的星球算不上大都會，對寰宇的政經局勢來說也不算太重要。然而我還是推薦你去造訪看看。相信這個在那裡當了好幾年雕像的人吧。很少有人像永夜星球上的人這麼會辦派對的。

（順帶一提，他們的語言中當然不是使用『嘉年華』這個詞。就像其他一切，這只是我用來形容他們世界的用詞。或許你會對他們眞正使用的詞感興趣。那個詞在你的語言中大概可以翻成『萬光之所』。而他們對工作人員的稱呼？『守光人』。）

繪師在侑美身旁行走，盡量嘗試不要被人群中的人穿身而過，因為那樣讓他覺得不太自在。侑美將所有景象盡收眼底，雙眼反射出遊樂設施的旋轉日虹光芒，還有各攤位有韻律地閃爍的燈泡光輝——亮光就像是條跑道，盡力指引遊客降落在他們特定的陷阱內。她會覺得這團俗艷混亂令人目眩反胃嗎？

「好漂亮。」她低聲呢喃。「彷彿有人把太陽打碎成幾百萬片，然後拋彩紙般灑到半空中。這些一直都在這裡嗎？」

「嗯，通常只有節慶或其他日子才會有。」他說。

「我們之前也可以來嗎？你怎麼不會想要每次舉辦的時候都來呢？」

他聳聳肩，享受著她的讚嘆。

「那些是什麼？」她指向眾多攤位。

「遊戲。」

她的頭歪向一邊。

「遊戲？」他說。「可以玩的那種？」

「像是樂器嗎？」

他愣在原地，盯著她。「妳的（粗魯地）生活實在是太扯了，侑美。妳從來沒玩過遊戲？」

她搖搖頭，所以他揮手要她靠近其中一個有人在排隊的攤位。這樣商販就能專注在顧客身上，不必理會路過的圍觀者。侑美著迷地看著客人丟出大球，嘗試擊倒方盒。

「所以……」她聽完他的解釋後問。「這是種……挑戰？就像試著疊出比以前都高的石塔？」

「沒錯！」他指著攤位。「沒錯，正是這樣。遊戲就是好玩的挑戰。」

「這些人有覺得好玩嗎？」她再問。此時隊伍最前端的男人大叫出聲，因為他只差一個箱子就能全部擊倒了。

「嗯……如果妳贏了就很好玩……」繪師說。

在隔壁的攤位，有人拿著一隻大絨毛動物離開。侑美更加驚愕地盯著看。

「所以……」她說。「你擊倒箱子，就能得到一隻那種野獸。」

「沒錯。」

「它們極其珍貴嗎?」

「嗯……並沒有。實際上,它們挺便宜的。如果到店裡去買,一雙好鞋的價格大概就能買到十幾隻。」

「我現在好困惑。」

「重點不是獎品,」他示意她跟著他走,因爲商販正在斜眼看她。「而是獲勝本身。獎品只是證明。一種紀念品?讓妳記住這一天?它的價值在於能夠激起美妙的回憶。除此之外,有時候大家只是單純想要東西。」

「我想……或許有道理。」她在他身旁漫步,一手抓著肩上畫具袋的背帶。他叫她帶著袋子,因爲有時人們發現你是繪師後,對你的態度會比較尊重。或許能把商販趕去其他地方找肥羊。

「我喜歡我的衣服,」她說。「那是我初次擁有的物品。我喜歡擁有它。那件連衣裙讓我想起明音,還有一起購物的那天。」

「對吧?」他說。

不過不知爲何,她變得有些低落。她想起了明音對他的某些評論嗎?他突然感到一般絕望,想讓她改想其他任何事都好。但在他開口前,她就露出微笑,張開雙手轉過身來。

「仁哉郎,你今晚的工作,」她宣布。「就是護送好祈日兆參與她第一次的——也可能是最後一次的——嘉年華之旅!你一定要做到値回票價!」

「我還以爲妳說,」他閃開一對一起吃棉花糖的情侶。「今晚我們不是繪師和好祈日兆。」

「那你就只負責護送的部分！第一次來嘉年華的女孩子！展現給我看吧，來自另一個世界的男人。用你們先進的外星科技與亮光驚艷我原始的腦袋吧！」

「這個嘛，妳走運了。」他向前踏了一步，指向自己。「妳找對人了。我可是從小就頻繁參加嘉年華的人，很樂於向妳介紹這項體驗中所有獨特的面向。」

「棒極了。」她大步向前進。繪師在她面前倒退著走——時不時穿過路人。如果別人覺得自言自語的獨行繪師很奇怪……嗯，大家本來就覺得繪師很奇怪了。所以有誰在乎？

「我們從哪裡開始？」她問。

「從食物。」他跳向她的右方，指向賣炸麵包球的攤位。「這將會是妳吃過最厲害、最美味、最神奇的食物——」

「哇！」

「——但只有第一口。」

她皺眉看著他。

「嘉年華食物，」他說。「有種奇怪的特質。隨著每一口，它們就會變得更加人造、更加油膩、更加死甜。一直到吃完，妳就會（粗魯地）後悔自己幹嘛要全部吃掉。實在是太了不起了。」

「你太誇大了。」

「我有嗎？」

五分鐘後——她的手指因爲沾滿糖粉而發黏，手中抓著炸麵包球的空袋子——侑美以反胃的表情看著他。「太糟糕了。」她說。

「是這樣嗎？」他咧嘴笑。

「我還要再吃一份。」

他帶她去買裹著起司粉的爆米香，那可以多撐久一點，噁心的感覺才會冒出來。當她開心地嚼著米香時，他帶著她前往慶典中央。

「還算有意思，」她說。「但除了奇怪的食物以外，你還得做更多才行，繪師。」

「這個嘛，我們還有遊樂設施。」

她看著他，然後臉紅起來。「我也不知道那是什麼。對不起。」

「就是……」嗯哼。該怎麼解釋呢。「妳有沒有坐過巴士——或是車輦，我猜——結果它突然失控了？」

「有過一次。很可怕。」

「就像那樣，只是很好玩。」

「我有點懷疑你不知道那個詞是什麼意思。」

他咧嘴笑。「還記得我們搭著樹飛行嗎？」

她的雙眼睜大。「你們這裡也有會飛的樹？」

「不算是，」他說。「但是有類似的東西。也許沒那麼神奇，但也比較安全——讓妳能享受刺激，卻不必擔心危險。妳還是能假裝那很危險，因此會感到害怕。不過是以好玩的方式！」

「美妙又噁心的食物，」她說。「既恐怖又不恐怖的體驗。你們所有的現代特色都是像這樣自相矛盾嗎？」

「矛盾，」他說。「就是現代生活的核心。」他對她微笑。他也愛她回以微笑的樣子。

他伸手示意，領著她經過數名街頭藝人——舉著不可能重量的大力士。一座「活雕像」。（依我所見，只是拙劣的模仿。）一名噴火人。侑美看上去眞心熱愛他們每個人。

「你們有這些專家，」她低聲說，看著一名藝人吞下四呎長的枴杖。「專精於最奇怪的事情。」她向男人投以多過頭的小費，並朝他正式鞠躬。

接下來是遊戲。她的技巧糟透了。但他著迷地看著她把每個遊戲都試過一次，然後決定留在其中一攤——目標是擊倒箱子的遊戲——並且付了十輪的錢。

「我們這樣下去很快就會把錢花光。」他靠著櫃檯說。她專注地丟球，但完全沒打中。

「妳應該選射氣球遊戲的。」

「那個遊戲是隨機的，」她說。「只有靠運氣才贏得了。」她瞇起眼睛，丟出另一顆球。球從箱子上彈開了。

「這是件壞事嗎？」他問。

「我必須進行需要技巧，而非運氣的挑戰。」

「好吧，那去玩擲硬幣如何？」他說。她再次出手，球依舊彈開。「只有像太陣那麼壯的人才贏得了這個遊戲。」

「並不是這樣。」她接下來丟出的球運氣不錯，擊倒了所有箱子。

「哈！」商販彎下腰。「妳可以拿走小獎……但再多成功四次，妳就能得到大獎！」

「是的，」侑美說。「我讀了規則。」

她接著連續擊倒了四座箱子塔。商販的下巴完全合不起來。

「喔，太（粗魯地）厲害了。」繪師重拍自己的額頭。「這是平衡技巧，對不對。」

「沒錯。」她說。「最底下其中一個箱子有加重，擺法讓整座結構看起來比實際上不穩固。打掉那個就是關鍵。」她指向最大隻的絨毛動物——是一隻在吃麵的龍。（十分有幻想感。我認識的龍都比較喜歡肉排。）

「一點建議，」侑美在商販把龍遞給她時說——那條龍幾乎跟她一樣高了。「不要每次都把加重的箱子放在同個地方，那會造成容易被利用的模式。」

商販抓抓頭，對她微笑。「妳還有兩球。」

「留給下個來玩的孩子吧。」她舉步離開，頭抬得高高的，繪師跟在後方。「你說得對。」她對他說。「這項戰利品感覺……令人滿足。而且好軟。他們怎麼把它做得這麼柔軟的？」

「根據傳統，」他帶她走往人比較少的區域。「妳現在一定要替它取名字。」

「嗯……」

「而且要是個蠢名字。」他補充。

「爲什麼要很蠢？」

他指向那隻巨大的粉紅龍。

「好吧，」她說完臉紅了。「我……不太會取蠢名字，繪師。」

「沒問題。這也是我的精湛技能之一。讓我們想想……蠢名字……」他咧嘴笑。「就叫作——聞風喪膽的拉麵臉利允。」

侑美倒抽一口氣。「繪師！太無禮了。」

「完美。」他說。「大功告成。」接著他轉身，特別挑了一項設施，嘉年華裡面最高的——巨大的承丹線。你們這裡沒有類似的設施，但有些世界有種巨型輪狀設施，能夠載人緩緩繞行，俯瞰整個嘉年華。

在煌一市，它們的最終設計與其類似，但不是輪狀的。座位反而是沿著一根高高的鋼鐵柱筆直往上升，接著在頂端視野最好的位置停留一會，然後才轉到另一邊緩緩下降。一系列兩人座的莢倉在其上不間斷地緩緩繞行著。

繪師指向設施。「我或許發現本地最接近飛行樹的東西了。」

她把龍移向側邊，因為拿著很難看見前方。她見到設施後睜大雙眼。然後，令人驚奇地，她居然把龍送給了一旁一直盯著它看的小女孩。

「保重，拉麵臉利允。」侑美朝雙手高舉玩偶蹦跳離開的小女孩揮手道別，見到繪師好奇的目光，侑美只是聳聳肩。「我覺得自己擁有物品的資歷尚淺，還無法駕馭粉紅龍。」

他微笑，領著她走向設施。等待的隊伍很長，但他們靠近時，設施操作員看見了她——更精確地說，是看見了繪師的畫具袋。

「繪師，」他揮手請她向前。「感謝妳為民服務。」

隊伍中的所有人都禮貌性地鼓掌，操作員將她趕上下一個車廂，讓她獨自使用雙人座——很好，這樣繪師就有足夠空間能坐在她身旁。她把袋子放在腳邊，車廂移動到定位，沿著柱子緩緩上升，其他車廂補上，繼續上下客人。

「這種事很常發生嗎？」她問他。「因為我是繪師，大家就會給我特殊待遇？」

「時不時會吧。」

「我以爲你說根本沒人在乎。」

「大家都在乎人身安全，」他說。「大家都在乎有人在外面負責我做的工作。與此同時，我們也讓眾人感到不自在。我們提醒了他們夜裡有怪物潛伏，以大家的惡夢爲食。」車廂緩緩往停留點移動。「我們不像妤祈日兆，妳們只有少少幾個人，但要訓練夢魘繪師卻很容易，基本上所有上過學的人都能當。你不需要成爲大師，就能畫圖困住夢魘。」

「可是你，」她柔聲說。「是大師。」

「我曾以爲我是。」他停頓，再看向她。「如果我是大師，對妳來說重要嗎？」

她思考了一會。其他人大概會立刻回應，保證他現在已經夠好了。他喜歡她沒這麼做，即便他發覺自己正屏息以待。而且並不只是因爲他不需要呼吸而已。

「重要，」她說。「但只是因爲你現在不再繪畫了。你沒有入選夢衛隊並不重要。」

「但那確實重要，」他說。「如果我入選了，整個人生都會不一樣。」

「那會改變你是誰嗎？」

「我猜不會吧。」他說。「也許我的失敗表明了我的眞正本質。會對朋友說謊的男人。也許我年輕時沒朋友是件好事。我就沒辦法背叛別人了。」

他看向她，發現她的眼眶中盈著淚水。「我做得好差。」她低聲說。

「什麼？」

「我應當要讓你分心的。但我們又回到原地，討論起同樣的話題。」

「不，侑美，」他（恭敬地）說。「沒關係的。」

「但並非如此。我們每件事都做錯了，繪師。我不該專注在贏下獎品的——我應該要隨意丟、享受陪伴就好。我剛才在底下看見了別人的表現。我……我不知道要怎麼當個人，仁哉郎。你甚至要跟我解釋什麼才叫好玩。」

「我喜歡解釋東西。」他說，她因此又看向他。「侑美，我是繪師。妳還記得我為什麼喜歡繪畫嗎？」

「與人分享。」她低聲說。「看見朋友們因為你的創作而眼睛一亮……」

繪師朝外指了指。兩人持續升高，下方嘉年華的紛擾已經變成了圖樣。道路四處流動，旋轉的遊樂設施成了奇幻的幾何圖形。曾經刺眼的強光，也變成了美妙織錦上的閃耀裝飾。

她睜大雙眼。

「沒有像飛行那麼令人屏息。」他說。

「是沒有。」她低聲說。「但我好喜歡。我喜歡不感到害怕。我喜歡在原地逗留。」她盯著看了一陣子，緊接著看到一對情侶的車廂經過他們，從另一邊往下降。那兩人緊靠在一起，共披著一件外套。

「我們的作法不對，繪師，」她說。「我們——」

「侑美，」他打斷她，心中感受到一股不熟悉的情緒。

滿足感。已經有多久了？好幾年了？就算還有其他事情，就算陷入了這種奇怪的狀況……今晚坐在車廂裡，光芒在他們腳下舞動……很完美。

她看著他，頭歪向一邊。

「妳快樂嗎？」他柔聲說。「現在這個當下。不計憂慮。忘卻煩惱。妳快樂嗎？」

「是的。」她低語。

「妳上次這麼快樂已經是多久以前了？」

「我覺得我記不得了。」她說。「我有一些……模糊的記憶。歡笑。家庭。一個地板永遠不會太熱的地方，有人會抱著我的地方。可能全都是我想像出來的……你呢？」

「我的生日。」他說。「高等學校的第一年。大概是夢衛隊測驗前一個月。之後的一個月糟透了，壓力極大，我每分每秒都在準備測驗。但是派對當天——有我的朋友和我的畫，讓我有歸屬感的地方……楯沙加做了頂帽子給我。」

「是黑色的嗎？」

「比較像是頭盔，」他露出微笑。「上面還有尖刺。她說那是生日帽。」

他們在原地停下，設施在此處暫停，讓在最頂端的那對客人能夠多停留一下。即便高處比較涼，繪師還是感到溫暖。他覺得自己彷彿被毯子裹著。有著全市最棒的景色，但他看的並不是城市本身。

「也許，」侑美露出微笑。「我們做事的方法不對也沒關係。只要我們是同一種不對就好。」

她把手放在身前的橫桿上——就在他的手旁——設施將兩人帶到頂點。他非常想要能夠觸碰她，但只敢把手移動到距離她幾吋遠之處——直到他可以感覺到微微一點接觸時造成的溫暖電流。

電流竄過他，像靜脈被注射進了熔岩。如果他有仔細看，就可以看到兩小道光線——類似於電流火花——將兩人的皮膚連結在一起。洋紅與青藍。

兩人一起享受彼此的安靜陪伴，感受這一刻。有人說你吃的所有東西，甚至是你吸進的空氣，都會成爲你的一部分。構成物質的原質在被攝取後，也構成了你。然而，我覺得那些靈魂攝取進入轉變爲記憶的時刻，比我們吃的食物來得重要多了。

我們就像需要空氣一般需要這種時刻，因爲它們會迴蕩。強而有力。沒錯，人類並不只是把經驗像石頭一般疊起來而已。最美好的記憶就是我們用來伸向天空的基石。

終於，感覺上像在轉瞬間度過了整段人生，兩人的車廂回到了底部。侑美滑出來，揹起過大的畫具袋。兩人不發一語地緩步離開嘉年華。在他們造訪天上後，地面的紛擾感覺有點扭曲。就像太過近距離觀察畫作，因此無法辨識出內容。

兩人約略朝著繪師的公寓行進。街道變得安靜——嘉年華縮進兩人的回憶——他們來到了城市中認清現在有多晚的區域。就連房子看起來都很想睡，拉上的窗簾有如愛睏的眼皮。只有永遠都在的日虹線浮在上方照亮道路，將碎石與混凝土染上顏色。

兩人都不想破壞這個時刻。一直到侑美停下腳步，在畫具袋內翻找。她抽出了一本小素描簿，蹲下身子，又拿出一支小畫筆與一罐墨水。

「侑美？」他彎下腰問。

她舉起一隻手指要他安靜，然後轉開墨水罐——這次轉對方向了——接著沾溼畫筆。她開始畫起他們剛才的體驗。第一人稱視角，望向底下的市景。在近處，是兩人的手握著車廂的橫桿。但這一次，兩人的手疊在一起了。

這幅畫畫得不太好。

考慮到作畫人的經驗，不太令人意外。但對一個二十三天前才第一次拿起畫筆的人來說，已經很了不起了——就像一名八歲孩童的畫可能會比另一名同齡兒童來得好。

不論如何，以下是重點：藝術不需要好才有價值。我曾聽人說過藝術是唯一毫無用處的創作——沒有任何實質的用途。藝術有價值，完全是因爲觀看者的認知。

問題是，本質上來說，所有東西都毫無用處。任何東西都沒有價值，除非我們賦予它價值。任何物品的價值完全取決於我們決定它價值多少。

對這兩人來說，侑美的畫是無價之寶。

「我先前察覺了一件事，」她說。「就在我們討論擁有物品的時候。我察覺到……我沒有擁有任何東西，也永遠不會有……」

「妳的衣服——」

「會留在這裡，仁哉郎。」她柔聲說。「在這一切結束之後。」

對。他沒有考慮過這點。一旦……發生在他們身上的事情完結了……一旦神靈決定斷絕聯繫……

嗯，總有一天侑美會在她的身體內醒來。他則會在他的身體內。分處於不同的星球上。

她站起身拿著畫，讓它風乾。她的眼睛好大，就像等待著畫筆的墨池。她再次微笑，不一樣的微笑。不再喜悅。而是憂傷。

「這，」她告訴他。「是給你的。讓你在我離開後還能記得我。你是怎麼稱呼這種東西的？」

「紀念品。」他悄聲說。「用來銘記這一天。」

「能引起美好情感，因此有價值。」她低聲說，把乾掉的畫作摺好，收進外套的內側口袋。「如果我們明天醒來，一切都結束了，你還會有這個，好讓你不會忘了我。」

「我絕對不會。侑美，也許我們可以……」

怎麼樣？越過星球間的太空嗎？就算政府同意讓幾個年輕人做這種事——基本上是不可能——她依舊是一名妤祈日兆。她整個世界僅有十四人中的其中一人。

她沒辦法得到在他的短暫幻想中，她應得的生活。

「我想要你知道，」她告訴他。「我不認為你是個騙子。」

「但我確實說謊了，」他說。「這是事實。」

「而你為什麼那麼做？」

「因為……我軟弱到無法說實話？」

「因為，」她強調地說。「你不想傷害你愛的人。」

「我對妳說謊了。」

「同樣地，」她說。「是因為你如此迫切地想成為我需要的人。你想要幫助我，繪師。沒錯，你也許想假裝自己是更偉大的人。這不是騙子的行為，而是夢想家的。」她用力點頭。

「我被教導過，騙子是靠占別人便宜以自私得利的人。你不是這樣。從來都不是。」

她傾身靠近他，近到幾乎要碰在一起了。「我並不怪你，仁哉郎。也許你也該停止責怪自己了。你知道嗎？我在你的世界學到了一件事，比其他的都更重要。」

「就……是？」

「答案，」她說。「並不單純。從來都不是。」

他回以微笑，隨後閉上眼睛，深呼吸。這些話語居然造成了這麼大的改變，實在很奇怪。居然有人不會評斷他。她知道他做過的所有事，其中所有的惡行，但……卻不在乎？不責怪？

也許他應該要堅強到能夠自行得出類似的結論。也許他應該做到很多他沒做到的事。但現在，聽見另一個人說出來——重要的另一個人……

這感覺就像是一幅他能分享的畫作。他睜開雙眼……

發現侑美跌跌撞撞地後退，雙眼大睜，表情凍結在恐懼之中。

他轉身，看見他們身後巷子裡潛伏的東西：一隻有著鋸齒般黑暗的夢魘，足足有十一呎高。爪子在牆面上留下深深的刻痕，雙眼如蒼白的深井，嘴裡長滿真正的牙齒。

是那隻夢魘。它已經完全穩定了。

毫無疑問地，它是來找他們的。

Chapter 29

這是侑美第二次見到夢魘。

另一隻和這隻相比根本是小狗遇上狼。穩定夢魘靠兩隻強壯的犬科後腿站立著，不知怎麼比她上次見到的更加真實。它的黑暗凝聚、硬化，皮膚長著刺，而那對雙眼——是憤怒的虛空。它俯瞰他們，跨步時腳上的尖釘在人行道上鑿出深痕。

「快跑。」繪師說。「侑美，快跑！」

他的喊聲切開了她的恐懼，讓她恢復到足以轉身逃跑，手上緊抱她的畫具袋——不是因為那有什麼用處，只是因為她需要抓著東西。

夢魘追了上來。沒有聲響，除了類似金屬敲擊石頭的聲音。繪師跑在她前方，看起來和她一樣慌亂——她以為他要丟下她，但並非如此。他在替她帶路。他揮手，衝進前方一條巷子內。她跟上他，差點因為往左急轉彎而跌倒。

體型大得多的夢魘野獸反應就沒這麼快了。它衝過頭，接著必須要折返才能追上他們。侑美——做了不該做的事——在奔跑中回頭望了一眼，看見它的黑暗吞沒了巷子口。它伸出兩隻巨掌，抵住兩邊的牆面，刨開石牆，還抓碎了一面窗戶。它再度四腳著地，開始衝刺。

「鈴鐺！」繪師在他們從巷子末端衝出時大喊。「拉響鈴鐺！」

他們越過街道，來到一處空曠區域，平滑的石地板上有些區域鋪滿了木屑，上面有著奇怪的金屬及木製構造。她第一次看見這些東西時，以爲是某種藝術作品——但在知道這其實是運動場及遊樂區後，就一笑置之了。

繪師領著她穿過一些遊樂器材，或許覺得那能拖緩野獸——但夢魘直接扯開了金屬，把攀架扔向一邊。希望它發出的噪音可以引來別人。侑美在混亂聲響中加上了自己遲來的尖叫聲，並且差一點就拉響鈴鐺了——但怪獸丟過來的一塊金屬打中了她，害她跌倒在地。她的袋子從手中滑落。

然後一聲哐啷，墨水染黑了袋子，從開口處流出。

看到這個景象，野獸猶豫了一下。

「快起來。」繪師逗留在侑美身旁，急切地揮著手。

她站起身，轉頭看向袋子。

「不。」他說。「別管了。」

相信他的直覺，她跟著他奔跑穿過遊樂場。

「往這邊跑。」他指向另一條巷子。「那隻夢魘看得見我。我會把它引向南邊。妳就繞這個街區一圈，然後偷偷回去拿鈴鐺。馬上拉響。不要嘗試對付那隻怪物。知道嗎？」

她點點頭，害怕到無法信任自己的嗓音。如果她張開嘴巴，肯定會再尖叫。

遊樂場上，怪物遠遠繞開了墨水，現在再次追著他們而來了。繪師睜大眼，深呼吸——即便他只是個幽靈——接著往回跑。他沒有朝怪物揮手吸引它的注意，他只是奔跑而已。怪物轉頭看他，侑美沒有留下來看追逐結果。她照著繪師的話做，沿著自己的巷子狂跑，接著躲到建築的後方，重重喘氣。

她站在那裡，渾身發抖，脊椎緊貼磚牆，渾身大汗又緊繃不已——每條肌肉都像是要從天上拉回樹木的繩子。她知道自己必須繼續移動。她必須偷溜回去拿鈴鐺。

她應該行動。繪師正在拚上性命地逃跑。*快動啊！*

但她的身體拒絕這麼做。

沒有經歷過類似事情的人，很難理解身體對這種創傷會做出什麼反應。看見如此可怕的怪物朝你而來——*知道它不只是想要傷害你*，還很有可能想要吃掉你——任何理性經驗都不值一提。你最終會來到思緒無法企及的更深底層，沉入刻寫在本質上的本能反應之中。

只靠意志力是無法克服本能的。你還需要訓練與經驗。所以侑美在原地顫抖、喘氣、暈眩——而且必須與自己抗爭，避免自己逃之夭夭。你不能怪她凍結在原地，反而該稱讚她。她的身體唯一能接受的另一個選項只有瘋狂、失控的逃亡。

一隻手抓住侑美的手臂。

她立刻彈起來，發現身邊有一個巨大的黑影，她完全沒注意到它靠近——不是因為它很安靜，只是因為她除了自己的恐懼之外，什麼都無法注意到。

她歇斯底里地對它揮拳——它咕噥一聲。接著……接著說了她的名字？她的雙眼聚焦，現在才眞正看見它其實是……太陣？

沒錯，是繪師太陣，袖子捲起，搖著她的手臂叫著她的名字。一次。又一次。她終於聽進去了，從她的瘋狂狀態恢復了一點點。

「我就跟妳說聽起來像是她。」太陣朝她身後說。冷靜。太冷靜了。他還不知道。

明音走上前，雙臂交疊，肩上揹著畫具袋。「侑美，」她說。「妳答應過不會再出來了。我們告訴過妳這有多危險了。」

嚴格來說，侑美沒有答應自己不會再出來。只是他們在對她說教時，將她不斷的鞠躬視爲同意而已。

她現在並不處於能爭論的狀態。「怎麼會？」她的聲音沙啞。「你們怎麼找到我的？」

「我們跟著妳。」太陣說。「打從妳先前離開公寓之後。我們……嗯，我認爲妳會依然故我。」

「我本來相信妳會做對的決定。」明音補充。

「我們剛才跟丟了妳一會。」太陣說。「妳是特地要甩掉我們，才去嘉年華的嗎？」

「太陣……」明音在微弱的光芒下瞇眼看。「太陣，看看她。她嚇壞了。侑美，妳又看見另一隻了嗎？」

侑美只能點頭。

太陣嘆氣。「這就是爲什麼我們叫妳不要再出來了。這是繪師的職責。」

繪師。

鈴鐺。

即便只遇過那隻夢魘一次，侑美也知道光明音和太陣是無法擊敗它的。他們需要這區的所有繪師——甚至是好幾百個，如果她找得到他們。

還有繪師。她的繪師，身處在危險之中。

「拿好墨水！」她掙脫太陣的抓握，手忙腳亂地沿著巷子跑回去。她沒見到他想笑的神情，或是明音翻了個白眼。他們當然沒察覺到危險。但他們已經做過這件事好幾百次了。對他們來說，一隻夢魘根本沒什麼好怕的。

佑美來到巷子口，看向天翻地覆的遊樂場——被日虹光幽幽照亮。靜止又空洞。附近建築內亮起了幾盞燈，很快又熄滅了。（這是繪師事務。謝謝你們的服務。）

佑美突然憂心忡忡，橫跨遊樂場來到運動場，她的袋子就掉落在這。她在其中搜尋，發現它用爪子抓爛了內容物，損壞的鈴鐺浸在墨汁裡。當她還在努力理解這點時，一團黑暗從一座倒塌的遊樂器材後浮現。它抬升到十一呎高，從後方接近她。

繪師成功甩掉了它。但這隻怪物很聰明。狡猾到危險無比。除此之外，還有另一個更深層的問題。佑美與繪師無法預見的問題。這隻怪物可以感覺到佑美的存在。

它知道她的位置。時時刻刻。

這就是它沒有大開殺戒的原因。佑美還不知道，但這就是這隻怪物這幾週在做的事。它被她吸引過來。不斷監視她。等待攻擊的機會。

她在聽見前就先感覺到了怪物。她轉身——害怕到無法尖叫——倒抽一口氣，怪物帶爪的手掌插進了她的胸口。爪子直直穿過了她，不過在接觸到她之前變得模糊。

任何人都會被就此殺死，但佑美有著怪物想要的東西。力量、授予、靈魂。它在別處只能淺嚐，在她身上卻能暢飲。所以它沒有物理性地刺穿她，而是讓利爪在接觸到她之前就變得虛幻——使它能抽出她的精質。

侑美感到一陣冰寒從核心深處擴散，就好像她的心臟被凍結了——如同設計送上的飲料中的冰塊——並且將寒霜送進全身。她無力吸氣，癱倒在地，吐出寒冷的白霧。

她感覺到自己正在死去。去到沒有溫暖，也永遠不會再溫暖的地方，而……

而……

而她不會毫無反抗地離開。

她的情緒——讓她整晚陷入恐慌的原始神經——已經被逼退到了死亡的牆角。從她的井底深處，一道憤怒的泉水噴發，她拒絕就這樣被帶走。

她將發抖的手——像是個比她老一百歲的女人般顫抖——伸向一側。她撿起一塊野獸經過時弄碎的水泥塊。

她將它疊在旁邊的另一塊水泥塊上。

野獸猶豫了。力量流出的速度減緩。侑美不知如何找到了另一塊，不過她正在消散，她爆發出的力量快速用盡。被吃掉一部分的靈魂可不是件輕鬆的事——相信我。

她以麻木的手指擺上石頭。

怪物看起來並不害怕，但它卻彎下腰，不再繼續吸食。它以骨白的深穴雙眼盯著石頭。它體內似乎有什麼開始……記得了。

一秒後，一聲尖叫使它轉頭。太陣終於漫步走出小巷，然後——被完全穩定的夢魘給嚇到——向後跌在了地上。明音在他身後尖叫出聲。沒錯，他們見過夢魘，但從來沒看過這樣的。它帶著某種特質，一種令人衰弱的原始恐懼。

夢魘從侑美身上抽手，讓她癱軟在地，微微顫抖。她的視野周遭開始變黑，她的身體逐漸僵硬，就像被扔進了暴風雪中一整天。

她只能看著那隻怪物接近太陣與明音。這兩個它可以殺掉。這兩個連咬一口都不值。它會撕裂、毀掉他們。它舉起爪子準備攻擊太陣，他害怕地躺在地上。

接著繪師出現了。

她的繪師。他跨過仰躺在地的太陣。他繞回了後方的巷子內尋找侑美。此刻他直直站在太陣與怪物之間，將手用力伸向一側，一支巨大的畫筆從他的精質中爆發而出，如同由銀光所構成。他不會記得自己創造出畫筆，在這之後也無法告訴你他是如何做到的。

明音在急著逃跑時丟下了袋子，砸碎了墨水罐。她在巷子裡絆倒了，現在——才想起太陣——慌亂地想爬向他。兩人都看不見繪師。

但侑美可以。她所在角度的視線剛好越過以兩腿站立的怪物，可以看見繪師緊抓畫筆，正面對峙怪物。可以看見他的身子像之前一樣開始變得扭曲模糊，像是被強風吹掉外層的雕像一般緩緩崩解。

繪師。發抖。崩壞。覆沒。

繪師把畫筆插入明音袋子內流出的墨水，開始作畫。

水泥地面上的一條長線。兩端的凸節。一截竹子。夢魘的形狀扭曲了一下，接著——雙眼變得更大、更深、更白——它向前撲向繪師，逼著他後退一步。

繪師現在距離怪物只有幾吋，他的臉色發白。手指崩解。雙眼圓睜。但太陣在他腳下發出啜泣，繪師因此堅強起來。他把畫筆用力向下壓，然後——表情帶著徹底的決心——往身前一揮，就在怪物的腳下。開始繪畫。

不，不只是繪畫。

是創造。

他在自己與太陣周圍畫出弧線，以幽幻的墨水染黑地面。他迎上怪物的凝視，落筆時甚至沒有往下看。

夢魘向後退。而繪師向前進。一步又一步，每次下筆都把它逼退一些，一邊行走，一邊創造出在他身後燃燒消散的藝術巨作。因爲墨水不是眞的，侑美心想。那畫筆也該消失才對，不是嗎？

但並非如此。在這個瞬間，侑美了解了。那支畫筆就是繪師的延伸。那屬於他。就和他的心臟一樣自然。她躺在原地——看著他靠技巧、藝術以及純粹的意志之力逼退那隻怪物——侑美察覺一件事。她最初的想法是正確的。

神靈確實派了一名英雄給她。

夢魘開始縮小，以恐怖的方式扭曲，巨大的爪子縮短，骨骼像泡泡破裂般被侷限。它的臉被迫變細，以符合繪師畫在地面上的圖像。它不再是怪物了，而是隻友善的動物，有著四隻腳掌與搖動的尾巴。怪物認出爲它創作的圖像，因此嚎叫一聲——完全穩定到能夠發出叫聲——接著轉身跑開，在離開繪師的控制後變回原本可怕的模樣。

被擊敗、被羞辱——但沒有被摧毀——它消失在夜裡。

繪師跪下，超出負荷，畫筆終於在手中燃燒殆盡。在他身後，明音來到太陣身旁，幫助他坐起身。兩人望向夢魘消失的方向又驚又疑，不確定是什麼趕走了它。

繪師以虛弱的微笑望向侑美。然後他終於注意到了她沒在動。

「侑美！」他的聲音很遙遠，她就像……在深深的水底……

她想要回應，但她的牙齒只在打顫。她的身體發抖痙攣，視線逐漸模糊——邊緣的黑暗不斷擴張。

「侑美！」繪師焦急的臉出現在她上方。「出了什麼事？」

「好……冷……」她低語，呼吸起了霧。

他跪在她前方，慌亂不已，舉高雙手。

黑暗靠近。

繪師張開雙手抱緊她。

他的精質與她混合。他的自我與她的合爲一體。驚愕、沉醉、感官全都混合在一起。

熱力在侑美體內引爆，奄奄一息的火苗突然接收到空氣。熱力湧過她。他的熱力。他們的熱力。她像溺水的女人般重重倒抽一口氣，渾身緊繃不已。

繪師退開，臉上滿是汗水。她在癱回地上之前撐住自己，持續深呼吸，不再感覺凍僵。他們一起坐在原地顫抖，直到明音與太陣抵達，幫助她起身。

也許他們現在會相信了。

一小時後，他們再次回到拉麵店裡，繪師自己坐在一旁的桌邊，看著其餘人緊張地擠成一團。他們不斷詢問侑美她是否還好，就像在擔心回答會不斷變化。

她看起來確實還好。至少她沒有繼續因爲失溫而危及性命了。其他人想帶她去醫院，但她堅持想要吃點溫暖的食物、坐在溫暖的地方。

所以他們來到了這裡，她喝著今晚的第二碗熱湯——溫度滾燙，還加了辣。他根本不知道她是怎麼喝進去的，但話說回來，她星球上的人和熱度之間有著奇異的關係。

繪師感到很疲累。那隻怪物從他身上抽取了一些東西，擁抱侑美也一樣。幸好，這種感覺不是永久的。是種空乏的疲憊，就好像沒睡飽。他先前在靈體狀態時從沒感受過睏意。

他正試著弄清楚爲什麼除了繪師常客之外，麵店在這個時間還有這麼多人。但在他找出答案前，太陣就抵達店裡，匆忙趕向其他人。大家都在這裡——麻沙加和伊茲從巡邏途中被叫來了。

「領班相信我了。」他告訴眾人。「尤其是我帶他去看了遊樂場的慘狀。他已經召喚夢衛隊過來了。他們有個隊伍位在地戶市，再過幾個小時就能抵達這邊。」

「太棒了。」明音（恭敬地）說。「他們會處理它的，侑美。他們會找到它。」

「抱歉。」太陣坐在明音身旁。「先前沒有相信妳。」

侑美迎上繪師的目光。任務達成。那隻穩定夢魘很快就會被處理掉。如果神靈是為此而將他們配對在一起，那他們的工作就完成了。

「我們現在開始巡邏要三人一組，」太陣說。「直到那隻怪物被抓到。我們也不能告訴任何人。」

「我討厭這點，」麻沙加咕噥。「城市裡的人有權知道。」

「妳想要告訴大家，」伊茲輕戳她的手臂。「只是因為妳喜歡恐怖的東西。」

「我討厭恐怖的東西。」麻沙加說。

「妳可是覺得夢魘很可愛耶。」

「它們可以很可愛。」她說。「它們可以是任何模樣。」

明音看向侑美。「妳還好嗎，侑美？」

「還好。」侑美柔聲說。「肚子裡有點熱食，感覺比較好了。」

「妳真的很勇敢。」明音說。「外出嘗試證明妳哥哥不是騙子。但也是蠢到有剩。妳現在知道了，對不對？」

侑美點頭。

「他逃走了，對吧？」伊茲問。「就在他幾週前見到那隻怪物之後？他逃去別的城市了。這就是爲什麼我們最近都沒看見他，爲什麼他會在『休假』。」

「不對。」侑美的雙眼燃燒，她的反對強力到讓疲倦的繪師也露出微笑。「我今天早先才見過他。你們全都看錯他了。錯得離譜。」

他很感激她爲他說話，但也沒漏掉其他人交換的眼神。她絕對無法說服他們的。這點沒有像以前那麼難受了。畢竟，他也還不確定他自己有沒有被她說服。

過去幾週與他的老朋友們共度的時光——沒錯，他是隱形的，但時間依舊是時間——提醒了他與他們待在一起有多開心。他理解苦澀毒害了自己的心智，就像畫上的黴斑，遮擋住了眞實的細節。他對侑美形容他們時講得很難聽。很傷人。

事實上，他們都是很棒的人。他很感激明音將所有人聚在一起，就像拼貼畫的膠水。小心翼翼，不落下任何人。太陣對健身如此熱衷，卻又感到害羞，讓他覺得很討喜。繪師甚至喜歡自己從來都沒搞懂麻沙加是眞的熱愛毛骨悚然的玩意，還是她只是完全沒自覺而已。

他也喜歡伊茲和她的……伊茲風格。他們也許不再是他的朋友了。但他可以祕密地當他們的朋友。如果拋下那股苦澀的話。

設計搖曳地走近，雙手插腰。「我一定會找出來。」她對眾人說。「你們在對我隱瞞什麼。」

「抱歉，設計，」明音甜美地說。「繪師事務。規定就是如此。」

「規定不適用於我。」設計說。「因爲我不是人。也不是眞的活著。」她搖搖頭。「好吧，抱歉有點擠。不過這倒是在意料之中。」

「意料之中？」太陣問。

「因為轉播？」設計的頭歪向一邊。「著陸？太空船？你忘記你們這些人準備要進行第一類接觸了嗎？至少以官方來說是啦。顯然，長著美臀的拉麵店老闆並不算數。」

著陸。

就是今晚？

繪師轉頭，以全新的視角觀看人群。人們的談天帶著興奮感，等待設計打開餐廳的日虹視機——她離開他們桌邊後就馬上去打開了。繪師抬頭盯著玻璃後方的光線條——視機掛在牆上高處，所有人都能觀看。日虹開始搖動，接著變成坐在指揮椅上的探險家領隊的形狀——這是一路從接近星的太空船上傳回來的。

「我們已完成繞行，」探險家領隊說。「所見與望遠鏡的觀測相符。就算靠這麼近，我們還是沒偵測到無線電信號，但我們的調查顯示有聚落。不過陸塊的比例很少。看起來這裡的居民多數時間都在海上航行生活，因為我們見到了許多船隻。」

船隻？

侑美走到繪師身旁，兩人張大雙眼觀看。

「現在準備將日虹線延伸至地表，」探險家說。「這就是他們能旅行這麼遠的原因——一對可動式的日虹線，一路延伸回他們的星球，讓太空船能如列車一般行進，持續供應能源及推進力。但他們是怎麼強化日虹線使之能延伸這麼遠，那就超出繪師的理解範圍了。

「妳有看過，」他對侑美耳語。「妳星球上的海洋嗎？」

「的什麼？」她說。「我不知道那個詞的意思。」

「水。」他說。「巨大的水體，類似冷泉，但非常寬廣。我們這邊有幾片——我們有幾座城市在海邊。」他聽說其中一片海洋大到日虹船要花一整天才能橫越呢。

「像那樣的水會被煮乾的。」她說。「我們沒那麼多高地，所以偶爾才會有幾座冷泉。除非……也許在灼熱岩石的外圍？在高處的寒冷廢土上？」

他的憂慮不斷堆積，緊盯著駕駛艙內的探險家操作太空船。他聽著他們的觀察評論，聽見太空船沿著日虹線一路下降的晃動聲，直到終於觸地。

門打開了。一名探險家拿起攝影機，將鏡頭轉向展示船外的景象。外頭，好奇的生物正在接近觀察船體。他們又瘦又高，有著四隻手臂，探險家形容他們有著粉筆般的白膚色。他們絕對不是人類。

雖然你可能早就猜到了，但繪師非常震驚。侑美並不是來自於星。

從來都不是。

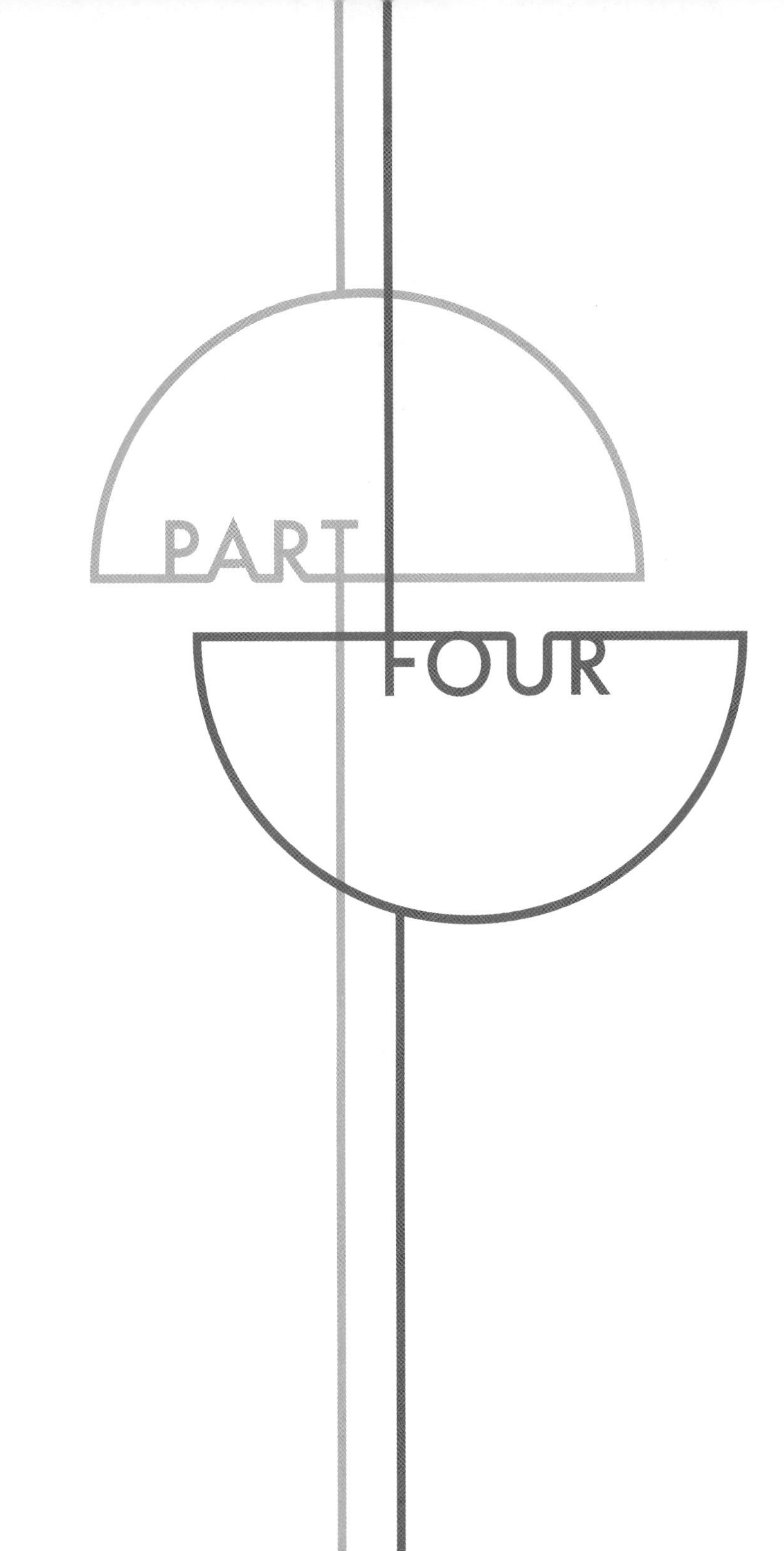
PART
FOUR

Chapter 31

「或許是時光旅行。」侑美半走半飄浮地在冷泉中來回。眞奇怪，她逐漸覺得冷冽的泉水很清爽，而非驚愕。

「時光旅行？」繪師懷疑地說。他坐在冷泉內，雙臂張開靠在石頭上，背倚著池邊，腳趾冒出水面。

「你們的科技比較進步。」她扳著手指數數。「我們才剛開始建造機器，你們的機器卻已經可以飛去別的星球了；我們的語言很相似。即便神靈沒有給予我們能彼此溝通的奇異贈禮，我也能看出你們的文字很眼熟；我們都是人類。也許我們來自同一顆星球，只是時間不一樣。」

「侑美，」水珠在他的胸膛上閃耀。「這裡不是我的星球。地面太燙，天空太高，而且沒有暗幕。你們的植物會飄浮。我不知道我的世界有沒有會飄浮的植物。」

「有可能是很遙遠的過去。」她說。「時間能改變很多事，繪師。我們至少該考慮這個可能性。」

他皺起眉頭，但點頭同意。她往另一個方向走去，清涼的泉水隨著每步過於輕盈的步伐，在她的大腿與腰際間浮動。她的理論嚇壞自己了。如果她說對了，那她與繪師之間的距離就從遙不可及變成了絕不可能。另一個世界已經夠嚇人了。另一段時間……

他迎上她的目光，似乎也在思考同一件事。也許還有其他可能性，她努力把自己的想法引向那邊。奇怪，她居然開始珍惜起在冷泉內的時間——不斷更新的泉水，加上熟悉的太陽以及隨之帶來的溫暖。和繪師獨處的安靜時光。這段時間理當不太重要，畢竟他們之間的聯繫這麼深，但其他任何時間感覺都充滿了他們該去做的事。

或者……她對自己承認……也許其他時間的焦急感都來自於她。是因爲她覺得沒有徹底利用而感到內疚，但繪師應該比較想好好放鬆。

不論如何，對她來說洗澡時間代表平靜。溼髮貼在背上，髮梢在身後的水面漂動。她的腿還泡在水中，讓已經曬乾的上身皮膚感到微微發刺——因爲對比之下有點熱。最超現實的部分則是——直到她停下來細想，才猛然察覺這點——這一切感覺有多自然。

過去這幾天，她幾乎沒多想自己是赤身露體這一點。繪師似乎也一樣，不再盯著看，也不再難爲情。他只是舒適地漂在水面上，若有所思地盯著天空以及在上空旋轉的花朵。這段時間曾經是她人生中壓力最大的時刻，但現在卻變得……很平常。

「也許我們還是來自於不同星球，」繪師說。「只是距離更遠。設計是從別的地方來的。妳可能也是。」

「也許吧。」她行走時手指拂過水面。「可是設計說她覺得不太可能。如果仔細想想，我們確實是很隨意就決定彼此是來自於不同星球。」

「這件奇怪的事發生時，我正看著星。」

「可能只是巧合。如果你剛好看著一碗拉麵，難道那就代表我是來自拉麵人的世界嗎？」

「簡直能完美地解釋妳，」他抬起一根手指。「又直又硬，直到泡進水裡爲止。」

她乾乾地盯著他。

「拜託，侑美，」他說。「妳昨天在淋浴間待了多久啊？」

她把雙手背在背後轉身，輕輕踮腳行走，半浮在水中。「關於新若女士，你說得沒錯。」她說。「她眞的會因爲熱水被用光而生氣。你覺得我爲什麼在這邊喜歡冷泉，在你那邊卻喜歡非常燙的熱水？」

「多樣性吧，我猜。」繪師緊接著又以戲劇性的低音說。「熱天就是加了冰塊的冷麵，冷天則是麵條配熱湯。拉麵公主必須成爲兩個世界的共同主宰。」

她朝他潑了一大堆水，他閃躲的樣子很令人滿足——雖然那些只是靈體的水，所以直接穿過了他。她露出微笑，繼續踱步。

「我在嘗試，」她說。「解決我們的問題。請努力專心一點。」

「但我們已經解決了。夢魘已經被處理了。」

「如果那隻夢魘不是神靈來找我的理由呢？還是有可能是那臺機器。」

那些學士確實很可疑。她很希望是自己搞錯了——她想要這一切完結，在夢衛隊履行職責後就馬上結束——但她害怕自己是對的。她不能放鬆，在她確知前都不能。

「我想是吧。」他向後靠，腳趾頭再次突出水面。「我猜不論我們是來自不同時間或不同星球，都要解決問題。一切都沒變，只不過……」

她慢下腳步，對上他的目光，再次見到他眼中無法說出的悲淒神情。兩人都不敢眞的說出來。他們並不想要這樣結束。只要兩人能在一起，他們寧願活在這種不確定中，繼續漫無方向，這到底有多瘋狂？

爲什麼她想不出話？爲什麼她說不出口？是因爲她害怕如果說出自己的感覺，就會搞砸這一切嗎？害得兩人之間萌芽的存在如地熱上的花瓣一樣飛離？

還是她害怕更糟的事？比夢魘還令她更爲恐懼的可能？擔憂他也許沒有同樣的感受。要是她看進他雙眼時所做的假設是錯的？要是他想要這一切趕快完結，才能要回自己的生活，才不必繼續被迫面對咄咄逼人，卻又不知正確做人方法的好祈日兆？

她掙扎著想說些什麼。但她能想到的只有某天獨自醒來，不知道他身在何處。

一定沒有好結局的，是吧？她哀傷決絕地心想。絕對沒辦法有好下場的。對於一名好祈日兆來說，一定沒有好下場。

她的人生，就像利允所承諾的，有的不是喜悅。她的人生不是她自己的。

她的人生就是服務。

兩人最終爬出池子開始著衣。「你覺得還要過多久，」她問他。「我這邊的人才會發明胸罩？我很難再回到這個時間，然後用布條纏住胸部下面，假裝這樣就夠好了。」

「我不知道。」他說。「得先有彈性布料才能做胸罩，對吧？」

「我哪知道？」也許她可以自己發明。把它畫下來，告訴所有人神靈向她展示了這種衣物的樣子——考慮到她最近被迫扭曲事實的程度，這個說法其實挺接近事實的。

他們穿好衣服，接著跟隨侍女們來到神龕。他們在那裡發現了一小列人——是根據繪師早晨的要求而來的。到了現在，利允已經放棄試著強迫他以正確的流程做事了。

鎮民們困惑地移動身子，繪師此時叫第一人上前。接著，在看向侑美尋求支持，並得到點頭回應後，他開始作畫。他維持著簡單的畫風，就像他前幾天在神龕所畫的，但他這次有模特兒可以參考——因此就連這些簡單的畫作都變得更有技巧、更加逼眞、更加測試他的才能。即便還算不上她希望他有朝一日能回歸創作的有力、動態作品。

她很滿意他完全投入在作畫上。對他來說，這的確是種冥想。她可以替他們兩人唸祈禱文，所以她就這麼做了，跪在地上低聲頌唸。就像替畫筆與畫布間的輕柔摩擦聲作伴奏。最爲私人的音樂形式。

不論發生了任何事，這本身都是種成就。他手中的畫筆創作出了竹子以外的事物。

她唸完基本禱文，開始冥想。清空思緒。但當她撫平一切後，剩下的卻是種畏懼感。她平時的所有技巧——替呼吸記數、不斷重複一個詞、在內心哼出聲——都無法驅逐這種感覺。她每次沉向虛無的深水中，就會遇見那股末日感。無法穿透。就好像這才是自然狀態。如同顏料被洗淨後，剩下的畫布本體顏色與質地。

有什麼事非常不對勁。解決夢魘的問題還遠遠不夠。而且他們的時間不夠了。她不確定是怎麼知道的，但當她不斷在腦中與畏懼奮鬥後，她知道肯定是如此。

「繪師。」她睜開雙眼。

「嗯？」他回應。一個鎮上的婦女朝他鞠躬後退下，一臉有趣地拿著他爲她畫的畫像。

「暗幕之外有什麼？」侑美問。

「我不認爲外面還有東西，」他在下一個鎮民上前時說。「暗幕覆蓋了所有東西。」

「你確定嗎？」

「我……我想沒有。而且設計也不是那麼確定。我們在學校學過地理，但只有談到長旦國而已。除了我們國家以外，外面還有一些比較小的國家。大概有一打左右，而他們總是在互相爭吵。我沒有學到太多他們的事。在那之外……嗯，課堂上從來沒講過。」

「如果暗幕其實有終點呢？」她興奮地朝他挪近身子。「如果設計錯了，這裡就是外面呢？你們那邊也有竹子，繪師。還有米。米是從哪裡來的？」

「有四片葉子的植物，」他說。「我在田裡看過。」

「我們這兒也一樣。」

「但我們的不會飛。」

「所以我們的植物也很相似，」她說。「你們的可能只是……神靈所創造出來，能在沒有地熱的地方生長的品種。」

「我想的確有可能。」他說。「也許我們可以去找一些我那邊的世界地圖？看上面有沒有可以容得下你們的漏洞或空白區域？都遼國有多大？」

她不知道。不過她能夠不斷巡迴全國——造訪路徑上的每一座村莊——讓他評斷說這邊比他的國家要小。然而，這還是很牽強。兩個社會比肩共存好幾世紀，卻從來沒發現彼此的存在？不過……也許兩者之間隔著他提過的那種海洋？或是其他自然地形？

這項可能性安慰了她。她閉上眼睛，專注在畫筆觸紙的聲音，還有他偶爾沾墨的輕點聲——她往下沉，終於突破了畏懼感，進入完全的靜止狀態。一片虛無。時間、自我、自然全部合而爲一。

接著，就好像是從外界刻意插進來的，一個念頭擊中了她。

她睜開眼睛，擺脫冥想狀態，才發現鎮民的隊伍已經消失，繪師正在清理畫具。一整個小時就這樣過去了，這在她冥想時並不罕見。

那個想法、那個念頭，非常不得了。

「我知道該怎麼做了。」她低聲說，看向繪師。「我想到我們可以嘗試的事情了！」

「好喔……」他皺起眉頭。

「我們沒時間等你的疊石技巧達到標準了。對不起，繪師，但我是認眞的。你的進步速度很驚人，但我們必須前進得更快。」

「我不懂。」

「我展示給你看。」她伸向他的手——然後才想起自己碰不到他，所以只揮了揮手。她跳下祭壇，穿上她的靈體木屐，不耐地等候他綁好自己的木屐。兩人很快走出果園，經過彩英與煥智，她們跳起來趕緊跟上。侑美只感到一點點內疚的刺痛感，因爲她沒有按照正常程序待在神龕，等她們去接她。

他們穿過已經很熟悉的城鎮。這是她在兒童時期的訓練後，第一次在同個地方待這麼長時間，久到足以記得每個地點。也許有人會因此假設這裡感覺像是家。但侑美細想後，發覺「家」這個字產生的畫面是放著軟墊的擁擠小房間，被外頭的日虹線給照亮。那裡很奇異，但也是侑美第一次知道自己到底喜歡什麼。視機上的連續劇。她自己的衣服。雞高湯拉麵少鹽，加一顆蛋和一些胡椒。

在這裡她是好祈日兆。在那裡她是侑美。

因為她是她，因此對這項理解感到羞恥。這正是她擔心會發生的事。她已經習慣了他世界的美好。她並不後悔——也不能後悔——讓自己享樂。但這一切結束後，她的享樂將會令她付出代價。她不只會失去繪師，還會失去她的家、她的朋友，甚至是她新發現的自我。

妳不能放任自己快樂，一部分的她警告自己。因為快樂實在太過於危險。

也許，這就是為何她這麼急著結束這一切。在分離變得太過痛苦之前。

他們繞過蒸氣井，空氣因近期的噴發而雲霧繚繞。侑美因為一個農夫而分心，他正在擺弄自己的飛行器——形狀像是兩旁長出翅膀的巨大昆蟲，在他面前嗡嗚懸浮了一下子，然後就向下掉落。農夫在飛行器落地前接住了它。最後，他終於成功讓它動起來，往上空的作物飛去。

繪師沒有停留，但她遲疑了一下，感到在意。「繪師，」她說。「請你詢問彩英與煥智，那個人的飛行器是不是出了問題？」

兩名女人似乎對這個問題很困窘。「沒什麼，靈選者。」彩英說。

「彩英，」侑美透過繪師說。「妳認識我很多年了。妳可以告訴我。沒關係的。」

兩人互看一眼，接著彩英傾身靠近。「那個是學士的造物。」她嘶聲說。「它們的效果比較差，靈選者。」

煥智點頭。「像我們這種身分的人，對城鎮的尊貴客人說三道四實在是僭越。但他們的造物有問題。這是事實，靈選者。」

她們說話的方式——帶著躍躍欲試的感覺。不只是因為主題而已。她們似乎因為被允許與她說話而感到興奮。而且……為何不呢？她們已經是同伴許多年了，卻完全沒有閒聊過。她從沒想過這對她們來說也很難受，必須要侍奉一名無法深入認識的女人。

他們繼續前進，來到儀式之地，那臺機器就設置在正外面，吱吱嘎嘎地疊著石頭。它要作業一整天才能吸引來一個神靈；但正如學士所承諾的，它能不眠不休地工作。它也許贏不了好祈日兆，但好幾百臺加在一起，絕對能遠遠超過女子們所能創造的成果。

不過，侑美還是雙手抱胸——弄皺了她的都服——死死瞪著機器。繪師在她身旁停下，輕聲說：「不是只因為它是機器，所以就不好，侑美。」

「相反來說，」她瞇起眼睛。「不是只因為它是機器，所以就很好。討厭這臺機器不代表我反對進步，或是反對你們世界的美好物品。我只是單純覺得這個狀況下的這臺機器不對。」

他靠著環繞儀式之地的圍欄。「妳說得對。」他說。「抱歉我一概而論了。」他走進儀式之地，侑美緊跟在後。「所以，我現在可以聽妳的大計畫了嗎？」

「挑一顆石頭準備開始疊。」她伸出手指。

他聳聳肩，戴上膝墊與手套，在一堆大小各異的石塊邊蹲下。他挑了一塊很棒的基石，將之安放於地面的一個淺凹槽上——從外表幾乎是看不出來，但可以增加穩定性。

他確實學習有成。事實上，過去三十天裡，他學會了很大部分身為好祈日兆所需的技能。很不幸地，那得花很多年才能臻於完美。就像那顆石頭，他現在擁有的只是堅實的基礎而已。

他在侑美的催促下撿起第二顆石頭，但她在他準備擺上去前阻止了他。她接著從他手上取來了石頭的靈魂，秤重它、測試它、瞭解它。她把石頭放至定位，然後看著他，露出微笑。

「照著放。」她說。

他愣住，隨即也露出微笑，把真正的石頭放到靈體的位置——移動它、翻轉它——直到完美重合。這再次顯示了他所受的訓練多麼有價值。他的所知還不足以成為大師，但已受過基本訓練的他，現在有辦法模仿大師。

侑美興奮地放上第三顆，然後是第四顆——他也完全複製了。兩人一起越疊越高。向上。向上。向外。形成石頭雕塑，完美平衡，遠遠超過繪師自力能及的程度。在擺好第三十顆石頭後，繪師面帶笑容看向她。

「你不會因為接受幫助，」她說。「而覺得羞愧？」

「在藝術學院裡，第一件要學的，」他說。「就是如何模仿藝術大師的風格。只有在跟上他們之後，你才有辦法發展自己的風格。我只是很慶幸現在能跟得上。」他看著她的雙眼。「這會成功的，侑美。我們一起。」

兩人繼續投入工作，雕塑在周圍不斷立起——侑美負責引導，但她讓他挑選石頭。讓他放置每疊的第一顆。他開始自力放置石頭，接著觀察她、調整為她的版本，位置大致相同——但擺放得更好。

如果我也能像這樣被教導就好了，她心想，感覺能看見他的技巧隨著時間上升。一同工作，偶爾手指互觸。

這是她的冥想。這是她所想念的東西。她發覺過去幾週以來，她失去了這個——與石頭、與神靈，甚至與自己內心之間的聯繫。她也許是被選擇成為妤祈日兆的，但這就是她的藝術。或者兩人一起，就是他們的。

學士們注意到了，鎮民們也一樣。在途中，她聽見有人倒抽一口氣，轉頭瞥見利允就站在圍欄外面，一手捂著嘴，眼中帶著淚光。利允近來看起來更加憔悴，筋疲力竭。看到她今天這麼開心令人振奮。這看起來八成像是個奇蹟，突然間，神靈決定歸還她的妤祈日兆能力。也許這就是奇蹟。

學士們開始爭論。他們的機器開始疊得更快。他們全都慌亂地四處移動，除了領頭學士之外——他拿著侑美上次見到的方盒裝置。能讓他偵測神靈的裝置。

他正直直盯著她。

他知道了，她心想。不知怎麼的，他知道了。

繪師在她身旁突然僵住。她原本以爲是他們的其中一座塔——他們已經疊了一打——準備要倒了。但他的雙眼現在直盯著地面，一顆紅與藍的發光淚滴正在浮出。

神靈立刻開始扭曲。學士大喊，他們的機器動得更快了。神靈渦漩的色彩變得不安定，整體開始延伸，被機器拉過去。

「不，」侑美深深鞠躬。「拜託。拜託。我們召喚了您，神靈。我是您的妤祈日兆。告訴我。您需要什麼？我們該做什麼？」

祂用力拉回——像是一團液態金屬，匯聚在她與繪師身邊，但被拉出一條長到不可能的尾巴伸往學士們的方向。

「拜託，」祂悄聲說，話語震動穿過她。繪師瞪大了雙眼。他也聽得見。「拜託。自由。拜託。」

「怎麼做？」侑美哀求。「該怎麼做。」

「停下。」祂低語。「機器。」

祂接著就被拉走，被學士的裝置蒐集起來。他們呼喊一名祈求者前來接受贈禮，不過領頭的學士依舊待在原地，雙手緊抓他邪惡的盒子。他看起來沒有因爲偷走她的神靈而志得意滿。他反而看起來很憂慮。

在他身後，學士們把神靈變成了抬升房屋用的一雙互斥雕像。它們比侑美以前製作的來得小。

那臺機器，她心想。留下了一點神靈的靈魂。這就是爲什麼學士們創造的贈禮效果比較差。機器在蒐集力量。來維持自身的動力。或是……用來做其他事情？

「侑美！」繪師叫喊。「妳是對的！」

她搖醒自己，將目光從領頭學士身上移開，專注於繪師。對的？

她是對的。關於機器的理論。關於神靈的需求。在這麼多的懷疑、這麼多的不確定之後……她居然是對的？

她是對的。

只要她和繪師摧毀機器，一切都會結束。

Chapter 32

「這絕對、肯定、保證不是時光旅行。」設計向兩人解釋，手肘靠在吧檯上。

「妳怎麼知道？」繪師問。

「因為往過去的時光旅行是不可能的。」設計說。「我可以給你們看數學證明。」

「等一下，」侑美說。「所以往未來的時光旅行是可能的囉？」

「嗯，是的，親愛的，」設計說。「妳現在就正在做啊。」

「喔，對耶。」

「我們可以減緩或加速與其他地點或人物之間的相對時間，」設計說。「在靈魂界比較容易，那裡時間就像水一樣，可以流進你提供的任何容器。但你不能往回走。任何人，甚至是碎神，都辦不到。」

「什麼是碎神？」

「這個嘛，我可不要講到那邊去。」設計說。

「很好，」侑美回應。「但許多我覺得不

可能的事，最近都被證明完全有可能發生。所以，或許是發生了妳不知道的事，設計。」

這名身材曼妙的女人——嗯，存在體——嘆氣。「妳需要證明，嗯？好吧，那我們就來讀妳的靈氣，小女孩。」她彎下腰，擺弄著櫃檯下的某樣東西。

「讀我的靈氣？」侑美靠向繪師耳語。

「嘉年華上會出現的東西。」繪師說。「伊茲愛死這種解讀了。妳知道她每次都想用連續劇來預測別人的未來吧？這是類似的東西。有個老女人坐在房裡瞇眼盯著妳，然後告訴妳以後會喜歡什麼職業。基本上……就是胡說八道。」

設計又冒出來，把一個巨大的裝置重重放在吧檯上。那是個黑色的盒子，上面有某種……玻璃面板？像是視機那樣？

「通常也有這個嗎，繪師？」侑美問。

「我……從來沒看過類似的東西……」他說。設計同時已把侑美的手貼在玻璃板上。

一位顧客走上前來點餐，但設計揮手要他走開。他沒有離開，所以她站直身子怒斥：「怎樣？你是沒看到我正在跟幽靈說話，還有判讀他女朋友的靈網嗎？在我準備好叫你之前，給我去坐在他颶的角落等。」

男人皺眉，慢慢走開。然而，繪師卻很震驚。女朋友？

「找這東西所花的時間比我想像中還長，」設計說。「被埋在他那堆垃圾裡面。那傢伙需要有個整理系統。」

（我有。就叫作我的腦袋。）

設計轉動幾個轉盤，接著把機器接上吧檯的日虹線供能。在等待時，繪師伸手取得了侑美的湯的靈魂，拿到自己的面前。他才吃兩口，那就蒸發不見了。他在幽靈狀態時不會肚子餓，但他確實很想念設計的手藝。

「好了。」設計終於說，盒子裡面有東西開始發光。「這個法器能夠判讀妳的靈網，遠比我光靠自己判讀要精確得多。我們看看……」她向後靠，皺起眉頭，又向前傾，研究著……那些是文字嗎？側邊的小面板上顯示出來的那些曲線？

「嗯哼。」設計說。

「怎麼樣？」侑美與繪師同步問。

「讀數整個發瘋了。」設計說。「因爲妳擁有高度授予。幾乎算是超級授予了。」

繪師眨眨眼。等待更多解釋。他看向侑美，她也聳聳肩。

「他颶的。」設計說。「對，這就像是……復歸神等級的授予。不，還要更多。伊嵐翠人等級。這個裝置不是用來判讀這種讀數的——裡面整個系統都被妳搞瘋了。挺有趣的。喔喔喔。我在想，妳死掉的時候說不定會爆炸。」

「什麼？」侑美驚叫。

「可能性微乎其微。」設計說。「但還是有機會！」她咧嘴笑。「這實在太棒了。」

「我們完全聽不懂妳在說什麼。」繪師說。

「授予是靈魂的組成成分。」設計說。「嗯，一切都是授予——因爲物質、能量、授予都是一體的；但是你們稱之爲靈魂的存在，就是我們組成中純授予的部分。就像……火焰是能量，這張桌子是物質，靈魂呢？授予。」

「那侑美的神靈呢？」

「很可能也是授予。」設計說。「我沒見過祂們，所以不好說。不過夢魘就是純授予。它們大概怕死妳了，侑美。」

「我們遇過一、兩隻。」侑美說。「它們絕對非常不怕我。」

「這個嘛，它們該怕的。」設計說。「妳或許可以吸收它們，或是用其他有趣的方法瞎搞它們。授予……尤其是純授予……根本就是挖唬皮。」

「……挖唬皮？」

「我剛剛自創的詞，」設計說。「意思是很奇怪。霍德說我該更有文學素養一些。他每次都自創一堆詞。所以我正在嘗試。」

（我才沒有自創詞。我完全不知道她為什麼會這樣想。）

「總之，基礎狀態的授予，」設計說。「會對思緒做出反應。還有情感也是。尤其是那些高度授予存在體的思緒及情感。繪師，當你繪製夢魘時，是你的思緒——你對它們的認知——使它們變形的。不是因為實際上的繪畫。它們真的能夠變成任何東西，因此才有弱點。只要你專注，就能強迫它們變成你所想像的樣子。」

「嗯哼。」繪師驚訝地發覺自己認為這很合理。尤其是考慮到平常與設計的對話有多怪。

「無論如何，回到侑美身上……」設計瞇起眼睛——不是因為她需要，而是因為她對人類的舉止越來越得心應手了。（我必須驕傲地說，這就是一開始將她變成『人類』的原因之一。）「侑美，妳最近有經歷記憶喪失嗎？」

「我不認為有。」侑美說。「應該要有嗎？」

「判讀妳的靈網很困難。」設計說。「妳就像營火一樣亮到不行，女孩。很多東西被掩蓋住了——但我在這邊確實看到了切痕。妳有些記憶被消除了。」

兩人再次一臉空白地盯著她。

「每個人的記憶都會銘印在他們的授予上。」設計說。「這就是為何意識之影能在身體死去後繼續保有身體的記憶。他颶的，你們這些人什麼都不懂。聽著，尤其在高度授予的存在體身上，記憶會擴散到全部的靈魂裡，懂嗎？但妳失去了一部分。被切除了。量不算多。也許只有一天左右？很難認出細節，但傷疤就在那裡。」

「我……被那隻穩定夢魘碰到了，」侑美說。「它似乎從我身上抽走了什麼。也許是這個原因？」

「聽起來很合理。」設計響亮地拍手一次。「很好，完成了。沒有別的資料了。就算我繼續盯著一整天，也看不出個所以然。就像想理解霍德難懂的笑話哏一樣。」

（最後這句完全是多餘的。）

「你，」設計指向繪師，同時把侑美的手從機器上推開。「換你了。」

「我？」繪師感受到威脅。「我不是眞實的！我的意思是，我沒有身體。」

「這東西讀的是靈魂。」她繼續指著他。

他不情願地——但不想在侑美面前顯得膽小——把手放在機器上。他不確定是因為他預期會發生，還是因為其他原因，但他可以碰到裝置頂端的冰冷面板。

設計看著側邊震動的線條。「哈！」她轉身讓他也能看清楚。「看到了嗎？」

「我看不懂，設計。」他說。

「你擁有的授予就是一個普通靈魂的量，」設計說。「與我們對這顆星球的預期完全一致。這裡沒有碎神居住，人們並沒有特別得到額外的授予——除去暗幕或是湛藝的碎片不計的話。」

「又來了。」繪師的手繼續留在裝置上。「碎神？湛藝？碎片？」

「依舊沒打算解釋。」設計說。「不論如何，我沒有看見你的靈網有和過去聯繫的證據。仁哉郎，你——絕對、肯定、保證——沒有經歷過時光旅行。毫無疑問。」

「我和其他星球之間有聯繫嗎？」繪師問。「妳可以判讀這點嗎？」

「你們兩人，」她說。「都沒有去過其他世界。你們來自於這顆星球，兩人都是。我可以輕鬆看出這點。不過……侑美和其他人之間的聯繫數量比我想像中少。這和她的力量無關，比較像是……」

「像是我不認識任何人？」侑美低聲說。

「正是如此！」設計說。「從來沒看過有人聯繫數量這麼少的。我猜妳是個非常私密的人。」

「是的。」她低下頭。

「我想知道那是什麼感覺，」設計說。「但還不足以親自嘗試。」

「妳是怎麼看見她和其他人之間的聯繫的？」繪師說。「我以爲妳沒辦法好好判讀她。」

「我至少能讀到那點。」她翻了翻白眼，就好像他們理應知道爲什麼。「她有聯繫到你，顯而易見。我不靠裝置也看得出來。還有另外幾個人。接著是十三條奇怪的線……」

「十三？」侑美從凳子上站起來。

「沒錯！」設計說。「有時候聯繫線很容易看見，但非常難判讀。我看不出這些聯繫到誰身上，不太像是家人，更像是主題性的聯繫……」

「侑美？」他問。

「還有另外十三名好祈日兆。」侑美說。「在哪裡？她們在哪裡？」

「我讀不出來。」設計說。

「那這個東西有什麼用？」侑美伸手示意那臺裝置。

「有什麼用……侑美，妳知道這具法器是多厲害的奇蹟嗎？它所能讀出的這些數值，一直到最近都只有非常少數的專業人士才有辦法——」

「她們在這裡嗎？」侑美問。「在這個世界？在附近嗎？」

「肯定在這個世界上，」設計說。「在那個方向的某處。」她約略朝西方揮手，接近於繪師負責巡邏的暗幕區域。「但是……」她嘆了氣，因爲侑美已經衝出店門口。

繪師完全沒預料到她這個反應，他趕緊跟上。「侑美？」他大喊，慌忙跑到街上。「侑美，妳答應過其他人會避開……」

她正沿著街道跑離，似乎沒聽見他說話。他起跑追向她，逐漸跟上，最後終於和她一起穿過外環倉庫，來到環繞煌一市的外圈道路上。她在這裡慢下，走向暗幕——危險地接近。

「侑美？」繪師從後方靠近，接著伸出手——但在觸碰她前停下。

「對不起。」她低語。「我在想……實際上，我根本沒在想。我是在感受。我想見她們。和她們在一起。我被沖昏頭了。」她看著他。「我還是孩童時，認識其中一名好祈日兆。我們一起接受訓練。你知道嗎？」

他搖搖頭。

「然後他們把她帶走了，將我們兩人分開，」侑美悄聲說。「因爲我們變得太熟悉對方了。利允說，形成牽掛對我不好。從此以後，我就再也沒有見過其他任何一人了。」

「什麼，眞的嗎？」他說。「連路過都沒有？」

她搖頭。

「太悲慘了。」他在她身邊坐下，盯著暗幕。黑上加黑。他知道暗幕正在變換移動，但比較像是他感覺到，而非看見的。

「你是怎麼應對孤獨的？」她柔聲說。「在你年少的時候？」

「靠著繪畫。」

「創作藝術時，」她低聲說。「的確比較容易忘記。」

「直到你找不到人分享自己的成果爲止。」

「我從來都沒有這個問題，」她說。「但我的觀眾從來都不是人。我常常希望一天結束後，能有個人對我說，我做得很好。」

「嘿。」他說。

她瞥向他。

「做得很好。」

「我的意思不是現在。」她（粗魯地）說。

他依舊對著她咧嘴笑。終於她也回以笑容。接著她心不在焉地從地上撿起了幾顆小石頭，還有破碎的人行道磚。毫不意外地，她開始疊起石塊。

「我們錯過今天這集《悔恨季節》了。」她說。「我根本就不記得了。因爲這些……」

「瘋狂事？」

「對啊。」她開始平衡起另一顆石子。

「問伊茲就好。」他說。「她會知道情節的。而且會向妳解釋。鉅細靡遺。」

「我幾乎……」她放好第四顆石子。「不想知道。我寧願自己想像。這樣我就能假裝結局是快樂的。」

繪師望向一邊。這裡不是聊天的最佳場所。最佳狀況是他們不小心又撞見明音和太陣，他們絕對不會再讓侑美……

他皺眉，接著站起身。

暗幕正在變化。起了漣漪。他幾乎準備大喊要侑美快跑，心想有夢魘要出現了。但接著暗幕向後退。遠離他們。

就像光線下的黑暗。就像水在高熱中蒸發。暗幕以一道弧線後退，朝內凹陷。他看向侑美，她又疊上了一顆石子。

暗幕向後退得更遠。

「侑美！」他斷聲說，指向暗幕。

她跟隨他的目光，立刻微微倒抽一口氣。「發生什麼事了？」

「是疊石。」他說。「暗幕對疊石有反應。」

她又放上一顆小石頭做爲測試——暗幕退得更遠了。只有一定距離內的暗幕才起反應，範圍大概十呎左右。繪師覺得這種現象很怪異——直到他察覺了一項明顯的關聯性。

「這就是暗幕對日虹線的反應。」他看向侑美。「這是我們能夠生存的理由；日虹會排斥暗幕。我們靠著把線延伸進黑暗中來建造新的聚落。」

侑美又從附近挑了滿手的小石頭，再以充滿決心的表情坐下，一顆接一顆地堆疊，比他膽敢堆疊的速度要快得多。她的迷你石塔沒有任何一座倒塌。在他們身後，他注意到設計走近，依舊穿著她的圍裙。那個畫面很奇怪，他發覺自己基本上已經將她視爲餐廳裡的一部分了——看見她，就像看見吧檯自行離店走上街道一樣。

設計不發一語地加入他們的行列，觀察著暗幕。黑暗隨著每顆石子都更加後退，接著開始翻騰冒泡，就像燒開的滾水。

「侑美……」繪師看著這種新現象。「也許……」

她加快速度，以兩手同時建造，讓她的塔長得更高、更高，暗幕隨之翻騰起沫、激烈波動，接著分裂開來。正中間出現了一隻人類的手，接著是雙肩與一張臉——是個女人，穿著好祈日兆的鮮豔都服——以無聲的尖叫神情朝著他們伸手。暗幕突然再度前湧，吞沒她，接下來朝著三人彈回。

繪師大叫向後一跳。侑美急著逃開，弄散了石子。就連設計——已經說過很多次她自己是不受普通恐懼影響的不朽存在——都趕緊逃離，直到三人全都後背緊貼最近的牆面爲止：正是繪師那面已經刷白，卻還沒有繪畫的牆面。

「那（粗魯地）是什麼？」繪師質問。

「你們的世界眞的非常奇怪。」設計說。「我有能描述奇怪程度的數字。數値很大。超級大。」

「那是一名好祈日兆。」侑美低聲說，看向兩人。「但是在黑暗中。爲什麼？」

繪師搖頭，徹底被難倒了。

「可能是一隻夢魘，」設計說。「變成了人的形狀——因爲妳在想著她們。凡是由那片黑暗所構成的東西，都別相信自己的眼睛，孩子們。」

「有道理。」繪師說。「這可能是某種陷阱。就算不是，現在也只會讓我們分心，不是嗎？妳正掛念著其他好祈日兆，侑美，但她們會想要妳怎麼做？」

「跟隨神靈的意志。」侑美說。「學士的機器——我們得想出辦法摧毀它。」

「我的建議是砸它，」設計說。「用力砸。最好是拿很硬的東西砸。我本想推薦我自己，因爲我可以變成振奮人心的普通的劍，但是情況有……一點複雜。」

「我們還是可以拿顆石頭，」繪師說。「筆直走進去，在學士們還搞不清楚狀況時就砸壞機器。他們能怎樣？不過是群瘦巴巴的書呆子而已。」

侑美看起來很驚恐。「我不能那樣做！」

「妳不需要。」繪師回望暗幕——現在已經靜止了。才不過幾秒鐘，就已經變得與一開始別無二致了。「我可以摧毀那臺機器，侑美。也許這就是爲什麼神靈派了我來。他們需要一個不在意你們社會規範的人。一個可以直接走入帳棚，做該做的事情的人。」

「也許吧。」侑美承認。「但不該倉促行動，我們需要事先計畫。」

她當然會想要事先計畫。「侑美，妳說過狀況正在變糟。妳說過我們的時間快不夠了。我不覺得除了溜進去砸爛機器以外，還能想出更好的計畫。我們不是士兵；我們也沒有資源。」

「也許你是對的。」她說。「但我還是忍不住覺得應該先取得更多資訊再行動。設計，妳抵達前調查過這個世界，妳有多確定所有地方都被暗幕覆蓋？」

「不算確定。」她回應。

「妳有地圖嗎？」侑美問。「或是得知暗幕之外有什麼東西的方法？」

「我沒有。」設計說。「但是……我或許知道能告訴我們這些資訊的人。某個徹底探查過所有地點的人。」

設計帶著他們回到拉麵店。店裡坐滿剛下班的眾多繪師，群聚在各自的老位子上。他們很快地溜進去，試著不要引起注意。生久都，設計的其中一名廚師助手，被迫從廚房出來外面接受點餐。

設計領著兩人穿過滿是滾燙鍋具的廚房，來到一間充滿……數字的房間？侑美站在中央皺起眉頭，看向寫滿了長串數字的牆面；字串飛舞環繞，難以看出開頭與結尾究竟在何處，抑或是構成了無限的循環。

「啊……」設計說。「能回到這兒，靠近眞正的藝術，感覺實在太棒了。我馬上回來，比裂谷魔吃掉蝸螺的速度更快。」她迅速離開，留下侑美與繪師。

「妳覺得她是越變越奇怪了嗎？」繪師坐在地板上說。「還是她跟我們在一起時，已經自在到可以露出本性了？」

「後者，」侑美抬頭發現就連天花板上都寫著數字。「絕對是後者。」

設計幾分鐘後拖著麻沙加回來了。她身材矮小，畫著太濃的妝，黑裙配上一貫的黑毛衣，領子拉到下巴，手藏在袖子裡。

「哈！」繪師跳起身，伸手指著。「哈！我就知道。我就知道她不是人類。」

「侑美，」設計說。「見過欽尼姮廓迪赫，納崔卡提赫族裔的第六十群。」

麻沙加更往毛衣內縮進去了一點，就像熱天尋求庇護的陸龜那般。「我們偏好麻沙加這個名字。」她低聲說。「我們在當人類，設計。我們已經很擅長了。」

「我知道妳有。」設計拍拍她。

「所以是真的嗎？」侑美感到驚懼地問。「妳是……像設計一樣的別種生物？」

「不完全像她，但沒錯。」麻沙加看起來很沮喪。「有……很明顯嗎，侑美？我們搞懂很多事情了。人類女孩喜歡可愛的東西。我們喜歡可愛的東西。」她抬頭，看起來幾乎要哭了。「我們當人類當得很好。只要我們有化妝，還有穿上遮住脖子的衣服，妳甚至連接縫都看不見！技巧就在於讓整張臉一體成形，花了很多年才育種出來。」

育種？一體成形？接縫？

呃……侑美做好心理準備。

繪師大笑著坐回地上，她瞪了他一眼，但他只是聳了聳肩。

「侑美，」他說。「麻沙加其實是外星人，這真的是所有事情中，我唯一覺得有道理的事。」

「我想，」侑美告訴麻沙加——她顯然無法看見或聽見繪師——「妳做得棒極了。妳是，呃，一名非常可愛的年輕女性。」

「我們是嗎？」麻沙加微笑，接著踏近一步。侑美強壓下自己退開的衝動，那女孩——生物——握住她的手。「謝謝妳，侑美。謝謝妳。這個是給妳的。」她從口袋裡拿出一樣東西交給侑美。是……

是一把刀。

「非常適合撬開殼，」麻沙加指著勾起的尖端。「還有挖出內容。妳看，妳看。」她指著手柄。「這裡有雕花。非常可愛。」

「非常可愛。」侑美重複。

「不要告訴其他人我們是什麼，拜託。」麻沙加說。「我們已經厭倦大家害怕我們了。我們厭倦戰爭了。我們喜歡畫畫。拜託。」

「我……不會告訴任何人的。」侑美說。「不過拜託妳，我們需要幫忙。妳……知道黑暗之外有什麼嗎？」

「沒有任何種群。」設計舉起一根手指。「會在熟知星球地表上的一切之前，就決定要安頓下來。我敢打賭她有派出……嗯，斥侯。小小的斥候。調查整顆星球。」

麻沙加往外望向廚房，緊接著關上門。「這很重要嗎？」她問侑美。「和設計說的一樣重要？」

「是的。」侑美說。「我認為眞的是。」

麻沙加深呼吸。「我們……我不像其他人一樣偏執，設計。我正在試著當人類。避免衝突。但我有派出過種群。大部分城市之外的地貌都是荒地，被這股奇怪的授予包圍著。就像靈魂部分精煉後拋棄的熔渣。但還有我們沒辦法去的地方。」

「沒辦法去？」侑美看向繪師。「妳是什麼意思？」

「硬化的地點。」麻沙加解釋。「黑暗中有牆面，授予變成了固態。延伸到高空，進入大氣層中。就像柱子。其中最大的一個直徑有好幾哩。其他都比較小，全部都是圓形，就像是……要塞。」

「圍著城鎮嗎？」繪師站起身，然後揮手要侑美說出來——她照做了。

「無法得知。」麻沙加說。「我沒辦法穿過去。」她委靡下來。「我很年輕。我不像我的一些同族那麼……積極。我沒有足夠的知識，也沒有凝聚力量，足以處理這種狀況。我是來躲藏的。」

「如果妳能畫出一張小地圖，」侑美說。「或許就足夠了？畫出這些地點在哪裡？」

麻沙加點頭，設計離去拿些紙過來。

「是城鎮。」繪師重複，走到侑美身旁。「她發現的那些圓圈，就是你們的城鎮！」

「這不可能。」侑美說。「如果我住在被廣大黑暗包圍住的小區域內，我肯定會知道的。我們可以一眼看到地平線！」

「暗幕看上去可以是任何樣子，」他說。「設計說過那能騙倒我們，而妳自己也說過妳那邊的人很少在村莊間旅行，因為彼此之間的石頭太熱了。一切可能都是某種奇怪的障眼法。」

「你真的以為，」她回應。「我們王國中成千上萬的人，完全沒有任何一人會往外走，然後發現障壁嗎？飛行器從來都不會撞上天上的無形牆壁嗎？你真的以為我們會這麼久都渾然不覺嗎？」

「我……」他的表情因為這些難解問題而抽動。「對，好吧。但我敢跟妳打賭妳吃得下的最大碗拉麵，如果我們把麻沙加的地圖和你們那邊的地圖重疊在一起，一定會發現關聯性。」

麻沙加饒富興味地看著一切，但似乎不覺得自言自語的女生有哪裡奇怪。設計帶著紙回來後，麻沙加就跪下來，以細畫筆在紙的邊緣描繪出一個大圓。

「煌一市。」她指著圓圈。「我們在的地點。」她在紙頁另一端畫了一個較小的圓。「最大的不可穿透區域。」她再畫出一些較小的圓形，大約有一打。沒錯……這些有可能是城鎮的尺寸。「其他的區域。」

「妳畫的距離，」侑美說。「大概有多準確？」

「種群有難以置信的空間知覺，」設計說。「因爲他們有著可以散布到整個國家範圍的身體。她的估計值比大部分人用儀器量測的實地調查還更準確。」

「比例尺在這邊。」麻沙加在底部畫了一條線，再標上一些數字。「絕對精準。」

繪師跪下仔細研究繪畫，又使用手掌與手指測量距離。他之前教過侑美用同樣的方式測量畫的尺寸。

「妳準備去睡了嗎？」他問她。

「我想要先吃東西，」她說。「我還沒機會吃晚餐。」

他點頭。「我要把這張畫記下來，看我有沒有辦法完全複製出來。應該花不了太久時間。我們回到妳的世界後，就一勞永逸解決這件事吧。」

侑美點頭回應，得利於兩人間較長的牽索，因此能漫步回到主廳。設計已經太長時間沒招呼客人，因此也出來接管餐廳。侑美坐在櫃檯邊，看著麻沙加回到其他繪師身邊，他們注意到侑美，揮手和她打招呼。

一勞永逸解決這件事。

這可能是……她最後一次見到這些人了。她最後一次當個普通人，而不是背負著全體國民的期望與需求。所以她讓自己離開吧檯，穿過餐廳走向其他人。

「侑美，侑美，」太陣說。「妳看這個。」他用力繃緊他的……脖子肌肉？她甚至從來沒想過人脖子上其實也有肌肉這件事。「妳覺得怎麼樣？」

「相比之下，」她說。「你的頭看起來很小。」她立刻臉紅，因爲感覺有點無禮。

然而，太陣咧嘴露出大大的笑容。「謝啦！」

明音坐在附近望著天花板，伊茲在一旁喋喋不休，當然是在講連續劇了。「結果，」她正在說。「其實他沒有離開。他以爲自己必須離開，是因爲他被他的邪惡哥哥威脅了。」

侑美呼吸一停。

「妳剛剛才告訴我，」明音說。「他哥哥已經死了。」

「他已經死了！」伊茲說。「他是在死前安排好了這一切！利用了一般人對浪人名譽的厭惡。」

「所以……」侑美悄聲說。「葦和泰大人又回來了？」

「其實還有一集番外篇，」伊茲說。「他們故意不告訴大家。」她舉起一隻手指。「這證明了我的連續劇重要性理論。我正在寫一本書，是有關於它們如何能改善心理健康。」

太陣皺眉。「那麼那個……連續劇——生肖占卜——嘰哩呱啦——什麼玩意呢？」

「過時了，」伊茲說。「我現在要改當連續劇評論員。我會因此聲名大噪的。」

麻沙加從旁邊回到自己的座位上。雖然她沒有說什麼話，侑美還是看得出她心滿意足。她能夠理解。身為局外人，然後找到歸宿。孤獨一人，然後找到朋友。

「我真希望，」侑美試著忍住淚水。「我能早點認識你們所有人。」

「這是妳哥的錯。」太陣說。「他明明隨時都能邀妳來的，但他卻只想要在有人替他代班時才這麼做。」

侑美感到一股突然、燃燒般的憤怒。

「我很驚訝。」明音說。「在學校時，他居然沒有試著叫她替他去上課。畢竟他滿腦子只想要放假，他——」

侑美跳起來，打斷她。「你們，」她（粗魯地）說。「根本不了解仁哉郎！」

「我們……很了解他對我們做了什麼事。」伊茲說。

太陣點頭。

「我知道他傷害了你們，」侑美說。「我知道很難受，但你們有想過那對他來說又有多難受嗎？」

「他會難受？」明音問。「他基本上就只是坐在那裡，什麼都沒做。」

「想要修復一件事，」侑美說。「卻不知道該怎麼做，是我所體驗過最撕心裂肺的痛苦。妳不了解他，明音。妳真的不了解。承受著非成功不可的壓力，而且不光只關係到自己，還要加上依靠妳的所有人，妳知道那種感覺嗎？理解到自己的價值——幾乎完全——取決於妳能給予其他人什麼好處，妳知道那種感覺嗎？發覺如果自己失敗了，在所愛的人們眼中，自己就再也一文不值？」

眾人從她身旁躲開。除了明音之外，她倒是傾身向前。「我們從來都沒有覺得他一文不值，侑美。」她輕聲說。「他是我們的朋友，並不只是因爲他能帶給我們好處而已。」

「但你們告訴過他嗎？」侑美問。「你們考慮過他的感受嗎？你們能誠實地告訴我，你們眞的覺得他說謊是因爲他想要傷害你們嗎？你們眞的覺得他很享受做這種事嗎？獨自坐著？盯著牆面？絕望地嘗試想出不讓你們失望的方法？不辜負你們的方法？」

「他應該告訴我們的。」明音說。

「他當然該說的。」侑美贊同。「他也同意。我也同意。妳也同意。我們全都（粗魯地）同意！但他並沒有告訴你們。事情已經發生了。也結束了。我很抱歉。」她嘆口氣，怒氣像即將休眠的蒸氣井最末尾水花一樣逐漸消散。「你們曾是他的朋友。他辜負了你們。他毀了你們的人生。但你們有沒有想過，一開始就要他對你們的人生負責，究竟有多不公平？」

「我沒辦法假裝，」太陣輕聲說。「他沒有傷害我。」

「我知道，太陣。」侑美說。「但他還是愛你們所有人；我能從他身上看出來。他無法改變自己所做的事，但他是個好人，非常努力。你們不需要忘記他做過了什麼。但你們有沒有想過，除了源源不絕的尖言酸語以外，你們也可以單純……試著去理解？在那一天，當他被夢衛隊拒絕後，繪師失去了一切。所有希望，所有夢想。他失去了對所做之事的熱愛。但我認爲失去你們這些朋友，才是最糟的。」

她輪流看向每個人的雙眼，他們都將目光移開，沒有反駁她。最後輪到明音，她低下頭。

「謝謝你們，」侑美說。「過去幾週對我這麼親切。我眞的很感激。但也許把一部分的親切留給最需要的那個人吧。」

她對眾人鞠躬，是她所知最正式的鞠躬，就像是對神靈的行禮。接著她轉身離開，來到剛從廚房走出的繪師身旁。

「走吧。」她走向門口。

「可是晚餐——」

「我沒胃口了。」她說。「你說對了。是時候結束這一切了。」

「我不知道妳爲什麼會要求這個，靈選者。」利允的雙眼發紅，跪在神龕內的繪師面前。「我拿來了，但……這又是妳最近非常不尋常的行爲之一。」

繪師坐下，聽著樹木搖曳抖動，像是嘉年華的群眾一般彼此碰撞。他過去曾對面前的這名女人很苛刻，但……嗯，他認爲自己越來越能了解她了。

「利允，身爲妤祈日兆的監管人，」他說。「是項困難的職務。如果事情出了差錯，沒有人會指責被神靈選中的女子本人；她凌駕於責難之上。但一定有人要付出代價。可能就是她怠忽職守的引導人。」

利允抬頭，表情震驚，又接著點頭。「妳這些年來變得……有智慧了，靈選者。」

「我對妳的奉獻深深感激。」繪師伸手拿起她帶來的一卷紙張。「如果妳擔心我不尋常的行爲，大可以放心，這些行爲對我的幫助比妳所想的還大。畢竟，我昨日的成果就證明了我正在恢復成原來的自己。」

「妳……一天還是要睡十二小時，靈選者。」

「哪一種比較好？」她問。「完全無法工作的妤祈日兆，還是正在緩慢恢復的？」

利允再次點頭，又低下頭。

「妳要知道，如果妳的侑美回歸了，」他說。「那都是因為妳的付出。因為妳對她的信任。謝謝妳。」

利允站起身，他驚訝地發現她眼中帶著淚水。他以為她哭泣的頻率就跟石頭差不多。她再次對他鞠躬，接著退下，沿著路消失在樹木之間，木屐敲石的腳步聲持續不斷。

「你真好心。」侑美在他身邊跪下。「我知道她有多惹你惱怒。」

「我想或許我能了解她所受的壓力。」他說。「提醒妳，我還是覺得她的個性沒必要像顏料卡成一團的畫筆一樣。但……我能同情她。」

他拿起利允送來的卷軸，接著看向侑美，深呼吸。他們決定等到洗完澡，結束冥想後才做這件事。畢竟他們需要他放在神龕的顏料。

他以穩定的手攤開卷軸，展露出侑美的王國，都遼的地圖。侑美的車輦駕駛就是用這份地圖在城鎮之間旅行的。他研究地圖的比例尺，點點頭。接著，他根據記憶畫出了麻沙加的圖畫，並利用格線做為輔助，讓其比例尺寸與地圖相符。

他把他的畫作蓋在利允的地圖上，發現兩者完美重合。麻沙加所畫的圈——每一個都代表暗幕中一處無法通行的區域——都剛好疊在利允地圖的幾座大型城鎮上。理所當然地，煌一市並沒有在侑美這邊的地圖上，但麻沙加所圈出的最大封閉區域，在利允的地圖上則是都遼城。

首都、女王之座、大學的所在地。

（如果你對尺度感到好奇，這兩個國家以現代標準來說都相對算小——直徑不超過五十哩。這顆星球上沒有太多生命。繪師的同胞對於待在小而密集的城市群中感到心滿意足，而侑美的國家大小則是被蒸氣井的位置限制住了。因此，在這些地圖上，煌一與他們目前所在的城鎮只差不到五哩遠。）

侑美向前傾身研究兩張地圖——他的是畫在薄紙上，所以底下的線條可以透上來。「繪師。」她美麗的雙眼圓睜到可以用來做爲畫布。「你是對的。這一次你是對的！」

對的。他是對的。

他們的土地是相同的。都遼的城市就存在於他的國家各城市之間的黑暗空間中。生活的區域並沒有眞正重疊到，但許多區間的距離都近到驚人。

「這感覺不可能。」侑美低聲說。「我們都在同一個地方。在彼此的身旁各自存在。」

「就像我們重疊在了一起。」他說。「兩個民族。一片土地……」他往後一坐，因爲預見這點而感到驕傲。但同時……這又改變了什麼？繼續前進的方法只有一個。「我必須摧毀那臺機器。」

「我們需要計畫。」侑美說。「並非你直接走進去，拿石頭把機器砸成碎片的計畫。他們會認爲我們發瘋了——而且不論學士們有多瘦巴巴，你沒辦法在他們撲倒你之前打倒全部四個人。」

「我們還能做什麼？」他說。「就像我說過的——我們沒有任何資源。」

「不。」侑美說。「有一項資源，我們已經很久沒試著使用了——就是事實。」

他對她皺眉。「妳在說什麼？」

「你展示給我看過，」她說。「我擁有的權力其實比我敢使用的大得多。神靈派你來讓我理解這點。我們才是這個城鎮中的最高權威。不是那些學士、不是利允、也不是城鎮的官員。好祈日兆可以要求任何東西。下任何命令。」

「所以我們就走上去，堅持要學士讓我們砸壞機器？」他說。「我覺得不論我們是不是好祈日兆，他們都會無視我們。」

「那我們就不給他們別的選項。」

兩人互望。事實。（粗魯地）事實。他眞希望自己勇敢到也在自己的生活中使用這點。他點頭。「妳的世界，侑美，」他說。「妳作主。告訴我妳想要我做什麼。」

「謝謝你。」他把手移向他的手，幾乎要觸碰到。「謝謝你，繪師。」

她要他盡快走下神龕穿上木屐。他把繪畫留在原地，也包含了那些他在等待地圖時畫的村民素描。現在要做的不是繪師的工作，而是命令原初神靈的女子的工作。

他在外頭找到了利允，正在輕聲與煥智及彩英聊天。他靠近時，她們一同行禮，到了現在，她們已經很習慣他自行決定冥想結束的時間。

他走到她們面前，做好準備，接著說出侑美準備好的說詞。「神靈找上了我，」他說。「要求我摧毀學士們帶來的那臺機器。我不完全知道理由，但我相信機器正在傷害祂們。

「得知這項事實也是我近期行為怪異的原因之一。我一直在嘗試該如何恰當地在我的職責、我所被教導的社會規範，以及神靈的奇異要求之間行事。今天，一切都該結束了。我想要妳們支持我去召集城鎮中的所有人。接著，我們要一起去找學士，要求摧毀機器。」

三人都盯著他看。他試著不要畏縮。不過，說出這些話……感覺很好。事實上，這比他所想像的還來得簡單。

這是一項風險非常大的測試。侑美的權威可以擴展到什麼程度？他能夠把這些人推到極限嗎？

「妳眞的確信這件事嗎，靈選者？」利允終於問。

侑美走到他身旁開口說話，他重複著她的話語。「我這一生從來沒有這麼確定過一件事，利允。這就是神靈對我的希望。妳將會協助我。否則，妳就必須將我移除現在的地位——而且妳必須限制住我的肢體。因爲我現在就要去處理掉那臺機器。」

繪師因爲她強硬的語調而眨了眨眼。他還以爲那種嚴厲是專門用來對付任性的疊石學徒的。

彩英和煥智看向利允。終於，她鞠躬行禮。

「妳是好祈日兆，」利允說。「如果妳已經謹愼地考慮過，這對妳自身與我們組織所造成的影響……」

「即便我是正確的，」侑美透過繪師說。「毫無疑問地，其他人還是會將其視爲嫉妒。他們會說我精神失常，在看見自己被機器取代後，情緒與心智失控。我很有可能會被撤除職位。我知道，利允。即便如此，這就是神靈所要求的。所以我會服侍——因爲妳把我教得很好。」

「妳有可能，」利允低聲說。「後半輩子都要……在囚牢中度過。在枷鎖之下服務，疊石時被重重監視。」

「而妳將會被唾棄，」侑美透過繪師說。「我知道，利允。我知道。」

利允猶豫一下，接著行禮，那是個華麗的深深鞠躬。「靈選者，」她（恭敬地）說。「我們是妳的僕從。」

「哈！」煥智抓住繪師的手臂。「我就知道那些學士有問題，靈選者。以前有大學的學士來過我故鄉的村莊，他們都是和善又安靜的男士，幫助我們根除了作物的疾病。但這一些人，他們整天都偷偷摸摸的，對每個人都沒有好臉色。」

「動作快，女人。」利允說。「去把鎮上的官員找來。我們需要他們的執法官來執行這項命令。我猜妳也會同意，靈選者？」

「我確實同意。」繪師說。「謝謝妳。」

在半個小時內，他們就穿過了鎮上，陪伴者不只有法官，另外還有十二名此地最強壯的男子，全都帶著破壞石頭用的大槌。繪師走在他們的最前頭，侑美跟在他身邊，看起來很緊張，卻也鬆了口氣的樣子。

「這個計畫有比較好，對吧？」她低聲說。

他點頭。「不過妳說錯了一件事。」他小聲回應。「妳剛說機器會取代妳。它沒辦法。」

「但是——」

「它可以召喚神靈，」他說。「但它不能創作藝術。藝術就是意圖，侑美。彩虹即便美麗，卻不是藝術。藝術是創作。人類的創作。機器能夠比太陣舉起更重的物體——但不代表他比多數人都更會舉重這點因此變得不厲害。」

他對她微笑。「我才不管機器有多會疊石頭。對我來說，是妳疊的才最重要。」

她回以微笑，她的手拂過他，讓兩人的手臂散發出溫暖。緊接著他們抵達了學士的帳棚。

是時候了。機器並沒有放在平時前方的位置上，但他們很常把機器推回帳棚內進行短期維護。人群抵達時，領頭的學士——繪師記不得他的名字——剛好走出帳棚，頭戴高帽子。他注意到眾人，愣在原地。

「學士，」繪師說。「以神靈本身的權威，我們前來摧毀你的機器。往旁邊退下。」

學士頭歪向一邊，接著對帳棚內大喊。

「善典！他們來了！」

善典，那名最像工程師的學士，從帳棚中冒出。「已經來了？」

「確實。」領頭的學士說。「看來是對質的時候了。」

善典嘆氣，接著拿出某種儀器啓動。繪師看不出學士做了什麼事，但這不是他所希望的反應。他們看起來並不害怕，甚至不驚訝。比較是……後悔。也許他們在拖延時間。浩楠的頭從帳棚中冒出，再交給領頭學士一樣東西。是一對護目鏡。他戴上去，然後看著繪師。

「往旁邊退下。」繪師說。「讓出機器。」

領頭的學士反而仔細打量他。「所以，」男人說。「這就是游牧民的後代啊。你們民族自己過得不錯啊。告訴我。你覺得這裡發生什麼事了，男孩？我們國家之間的分界是什麼？在自家周邊居然有好幾座無法造訪的城市？」

繪師愣住。

他們知道？

他全身發寒。侑美朝他靠過來，而學士看向她，看著她。也許是那對護目鏡？

繪師吞口口水。執法官與其他人都愣在原地，就連利允都只是站在那裡，完全沒有動作。

他們在等待他說什麼嗎？他們所得到的命令是如果學士拒絕交出機器，就衝進去摧毀它。但沒有任何人移動。

「不同維度，」繪師終於對學士說。「不知如何重疊在了一起。這就是事情的真相。我們存在於同個空間，但除了特定方式外，都無法看見對方，或與對方互動。」

「喔，這個理論棒透了。」領頭學士說。「你聽見了嗎，善典？」

「當然。」善典說著，另外兩名學士把機器推出帳棚，來到朝向石面傾斜的木板上。「這個理論有些問題，但對完全沒有任何真實事件脈絡的孩子來說算不錯了。他能夠成爲不錯的學士。」

「確實。」領頭學士說。

「不重要。」繪師手指向前。「執法官，拿下機器。」

「繪師，」侑美說。「也許我們應該先獲得更多資訊。」

「首先，」他說。「我們至少……」他停止說話，注意到執法官，鎭上的官員們……利允、煥智，還有彩英都只是站在原地。他第一次注意到他們的靜止似乎不太自然。他們甚至沒有眨眼。

「利允？」繪師問。「彩英？」

「我很抱歉要當揭露一切的人。」領頭學士說。「但你完全不知道這裡發生了什麼事，孩子。」

繪師抓住利允的手臂，用力搖動。而她的外型——包含衣物——都開始移變。變暗。發散出黑色的細鬚。她看向他，眼睛開始變白，像是……像是鑽入頭顱中的洞。

繪師尖叫，伴隨他的聲音的是侑美的喊叫。他跳開，在都服上擦著手。

「你以為他們是什麼？」領頭學士問，機器隨之啓動。

繪師絕望地抓起一顆石頭。他衝向機器，但學士抓住了他的手臂。與繪師先前的預想相反，這個男人很強壯。不顧一切的繪師把他的石頭砸向男人的頭。

學士的頭部移換，顏色褪為黑色，雙眼變成通往永恆的象牙白深洞。

「不。」繪師把手抽出怪物的掌握。「你也是？」

「恐怕如此。」領頭學士——夢魘——說。

「繪師！」侑美大喊，後退靠向他縮成一團，同時整個地景都開始改變。建築變黑，散發出煙鬚。地面也是。就連天上的光芒也暗下。

「一直都是？」繪師痛苦地問。「他們全都是……提線木偶嗎？沒有思想的夢魘？」

「不，機器讓他們能夠做自己。」領頭學士的臉扭曲，由移換的煙鬚所構成——奇怪的是，他依舊戴著護目鏡。「當它需要我們時就會這麼做。但很困難。在我們曾經的記憶，與我們已成為的現實之間遊走。他們必定不能得知自己的本質，否則就會……變得複雜。」

那隻原本是利允的怪物轉向他們，她的外型變得像是狼的輪廓。側邊長著尖刺，顏色如墨般黑暗。繪師認得這隻怪物。它就是他一直在追捕的穩定夢魘。

利允就是那隻穩定夢魘。

不像學士，她似乎突然沒有了自己先前身為人的記憶——或是認得繪師是誰。她四腳著地向他迂迴靠近，身形變得巨大。

繪師試著擋在她和侑美之間。「妳不准抓她。」

怪物停下，在短暫的一瞬間似乎認得他。

「孩子，」領頭學士——夢魘說。「你以爲自己在保護的是什麼？」

他愣住，內心變得冰冷，轉身發現侑美已經跪在了地上。她正在變形——和其他人相比起來很輕微，但依舊在扭曲，她的皮膚正在變爲煙霧。她看向他，表情因驚恐而扭曲成不自然的樣貌。

「不……」他低語。不。

他……他沒辦法思考。

侑美。侑美……

「仁哉郎，」她的聲音沙啞。「我……身上……發生了……什麼……」

「眞是悲劇。」領頭學士向前一步抓住繪師的手臂。「我承認，神靈的計策眞的是棒極了。把其中一名女孩與外人聯繫起來，藉此錨定她的靈魂？阻止我們修改她的記憶？這很可能會有效。」

他把繪師往後推，將他砸向機器，其他學士——也一樣變成了夢魘——正在調整機器。

「我很抱歉我們花了這麼久才執行。」繪師面前的怪物說。「我明白，延遲使之更加殘酷。遺憾的是，這臺機器必須要充能——而我們的能量源無法使用。除此之外，還有些逃跑的神靈必須被抓回。祂們是如何逃脫的，實在……令人憂心。謝謝你協助我們把祂們關回去。」

「拜託。」繪師朝著侑美伸手，看著她以胎兒姿勢恐懼地縮在地上，他的心絞成一團。她用力抓著自己的雙臂，好似要扯下皮膚，黑暗從她身上冒出。「拜託。讓我幫助她吧。」

「現在稱王的是機器，」他低語。「我很抱歉。」

學士向其他人點頭，他空洞的雙眼擴張。他們撥動機器上的一些開關，繪師感到一股寒冷沖刷過他。接著是一道明確、可怕的斷裂。

不論他與侑美間的連結是什麼，都在此時徹底斷掉了。繪師感到自己被拋離現場。他們縮小，接著他被砸進黑暗中——就像被投入了深海。只不過他依舊在移動，如同一枝飛箭。

黑暗。

日虹線一閃而過。

模糊的建築群。

接著是砰。他撞上了什麼東西。

緊接而來的是劇烈的痛楚，在他全身游移，伴隨著噁心的鼓起聲，以及皮革被拉伸的聲音。當痛楚終於消退，他發覺自己躺在公寓內，渾身是汗。

再一次回到了自己的身體內。

周遭卻沒了侑美的蹤影。

侑美總是認爲晝星現身很鼓舞人心。那是幸運的預兆，象徵著原初日兆會敞開雙臂歡迎她。事實上，晝星今天看起來特別明亮——在西方的地平線上發出微微的藍光，對應著東方的日出。

這是項有力的徵兆，如果你相信這種事情的話。有個老笑話是說，遺失的物品總是會落在你最後才想到要去尋找的地方。相反地，預兆總是會出現在人們第一個去找的地方。（即便你是第二次這麼做。）

侑美確實相信徵兆。她必須要相信。因爲她人生最重要的事件就是來自一個預兆。在她出生的當下出現的預兆，代表她被神靈選上了。她坐在自己車輦溫暖的地板上，她的侍女彩英與煥智進入廂房內，她們依照禮儀鞠躬，接著用麥彭棒與湯匙餵她——餐點是放在地面上烹煮的米飯與燉菜。侑美端坐吞嚥，從來沒有失禮到嘗試自行進食。

這是一種儀式，而她對此是專家。

但今天她不自覺地感到分心。

一百天後就是女王所在的首都都遼城的大慶了。而且今天也是她十九歲生日後的第十九日。

做決定的日子，行動的日子。

也許是——要求她所渴望之事的日子？

但在這之前，她有職責要做。當侍女餵完她後，她站起身走到個人車輦的門邊。當她們替她開門後，她深呼吸，腳底滑入地上的木屐。

她的兩名侍女立刻舉起大扇子，遮擋住她的身影。因為鎮上的人已很自然地聚集起來想要看看她。靈選者。妤祈日兆。命令原初神靈的女子。（沒錯，用他們的語言講起來效果依舊比較好。）

這片土地——都遼王國——有著主宰天空的橘紅太陽，顏色就像是燒紅的陶土。比你們的太陽更大，距離也更近，上面還有不同顏色的斑點——就像一鍋滾燙的早餐燉菜，在天空中沸騰翻滾。

猩紅色的太陽讓整片大地染上了……嗯，非常普通的顏色。大腦就是這樣運作的。只要在這待上幾小時，你就再也不會察覺陽光有點偏紅。但當你初次抵達時，那景象非常驚人。那裡就像是剛從陶藝家的窯中取出的陶土，帶有獨特的熔融熱力。

侑美躲在她的扇子後方，踏著木屐穿越村莊，前往本地的冷泉。她在此處往兩旁伸出手，讓侍女替她解衣，以進行……

以進行……

她把頭歪向一邊。這項體驗有點……說不出的奇怪。有那裡不對勁。是不是？

缺少了什麼。

她張開嘴想問，但咬住了自己的舌頭。現在向煥智與彩英說話會羞辱她們。但隨著沐浴進行，她感覺奇異的不尋常。她發覺自己一直瞥向冷泉的另一邊，預期著……

應該要有某個人在那裡，她違和地想著。那樣會很糟糕。很羞恥。她怎麼會想要有別人看她洗澡？

她閉上眼睛，讓她的侍女繼續工作。

繪師洩氣地把自己的疊石打散。他先前試了很多次，但暗幕依舊紋風不動。斑駁黑色構成的牆面，對他不佳的疊石不屑一顧。

繪師試著像佑美一直教他的那樣冥想。但他發覺自己連一絲都無法冷靜，閉上眼睛只會讓他回想起驚恐地縮成一團的她，哀求地看向他，直到被恐懼完全吞噬。

他還是搞不懂這一切。那是學士們的某種伎倆嗎？那不可能是佑美……佑美不可能是夢魘……

如果她是，那又代表什麼？難道他愛上了自己的……自己的認知所創造的存在嗎？就如同一名繪師愛著自己的畫作那樣？

不，不，她是眞實的。她曾是眞實的。

而他要去幫她。

無論如何。

繪師奮力睜開眼睛，抓起他匆忙趕往暗幕時蒐集的一袋石頭。他平息紊亂的呼吸，開始疊石，每一顆都讓他想起她。侑美會對他堆起的十二顆疊石感到驕傲的，他還選了大小各異的石頭，讓那看起來不像石堆，而是石塔。

暗幕沒有移動。雖然暗幕會對著她鞠躬，卻沒注意過他。繪師被迫面對事實。侑美是特別的。身為妤祈日兆不光只是會疊石頭，更包含了神靈賦予她的能力。若他沒有與她聯繫，就無法干擾暗幕；如同他沒有與她聯繫，就絕對無法吸引神靈。

他蹲坐在地，雙肩下垂。

「拜託，」他低聲說。「讓我見她。讓我幫助她。」

「仁哉郎？」一個聲音問。

他嚇一跳，轉身看見明音路過。她停在原地，盯著他看。「仁哉郎，」她（粗魯地）大步走向他。「你到哪裡去了？感覺……」她皺起眉，看清他的臉。「你在哭嗎？」

他慌忙站起身，把那疊石頭撞倒了。

「仁哉郎？」明音質問。「你做了什麼？侑美在哪裡？」

他無法面對這些譴責，抓起他的那袋石頭，轉身逃離，奔跑在黑夜裡。

一小段時間後，侑美的侍女帶她來到神龕，周圍是飄浮著的樹木，偶爾互相碰撞。在此地，又一次地，侑美猶豫了。這裡……很熟悉。這裡爲什麼很熟悉？她從來沒來過這個城鎮。她每晚都會移動去新的地方。

她的侍女們停留在原地，表情擔憂卻沒有說話，以免羞辱到她。所以她繼續往前。但她再次感到震驚，因爲她看見有人站在神龕前。

「利允？」侑美停下腳步。這位女子通常會等到侑美完成祈禱及冥想後才現身。「有什麼問題嗎？」

「我只是想讓妳知道，靈選者。」利允一鞠躬。「我們越過了二浩泉，改在這裡停留。」

「二浩泉？」

「就是我們原本要造訪的城鎮？這裡是下個城鎮。」利允一手扶著頭。「我……記不得爲什麼我們要改變目的地了。我想還是該跟妳說一聲。」

「妳肯定有妳的智慧。」侑美鞠躬——雖然她主要只是困惑。爲什麼利允會覺得需要告知她？這個女人在她們去其他城鎮時從來沒提過這種事。

「我想要告訴妳，」利允說。「我今晚可能沒辦法在這裡引導妳。去吧，進行妳的服務，然後要侍女們護送妳回車上。」

「利允？」侑美問。「程序是……」

「我明白，靈選者。」利允尊敬地鞠躬。「很不幸地，我被呼喚去執行其他職務。我不完全記得是什麼事，但很重要。有個人必須要……被處理。所以好好履行妳的職責，我明天再來見妳。」

侑美鞠躬。接著她起身目送利允匆忙離開。眞是奇怪的一次互動。爲什麼——利允暫停步伐，接著往回望。她看起來像是想要說什麼，然後又朝一邊歪頭，像是她又忘記了。

過一下她就離開了。

侑美發覺她還沒機會詢問她最想要做的事。去都遼城看節慶。那會很……空虛？爲什麼她突然覺得那很空虛？她已經計畫要發問好幾週了。但現在她就連提似乎都提不起勁。

她認爲或許是她自動放棄了自私的念頭。過了這麼久，也許她正在變成利允想要她所成爲的好祈日兆的模樣。

她跪下，開始誦唸祈禱文。透過努力，或許她終於能夠全心服務了，爲此她心滿意足。

繪師坐在房內的地板上，窩在毯子內，盯著侑美前一天疊起的杯盤與餐具。

他將毯子拉緊，從未如此覺得溫暖對他有這麼重要。因爲上次碰到這些毯子的人是她。她就坐在他身旁，盯著視機，太過投入於其中虛構人物的生活。

或許，他心想。我可以找來日虹擴張器，深入暗幕之外。他可以去搜尋那些環繞著她的城鎮的圍牆，然後……然後他能做什麼？被夢魘包圍殺害嗎？

他甚至連她的城鎮在哪裡都不知道。厤沙加說過那些牆是無法穿透的，但繪師顯然有一半的時間都是在裡面度過。那實在太超過他力所能及的深度了，他就連表面在哪都不清楚。

那個學士說得對。繪師完全不知道到底發生什麼事了。

他只知道他失去了侑美。

不，我不會就此放棄。一個點子突然出現，他爲此站起身。一個非常糟糕的點子。他還是決定實行。他離開公寓，裝了石頭的袋子搭在肩上，另一件特別的物品放在口袋。

夢魘通常會回到上次獵食的位置。也許是又一次來尋找簡單的獵物。或者只是以直覺行動，跟隨著同樣的情感來到上次的狩獵地點。繪師賭上這一點，回到了嘉年華附近的毀壞遊樂場內。

他在此處坐下等待。充滿決心。也害怕無比，不過不是害怕夢魘，而是害怕他會失去的。所以，當他看見有東西讓附近巷子變暗時，他反而鬆了一口氣。

他猜對了。他站起身，感到筋疲力竭。夢魘在此時快速穿過巷子，粗大的利爪削過地面。它小心地靠近他，也許是還記得上次碰面的狀況。

「我們第一次見面是在交換之前，」他對怪物說。「那只是個巧合，或者甚至是當時，妳就已經在找我了？」

它抬起頭，黑色深到只能是想像而成的，雙眼是被刮除的白色空洞。它朝他伸手。

「利允。」他低聲說。回想起在與學士對質時，她變成的狼形外貌。

怪物定住，接著朝地面壓低身子。

「他們奪走了妳的記憶嗎，利允？」他問。「爲什麼？」

他立刻就想通了答案——回想起學士的話語，讓他得到了唯一的結論。

他們害怕侑美。

「這就是事件的眞相嗎？」繪師說。「那些城鎭是……爲了她而做的僞裝嗎？讓她搞不清狀況或是無法清楚思考，又或者只是讓她保持平靜？」

那隻夢魘又開始對著他蠢蠢欲動了。繪師蹲下，開始疊石。一如既往，他的疊石對他來說很不錯了——遠不及侑美的等級。但他放置石頭時仍然感到自豪。而就如他所希望，曾是利允的夢魘再度停下來了，如鑽出孔洞般的雙眼鎖定在石堆上。

「我知道。」他說。「我沒有侑美身上的能力或賦贈。但我之前曾看到妳認出過我——即便已有人奪走了妳的外型與心智。有一部分的妳依舊是利允。也許是最深層、最重要的部分。那個學士是這麼說的。妳在短暫的時間內可以做自己。和侑美在一起的時間。」

怪物向前一步，雙眼死死盯著石堆。

「回想起來吧，利允。」繪師低聲說。「回想起來。」

那隻野獸——身軀龐大，有如黑煙構成的巨石——朝石堆伸出一隻爪子。但在碰到之前停了下來。

「我想起來了。」它以利允的聲音低語。

「她還好嗎？」繪師痛苦地問。

「她忘記了。」怪物說。「我們全都忘記了……」

「這就是為何，」繪師說。「我帶了這個來。」

他從口袋裡拿出了一樣物品。是一張紙，上面有著初學者畫的畫。是兩隻手相疊，懸浮在光之海的上方。侑美的記憶。給他的。讓他能記得她。

他在曾是利允的野獸面前鞠躬。「妳可以把這個交給她嗎？」

「我會忘記的。我……」

「利允，」他意有所指地問。「妳還記得自己的職責嗎？」

白色的深洞盯著他。

「服侍好祈日兆。」繪師低語。「保護她。把這個交給她。」

「我想要再次成爲人。」利允低語。「太想要了。已經過了太久了……」

「有……多久了？」繪師問。

「在你的同胞建立城市以前，」怪物低語。「在這片土地還有太陽的時候。好幾世紀了。」

話語中的沉重感擊中繪師。好幾世紀了。

沒錯，這代表侑美說對了。某種程度上。他們並沒有進行時光旅行。但這些人不知如何被困在原處，一成不變過了一千七百年。

「侑美……」他低聲說。「她有記憶消失了。但只有一天而已。」

「只有一天。」怪物悄聲說。「但不斷重複、又重複、又重複、又重複。同樣的一天，每晚都被消除，讓她隔天能再過一次。好幾百年。好幾千年……」

它伸出手，以兩根爪子精細地捏起紙張。「我殺死你的任務失敗了。」它低語。「但機器不會犯下同樣的錯誤。它會派來你不認識的人，你無法影響的人，伴隨而來的還會有一整支軍隊。」

「什麼樣……的軍隊？」

「曾經有過一座城市。」利允低語。「我記得一些片段，我到那裡去獵食，試著回想起來。每當機器釋放我們，我們就會來到你們的土地，尋找自我。淵野呂。你知道這個名字嗎？」

「那是座城市。」繪師悄聲說。「被穩定夢魘完全摧毀了。」

「發生的原因是神靈找到辦法、聯絡上了那裡的人。」怪物說。「因此機器下令摧毀城市，阻止任何人知道眞相。它派出了好幾十隻我的同類來達成這件事。我就在那裡。在夢中，我就在那裡。」

繪師向後坐，長吁一口氣，睜大雙眼。他們以爲城市崩壞是因爲繪師們沒有履行職責。但倘若那是直接襲擊……

這改變了一切。他快速把注意力轉回野獸身上。「它們正往這裡而來？」

「從西邊來。」利允說。「一百隻夢魘。都和我一樣強壯。機器將它們餵養成充滿危險性且完全穩定。快逃。快逃，並向神靈祈禱。」

她的雙眼再度在石堆上徘徊，接著退後，帶走了他的圖畫。

侑美做夢了。

而且是夢魘。

沒錯，諷刺感濃到都能拿來抹吐司了。不要專注在那點。專注在她聽見了什麼。因爲不像大部分的夢魘，這一個只有聲音。

一號聲音：「她要突破修補了。」

二號聲音：「強化它。」

三號聲音：「我們應該用機器把這些記憶都切掉。所有記憶，橫跨過去整個月。」

二號聲音：「我們沒有足夠力量這麼做。即便有，她也會注意到的。平衡會被破壞。」

一號聲音：「如果她突破了呢？」

二號聲音：「我們就處理掉她，然後再試一次。」

接著……在這之後……一切消失……

侑美筋疲力竭地醒來，這不是個好徵兆。但晝星出來了，在空中閃耀。而她總是認爲它的現身是個好預兆。一個原初日兆今天將會敞開雙臂歡迎她的預兆。

有個老笑話提到遺失的物品總會落在你最後才尋找的地點。但其中並沒有包含記憶。記憶這種東西，一旦失去了，就連要上哪找都不知道。

侑美伸伸懶腰，接著坐在溫暖的地板上等待她的侍女們。

她們並沒有來。

最終利允打開了門，看起來很狼狽，頭髮亂翹，蝴蝶結也沒綁好。侑美非常震驚。利允會破壞流程？她們似乎已經做同一件事情很久很久了。現在利允居然在侑美連早餐都還沒吃的時候就來找她？

「這個鎮，」利允說。「生病了。」

「生病了？」侑美說。「整個鎮都是？」

「沒錯。」利允一手扶額。「我……不記得是怎麼發現這件事的了。但有事情發生了，而……而妳今天需要留在室內。祈禱與冥想。沒錯，這就是妳該做的。」

侑美用跳的站立起來。這是她的機會嗎？流程被破壞了。她有辦法問嗎？奇怪的是，她發覺自己的羞怯幾乎不存在。雖然她就連是否該發問都煩惱了好幾週，但現在卻很容易就說出口了。

「我，」她說。「想在一百天後去拜訪都遼城的慶典。妳會負責安排好吧？」

她（粗魯地）有什麼毛病？居然這樣說話？這麼強勢？居然敢對利允提出要求？現在這個當下，神靈肯定會因爲她的舉動而制裁她的！

「好，沒問題。」利允心不在焉地說。「如妳所願，靈選者。就這樣嗎？」

侑美倒抽一口氣。沒有夾藏在問題中的說教？沒有生氣的瞪視？也許這個鎮上所有人眞的都病了，而利允也被傳染了。她確實看起來很混亂。

「我會……」利允說。「我會親自拿早餐給妳。煥智和彩英去哪裡了？對，早餐。我……」

她走到門邊，停下腳步。

「利允？」侑美問。

「我的職責是什麼？」年長的女人問。

「引導妤祈日兆。」

「是，是。」利允接著走下車輦套上木屐。她再度停滯。「但那不是全部，對不對？」她僵硬地移動手臂，侑美覺得她似乎感到疼痛。她將手伸進腰帶內的小袋中，接著拿出一張摺起來的紙。

利允盯著紙看，將之丟在車輦的地板上，接著連忙逃出門外。

眞是怪異至極的行為。侑美走過去目送利允穿過似乎空無一人的城鎮離開。連一個人影也沒有。就連作物都沒人照顧。

這種病有這麼糟糕嗎？難怪利允很擔心。侑美跪下向神靈祈禱，然後看見了那張紙。

畫著圖的紙。

她歪頭，接著攤開紙張。

這兩隻手……

一隻是她的。

一隻是……他的。

記憶以百呎高石塔崩塌的力量向她襲來。

繪師匆忙地數著建築的編號，全心全靈希望他的記憶是正確的。他抵達正確的房屋，身後的日虹線投出兩道影子落在門上。

他用力捶門。沒等足夠長的時間，就又捶了一次。正當他舉起拳頭要捶第三次，門就打開了。從門前正規繪師的制服來判斷——外套比他的要窄，前方裁短，顏色是亮藍色——他來到正確的地方了。繪師經過合理的猜測，推斷出夢衛隊被安置的地點。他們肯定值得獨立的房屋，而繪師局只有幾棟那種房子。

「穩定夢魘……」繪師上氣不接下氣地說。「我……一路……跑過來……」

「喔，你看見它了，是嗎？」門口的男人說。高個子，鬍子厲害到讓他的禿頭感覺很合理——頭頂的頭髮都被嚇到躲起來了。他的外套表明他是一位夥伴——不是夢衛隊本人，而是被正式成員選入隊伍的一人。繪師的朋友們希望擔任的職位。

那位夥伴打著呵欠開門，揮手要繪師進去。繪師原本擔心夢衛隊會全都在城內追查穩定夢魘的蹤跡，但看來他運氣不錯。他們還在室內，也許是在進行戰略會議或是訊查聯絡人。

即便發生這麼多事，繪師被趕進他們的總部時還是感到一陣興奮。他們的世界就連一支小畫筆都引人驚嘆——更有甚者，他踏進建築主廳時，見到的不只是一名，而是三名夢衛隊的正式成員。身穿黑衣，外套上繡著他們職位的標誌。繪師忍不住盯著直看。

他們正在打桌球。至少其中兩人是，分別是一男一女。第三人靠坐在視機前的座位上，觀看《悔恨季節》。許多夥伴也待在房間內，做著繪師認爲是官方工作的事務。閱讀。替乒乓球比賽計分。嗯……小睡片刻……

在放鬆，繪師告訴自己。努力工作之間的休息。他曾對侑美解釋過其中的價值。

球桌前的女人在他進門時抬頭看。「食物來了嗎，緋霧？我點了燒烤……」她皺起眉，注意到繪師。

「他說他看見穩定夢魘了，」繪師的嚮導說。「所以一路跑過來告訴我們。」

「喔。」她看起來對他沒有帶食物回來感到失望。「嗯，很好。聽取他的證詞，緋霧。在地圖上釘個標誌。我們架好地圖了嗎？」

「正要弄。」在房間一側看小說的夥伴說。「應該還在我的包包裡某處。」

「好吧，把他目擊的地址寫下來。」那名夢衛隊成員說，轉身回去繼續打球。

繪師深呼吸，向前走一步。「有一百隻穩定夢魘要來了，長官。」他說。「那隻夢魘告訴我的。夢魘發動入侵。就像在淵野呂發生的事。從西方而來。拜託，你們一定要守護這座城市！」

女人瞥向她的兩名同事。跟她打桌球的那人翻了翻白眼，另一人繼續盯著視機看。

「一支夢魘大軍。」乒乓球女人漫步走向他。

「拜託相信我。」他說。「拜託。」

她對他的外套點點頭。「你是個繪師？」

「是的。我就是第一個發現那隻穩定夢魘的人。」

「你看起來是眞的能成事的人。」她說。「對夢衛隊有興趣，對吧？」

「從小到大都是。」他說。「我非常努力想要加入。但我……不夠優秀。所以我們需要你們。守護這座城市。它們要來了——或許很快！」

「我們會處理的。」她（崇高地）說。「做得好。感謝你的警告。繼續保持，也許你就會成為夢衛隊的料子。」她用力拍了一下他的肩膀，對留鬍子的同伴點頭，他抓著繪師的手臂，試著領他出門。

但繪師逗留在原地。那個夢衛隊成員轉身回去繼續玩乒乓球。也許……也許這是他們的冥想方式。

現在，你大概比繪師更快察覺了這裡的真相。你現在或許在想著那句老格言，說英雄不值得存在。全寰宇都有類似的話。憤世嫉俗地要你不要去崇拜某人，更不要因此雙眼望向天上，導致別人能輕鬆捅你肚子一刀。

我不同意。希望是雄偉的存在，而擁有英雄對人類的抱負是不可或缺的。這就是我講這些故事的部分原因。話雖這麼說，你確實需要學著將故事——還有它對你的影響——與激發這篇故事的人分離開來。

藝術——所有故事都是藝術，即使是真實故事——就在於對你的影響是什麼。真正的英雄活在你的腦海中，那是能使你成為更好的人的理想具體化。引發這項理想的人嘛，嗯，他們就像是桌上的書或是牆上的畫。是載體。是個針筒，裝著足以轉變人生的啓發。

不要強迫別人成為你夢想中的他的樣子。如果你發覺自己落入了繪師現在的狀況，你的理想正在崩壞，不要和他做同樣的事。不要緩緩面對。離開，補好傷口，不要讓刀子有機會在體內扭轉。

「走吧。」夥伴緋霧再次拉著他的手臂。「我們去記錄你的證詞。」

「她說的是真心話嗎？」繪師問。「說我是夢衛隊的料子？我還有可能加入他們嗎？」

緋霧揉揉太陽穴。（他太常做這個動作了，那裡沒長繭實在很神奇。和夢衛隊打交道的生活就是這樣。）

「你喜歡當繪師嗎？」緋霧柔聲說。

「我想是吧。」繪師說。

「這是個好工作。」緋霧說。「穩定。備受尊重。不太危險。你該好好享受。」

繪師可以讀懂男人的語氣，了解言下之意。你在這邊沒機會的，孩子。他當然沒有，他早就知道了。他深呼吸想要繼續懇求，但說出來的是其他話。

「我有一些朋友，」他說。「都是優秀的繪師，很忠誠。當我還在學校時，我們都以為我會加入夢衛隊，他們會成為我的夥伴，而我害他們失望了。我不夠優秀。但我總覺得很不公平，他們是因為我的畫技不佳而受到牽連。你覺得……他們還有機會能成為夥伴嗎？你們還有夢衛隊士兵在招募人手嗎？」

緋霧搖搖頭，看起來有點想笑。「你以為自己能進夢衛隊，是吧？我猜你是個很有實力的繪師？班上最厲害的？」

「我以為我是。」繪師說。「你為什麼要這樣看著我？」

緋霧指向球桌旁的女人。「你知道她是誰嗎？」

繪師搖頭。

「鐵赫多美。」他耳語。「那位參議員的女兒？」他指向另一人。「大學新區域主要投資者的兒子。」在視機旁的第三人。「祖傳富人，他是第四代夢衛隊了。」

第四代？那肯定是很有才華的家庭，或者……

沒錯，就這方面來說，繪師的思路就像銀行金庫一樣難以通過。但在三張鑰匙卡和一個壓力鎖之後，他的眼睛終於睜大。

「能否加入夢衛隊，」他低聲說。「是取決於你認識誰？」

「當然是了。」緋霧終於把繪師帶開。「這是繪師中最頂尖的職位。比起職業，這比較像是委任。」他說話時帶著一種遺憾的表情。這雙眼睛看過許多年輕人不顧一切朝著目標衝撞，卻渾然不知那被放在防彈玻璃之後。

「那誰來對抗穩定夢魘？」繪師問。

「就是他們。」緋霧說。「不過會有許多訓練精良的夥伴提供協助。」他安慰地對繪師微笑。「你和你的朋友們有項好工作。享受這點吧。我們很快就會去獵捕你的穩定夢魘了。」

「可是那支夢魘大軍，」繪師說。「它們就要來了，緋霧，我……」

緋霧不相信他。他當然不相信了。他爲什麼要相信這麼荒謬的話？繪師努力思考有沒有什麼證據，但他們已經抵達門口，而緋霧終於把他推出門外。他對繪師點點頭，然後關上了門。

我從來都無法加入他們，繪師麻木地想。無論我的繪畫技巧多好，無論我有多努力練習，我都絕對不會被錄取。我只是來自小城鎮的無名氏。

我和其他人……我們從來就沒有機會。

在繪師人生中的其他時刻，這會是他所遇過的最大衝擊。但今天，這跟另一項更加懾人的事實相比便相形失色了——那就是他完全孤身一人，必須只靠自己阻止這座城市毀滅。

Chapter 38

侑美穿著夜袍與木屐從車輦內衝出來，雙眼大睜。她想起來了。所有的一切——從她醒來時發現繪師在她的身體裡，到他們奪走他的那一天。過去三十天在她腦中清晰可見。

諷刺的是，那是她人生中唯一有道理的一段日子。她是什麼東西？有任何東西是眞的嗎？她可以感覺到溫暖的陽光照在皮膚上，看見盤旋在高空的植物。空氣因蒸氣井噴發而潮溼，硫磺的味道暫留在周遭。如果不是這一切，她還能相信什麼？

她在空無一人的城鎮中搜尋，大家都去哪裡了？爲什麼這裡感覺像是演員都回家之後的戲劇布景？終於，她抓起一塊石塊，大步走向儀式之地，木屐在石面上敲擊出聲。

是時候嘗試繪師的點子了。找出機器。用力砸下去。希望重要的部分壞掉。但當她抵達儀式之地時，那裡並沒有帳棚。沒有學士。沒有機器。那部分也是假的嗎？

不，她心想，轉過身。那臺機器確實對繪

師做了什麼。它就在這裡。

也許他們把機器運走了。但她在夢裡聽見了他們在說話——說他們也許需要把機器用在她身上。他們會把它留在附近，對吧？

她放低石塊，開始穿過建築物的牆壁。

她成功了。這些牆不是真的。她也不是真的。他們都是……嗯，構成夢魘的那種東西所構成的。然而，她拿著的石塊，似乎真的是石塊——至少，當她第一次穿過牆壁時，石頭受到了阻力。她用力將它扯過來，牆面暫時扭曲分解成了不定型的煙霧，然後又變回了塗有噴泉泥的石牆外觀。

她沒有花太多時間搜尋。城鎮裡的建築只有那幾座；她筆直穿過所有房屋，一間接著一間，直到她發現機器就藏在執法官家中。那臺恐怖、多肢的裝置正安靜地持續工作——只用兩隻手臂在疊石頭，但整臺機器都充滿能量的微微震動。

學士們也在這裡。四個只有模糊人形的夢魘。就像多雲之日的影子一樣不明顯，與房間角落及家具的陰影混合在一起。她進入時，他們以震驚的姿勢轉身面對她，給了她行動的短暫空檔。

她衝上前，把石塊揮向她先前看過的能量源所在位置。她與繪師乘著樹飛上天逃跑的那一天，似乎已經是很久以前了。她用兩手不斷地將石塊向下砸，破壞了前方的蓋板，讓裡面的機構暴露出來。她砸毀它，尖叫、流汗、發洩累積了一生的全部壓力，就像蒸氣在地底累積了十九年，然後一次爆發出來。

機器發出一聲低鳴，幾乎就像是感到痛苦。發光的白煙從她砸壞的部分噴出。緊接著機器的腿卡住，震動平息，內部透出的光芒熄滅。

侑美丟下石頭，雙膝跪下。結束了。

「妳，」領頭學士問。「以爲自己在做什麼，孩子？」

「貫徹神靈的願望。」她說。「破壞這臺機器。拯救我們。」

「妳以爲……那就是機器？」學士問。雖然他沒有嘴巴，但他的頭在說話時移動扭曲著。

「孩子。統治我們的不是這個小東西。這只是樹上的小芽而已。」

侑美癱下。畢竟，她心裡的一部分已經知道了。她先前曾聽過他們的對話，因此能拼湊出眞相。還有另一臺機器。宗父機器。

「在哪裡？」她問。

領頭學士沒有回應。他走向前，其他人也加入他。但她發覺自己其實知道。

「在都遼城裡，對吧？」侑美問。「慶典。你們是在慶典上啓動機器的嗎？」

另一名學士說話，語氣有點猶豫。「已經一千七百六十三年了。沒錯……慶典日。我們用神靈本體爲人民創造能量的日子。」

「然而，」另一人說。「機器反而是從我們身上抽取了能量。我們的靈魂。我們人民的性命。」

「因此，」另一人舉起煙霧構成的手說。「我們成了這樣。」

一千七百年？侑美縮起身子，試著理解一切。「可是……日虹是從哪裡來的？」她低語。

「好多部分都太難懂了。我的世界有多少是眞的，有多少是假的？我們到底是什麼？」

四人都轉向她，如同初次見到她。他們的黑暗加深，白色的雙眼發光。他們平順地從單薄的影子轉化成了完全的夢魘。

「不！」侑美說。「別讓機器控制你們！我們可以阻止它。」

「為什麼？」領頭學士問。

「我們創造了它。」另一人說。

「這是我們的存在意義。」

「我們的能量。」

「我們的藝術。」

他們說話時，身形逐漸融合在一起，聲音也不再個別獨立。雖然她一開始可以分辨出他們——認出她去帳棚時偷聽到的男人們的嗓音——他們現在卻只是變成了夢魘。

「它就是生命。」

「所有一切都要遵從它。所有靈魂。」

「我們所有人。」

「除了……」一人有些猶豫地說。

所有人再次盯著她看。

「除了妤祈日兆之外。」一人低聲說。「所有人都要遵從機器。除了……那些太過強大的人。除了那些被神靈祝福的人。妳，它無法控制。妳，它只能囚禁起來。」

情緒從她體內湧上。這代表……代表她是眞實的。或者說曾經是眞實的，直到數世紀前，他們啓動機器的那一天。他們帶來暗幕與日虹的那一天。這代表她還是她自己，只是上千歲了？她依然被這一切震懾住了。

「我的記憶……」她低語。

「每天都被清除。」夢魘同步斷聲說。「妳已經在同個城鎮住了快兩千年了，侑美。做著同樣的事情。想著同樣的思緒。妳極端年長，內在卻毫無經驗。」

「而既然現在妳不肯接受我們的處置——」

「——我們就必須採取更極端的作法。」

他們的眼睛睜大，白色的深洞直接貫穿他們。他們的外型繼續變暗。他們起身，意有所圖地接近她。

侑美開始逃跑。

好吧。到了現在，你們有些人可能會有點困惑。

如果是這樣，你們是有伴的。因爲這一切剛開始時，我可是困惑到了極點。讓我再說一次，擺出我所能蒐集到的所有線索。這樣整體也許就會被編成理解的織錦，展現在你的面前。

在我們故事開頭的一千七百年前，一臺機器在都遼神靈慶典上被啓動了。不是你看見的那臺迷你機器，那只是個原型機。眞正的機器比那雄偉得多。學士設計了它來堆疊石頭、吸引神靈，接著用祂們做爲能量來源。

然而，他們誤算了，因爲機器把所有靈魂——不只是那些住在地底下的神靈而已——都視爲可用的能量源。當初次啓動時，機器非常飢渴。它需要能源才能遵從命令疊石，因此想要巨量的能量來立刻全速運轉。當附近沒有可用的神靈，它反而出手抓住了所能找到最接近的能量源：都遼王國人民的靈魂。

讓這件事成爲一個教訓。當你準備識喚像這樣的裝置時，必須要非常、非常留意你要它遵從的指令。

這臺機器立刻開始獵食他們，摧毀他們的身體，並蒐集他們的授予。造成的結果就是暗幕，它噴向空中再落下，包覆住了所有土地。名副其實，由死者所構成的瘴氣，所有人的身分都被蒸發殆盡，轉變爲這團黑暗的力量。把這想像成……有時候屍體在極端壓力下分解後會形成的焦油。暗幕就是機器初次啓動後，除去靈魂外，剩餘下來的殘渣。

靈魂無法被摧毀，只能改變形態。因此，機器並沒有把人們利用到會改變他們的程度。他們在這團黑暗中徘徊，被機器意志所控制的成千上萬靈魂形成了這鍋翻騰的濃湯，被他們自身所創造的裝置永久囚錮。

很令人愉快吧？有句老話說，進步永遠都會破壞掉一、兩種產業。這個嘛，在都遼城，進步做了個三級跳——與其說是破壞產業，它決定要破壞掉整顆星球。直到永遠。

沒過多久，機器就燒光了相對微弱的人類靈魂，轉爲瞄準神靈。被機器無與倫比的疊石能力所吸引，神靈很簡單地就被它的力量所困。它最終蒐集到了此地所有剩餘的自由神靈。祂們提供了更加……活力充沛的能量源，終於滿足了它。這就是它的目標，而它完美地達成了。

很不幸地，已經幾乎沒有剩下任何人能夠欣賞它了。

剩下的只有機器初次啓動時存活下來的流浪難民們——原本生存在文明邊緣的遊牧民族。幸運的倖存者們最終撞見了機器工作的成果：裝設在某些都遼城鎮遺跡中的日虹根基。被奴役的神靈之血，遭到隱藏，從來沒人理解能量眞正的源頭爲何。

繪師獨自走向暗幕，流汗的手指抓著畫具袋，緊盯移變的黑暗。這裡是城鎮的西側——夢魔會入侵的位置。這裡很接近他的巡邏路線——侑美曾經暫時逼退黑暗的位置。

當夢魔抵達時，它們只會發現他。孤身一人的繪師。

他顫抖，深知將會發生的事。一整波黑暗怪物會包圍他。如果他動作夠快，或許能在被殺死前成功鎖住一隻，甚至兩、三隻。然後它們就會把他五馬分屍。四分五裂陳屍在地，如同故事中淵野呂市繪師的下場。

在他死後，夢魔就可以繼續入侵毫無所知的城市，四處逞惡。也許……也許夢衛隊到時候會察覺發生了什麼事。也許他們會反抗。但……但在見過他們後，他必須承認這項盼望極其脆弱。今晚有多少人會死，只因爲他無法說服夢衛隊？

他低下頭。

接著心想：我（粗魯地）在做什麼？

這樣太蠢了。還有另一種方法。

侑美的方法。

你還是有些疑問，對不對？

好吧，我們就再深入一點吧。讓我再次回顧幾個事件——但這次是透過侑美或繪師以外的人。從一開始就與兩者的故事都有關聯的某個人。

在這裡，我必須承認我在一項關鍵的事物上說了謊。還記得我跟你說過我當時開始聽見聲音，看見閃過的畫面——有時是完整的圖像，有時只是視野中抖動的線條？透過繪師或侑美的雙眼瞥見事件的進展？這個嘛，這些都是眞實的，但並不是所有的事實。

我能看見的還有第三個人的視角。

利允。

事實上，對我來說，故事始自於她。令人困惑的她的生命片段。（我認爲神靈特別關注利允。然後我的……特殊本質的中某些獨特的部分連上了其中的靈魂通訊，讓我能看見發生了什麼事。）

那臺機器把都遼的人口全都蒸發，吸收他們的力量，並將做爲副產品的暗幕噴灑而出。嗯，就如侑美與繪師所猜中的（即便他們沒有所有資訊），機器並沒有辦法獲取或控制某些人：好祈日兆。

她們表面上就和其他所有人一樣，在機器啓動時就被殺死了。然而，一小段時間後，這十四個靈魂就從暗幕內掙脫，並且重組了。她們從死亡回歸，拒絕被控制。

這十四名女人都是有著強大意志的存在。她們在出生時就被神靈高度授予，對機器來說是眞正的威脅。它無法獲取她們的能量，也無法把她們保留在暗幕內。機器對她們能做的只有吸收掉一小部分的記憶。

所以，爲了控制她們，它創造了虛假的城鎮做爲監牢。受到機器驅使的僕役們從暗幕中現身，建築、植物、交通工具全都是用靈魂的成分所構成，它還謹愼地建立了邊界。麻紗加發現的圍牆？那些牆（藉由暗幕構成圖案）向內投影出了看似完全眞實，但其實是虛假的地景。

你可以說這些地方是十四座自然保護區，每個都專屬於一名居民。好祈日兆被放在這些監牢內，每晚記憶都會被消除一次。接著她們又會被給予同樣的一天，不斷過著同樣的生活，召喚著暗幕形成的假神靈。

這個系統很繁瑣，沒錯，但是有用。幾世紀來，系統持續困住了這些極端危險的靈魂，依靠的不是強硬武力，而是日常生活。

她們的監管人是本人曾經認識的那些靈魂。就我的判斷，利允在過去大約十七個世紀以來，都不斷過著同一天。她原本就與目前的表現一模一樣。這就是她，原本的這個人，將侑美撫養長大的那個人。從暗幕中被釋放，部分被機器控制，部分允許自我引導。

利允是被迫執行這種奇怪半套生活的數百名靈魂之一。當然，它們的記憶每天都會被消除——但我想它們還是知道有哪裡出錯了。因爲每天晚上，在好祈日兆睡著後，機器就會稍微放鬆。它的注意力不再專注在這些僕役身上，所以它們會失去外型與自我覺察，變成一團模糊的黑暗。

每天晚上、在這個沉睡的時間，總會有一些僕役掙脫出去。它們會在土地上漫遊，沒有記憶的幽靈，潛伏搜尋著意義。理解。生命。就如同大多數的無縛授予——例如神靈本體——死者的靈魂也會被活人的想像力給吸引。

這些夢魘在沒有直接被機器驅使的時候，就不記得如何當個人。但它們渴望著、貪欲著自身失去的生命。它們被自己的半存在狀態給逼瘋，因此偷溜進城裡，獵食作夢心靈的強烈想像力。在那裡，繪師和他的同伴會把它們困住，變爲與其外觀類似的某種物體，並驅回暗幕之中——而機器每天又會再次回收它們，派去做它的監牢工作。

這就是利允的生活。機器並不在意她在晚間做為夢魘四處潛伏。它為何要在意?工作已經完成，好祈日兆仍被關著。理論上如此。機器有個有趣的面向，即便是像這臺一樣被部分識喚的也是如此：它們不會計畫。它們不會考慮未來。大部分的機器只能對當下的事物狀態做出反應。

因此機器並沒有、也沒辦法思考侑美是如何花了好幾世紀來完善她的藝術。沒錯，她的記憶每天都會被洗掉，但還是有部分留下來。肌肉記憶。技巧沉入體內深處，滲進她的靈魂，就像吸滿蘭姆酒的蛋糕。她的技術是無法被分離出來的；那是她努力掙得的。

所以在我們故事開始的那一天，一件了不起的事情發生了。在重複了同一天一千七百年後，終於有東西斷裂了。因為侑美的技巧已經臻至完美，疊石好到她把一個神靈從機器那裡拉走了。

這改變了一切。

神靈因為短暫的自由而感激，但也知道自己很快就會再次被抓住，因此連絡上了她，尋找脫離的方法。與此同時，利允——感到不安——知道侑美身上發生了某種奇怪的事。她那晚做為夢魘出去獵食，比她之前都更加強大，而暫時自由的神靈觀察她、跟蹤她，直到她遇上了繪師。

他不是個特別的人，至少表面上如此。沒錯，他的畫技優於平均，但那不是引起神靈注意的理由。反倒是因為他拯救了一名小男孩的性命。

結果這樣就足夠了。神靈在他身上找到了英雄的靈魂。不是因為那些吹噓、假裝，或是表面功夫。而是因為他原本可以回家放鬆，卻轉頭折了回去。即便他並不想要，卻依然前去守護煌一市的人民。

你知道接下來的過程了。繪師與侑美產生連結。而利允呢？她的不安持續增加。她每晚都逃脫出去，在煌一潛行徘徊，搜尋著她的妍祈日兆。她在這些時間裡並不知道她是誰——只知道有股聯繫驅使著她去找這名年輕女子。她在嘉年華會後找到侑美時確實是想要殺了侑美，而她也許眞的能成功。這無法解除機器面對的問題，因爲利允將會吸收所有力量，變成危險的威脅。

但嚴格來說，這會解除侑美面對的問題——因爲她到時候就死了。

你必須原諒利允差點謀殺了她所愛、並發誓過要保護的人。她在這段時間感覺並不像自己——事實上，她已經有一千七百年感覺不像自己了。

侑美跌跌撞撞地穿過城鎮，慌亂不已，遭到獵捕。回想起了那晚怪物——利允——想要吸收她時，她所感受到的無情寒冷。侑美依舊感受得到冰寒死亡的迴響，就像沒入水中越沉越深，越沉越深，遠離溫暖與光明。

那四名學士已變得面目全非，追蹤著她。潛伏的夢魘，來自人們最深層受苦夢境中的邪惡造物。由恐懼塑形，再由那臺可怕的機器賦予實體。她逃不贏它們。她也無法繪製它們，因爲她沒有畫具。它們會對疊石起反應嗎？在被它們追上前，她有機會疊超過兩顆石頭嗎？

她差點就要嘗試了。但她想到了更好的方法。

繪師的方法。

她奔向儀式之地，直直穿過圍籬。利爪敲擊石面的聲音持續在後緊追不捨，直到她抵達先前學士們帳棚的所在地。在那後方，是幾棵鍊在地上、提供遮蔭的樹木。

侑美跳上第一棵樹，拉開把鐵鍊釘在地上的插銷。她大叫一聲抱緊樹木，雙眼緊閉。預期著夢魘抵達，以及被它的爪子刺穿皮膚的感覺。

那件事並沒有發生。她睜開眼睛，看見四個影子待在下方的地面上，抬頭望著她。他們又一次遲到了那麼一點點。

繪師在設計餐廳內的老位子上找到了他的朋友們。他慶幸自己的運氣不錯。如果今晚他們改去吃餃子，事情就糟糕了。他跌跌撞撞地來到他們的桌前，接著雙膝跪下行禮，額頭碰到地板。

「對不起。」他低聲說。

驚愕的沉默。

「我知道現在道歉太晚了。」他繼續說。「我知道你們被我傷得很深。我……我並不想那麼做。傷害你們所有人是我最不想做的事了。我只是沒辦法思考，沒辦法消化所有事，直到一切都太晚了。而我很傻地一直認爲，如果我能繼續拖下去，就可以找到方法避免你們也感受到我所承受的那種可怕失落感。」

他持續跪著，聽著他們挪動身子，桌上的碗晃動，一雙麥彭棒發出敲擊聲。

「我知道你們再也沒有任何理由要相信我。」他說。「就算你們無視我，也是我罪有應得。但我正在嘗試做得更好，所以我要告訴你們的完全是事實。過去幾週，我和夢魘之間一直有互動。他們有靈魂。他們很久以前是人類，但因爲某種原因留存下來了。

「我以爲事情進展得很順利，可是現在……現在我們有危險了。就在幾分鐘前，其中一隻夢魘告訴我，有一百隻它的同類正朝著煌一市而來。

「我以前騙過你們。我以前傷害過你們。但這個不是謊言。夢魘會消滅城裡所有人，除非我們阻止它們。我請求你們幫幫我。讓我不必獨自面對它們。」

他緊閉眼睛，頭貼著地面，淚水滴下，沾溼了木地板。

「你跟夢魘說話了。」明音說。

「是的。」他悄聲說。

「它說有一支夢魘大軍正要前來摧毀煌一市。」

「從西邊過來。」繪師說。「聽起來非常荒謬。但是是真的。」

緊繃的寂靜。雖然其他客人還在繼續飲食，屋內這一區卻好像被悶住了。就好像沒有任何活物。就好像他依然是孤身一人。

「這樣的話，我們最好跟你去囉。」太陣站起身。

繪師抬頭，心跳加速。

「你相信他？」伊茲指著繪師。「認眞的？」

太陣聳聳肩。「最糟糕的情況是什麼，伊茲？如果他錯了，我們會覺得有點丟臉，然後回來吃我們的冷拉麵。」他看著繪師。「如果他是對的，我們卻沒過去，又會怎麼樣？」他深呼吸，接著朝繪師伸出一隻強壯的手。

繪師握住，被拉著站起身。

「我同意。」麻沙加輕聲說，被她平時的毛衣與圍巾包裹著。「我覺得我們應該去。以防萬一。」

「如果真的有一百隻夢魘，」明音說。「光靠我們是沒辦法阻止的。」

「太貫田欠我一次，」太陣說。「我們可以叫他和他的繪師來幫忙，然後悠音士最喜歡有趣的事了——他肯定會想看看這個場面。他也可以再找一些人來。」

「我想，」明音說。「我也可以請休乃良來，她也可以召集一些人……我們不會有一百名繪師。不過也許能有二、三十人。」

「太好了，拜託你們。」繪師緊抓太陣的手。「謝謝你們。」

「幾天前，」他說。「當那隻穩定夢魘正要發動攻擊時……它卻毫無來由地轉身逃離了。在它逃跑時，我有一瞬間覺得看見你就在那裡。」太陣微笑。「我現在知道那是我的腦子在玩把戲。但我還是因此開始思考，然後才發覺你是唯一一個完全認真想過這種人生的人。

「如果我再像你一點，也許就不會癱倒在那兒，差點被怪物吃掉了。我心想，也許假裝你被夢衛隊錄取了其實也沒那麼糟，你懂吧？」他聳肩。「有很多比那更糟的謊。總之，我們走吧。看看我們能幫你召集到多少夥伴。」

最後一點解釋。你可能還在想，神靈到底對侑美和繪師做了什麼事。

藉由建立兩人間的聯繫，侑美因此受到了保護。因爲只要她是靈體狀態，機器就無法接觸到她。（和日虹線很類似。）聯繫兩人的神靈沒有更進一步的計畫：只是寄望侑美在受到保護之後，就能夠提供幫助。神靈並沒有眞的預期到侑美和繪師會開始交換——不過當你對靈魂聯繫動手腳時，總是會出現些異常現象。

神靈的干預讓機器陷入了困境。突然間，其中一名妤祈日兆的記憶無法被消除了。雖然機器通常無法做計畫，它們卻能夠徹底評估複雜的狀況，並快速籌畫解決辦法。這個狀況的解法？讓敘事持續下去。讓侑美每天都「旅行」到一個新的城鎮，單純地繼續過活。

因此，當她睡著後，機器就蒸發掉前一個城鎮，利用暗幕中遺留下的久遠印痕創造出新的城鎮。一開始，機器以爲每天替她創造出一個新城鎮就已經足夠了。

然而，她拒絕繼續前進。她留在第二個城鎮好幾週，表現怪異。錯誤不斷堆積，機器因此重新評估，侑美很具危險性，而她的行爲有明顯的異常。所以機器喚來它最忠心的僕役，也就是學士們：機器的創造者。他們一開始就被保留下來，沒有混入暗幕的濃湯中。他們的意志遭到宰制，但思考基本上是不受限的，就是爲了應對這種狀況。

因此，學士們做爲探員被派到了此地。他們就和其他人一樣扮演著角色，重現他們一千七百年前的行爲，去各個小城鎮展示他們的機器。然而，他們還有第二項要務：找出這個城鎮的問題並解決掉，不計代價。

這終於讓我們來到了如今。侑美目前有個不同的問題。她搭著飛行的樹是由暗幕構成的。她覺得很合理。那些建築不是眞的，人們也不是。植物又怎麼會是眞的呢？這全都是安排好來控制她的布景。因此最好是每一項元素都能被精準操縱。

當她升向更高空時，樹木開始在她的手指下扭曲、飄散出煙鬚。因爲樹木是暗幕所構成，因此是由她的敵人所控制——代表了機器可以讓樹木的形體消失，變回暗幕。它已經開始這麼做了，雖然消散速度比機器所希望得要慢。

她很快就碰到了小城鎮外的隱形圍牆。此處的暗幕被上色，形成地景朝無限延伸的假象。當她觸碰到牆面，它就扭曲變形——讓她通過。將近兩千年來的第一次，她終於實際離開了那一小塊土地，眞正進入暗幕中。

對她來說，那股黑暗奇異地透明。（她甚至不需要燒錫。）（注）也許是因爲她也是由同種物質所構成的。她進入其中——搭著每分每秒都在縮小的樹木飄浮著——看見了底下黑暗且荒蕪的大地。沒有任何東西生長——只有數千年來不見天日的陰暗石面。她身後的城鎮逐漸消失。她可以看見它逐漸遠去，那個區域是個巨大的柱體，上面是穹頂狀。有一部分的她崩潰了，因爲她發覺就連她熱愛沐浴的陽光——就連晝星的景象——居然也是假的。

（順帶一提，她搞錯了。陽光其實是眞實的——城市上方的穹頂可以讓陽光透入，但防止光線從另一個方向透出，所以雖然她所感覺到的是眞實陽光，我們這些調查過星球的人卻沒有發現這些監牢。除此之外，從地面傳出的熱力也是眞的，是機器利用濃縮的授予精質所製造。）

從這個高度，侑美可以看見遠處其他的穹頂高柱。那些在她的眼中也是透明的，發出的光線就像暗夜中的蠟燭一樣明顯。那是另外十三名妤祈日兆的監獄。而在這一切的正中間，有著一道更大範圍的亮光，她認爲那一定就是首都，都遼城。慶典的舉辦地點。女王的王座。

侑美正在越飄越遠。

相較之下，這不過是個小問題，因爲她的樹正在加速分解——回歸煙霧般的黑暗中。在她下方，聚集著數名黑暗的人形。學士們還沒放棄。的確，她就像面大旗一樣在空中飛舞，很難漏掉。她開始往下飄，她的樹逐漸不再是棵樹。她緊抱住樹木，雙眼緊閉，額頭緊貼在木頭上。

拜託。拜託，神靈。讓它繼續飛吧。

她額頭前的樹皮變硬了。樹木在空中穩定下來。侑美驚訝地睜開雙眼——然後因爲自己的驚訝而羞愧。她祈禱了。神靈也回應了。只是……她通常不會這麼快見到回應……

注：燒錫爲「迷霧之子」系列中的鎔金術技藝之一，可以增強視力。

她再度下降，樹木也開始分解。

不！她心想。又一次，樹木恢復。因爲……因爲我相信是眞的事就會變成眞的，侑美察覺。這棵樹是從暗幕中創造出來的。而藉由把它想成其他東西，我就能迫使那變爲現實。

當她這麼想時，樹木的確變得更加堅硬了。

還有風，侑美用力想。我很幸運。因爲風朝著正確的方向吹。

樹木在風中移動，轉向她需要前去的方向，朝都遼城而去。朝機器而去。

一小時後，許多繪師聚集在城市的西側邊界，放下一疊疊的畫布以及大罐墨水。人情欠下了。承諾給出了。債務兩清了。最終，有三十七人來了。

繪師懷抱難以忍受的焦慮看著一切，擔心襲擊會在他們尚未準備完成時就發動。但現在他已經安頓好了所有人——城中有百分之十到十五的繪師都在這裡——他發覺自己充滿無盡的感激。他的朋友們確實盡了全力。相較於即將到來的威脅，這依然只算是支小隊伍。而且在這之中，除了他以外，沒人有繪製過穩定夢魘的經驗。

但這已經比他先前獨自一人站在這裡，要好上太多、太多了。

「好了，明音，」一名高瘦的繪師說。「再說一次我們來這要做啥？」

「等待。」她說。「可能會有東西過來。危險的東西。準備好你的墨水。」

其他人安定下來，一群群聊著天，有些人坐在地上，背靠著環繞城市的倉庫外牆。繪師將雙眼轉向暗幕，接著等待。

又等待。

又等待。

在所有人集合後又過了一小時，私語聲開始四起。他的焦慮又再度升高。要是他挑錯位置了怎麼辦？要是其他人太過無聊，在攻擊開始前就離開了怎麼辦？

要是……

當太陣去安撫另外一隊人的隊長時，明音朝他走近，雙手背在背後。她看起來很疲累。

「仁哉郎，」她說。「你妹妹還安全嗎？就這麼一次，拜託告訴我，她有乖乖待在你房裡。」

「她……不會出來繪畫的。我最終會解釋所有事，但妳不必操心她。」*我會連你們所有人的份一起操心。*

誠實說出眞相是一回事。解釋他與侑美身上發生的事……那就得等等了。明音望向暗幕，臉上寫滿憂慮。她回看他。「再跟我說一次，我們在等待什麼？」

「它們會來的。」繪師在她接著說之前趕緊保證。「一百隻夢魘。一定會發生的。」

「如果沒發生也沒關係，你知道吧？」

「你們全都爲了這件事賭上了自己的名譽。」繪師說。他注意到有些繪師發現他也牽涉其中時投來的目光。其他人在招募同伴時沒有提到他的名字。很明智。

她聳聳肩。「就如太陣所說，我們可能會有一陣子覺得有點丟臉。沒什麼大不了的。」

「明音，」他說。「我知道這聽起來很奇怪，但我眞的和夢魘對話了。我……我無法解釋所有事。但我保證，這件事一定會發生。」

「然後……倘若沒發生呢，仁哉郎？」

「我不會對你們說謊。」他嗓音繃緊。「不會再這樣做了。」

「我不是說你會。」她低聲說。「但仁哉郎，要是……這是你想像出來的呢？要是你其實……需要幫助呢？因爲有時候，你希望是眞的事情感覺上會變成眞的？」

「我——」

「拜託，」明音說。「想一下吧。」

他強迫自己思考。爲了她；爲了他們替他付出的努力。他閉上眼睛，眞的開始思考。他所體驗到的這些事太神奇了，甚至可說是異想天開。這一切確實有個簡單的解釋。

他太過想要成爲特別的人了。這幾個月來，他都把自己視爲一名孤高的戰士，在黑夜中流浪、尋找需要拯救的人。他有沒有可能……憑空捏造出了這一切？用暗幕建構出了所有事物？或者可能更糟，全都單純只是他想像出來的？

他反抗這條思路，但他心中較冷靜的部分——從他先前謊言的羞恥中存活下來的部分——依然屹立不搖。願意去考慮這個可能性。如果這是眞的，他眞的想像出了這一切，那明音就沒說錯。他需要幫助。承認這件事不是謊言，甚至不算是失德。

「如果最後，」他睜開眼睛。「根本沒有事發生……那我同意，明音。我會去尋求幫助。」

她朝其他人的方向點頭。「還是我跟大家說這是一項演習？我們想要知道在緊急狀況下，需要多少時間才能組織起防衛城市的力量。」

「不。」繪師握住她的手臂。「別對大家說謊。如果妳決定必須解散所有人了……就告訴他們眞相。說你們是應我的要求這麼做的。因爲我們過去曾是朋友。」

她在此時擁抱他。

「我眞的很抱歉。」他緊抓住她。「我做了那種事。說了那些話。還有更重要的，我沒說出的那些話。」

「我們知道。」她放開他。「我不能替其他人發言，但我原諒你，仁哉郎。我知道你不想傷害我們。」

他露出微笑。

「呃，大家？」麻沙加匆忙趕過來。「你們以前有看過那種事嗎？」

繪師轉頭。

暗幕正在波動。激蕩，冒泡。

「拿好你們的畫具！」繪師大喊。「它們要來了！」

眾人慌忙站起身，張大嘴巴，愣在原地。

夢魘開始湧現。

佑美不斷接近都遼城，她知道自己必須讓樹降落。

如果不先處理掉底下那些獵補她的夢魘，她是無法擊敗機器的。她需要先對付它們。直覺驅使著她，但同時也有邏輯印證。因爲她還記得設計告訴過她的一段話。

她的樹往下飄，一面下降一面分解。她落地後就跨步離開，讓樹完全消散。四個鬼魅般的影子站在她面前，擋住了通往都遼城的去路。四周被永夜所包圍，黑煙廣布，覆蓋在光禿的石面上。

四隻夢魘衝向她，以爪子用力貫穿她。準備奪走她的力量，汲取她、凍結她。

但她比它們強大。

妳可以吸收它們。

它們嘗試拉走她的力量，但她只是單純地……拒絕。

「我是神靈選中的人。」她感覺到它們的爪子無害地穿過她。「我是你們必須囚禁的存在。」

它們倉皇地退開她身邊，開始萎縮。有時候不再被恐懼的夢魘會有這種表現。

「我是夢魘所懼怕的人。」她想像著它們。理解它們過去的樣貌。強迫它們的身形濃縮成四名纖瘦的學士。「你們才該向我行禮。」

顏色倏地充滿了學士，讓他們倒抽一口氣，倒在地上。

侑美走向最先坐起的領頭學士，他以害怕的目光看著她。但她沒有攻擊他。她以冥想的姿勢坐在他面前。

「告訴我，」她柔聲說。「該如何摧毀機器。」

「妳……」他瞥向倒成一堆的同僚們。「妳沒辦法的。對不起。」他低下頭開始發抖。

「對不起……噢，我們到底做了什麼？我們到底做了什麼……」

「沒事的。」侑美說。「發生的事情已經是過去了。我是妤祈日兆。我的話就是律法。這一切結束後，你們就能安息了。」

「謝謝妳。」他握住她的手。「但妳阻止不了它的。」

「你沒有必要繼續保護機器。你已經脫離它的控制了。不論它有多想，都無法再傷害你。」

「妳不理解。」學士說。「它不想要任何東西。它不是活的。」

「可是眾人所展現的行爲，」她說。「代表一定有東西在控制它們。」

「那是因爲我們給了機器這些命令。」他解釋。「我們把機器建造成能夠從神靈身上獲取能量，還有能夠自我防衛。這些不是機器的期望，就像樹木並沒有想要生長一樣。但當它開始吸收我們以及所有人後……我們就開始防衛它，因爲……因爲我們此時在某種程度上已經成了它的一部分。」

她皺眉，越過他望向城市。一座閃亮美麗的城市，滿是高塔般的建築、點綴著噴泉、樹木、紅屋頂以及龍的塑像。但空無一人。

「它使用我們的靈魂做爲能源。」她說。

「一開始是這樣沒錯，」學士說。「但它現在是使用神靈，祂們被困在內部替機器供能。噢……我們到底做了什麼？」

「我們的人民只剩下記憶，」另一名學士低語，盯著地面。「他們的靈魂成煙。」

「我們的羞愧。」另一人說。「我們的哀傷。機器現在永久性地倚靠神靈供能，因此永遠不會耗盡，永遠不會自動關閉了。」

「我們一定要關閉它。」侑美說。

領頭學士搖頭。「它有護盾。自我防衛是它的核心指令。沒有可以移除的插頭或日虹線。它藉由吸食數千個不朽神靈，永恆不斷地自我運作著。我很抱歉。我真希望……希望我們沒有阻撓妳。妳能走這麼遠已經很了不起。」

「但最終依然是徒勞無功。」另一名學士說。「它現在會去殲滅煌一市。關於發生在妳及那個男孩身上事情的任何線索都會被徹底清除。」

「不。」侑美低語，站起身。「我的世界。我作主。」

她往前踏，命令自己的夜袍變形。黑煙盤旋，她從裡面走出，身穿明音買給她的衣服。

她大步橫越學士們，終於——在她初次向利允詢問是否能享有這項特權的一千七百年後——抵達了都遼城。

只發現遍地碎石。

「仁哉郎！」一個尖銳的聲音大叫。

他中斷當下的繪畫，把一隻夢魘留在地上，蜷成一隻睡著貓咪的形狀。繪師們已經組成了一個不規則的圓形，肩並著肩——但有些人被擊退了。繪師衝過圓形中心，來到一名他幾乎不認得的繪師身旁。她正在崩潰發抖，慌亂地轉身逃離夢魘。

繪師頂上，把畫筆尖端戳向地面，無視她的畫布。他以一筆有力的迴旋，在地面上創造出一朵花——一朵飄浮的蓮花，無數的花瓣在空中綻開，有如鬆開的拳頭。

夢魘萎縮成了那個形狀，被迫遵從他的意志。但就與今晚他們對抗的所有夢魘相同，它並沒有像平時一樣蒸發掉。

說實話，這些繪師早該被屠殺殆盡了。但機器被侑美分散了注意力，因此夢魘們暫時陷入混亂，被意料之外的抵抗給嚇阻。它們潛伏在圓環外側，準備獵食繪師們，但沒有急著發動群體攻勢。它們並沒有讓繪師與他的團隊好過，因爲這些夢魘非常可怕，幾乎要完全穩定了。但這幾分鐘的混亂讓抵抗它們變成了可能。

然而，這些人並沒有準備好進行這樣的戰鬥。他們必須擋住每隻靠近的夢魘——需要面對穩定的怪物，而且不能崩潰。他們以顫抖的雙手作畫，並且不斷停下來，驚慌地瞪著看。繪師必須十分注意這點，因爲他能隱約感覺到他們還活著的唯一理由就是這圈防線。繪畫力量集中在一起，不讓任何一隻夢魘攻擊圓圈，徹底破壞陣形。在他完成蓮花的那瞬間，他注意到伊茲驚恐地定在原地。

繪師把她推向一邊，用一幅畫攻擊她的夢魘。「維持住圈子！」他大喊，看著夢魘的形狀，創造出一隻鳥。那看起來有點像他在侑美的世界裡見過的大鴉。「繼續畫！你們看，大部分的夢魘都在外圍徘徊，被我們的作品分散注意力。只要我們繼續畫，它們就拿不下我們。你們以前也和夢魘戰鬥過。這些也一樣！」

但它們並不是。它們體積更大，身型更可怕，眼睛像是白骨內的空洞，利爪在地上抓出爪痕。最糟的是，沒有任何一隻在被繪製後消失掉。它們會縮小，卻停在原地如灰燼一般冒煙——接著在不被關注後又再度成長。

光靠繪畫並不足以控制住它們。他唯一的安慰是怪物們持續包圍著圈子，沒有繼續深入城市。目前為止，煌一市依然安全。就在繪師幫了伊茲後，圓圈另一端發出了一聲尖叫。他轉身發現七檜——一名四十多歲的繪師——在鮮血一閃中倒下。有一隻夢魘抓準了她的緊張情緒，向前推進發動攻擊。

另外兩人在她踉蹌倒地時抓住她，驚恐地看著她身側與手臂上的巨大抓傷。繪師必須躍過她才能前去維持防線，但他需要一次同時捕捉三隻夢魘。所以不假思索地，他畫出了最基礎的竹子。簡單的竹子。

在這個當下，那的確就是他所需要的。那暫時凍結住了三隻夢魘，足以讓其他人插手幫忙。

他無法自己對抗整支軍隊。他根本無法阻止它們，缺乏永久的解法。淪陷只是時間早晚的問題。

碎石。她在外面見到的華美城市只是個幻象，畫在此處保護外牆上的扁平圖像。也許好幾百年前，這裡確實是那幅模樣。

現在的侑美只經過了遍地石塊與殘破斷牆。屋頂早已破敗。結果她還是無法造訪都遼城，只能造訪它的墳墓。

城市的正中央還留有一座建築。侑美想像那曾是大展演廳，前方懸掛著神靈慶典的錦旗。

學士們在此揭示他們全新的神奇發明——一臺可以蒐集神靈的機器，能夠提供一種全新的能源：日虹。

它將會改變世界。

站在階梯頂端，侑美回頭望進暗幕內。遠方有著數處光點環繞著都遼城。

「它無法像對其他人那樣擊敗我們，」她對自己低語。「記住這點。」她踏進建築物中。

機器就在裡面，像個過度生長的蘑菇般主宰整個室內。它總共有三十呎高，有著數百條腿，無盡不斷地在四周疊著石頭——然後石塔又被行進的其他腿給推倒。它早該損壞解體了，但授予——也就是黑煙——修復了所有磨損的關節，取代了每隻斷裂的手足。你可以說，這是一臺殭屍機器。

數千個神靈包圍著機器，就位於石環之外。液態光芒的本體閃閃發亮，藍與紅渦漩在一起。你可以把祂們想成是凍結的水滴，但依舊隨著某種節奏波動著，就像觀眾在聽演唱會，或者是布道。

侑美做好心理準備，向前一步……然後一臉撞上位於入口的隱形障壁。

她雙手用力硬推，努力往內看，卻完全被困在外頭。這個地方就像學士說的，有著護盾。

⸙

「我們擋不住的！」太陣大喊，拉著繪師的手臂。「完全沒用！它們被畫過之後還是會恢復！」

繪師瞥向圓圈的中心，那裡現在已經倒著六名傷勢嚴重程度不等的同僚，鮮血像墨水一樣流滿地面。有個女人已經完全不動了。其他人痛苦地呻吟著。

夢魘已經淹沒他們周遭的街道——一整片不斷翻騰，看似無窮無盡的黑色軀體，其中穿刺著病態的白色眼睛。往內推進，縮小圈子。從暫時性的困惑中恢復，行動愈發大膽。

繪師們的畫布即將用完，地面上塗滿墨水，使腳下變得溼滑。

「我們該怎麼辦？」太陣陷入恐慌。「仁哉郎，我們該怎麼辦？」

「我們繼續畫。」

「可是——」

「我們繼續畫！」繪師大喊。「如果我們不畫了，它們就會進到城市裡。沒有我們，市民就會死。」

「市民根本無視我們！」另一人哭喊。「他們把燈關掉，睡覺去了。」

「因爲他們沒辦法做其他事，」繪師大喊，開始他的下一幅畫。「我們就是他們的恐懼與肉體之間的界線。我們現在就是夢衛隊。」

「我們現在就是夢衛隊。」太陣也舉起畫筆。「我們現在就是夢衛隊！」

其他人也跟著呼喊，此時一隻特別大的夢魘靠近眾人。至少有十五呎高，但有點熟悉。

沒錯。熟悉。

外型像狼。煙霧構成了碎玻璃般的尖刺外型。利允在這裡……

利允。繪師瞪大了雙眼。

這就是解法。

侑美感到挫敗，在包圍著機器大廳的隱形障壁外跪下。

她試著砸碎障壁，但石頭只單純彈開。她的大喊也毫無效果。

都到了這一步。功虧一簣。

疼痛刺穿她。但不是她自己的。她皺眉，走回外頭，看向……某個地方？

是繪師，她心想。她可以微弱地感應到他。兩人之間的聯繫沒有完全被切斷。

他正狂亂地戰鬥著。

夢魘會到來。無窮無盡的夢魘。摧毀他，還有他所知的一切。一切他可能聽聞到的事。

這不是個想法，而是種印象。得知機器會如何保護自己。學士們說它沒有意志並非完全正確。任何像它有這麼多授予量的物體，肯定都會發展出某種程度的自我覺察。

繪師會死的。如果他在第一波夢魘攻勢下存活，還會有更多攻過去。成千上萬，直到煌一市化為廢土。

侑美回身面對那臺可怕的機器，眼中盈著淚水。它的回應是繼續無止境地疊石。對它來說，每一疊石頭都是相同的。建造，推倒，再次建造。室內的牆面、地板，還有底下的多數石頭都被切碎，用以持續餵養它的作業。在那之下，則是以前的石塊經過數世紀後所化成的細沙。

它不在乎創造了什麼。它只會持續運作，維持它對神靈的掌控以獲得能源。

它不在乎。

侑美離開機器大廳，走下階梯，連身裙在風中飄蕩擺動。她在階梯前方的大廣場——曾經富麗堂皇，現在卻碎石遍地——跪了下來。

然後開始疊石。

繪師沒有試著強迫把利允夢魘的形狀變成一隻鳥、一隻貓，甚至是竹子。他沒有看著那團變換的黑暗，嘗試找出模糊的印象。他不需要那一步。他知道她是什麼。

他瞭解她。嚴厲且一絲不苟，但心底深處只是想要幫忙。她皺眉的紋路、如刀刃般的兩道側髮、鐘型的長裙……

他作畫時沒有看著她，但可以從附近其他人的呢喃聲中感覺到自己行動的效果。你不該把夢魘畫成人的。一個人還是有辦法殺了你。目標是選擇某種無辜、無害的事物。

利允絕對不是無害。但他瞭解這隻夢魘的核心深處。這改變了一切。在他以畫筆替這幅畫布收尾後，他抬頭發現她就跪在繪師們的圓圈外，雙手被地板上的墨水染黑，大口喘著氣。

而當繪師從所剩無幾的庫存中抽起另一張畫布時，利允並沒有像其他夢魘一樣再次變回恐怖的怪物。夢魘們曾是人類。

他必須以此對待它們。

疊石。

或許你不會稱之爲藝術。

或許你會覺得這個概念很奇怪。侑美的同胞居然最爲推崇這個？他們居然認爲這個就是藝術文化的頂峰？就這個？

但如果無人欣賞，任何藝術都毫無價值。你無法決定什麼構成了藝術。但我們做爲集體就可以。

它們奪走了侑美的記憶。幸好，就像我曾提過的，有些事比記憶更加深入。從很多方面來說，即便已經過了許多世紀，她依舊是個十九歲的女孩。她的生活經驗與心智成熟度與此相符。

但她的技術……嗯，那一直在成長。日復一日。年復一年。能力不斷蒸餾，就像水滴亙古至今匯聚成鐘乳石，她也在自己的體內創造出了新的東西。

她不只是擅長疊石。

她不只是名大師。

侑美是有史以來最會疊石的人。她練習的時間至少超過了一般人壽命的二十倍。

當她不再保留後，一切都改變了。因爲她體內有著比日虹更強大的能量。

繪師對其他都遼人的瞭解不如利允那麼深，但他最近在冥想時有畫過其中一些人。他以那做爲起始，以粗厚的橫線畫出了鎮長的樣子。

夢魘之海中，有一隻變形了。開始改變，再次變回他自己。繪師大喊，要另外幾個繪師凍住他與那一隻之間的其他夢魘，縮小它們，好讓他能更看得清楚它。隨著細節逐漸顯現，他也能畫得更加準確。

那隻夢魘想要再次變成人。繪師可以感覺得到，隨著他畫出大致輪廓，鎮長也傳遞給他更多訊息。直到繪師留下那名禿頭男子瑟縮在地上，既害怕又受寒，但也變得無害。

這個程序很緩慢。但其他人也見到了，並打從心裡了解發生了什麼事——也就是繪師找到方法取得進展，而非持續在原地打水。他們奮力向前，太陣與明音大聲鼓勵眾人，抵擋住浪潮——接連凍住每隻嘗試突破的夢魘，給予繪師空間。

一次一隻。一次一人。他把它們縮小成他們本身。直到他筋疲力竭地——手指抽筋，手臂痠痛——畫上最後一筆完成煥智的頭髮，讓她落在地上。他眨眼，發覺城市外圍的街道已經陷入寂靜，只有受傷繪師們的呻吟以及其他人疲憊的嘆氣聲。

結束了。不知如何，他們辦到了。他們完成了繪畫——這麼做的結果是在原地留下了一百名非常困惑、也非常冷的都遼人民。

繪師讓畫筆從手中滑下，掉落在石地上。他抬頭看，望向暗幕。穿過去。朝著他感受到在那之外的一個人。

一個專注程度難以置信的人。

Chapter 41

侑美疊著石頭。

數十顆。數百顆。她不假思索地移動，但動作飽含意圖，以損壞城市的骨骸在自身四周建造出高塔般的結構。

五十顆石頭疊成的雕塑。六十顆。高度高到她必須爬到附近的石塊上才能完成。她用石塔創造出了螺旋型的設計，堆疊起的石塊就像飛旋的花朵噴散出的種子，從破敗廣場的中心流瀉而出。

每一塊都與其他塊契合，每一疊都建立於其他疊上。石頭像水一般流動，堆成看似不可能的平衡。刺激心靈的形狀。讓你驚呼連連。

時間對她失去了意義。這就是她的冥想。這就是她的天職。這就是創造。數百座石塔，從美妙的流動而生。雕塑互相配合成爲更龐大規模的作品，就連最微小的細節也一樣引人入勝。

這就是藝術。機器即便再怎麼擅長技術細節，也永遠無法理解這點。因爲藝術的重點就是，也一直都是，對我們造成的影響。對塑造者，還有對體驗者。

對侑美來說，在超越塵世的這一天，她兩者皆是。是藝術家也是觀眾。獨自一人。

直到神靈加入她。

祂們從機器這項技術奇蹟的周邊被扯離，流過石頭浮現在此。一次一個，圍繞著侑美的創作。最終，她感覺到一股震動，因爲機器正在慌亂地加速。一座石塔倒塌了，但她使用同樣的石頭創造出了一座更棒的。

一打神靈來到她身邊。兩打。一百個。然後是好幾百。每個都是從愈發魯莽的機器身旁偷來的。一個接著一個，那些原本被它精準動作迷住的神靈，全都驚嘆地轉向她，爲她的有機創造力喝采。每一個都從臣服中被更加美麗的事物所解救。更加有意義的事物。

隨著局勢不斷傾向她，侑美在途中察覺到了自己正在做的事。這會代表什麼。機器創造了暗幕，也將之留在原地。維護暗幕，緊緊抓住囤積在內的所有靈魂，準備在有任何需要時取用。

沒有了機器就代表不再有暗幕。

不再有被困住的靈魂。

不再有……侑美。

很不幸地，這是事實。雖然妤祈日兆能夠強硬地從暗幕中復活，但她們能這麼做，全是因爲機器維護著暗幕本身。

無論如何，她沒有停下。這一次不是因爲預兆，或是她「生來」該做的事。這一次，她自己決定：爲她的人民服務。爲神靈服務。最後一項是，爲她所愛的人服務。沒有夢魘就代表煌一市——還有其中所有人——都能安全無虞。

所以，在她放上最後一顆石頭，從瀕死的機器旁搶走最後一個神靈後，她抬起頭。望向東方。朝著她能感覺到位在那個方向的那個人。

正在替她害怕的人。

在侑美身後，機器終於靜止不動了。沉寂下來，然後開始分解，因爲它不是實體的那些部件——到了現在，大部分都不是了——正開始蒸發消散。要能自力延續，它就需要有燃料。那些被她偷走的燃料。

謝謝妳！神靈們說。謝謝妳！

侑美向後坐下，閉上眼睛。

結束了。

都遼人民開始蒸發。

到了現在，前來調查這場奇異騷亂的其他人也抵達了。警察、急救人員，甚至是記者。他們替受傷的繪師進行救護，難以置信地聽取著剛才參與戰鬥者的證詞。護士把毯子發給了那些奇怪的人，他們口中的語言——在沒了侑美與繪師共享的鍵結後——在現代人耳中完全無法理解。

接著，那些前夢魘們開始逐漸淡去、分解成黑煙。一開始，繪師擔心他們又會再次變回怪物。他跳起來，把毯子拋向一邊，丟下茶杯。然而，那些人只是繼續散去。

他們每一個人都在微笑。他與利允四目相對，她咧嘴笑了，然後抬頭望向天上。

暗幕又開始波動了。這次不一樣。嘶嘶作響……

逐漸消散。

侑美？他心想。侑美！發生什麼事了？

我做到了……她回應。

怎麼辦到的？他心想，感到驚奇。妳把機器破壞掉了？

是的，她回覆。

我去找妳，他朝暗幕跑去，那——神奇地——正在粉碎消失。妳在哪裡？

他只感覺到遺憾的回應。

仁哉郎，她說。你還記得嗎……關於悲劇故事，你說過的話……

「不。」他低語，雙膝跪下。「不……」

侑美感覺自己正與一切同步消散。

對不起，她對他想，但有時候……有時候就得是悲劇。

她的手臂變成煙霧，她美麗的連身裙與自身都化爲碎片，摻雜在一起飛散。在短暫的瞬間，她感覺到其他妤祈日兆的感謝，終於能夠脫離永恆的服侍，被允許消失。除了她們之外還有其他人，構成暗幕的成千上萬的人。他們的靈魂現在自由了。

爲什麼？繪師話中的哀痛使她顫抖。爲什麼一定得是悲劇？

因爲這是我必須做的事，她低聲回應，感覺自身所有精質都在分解。記憶消失。經驗蒸發。她連自己的臉都記不起來了。她就只是……煙霧。來自煙霧中的是過去的思緒、回聲。很久以前銘印於她的謊言。

我被創造出來就是爲了服侍。我的人生不是我自己的。

並不是非得這樣，繪師向她傳達。妳的人生可以是妳自己的。理當要是的。

在她四周，神靈持續歡欣鼓舞，祂們的情緒與她的哀痛呈現奇異的對比。

我正在失去自我，仁哉郎，她心想。再也沒有人瞭解我了。就連我也不瞭解我自己了。我很抱歉。這一直以來都只是個夢。多麼美好的夢啊。或許是第一個來自於夢魘的美夢……

侑美，他傳達。我愛妳。

終於有個美好的情感了。

我愛你，繪師，她想著回應。請記得我。

終於，最後一名好祈日兆——在嬰孩時被選中、注定要獻出自己的一生——完成了她的宿命，蒸發消散於無形之中。

Epilogue
終曲

我們爲何要說故事？

這是人類的普世經驗。我造訪過的每個文化，遇過的每一個人，在任何星球、任何狀況下見到的任何人……全都會說故事。獨自被囚禁多年的男人會對自己說故事。遠古的人會把故事畫成壁畫。女子會輕聲向她的嬰孩說故事。

故事闡述我們。你想定義人類與動物之間的差異嗎？我可以只使用一個字，也可以用一百個字。悲劇故事。喜劇故事。道德說教故事。諷刺地含有太多人生哲理的輕浮軼事。

我們需要故事。

我很抱歉必須展現這個結局給你。但你思考得越久，就越能理解今天的故事必須要有這樣的結局。特定的故事必須要有特定的結局。這即是故事的本質。

我眞希望能向繪師解釋這件事。

如今他跪在石板路上，雙眼瞪著前方，感到自己的世界天翻地覆。因爲他並不理解。

他以爲這個故事還沒結束。

繪師站起身，以經歷戰鬥後依舊疼痛的手指抓起畫筆。他拿走明音的墨水，她正縮在地上，抬頭望著黑暗消失，天空敞開。他繞過害怕的警察，穿過受傷的繪師們，經過朝奇異光芒大喊的眾人。他來到一面空白的牆面前。留給他的那一面。他從未完成的傑作。

在那裡，在整個城市陷入恐慌的同時——因爲滿是初次見到太陽的人——他開始作畫。

他眞是太不體貼了。我們都準備好要回家了。故事應當要完結了。

但他還是繼續繪畫。

一幅畫當然也算是故事。那並非如你所想像的只是靜止的碎片，而是整個故事。每幅繪畫都會移動，充滿生命力，只要你知道要看哪裡。

他畫出了一名美麗的女子，坐在樹木枝條上。她在高空中翺翔，花朵就像煙火般在她身後華美盛開。

「我瞭解妳。」他低聲說。

她的秀髮順著頭側披下背後的曲度。她下巴的線條，她眼中叛逆的自信。她的微笑。那個微笑。

「我瞭解妳。」

繪師並沒有兩千年的經驗。但以某方面來說，他做得更好。因爲藝術需要意圖。藝術需要激情。在全城的繪師中，絕對找不到比他更具備這兩項特質的人了。

城市顫動，眾人在他周邊陷入恐慌，但繪師還是冷靜地創作著。暗幕已經大塊大塊地消散，只剩下黑暗的細鬚。他似乎是利用這股黑煙來繪畫，使用靈魂的墨水。

她的連身裙，還有那天的晴空顏色，都被他以灰色的淡墨捕捉下來。完全沒有上色的部分是熾熱的太陽，與周邊的線條形成對比。

繪師終於有理由完成他的傑作。

對他來說，觀眾一直以來都非常重要——而今天他的觀眾只有一名。唯一一個人。最爲重要的人。

有東西觸碰到他的手臂。看不見，但很溫暖，一股熱力傳過正在畫花朵的他。瀕死暗幕的黑煙緊附著他，是爲數不多的僅存部分。沒人注意到。他們太忙於面對自認爲是世界末日的景象。

又一下觸碰。在另一邊的肩膀上。

最後一筆點在她的瞳孔上。他接著轉頭，看見身後的黑煙正如漩渦般旋轉。內側是白色的，是通往無限的洞穴，夢魘之眼。在那之中，有個黑暗的人形朝他伸手。

繪師丟下畫筆，朝內伸手。

然後握住她的手。

我……她的聲音傳來。這樣不對……

「侑美，」他雙眼泛淚，緊抓不放。「我們才能夠決定什麼是對的。夢魘可以是眞的。美夢爲何不行？妳擁有神靈賦予的力量。妳的人生——妳十幾倍的人生——都用來服務大眾了。就這一次，爲了妳自己而使用吧。」

但是……

「我們的世界，侑美。我們作主。」

我不能……

「我們的世界，我們作主。」

我們的……世界。

「妳值得活下來。」

我們作主。

「妳值得獲得幸福。」

我……值得做出選擇。我值得**愛**。

她的另一隻手從黑煙中伸出、抓緊他。他們緊緊抓住彼此，城市震動，黑煙逝去，世界改變。他們緊抱彼此，直到天空射下光線，照亮她的臉龐。

最後的黑暗觸鬚也消失了。

到了一切的最後，當有人終於想到要來關切他時，他們發現繪師縮在牆邊，頭頂上方是以出神入化的技巧所畫出的傑作，雙臂中緊抱著一名年輕女子。

就像其他人一樣眞實。因爲她想要如此。

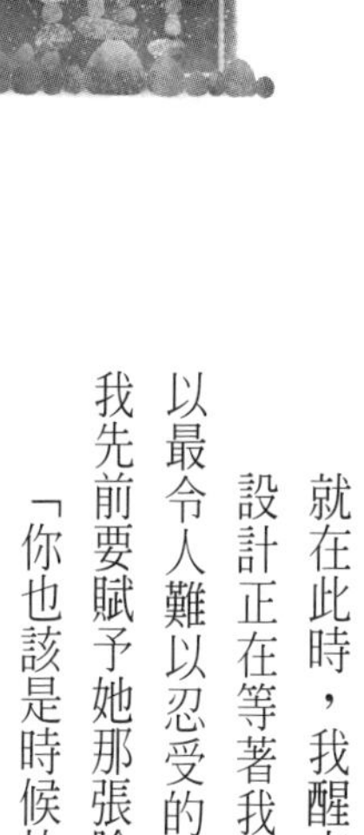

Another Epilogue
又一段終曲

就在此時，我醒來了。

設計正在等著我，她斜身倚在吧檯後側，以最令人難以忍受的訕笑表情對著我。爲什麼我先前要賦予她那張臉，我眞是想不透。

「你也該是時候放鬆點了。」她說。

「閉嘴。」我抖掉掛在全身上下的十幾件外套，接著扯下她故意裝在我身上的掛鉤與其他配件。

我還必須把顏料從我眼睛裡眨掉。他颺的謎族靈。

不過我把皇冠留了下來。那是種獨特的糟糕。

「發生什麼事了？」她問。

「還記得有一次我的記憶被偷走了嗎？」

「記得。那很好笑。」

「那很丟臉。」我說。「所以我設置了保護協定，如果有東西想要玩弄我的靈魂，就會啟動防衛。我們一降落在這裡，那臺機器就嘗試抽走我的授予，因此我的協定就啓動了。」

「接著就把你變成雕像？」

「這……跟我希望產生的效果不太一樣。」

她對我露出得意的笑容。眞是令人難以忍受的生物。接著她雀躍地雙手朝四周揮舞。「我開了一家餐廳！」

「我知道，多數時候我都有知覺。」我說。

「聽起來糟透了！」

「妳完全不懂。」

「沒錯！想要繼續留在這裡，等到三年後的下次接送抵達嗎？」

「絕對不想。」

在店門前的窗外，繪師與侑美經過，兩人互相扶持。他們的樣子看起來也像是當了三年的衣帽架。換句話說，糟糕透頂。他們在外頭暫停腳步，然後接吻，那部分我晚點再講。

「我們要怎麼離開？」我問設計。

她消失在櫃檯後，接著拿著一大疊紙現身。「我有個計畫。」

「眞不錯。」我在口袋裡發現一大把的醬料包。是誰把這種東西放進去的？

「沒錯。你假裝成他們的太空人之一。我們把他們的船偷走。船應當能讓我們抵達鐵七通道站。」

「妳眞的需要那一整堆，」我指著她的一大疊紙問。「來解釋這麼單純的計畫？」

「什麼？這不是我的計畫。這是我的食譜。」

「太美妙了。」

「大部分都不美妙。你一定不知道有多少種排列組合能讓可食用原料變成完全無法食用的東西！實在太有趣了。」

「才不有趣。」

「如果是別人負責試吃的話，」她說。「就很有趣。」

我露出微笑。「我們去偷艘太空船吧。」

「終於！」她抓起她的食譜。「我準備好了。」

「就這樣拋棄餐廳，難道妳不會擔心？」

「不會！我把它留給某個人了。嗯，某兩個人啦。」

「他們會烹飪嗎？」

「誰在乎啊？我們出發吧！」

就這樣，我逃離了那顆討人厭的星球。如果你還沒注意到，這才是這個故事的眞正重點。注意點好嗎？還有別再繼續鼓勵不速之客岔開話題了。

不過，我猜你還是會想要有個結局。設計時不時會收到麻沙加的信，裡面寫著近況更新，我也藉機發問，取得了更多細節資訊。你應該對她還有其他人表達感謝，因爲我必須先經過當事者的同意，才能講這類故事給你聽。

你會很高興地知道那顆星球，駒司，存活下來了。（你可以在烏陀星系中找到它，它與烏陀行星處於同一條雙星軌道——你可能因爲別的理由聽說過那顆行星。）太陽重新露臉並沒有對駒司造成毀滅性的災難，但他們確實學到了名爲曬傷的慘痛教訓。

結果，有些神靈喜歡擔任日虹線，也被說服繼續提供服務——當然有適當的報酬。這讓地熱降低成了可接受的程度。都遼城的遺跡中有些植物，讓他們能培養新品種的作物，而原本的品種依舊可靠著日虹生長，只是要保持在陰影下。

他們度過了一段困難時期，但社會並沒有因此崩壞。這證明了即使天塌下來，大多數人隔天還是會起床去上班。我聽說那顆星球現在很適合造訪。溫暖的地面。會飛的植物。霓虹的夜晚。我個人是不確定，因爲我是絕對不會再回去了。

但如果你去了，記得要去造訪「拉麵公主」，我聽說那裡的食物最棒了。當然還有附設的藝廊，裡面放滿了畫作與疊石。記得別打噴嚏。

繪師與侑美，嗯，他們從未告訴別人發生在他們身上的事——不過他們最終成功說服了朋友們，讓他們相信其實她來自於其他城市，眞實身分是他的祕密女友，而非他的妹妹。他的父母也確認了這件事，他們擔心兒子在混亂中的安危，因此慌忙地來到城裡。

夢魘永久地消失了，至少活著的那種是如此。這代表不再需要繪師了。那些可憐的夢衛隊成員只能改去媽咪和爹地的公司上班。在繪師的堅持下，他的朋友們告訴眾人是宇佐葉——她是唯一在襲擊中身亡的繪師——動員了所有人。她被追贈了榮譽勳章。

到了最後，繪師與侑美只想要兩人一起過著安靜的生活。誰能想得到？如果你去拜訪，告訴他們是我推薦你去的，因爲侑美與繪師確實喜歡外世界的訪客。只要不要濫用他們的款待就好，盡量不要把他們的故事洩漏給當地人，還有記得多給服務生一點小費。還有如果你有想到，記得指出她的動作有多麼像是人類。麻沙加越來越放心讓其他人知道她的眞面目了，但她——就像所有人一樣——也時不時地喜歡受到稱讚。

喔，如果你還在擔心，那顆星球最終不再需要靠好祈日兆來取悅神靈了。結果那些玩意非常、非常喜歡看歷史劇。

時至今日，那顆星球上還是沒有人知道侑美的眞面目。他們認爲她是城裡最棒的麵店裡的怪廚師——操著奇怪口音的女子，能夠一次疊起一百個碗，每一層之間還平衡著銀製餐具。

這大概就是全部了。

喔。還有那個吻。

那個初吻，在拉麵店外頭，沐浴在陽光下。雙唇相連，分享著更深層的溫暖。她的手貼著他的臉，他的手臂緊摟著她——就好像再也不分開。如此緊靠，有如靈魂都要融合在一起。在這兩人的例子中，他們的靈魂確實爆發出持續的溫暖，彼此交融。

話雖如此，那個吻不怎麼樣。

考慮到當事者經驗匱乏，你應該不會感到意外才對。但對先前與浪漫相關的經驗只有一些特別引人遐想的白日夢的兩人來說，這已經夠好了。

再者，事情是這樣的，一個吻不用好也能有價值。吻沒有任何實質用途。吻有價值，完全是因爲與你一起分享的那個人。

事物只有我們所賦予的價值。同理，任何作爲也值得我們所決定的任何價值。

因此，對這兩人來說，這個吻是無價之寶。

（全書完）

後記

在「祕密計畫」系列中，我個人最喜歡這一本。我通常不會替自己的作品排名，所以對我來說，這種聲明很少見。不過，這本書感覺上特別像是送給我太太的特別禮物，她經常鼓勵我在作品中加入更多浪漫元素。

這本書中也有許多對我來說很私人的靈感來源——的確，有些你們可能料想不到。舉例來說，最大的靈感之一是來自於一部電玩遊戲。

我個人最喜歡的電玩遊戲之一是太空戰士十（Final Fantasy X），製作人是北瀨佳范。這款遊戲剛好在我人生中正確的時間出現，深深地打動了我——我非常愛這個遊戲的故事情節。有個元素這些年來一直留在我的腦中，就是這個遊戲中的兩名主角都有奇幻性質的職業（其中一人是很酷的奇幻運動選手，另一人的工作則是負責讓逝者的靈魂安息）。我們在奇幻作品不常看到這種安排——也就是角色職業是依照故事的特殊世界觀設定而量身打造。

許多年來，我一直想寫一本專注於奇幻世界的日常工作者的書。那項工作對他們來說很平常，但對我們讀者來說很奇異。這個點子在我腦海裡醞釀了很多年，一直在尋找正確的時機，深入探索它。

第二道靈感其實是來自我的朋友，同時也是編輯VP，彼得·阿斯托姆。我不太看日本漫畫，但他非常熱愛。在我僱用他的幾年前，他參與了書迷自發性的日本漫畫翻譯社群（最終也參與官方翻譯）。我們大學剛畢業那時，他的書迷社群正在翻譯《棋靈王》這套漫畫。漫畫的原著是堀田由美，作畫是小畑健。

我一開始是爲了支持彼得才會去讀那套漫畫——結果發現我很喜歡它。漫畫內容是一名大師的鬼魂教導一個新手男孩如何下圍棋。兩人的互動很有趣，因爲依附在男孩身邊的大師沒辦法下棋——他沒有實體，但他鍾愛下棋；男孩一開始並不在乎圍棋，卻在大師的教導之下，也逐漸愛上了這項活動。

我從這邊得到了靈感，想讓兩個有著不同人生的人必須教導對方執行自身的奇幻工作。我喜歡這種互動——我想像著他們因工作狀況不理想而洩氣，但又必須教會別人順利執行這項工作。兩人必須交換處境，向對方學習，而且要學的不僅是工作，還有彼此的人生。

這層關係讓我正式開始構築起這個故事，我也花了很多時間安排兩人之間的浪漫情愫。此外，我還依稀記得在大學時讀過的一個故事，那是關於兩個必須共用太空站床位的人——因爲空間有限，所以乘員無法擁有個人的睡眠空間。他們從未見過彼此，因爲班表是故意設計成互相錯開的，因此兩人只能靠字條與對方溝通。就這樣，兩人透過彼此的字條而墜入愛河。我被這種以非傳統方式發展浪漫關係的情節深深吸引住。

又因爲影響我的這兩部作品都來自日本，所以我決定倚重在這部分上，侑美的文化是基於古代韓國，繪師這邊則是基於較現代的日本。我也取用了一些動漫常見的元素（例如溫泉/冷泉）——這也和我在考慮的「交換位置」情節很完美地契合在一起。有一些傑出的動畫（我個人認爲新海誠的《你的名字》最爲出眾）也採用了這項概念——也就是兩個人必須去過對方的生活。

話雖如此，對我來說這個故事很重要的一環仍是互動。《你的名字》，還有我不記得書名的那個故事，都依靠著角色對不在場的另一方產生好感——雖然這種作法很新穎，但我想要更加不同的情節。事實上，我想要很多互動。我想要把他們從大眾中孤立，在兩人一同成長的同時，專注在他們的內心世界。這種浪漫關係的目標，又一次地啓發自我太太所說過她喜愛的故事元素，也因此驅使了我在空閒時間寫下這個故事，做爲送給她的禮物。

我們兩人都很開心，現在能與你們分享這個故事。

布蘭登・山德森

邪惡天才奇幻大神 **布蘭登・山德森** 作品集

（謹以臺灣已出版作品列表）

◆颶光典籍系列

王者之路（上下冊）、燦軍箴言（上下冊）
引誓之劍（上下冊）、戰爭節奏（上下冊）

◆迷霧之子系列

迷霧之子三部曲：最後帝國、昇華之井、永世英雄
迷霧之子第二紀元：執法鎔金、自影、悼環、謎金

◆審判者系列

鋼鐵心、熾焰、禍星

◆天防者系列

天防者、星界、超感者、無畏者

◆祕密計畫系列

翠海的雀絲、勤儉魔法師的中古英格蘭生存指南、侑美與夢魘繪師

◆邪惡圖書館系列（皇冠文化出版）

眼鏡的祕密、幽靈館長的詭計、
水晶騎士的戰鬥、最後的暗黑天賦

◆其他單行本及圖像小說

伊嵐翠
皇帝魂
軍團
陣學師
無盡之劍
無垠祕典
晨碎
無名之子
快照行動（電子書）
白沙（漫畫）
破戰者（上下冊）（蓋亞出版）

中英名詞對照表

A

Akane　明音
Arcanist　祕法學家
Ashday　灰曜日
Ashinata　葦和泰
Aura　靈氣
Awaken　識喚
Axi　原質

C

Chaeyung　彩英
Chasmfiend　裂谷魔
Chinikdakordich　欽尼妲廓迪赫
Chosen　靈選者
Chosen One　靈選之人
Chull　芻螺
Cognitive Shadow　意識之影
Command　指令
Companion　夥伴
Connection　聯繫
Cosmere　寰宇
Cryptic　謎族靈
Cultivation　培養

D

Daystar　晝星
Design　設計
Dramascope　連續劇占卜
Dreamwatch　夢衛隊
Duluko　杜路苛
Dwookim　杜金

E

Elantrian　伊嵐翠人

F

Fabrial　法器
Father Machine　宗父機器
Fay　仙靈
Force Projection　應力反射
Fuhima　風日真
Futinoro　淵野呂

G

Gaino　凱野
Getuk　葛突
Gongsha　公沙
Guri　久里
Gyundok　鈞獨

H

Hijo　日兆
Hikiri　緋霧

Hinobi　日乃美
Hion　日虹
Hion Expander　日虹擴張器
Hion Viewer　日虹視機
Hoardling　種群
Hoid　霍德
Honam　浩楠
Honored One　尊者
Honorspren　榮耀靈
Hwanji　煥智

I

Identity　身分
Ihosen　二浩泉
Ikonora　休乃良
Institute of Mechanical Solutions　機工方略學院
Invest　授予（動詞）
Investiture　授予（名詞）
Iron Seven Waystation　鐵七通道站
Ito　伊藤
Izumakamo　伊津茉花萌
Izzy　伊茲

J

Jito　地戶
Jotun Line　承丹線

K

kihomaban　季護摩伴
kimomakkin　季牟幕禁
Kirahito　煌市
Komashi　駒司
Kon　錕

L

Lee　李
Light Keepers　守光人
Lightweaving　織光術
Liyun　利允

M

Maipon Stick　麥彭棒
Masaka　麻沙加
Mingo　明梧

N

Nagadan　長旦
Namakudo　生久都
Nanakai　七檜
Natricatich　納崔卡提赫
Nightmare　夢魘
Nikaro　仁哉郎
Noodle Princess　拉麵公主
Noodle Pupil　拉麵學徒

P

Painter　繪師
Painter Department　繪師局
Pattern　圖樣
Prime　灌注

R

Rabble Way　烏合巷
Realmatic Theory　界域理論
Reform Movement　改革運動
Reshi Isles　雷熙群島
Returned　復歸神
Roshar　羅沙

S

Samday　山曜日
Samjae　三材
Scadrian　司卡德利亞人
Seasons of Regret　《悔恨季節》
Seon　侍靈
Shard　碎神
Shinja　新若
Shinzua　新洲亞
Shishi　詩詩
Shroud　暗幕
Sphere　錢球
Spirit　神靈
Spiritual Realm　靈魂界
Spiritual Web　靈網
Spiritweb　靈網
Splinter　裂解（動詞）
Splinter　碎片（名詞）
Star　星
Steamwell　蒸氣井
Sukishi　透司
Sunjun　善典

T

Tankanda　太貫田
Tesuaka Tatomi　鐵赫多美
The Festival of Reveals
揭示慶典
Threnody　輓星
Times of the Night　夜之刻
Tobok　都服
Tojin　太陣
Torio　都遼國
Torio City　都遼城

U

Usasha　宇佐葉
UTol　烏陀

V

Veden　費德人
Virtuosity　湛藝

W

Wahoopli　挖唬皮

Y

Yoki-Hijo　好祈日兆
Yuinshi　悠音士
Yumi　侑美

YUMI
AND THE NIGHTMARE
PAINTER

BEST 嚴選 150

侑美與夢魘繪師

原著書名／Yumi and the Nightmare Painter
作　　者／布蘭登・山德森（Brandon Sanderson）
譯　　者／傅弘哲
企畫選書人／王雪莉
責任編輯／王雪莉
版權行政暨數位業務專員／陳玉鈴
資深版權專員／許儀盈
行銷企畫主任／陳姿億
業務協理／范光杰
總　編　輯／王雪莉
發　行　人／何飛鵬
法律顧問／元禾法律事務所　王子文律師
出版／奇幻基地出版
城邦文化事業股份有限公司
臺北市 115 南港區昆陽街 16 號 4 樓
電話：(02)25007008　傳眞：(02)25027676
網址：www.ffoundation.com.tw
e-mail：ffoundation@cite.com.tw
發行／英屬蓋曼群島商家庭傳媒股份有限公司城邦分公司
臺北市 115 南港區昆陽街 16 號 8 樓
書虫客服服務專線：(02)25007718・(02)25007719
24 小時傳眞服務：(02)25170999・(02)25001991
服務時間：週一至週五 09:30-12:00・13:30-17:00
郵撥帳號：19863813　戶名：書虫股份有限公司
讀者服務信箱 e-mail：service@readingclub.com.tw
歡迎光臨城邦讀書花園　網址：www.cite.com.tw
香港發行所／城邦（香港）出版集團有限公司
香港九龍九龍城土瓜灣道 86 號順聯工業大廈 6 樓 A 室
電話：(852) 2508-6231　傳眞：(852) 2578-9337
e-mail：hkcite@biznetvigator.com
馬新發行所／城邦（馬新）出版集團
【Cite(M)Sdn Bhd】
41, Jalan Radin Anum, Bandar Baru Sri Petaling,
57000 Kuala Lumpur, Malaysia.
Tel: (603) 90563833 Fax:(603) 90576622

封面設計／朱陳毅
排　　版／芯澤有限公司
印　　刷／高典印刷有限公司
■ 2025 年 1 月 2 日初版

售價／ 599 元

家圖書館出版品預行編目資料

侑美與夢魘繪師 / 布蘭登・山德森 (Brandon anderson) 作 ; 傅弘哲譯 . -- 初版 . -- 臺北市 : 奇幻基地出版 , 城邦文化事業股份有限公司出版 : 英屬蓋曼群島商家庭傳媒股份有限公司城邦分公司發行 , 2024.07
面 ; 公分 . -（Best 嚴選 ; 150）
譯自 : Yumi and the nightmare painter.

ISBN 978-626-7436-39-4（平裝）

874.57　　113008399

mi and the Nightmare Painter

nbols and illustrations by Aliya Chen
blished by arrangement with
Bberwocky Literary Agency, Inc.,
ough The Grayhawk Agency.

BN 978-626-7436-39-4
AN 4717702125592

inted in Taiwan.

115 臺北市南港區昆陽街 16 號 8 樓

英屬蓋曼群島商家庭傳媒股份有限公司城邦分公司 收

請沿虛線對摺，謝謝

每個人都有一本奇幻文學的啓蒙書

奇幻基地粉絲團：http://www.facebook.com/ffoundation

書號：**1HB150**　　　　書名：侑美與夢魘繪師

｜奇幻基地・2025年回函卡贈獎活動｜

2025年奇幻基地作品（不限年份）五本以上，即可獲得限量隱藏版「山德森之年」燙金藏書票！

版活動連結：https://www.surveycake.com/s/ZmGx

布蘭登・山德森新書《白沙》首刷版本、《祕密計畫》系列首刷精裝版（共七本），皆附贈限量燙金「山德森之年」藏書票一張！（《祕密計畫》系列平裝版無此贈品）

山德森之年」限量燙金隱藏版藏書票領取辦法

動時間：即日起至2025年12月31日前（以郵戳為憑）

加辦法與集點兌換說明：

2025年度購買奇幻基地出版任一紙書作品（不限出版年份及創作者，限2025年購入）。

於活動期間將回函卡右下角點數寄回本公司，或於指定連結上傳2025年購買作品之紙本發票照片／載具證明／雲端發票／網路書店購買明細（以上擇一，前述證明需顯示購買時間，**連結請見下方**）

寄回五點或五份證明可獲限量隱藏版「山德森之年」燙金藏書票，藏書票數量有限送完為止。

每月25號前填寫表單或收到回函即可於次月收到掛號寄出之隱藏版藏書票。藏書票寄出前將以電子郵件通知。

若填寫或資料提供有任何問題負責同仁將以電子郵件方式與您聯繫確認資料。若聯繫未果視同棄權。

若所提供之憑證無法確認出版社、書名，請以實體書照片輔助證明。

特別說明

活動限台澎金馬。本活動有不可抗力原因無法執行時，主辦單位有權決定取消、中止、修改或暫停本活動。

請以正楷書寫回函卡資料，若字跡潦草無法辨識，視同棄權。

單次填寫系統僅可上傳一份檔案，請將憑證統一拍照或截圖成一份圖片或文件。

隱藏版「山德森之年」燙金藏書票一人限索取一次

本活動限定購買紙書參與，懇請多多支持。

您同意報名本活動時，您同意【奇幻基地】（城邦文化事業股份有限公司）及城邦媒體出版集團（包括英屬蓋曼群島商家庭傳媒股份有限公司城邦分公司、書虫股份有限公司、墨刻出版股份有限公司、城邦原創股份有限公司），於營運期間及地區內，為提供訂購、行銷、客戶管理或其他合於營業登記項目或章程所定業務需要之目的，以電郵、傳真、電話、簡訊或其他通知公告方式利用您所提供之資料（資料類別 C001、C011 等各項類別相關資料）。利用對象亦可能包括相關服務的協力機構。如您有依個資法第三條或其他需要協助之處，得致電本公司（(02) 2500-7718）。

個人資料：

姓名：＿＿＿＿＿＿ 性別：＿＿＿＿ 年齡：＿＿＿＿ 職業：＿＿＿＿＿ 電話：＿＿＿＿＿＿

地址：＿＿＿＿＿＿＿＿＿＿＿＿ Email：＿＿＿＿＿＿＿＿

想對奇幻基地說的話或是建議：＿＿＿＿＿＿＿＿＿＿＿＿＿＿＿＿＿＿＿＿

限量燙金藏書票

電子回函表單QRCODE

請剪下右邊點數，集滿十點寄回奇幻基地即可參加抽獎，影印無效。

YUMI
AND THE NIGHTMARE
PAINTER